dtv
premium

D1620712

Christa Bernuth

DIE NACHT IN DIR

Thriller

dtv

Von Christa Bernuth
sind bei dtv außerdem erschienen:
Wer schuld war (24813)
Das Falsche in mir (21637)

Originalausgabe 2016

Umschlaggestaltung:
Wildes Blut, Atelier für Gestaltung,
Stephanie Weischer unter Verwendung
von Fotos von Arcangel Images
Satz: Fotosatz Amann, Memmingen
Gesetzt aus der Sabon 9,65/13,5
Druck und Bindung: CPI – Ebner & Spiegel, Ulm
Gedruckt auf säurefreiem, chlorfrei gebleichtem Papier
Printed in Germany · ISBN 978-3-423-26107-4

Prolog

Es ist 21.03 Uhr, als der Junge aus dem Glockenturm springt und eine Zehntelsekunde lang glaubt, er könne fliegen. Die glücklichste Zehntelsekunde seines Lebens, das bisher 11 Jahre, 7 Monate, 8 Tage, 20 Stunden, 31 Minuten und 10,1 Sekunden gedauert hat.

Also bleiben wir bei dieser einen Zehntelsekunde. Die Luft ist warm mit einem kühlen Unterstrom. Sie fühlt sich an wie ein Kissen, das sich unter Bauch und Glieder schiebt und alles außer Kraft setzt, was er gelernt und geglaubt hat. Genauso hat sich der Junge das Fliegen ersehnt: mühelos wie im Traum, wo man nur springen muss und ganz von selbst weiß, wie es geht. Wo das Fliegen so einfach ist wie durchs Wasser gleiten, nur dass man dabei atmen kann und sich ganz leicht vorkommt. Genau jetzt segelt er davon, in ein anderes, neues Leben. So stellt er sich das vor.

Eine Zehntelsekunde lang schwebt der Junge schwerelos und glücklich, in den Ohren noch das schrille Neunuhrläuten der Glocke, dann weiß er, dass er sich geirrt hat. Er wird nicht leben, nirgendwo. Er stürzt ab, wie Ikarus, dessen Flügel von der Sonne verbrannt wurden.

Nur dass der Junge nie welche hatte.

Die Erde rast auf ihn zu und verschlingt ihn mit ihrem schwarzen Schlund.

Der perfekte Mord.

Wenn es denn einer war.

Dreieinhalb Minuten vorher:

Kurz vor neun also, aber noch ein bisschen hell. Gerade so, dass man den Waldweg noch erkennen kann. Durch die Bäume leuchtet das schneeweiße Gebäude des Schulhauses. Die Glocke im Turm schlägt viermal und dann neunmal, wie immer sehr hell, beinahe hektisch, als wollte sie sich entschuldigen, dass sie die Welt mit ihrem Lärm belästigen muss.

Sophie wacht auf von diesem Geräusch. Sie bemerkt, dass sie auf dem Sportplatz liegt, mitten auf der 400-Meter-Laufbahn. Der Belag riecht ein bisschen nach Gummi und fühlt sich körnig an. Sie schmiegt ihr Gesicht daran. Er hält die Wärme eines sonnigen Tages.

Sophie ist nicht wirklich aufgewacht, und das weiß sie, weil sie gar nicht wirklich geschlafen hat. Sie war auf einer Reise, die sie sehr weit weggeführt hat, an Orte, die sie nicht beschreiben kann. Um sie herum waren Stimmen, die sie ermutigten und antrieben, das zu tun, was nötig war. Sophie kann diesen Stimmen nicht widersprechen und sich schon gar nicht ihren Befehlen widersetzen. Wenn sie das versucht, werden sie sehr unangenehm.

Dann drohen sie zum Beispiel, Sophie auf Menschen zu hetzen, die sie liebt. Sie zeigen ihr, wie diese Menschen dann aussehen – kalt und tot, mit fleckigen Körpern und verzerrten Gesichtern, aus denen jeder Ausdruck gewichen ist. Klar und scharf, wie in einem 3-D-Film. Oder viel schlimmer, nämlich so, als wäre all das wirklich wahr und bereits passiert und nicht mehr rückgängig zu machen.

Die Stimmen haben sich jetzt zurückgezogen und sind nur noch als leises Gemurmel wahrnehmbar. Sophie legt sich auf den Rücken und sieht in die Sterne, aber nicht zu lang, denn auch die Sterne kommunizieren auf eine sehr unheimliche Weise mit ihr; nicht mit Worten, sondern mit wechselnden Lichtzeichen. Sie fügen sich zu riesigen Figuren, zu geheimnisvollen Verbindungen, die sich auf die Erde zubewegen, und Sophie muss dann alle ihre Kraft einsetzen, um sie von ihr fernzuhalten.

Sie dreht sich auf die Seite und starrt in die Dämmerung. Neben ihr liegt ihr Schwert, das sie immer bei sich tragen muss. Es schimmert in der Dunkelheit. Es ist nicht wirklich ein Schwert, aber ein Schmetterlingsmesser, das sie ihrem Onkel auf Anweisung der Stimmen gestohlen hat. Die beiden Griffe sind auf jeder Seite kunstvoll mit Perlmutt verziert. Es schimmert ein bisschen und sieht alt aus. Ihr Onkel sammelt diese antiken asiatischen Dinge, nicht nur Schwerter und Messer, sondern auch exotisch verziertes Geschirr und Möbel aus dunklem geschnitztem Holz. In seinem Haus sieht es aus wie in einem Museum.

Sehr finster. Und es riecht modrig.

Auf einem YouTube-Tutorial hat Sophie sich abgeguckt, wie man diese Messer benutzt, wie man sie mit einer blitzschnellen Handbewegung öffnet und mit einer eleganten Drehung wieder schließt.

Sophie steht auf und steckt das geschlossene Messer in die Tasche ihrer Jeans. Sie ist erschöpft, als wäre sie lange gelaufen, aber eigentlich war sie doch immer nur hier.

Oder doch nicht?

Sie steht langsam auf. Die Welt ist jetzt wieder so, wie alle sie sehen und hören. Nicht verschwommen oder verzerrt. Ohne Rauschen oder Wispern. Angenehm. Die Stimmen sind jetzt ganz verschwunden, als hätte es sie nie gegeben, als würden sie nie wiederkommen, aber Sophie weiß, dass das nicht stimmt: Sie sind immer da. Sie schweigen manchmal, aber sie gehen nicht weg. Nie mehr.

Als Sophie nach Rosental kam, war sie noch vierzehn. Das ist jetzt ein Jahr her, und davon hatte sie ein knappes halbes Jahr dieses Problem, über das man hier nicht spricht, jedenfalls nicht offen. Weil es so peinlich ist. Das Problem war, dass sie nach dem Abendessen nie etwas vorhatte. Tagsüber war sie beschäftigt mit Aktivitäten, Sport und Hausaufgaben. Dann gab es Abendessen und dann hatte man bis neun Uhr Freizeit. Und genau da war Sophie immer alleine.

Auf ihr Zimmer konnte sie nicht gehen, denn da waren ihre drei Zimmergenossinnen und hatten Besuch oder auch nicht, aber so oder so war Sophie aus irgendeinem Grund nie willkommen.

Wieso bist du jeden Abend hier?

Ich …

Wir wollen auch mal für uns sein. Verstehst du das?

Sanfter Tonfall, höflich, aber die Botschaft war klar.

Äh. Ja.

Also hatte sich Sophie eine Zeitlang jeden zweiten oder dritten Abend in die Bibliothek verzogen, um zu lernen. Öfter konnte sie nicht, das wäre aufgefallen. Den Rest der Zeit ging sie spazieren und versuchte, Schülergrüppchen zu meiden. Irgendwie brachte sie die Zeit herum bis zur Bettgehzeit. So unsichtbar wie es eben ging.

Aber dieses halbe Jahr ist vorbeigegangen, und inzwischen ist sie tatsächlich beliebter geworden. Sie ist nun im Junior-Hockeyteam eine der Besten. Sie hat eine neue Frisur (sie trägt ihre Haare jetzt lang, nicht mehr den faden Kurzhaarschnitt). Sie ist gut in der Schule, aber keine Streberin. Sie hat Freundinnen, die sie besuchen und mit denen sie heimlich rauchen kann. Die Mädchen in ihrem Zimmer sind ihr egal, sie zählen nicht mehr. Nächstes Jahr, in der neunten Klasse, wird sie vielleicht Mentorin. Nur die fünf beliebtesten Mädchen der Klasse schaffen das, und sie rechnet sich immer bessere Chancen aus.

Aber jetzt sind ihr die Stimmen dazwischengekommen. Sophie weiß, dass niemand etwas darüber wissen darf. Niemand würde ihr glauben, dass sie existieren, man würde sie einweisen.

In die Klapse.

Weil sie verrückt ist.

Das würden alle sagen. Wenn die Stimmen Ruhe geben, glaubt sie das selber, wenn nicht, dann WEISS sie, dass sie real sind, dass es sie gibt, nicht nur in ihrem Kopf, dass sie Macht haben. Sie existieren. Sie sagen ihr Dinge, die sie nicht wissen kann und die sich dann im Nachhinein als wahr erweisen. Sie SEHEN Dinge.

Sophie kratzt sich am Kopf, dann an den Armen, dann überall, wie besessen, aber der Juckreiz hört nicht auf.

Sie geht langsam über den Sportplatz, zieht ihre Sandalen aus, um das kühle Gras an den Fußsohlen zu spüren. Sie zieht eine zerdrückte Schachtel Zigaretten aus ihrer Jeans und zündet sich eine an, obwohl Rauchen auf dem gesamten Schulgelände streng verboten ist. Und zwar für alle. Man kann deswegen von der Schule fliegen.

Sie pafft trotzdem. Der scharfe, bittere Rauch hilft ihr, zu sich zu kommen, bei sich zu bleiben, nicht abzuheben. Das Abheben ist das Schlimmste, dann fühlt sie sich wie ein Ballon, der immer größer und leichter wird, bis er sich lautlos in seine Bestandteile auflöst.

Puff. Und sie ist weg.

Alles gut, sagt sie zu sich selbst.

Alles gut.

Das sagt sie auch zu ihren Eltern, wenn sie mit ihnen telefoniert. Fragt nicht nach, lasst mich in Ruhe, ich komme klar. Ihre Eltern fragen viel zu viel, sie wünschen sich Erklärungen, wo es keine gibt.

Alles gut.

Sophie atmet tief ein und aus.

Die Stimmen waren anfangs ihre Freunde, ihre Helfer. Sie machten sie stark und mutig und nahmen ihr die Schüchternheit. Aber in letzter Zeit ist ihr Kopf zu eng für diese Stimmen, die sich darin aufführen, als würden sie nur darauf warten, herauszuspringen und sich dann ziemlich schlecht zu benehmen. Sie sind so wahnsinnig laut, auf eine chaotische und unverschämte, schwer zu bändigende Weise.

Es ist warm. Sophie konzentriert sich auf dieses Gefühl. Wärme. Ein warmer Abend. Angenehm.

Sie hört etwas im Gestrüpp rechts neben ihr, ein Rascheln, und denkt erst, es ist eine Maus. Dann eine erstickte hohe Stimme, ein Kieksen, das abrupt abbricht. Das Geräusch von brechenden Zweigen.

Jemand – etwas – läuft weg. Sie hört tapsende Schritte.

Sie bleibt stehen und horcht.

Nichts mehr. Auch keine Stimmen.

Sie geht weiter, schneller, fixiert die Lichtinsel vor dem Schulhaus. Der Wald – mächtig, düster und bedrohlich, kein guter Freund mehr, kein Komplize, der sie versteckt – bleibt hinter ihr, aber während sie über die Wiese läuft, spürt sie ihn wie einen sehr langen Schatten.

Sie fasst sich an den Nacken unter dem Pferdeschwanz, als wäre da etwas. Sie kratzt sich, während der Wald Anstalten macht, sich über sie zu beugen, sie zu vernichten, feindlich und fremdartig wie ein Wesen aus einer anderen Welt.

Sie erreicht die Lichtinsel – fast im Laufschritt, um ehrlich zu sein – und atmet aus. Es ist 21.03 Uhr.

Sophie hört ein dumpfes Geräusch, ein Rumsen, fast wie ein ganz schwaches Erdbeben. Der gekieste Boden unter ihr scheint zu zittern, und sie weiß sofort, dass es etwas Schreckliches ist und dass dieses Schreckliche etwas mit ihr zu tun hat.

Oder haben wird.

Direkt vor ihr liegt jetzt der Junge, der vom Himmel fiel. Er liegt auf dem Rücken und schaut in den Himmel.

Er lächelt – nein, er lächelt nicht, man sieht nur seine Zähne, sein Gesicht ist eingefroren in eine Maske des Entsetzens. Auf seiner blassgrauen Stirn stehen schimmernde Schweißperlen, seine Augen sind weit offen und schauen in die Dunkelheit über ihm, den Himmel, die Luft, die ihn so schmählich im Stich gelassen hat.

Sophie will schreien, aber mehr als zu einem Japsen reicht es nicht.

Dann bewegt sich der Junge. Stöhnt, während sich die Augen verdrehen. Sophie beugt sich über ihn, aber sie traut sich nicht, ihn anzufassen. Sie nimmt ihr Handy und wählt die richtige Nummer: 112.

Kurze Zeit später ist ein Krankenwagen zur Stelle. Und plötzlich, als hätte jemand ein Signal gegeben, ist es sehr voll. Lehrer, viele ältere Schüler, mehrere Sanitäter in ihrer leuchtend orangefarbenen Arbeitskleidung machen einen Höllenlärm. Sophie findet sich auf dem Mäuerchen wieder, das den Vorplatz einfasst. Ein Sanitäter hat eine silbern beschichtete Fleecedecke um sie gelegt, die sie schon wieder abgeschüttelt hat, denn ihr ist viel zu warm, fast heiß, als hätte sie Fieber. Fragen prasseln auf sie ein, an die sie sich später nicht mehr erinnern wird.

Sie hat etwas gesehen, sie weiß etwas, aber sie weiß nicht mehr was.

Die Fragen stören, sie würde sich gern konzentrieren, aber trotzdem antwortet sie brav immer das Gleiche. Dabei geistert etwas an den Rändern ihres Gedächtnisses herum, und immer wenn sie glaubt, es greifen zu können, kommt jemand anderes, setzt sich neben sie, redet auf sie ein und nimmt sie in den Arm, weil er wahrscheinlich glaubt, das bräuchte sie jetzt.

Dabei will sie gar nicht angefasst werden. Von niemandem, auf gar keinen Fall, sie hasst das.

Zeit vergeht. Sie weiß nicht, wie viel davon.

Dann tauchen weitere Blaulichter auf. Ein Polizeiwagen.

Sie beobachtet den uniformierten Beamten, der sich mit einem Sanitäter unterhält, demselben, der sie vorhin in den Arm nehmen wollte. Er dreht sich schließlich um und deutet auf Sophie. Sie hüllt sich in die Decke, als könnte sie sich auf diese Weise unsichtbar machen. Die Tür des Polizeiautos geht auf, ein zweiter Beamter steigt aus. Beide kommen auf sie zu.

Aber Sophie will nicht reden. Sie ist plötzlich verwirrt, die Stimmen in ihrem Kopf werden wieder lauter, immer genau dann, wenn sie gerade den Mund aufmachen will. Sie weiß ja, was sie gesehen hat. Aber die Stimmen wollen nicht, dass sie es noch einmal erzählt.

Sie hört. »Am besten nehmen wir sie mit. Sie ist eine Zeugin.«

Sie will nirgendwohin. Aber als der eine Beamte sie vorsichtig am Arm fasst, steht sie folgsam auf, und als er sie fragt, ob es in Ordnung ist, dass sie sie mitnehmen aufs Revier, sagt sie Ja.

Sie sitzt auf einer Bank vor einer Art Tresen aus hellbraunem Holz, der ihr den Blick versperrt. Die Bank ist auch aus Holz und ziemlich hart. Hier zu sitzen fühlt sich jedenfalls an wie eine Strafe. Sophie starrt auf den beige gefliesten Boden vor dem Tresen. Die Stimmen geben jetzt Ruhe, sie fühlt sich wieder klar. Aber sie zittert, obwohl es vielleicht gar nicht kalt ist. Es kommt eher so von innen, dieses Zittern, die Erinnerung an den Anblick des weißen Gesichts, die sich verdrehenden Augen, wie bei einem sterbenden Tier.

Nur dass es ein sterbender Mensch war.

Sie hört, wie hinter der seltsamen Holzbarriere einer der Beamten telefoniert, gedämpft, aber sie versteht trotzdem einzelne Worte.

»Spricht nicht ... Braucht vielleicht 'ne Frau ... Kann nicht ... Ja. Jajaja ... Weiß nicht ... Klar. Alles klar.«

Sophie hört irgendwann ein Summen und blickt zu der mit grün lackiertem, verkratztem Metall eingerahmten Glastür. Eine Frau in Jeans und T-Shirt kommt herein und stutzt eine Sekunde lang, als sie Sophie sieht. Dann setzt sie sich einfach neben sie. Streckt ihre Beine aus und lehnt sich an die Wand. So entspannt, als wollte sie sich sonnen.

»Du bist Sophie?«, fragt sie schließlich, ohne Sophie anzusehen.

»Ja.« Sophie spricht leise und vorsichtig, um die Stimmen nicht zu wecken.

»Ich bin Sina. Sina Rastegar. Wie geht es dir? Ist dir warm genug?«

»Ja.« Und es stimmt, das Zittern hat aufgehört.

»Kannst du mir erzählen, was passiert ist? Oder möchtest du das lieber morgen tun und dich erst mal ausschlafen?«

»Nein.« Sie will auf keinen Fall ins Bett. Schon der Gedanke macht ihr Angst.

»Du möchtest nicht schlafen?«

»Nein.«

»Dann kannst du mir jetzt sagen, was passiert ist?«

»Ich war … spazieren.«

»Spazieren?«

»Ja. Im Wald.«

»Warst du allein?«

»Ja.«

»Niemand bei dir?«

»Nein.«

»Gut. Und dann?«

»Und dann war ich auf der Wiese. Neben dem Haupthaus. Ich wollte zurück in mein Zimmer. Und dann war das Geräusch.«

»Kannst du das Geräusch beschreiben?«

Sophie überlegt. Es war eher ein Gefühl als ein Geräusch. Ein Beben unter ihren Füßen, das sich bis in die Haarspitzen fortgesetzt hat. »Dumpf«, sagt sie. »Es war dumpf. Ich konnte es spüren.«

»Du konntest es spüren wie ein Beben?«

Sophie sieht die fremde Frau an, deren Namen sie sich nicht gemerkt hat. Die Frau sieht weiterhin geradeaus vor sich hin. Ihre Arme sind locker verschränkt. Sie wirkt sehr entspannt, fast gleichgültig.

»Ja«, sagt Sophie. »Es ging so … durch und durch.«

»Danke, Sophie. Du machst das sehr gut. Und was hast du dann getan?«

»Ich … Ich bin weitergegangen. Dann habe ich ihn da liegen sehen. Beim Glockenturm. Er … er hat auf dem Rücken gelegen. Er …« Sie weint, ohne es zu merken. Und jetzt ist auch das Zittern wieder da. Sie kann nicht sagen, was das Schrecklichste war. Doch sie weiß, was es war. Das Schrecklichste war sein Körper. So flach, zu flach irgendwie, wie platt gedrückt, als wäre er plötzlich zweidimensional, und plötzlich versteht sie, warum. Es sind die Knochen, die gebrochen sind. Alle auf einmal.

»Er war so anders«, sagt Sophie. Sie reibt sich die Augen, nimmt das Taschentuch, das ihr die Frau reicht.

»Wie anders?«

Sophie schüttelt den Kopf. Sie kann das nicht aussprechen, es ist zu schlimm. »Ist er tot?«, fragt sie.

Die Frau legt ihr die Hand auf die Schulter, und seltsamerweise stört es Sophie diesmal nicht.

»Hast du sonst jemanden gesehen?«

Sophie überlegt angestrengt, schüttelt dann den Kopf.

»Ganz sicher nicht?«

»Es war dunkel. Ich weiß nicht.«

»Okay.« Die Frau nimmt ihre Hand weg, und an dieser Stelle wird es kalt.

»Ist er tot?«, fragt sie noch einmal, obwohl sie es doch schon weiß.

»Ja«, sagt die Frau leise. »Er ist auf dem Weg ins Krankenhaus gestorben. Es tut mir sehr leid. Ich fahre dich jetzt zurück in die Schule, in Ordnung?«

Nein, möchte Sophie sagen. Aber sie weiß, dass dieses Nein nirgendwohin führen würde. Also nickt sie und steht auf.

Während Sophie Stunden später im Bett liegt und nicht schläft, sondern auf das graue Fensterviereck starrt, hinter dem langsam der neue Tag herandämmert, verfassen die Beamten der Spurensicherung ihren ersten, vorläufigen Bericht. Es gibt keine Kampfspuren im Glockenturm. Das Fensterbrett, von dem aus der Junge gesprungen sein muss, ist ein Meter sechzig hoch. Der Schemel, der davor stand, weist nur die Fingerabdrücke und die staubigen Fußspuren der Schuhe des Opfers auf. Auch auf dem Fenstersims außen befinden sich nur die Finger- und Schuhabdrücke des Opfers. Sie entsprechen perfekt dem wahrscheinlichen Tathergang: Das Opfer stellte eigenhändig den Schemel vor das Fenster, bestieg ihn, öffnete das Fenster, bestieg das Fensterbrett, dann das Fenstersims und sprang.

Die noch in der Nacht durchgeführten Befragungen der Lehrer und Mitschüler ergaben nichts. Keine Anzeichen für eine Depression, keine Hinweise auf gezieltes Mobbing. Das Opfer war ein unauffälliger Schüler, ein wenig still vielleicht.

Und sonst?

Nichts.

Am nächsten Tag, als Sophie an ihren Hausaufgaben sitzt, kommt der Bericht aus der Rechtsmedizin. Es gibt keine Zeichen äußerer Gewalteinwirkung an der Leiche. Alle Verletzungen sind mit an Sicherheit grenzender Wahrscheinlichkeit dem Sturz zuzuordnen.

Nach dem Abendessen versammeln sich alle Schüler und alle Lehrer auf dem Platz vor dem Glockenturm. Viele haben

Blumen niedergelegt. Es brennen Kerzen, und viele Mädchen weinen. Sophies Augen sind trocken. Ihre Verzweiflung ist zu tief, sie befindet sich weit unterhalb der Tränen, als wäre sie gefangen in einem finsteren Keller mit Wänden aus meterdickem Stahlbeton.

Geh sterben

I

Manchmal stelle ich mir folgende Szene vor. Sie wirkt so lebendig, dass ich mir nicht sicher bin, ob sie nicht tatsächlich genauso stattgefunden hat. Oder stattfinden wird.

Sie geht so: Ich lache unter meiner Maske und spüre dabei meinen warmen, feuchten, an der Innenwand kondensierenden Atem. Die Maske wäre nicht nötig gewesen, Tante Grete wird ohnehin niemandem von mir berichten können, aber ich mag sie.

Die Maske, nicht Tante Grete.

Ich stelle mir ein schwarzes Rabengesicht mit langem, gebogenem Schnabel vor, das Stirn und Nasenpartie bedeckt. Tante Grete hasst Raben, sie hat sie früher mit Geschrei und Gefuchtel vertrieben, wenn sie sich an düsteren Herbsttagen im laubübersäten Gras niederließen und heiser herumlärmten.

»Du kleines Aas«, keucht Tante Grete, während ich sie auf den Stuhl fessele, den ich mitgebracht habe. Ich lache wieder, möglichst tonlos. Ich würde sie gern bis zum Schluss im Unklaren lassen.

Sie wehrt sich heftig, beißt und tritt, ihre faltige Haut rutscht auf ihren alten Knochen hin und her, aber sie ist dabei ganz still. Kein Kreischen, kein Jammern, kein Heulen, genau so schätze ich sie ein. Es würde ihr allerdings auch nichts nützen, wenn sie laut wäre. Ihre Nachbarn links und rechts sind mit ihren Kindern in den Sommerferien. Unter ihr wohnt ein schwerhöriger alter Mann, der bereits um diese Zeit – es ist erst halb zwölf mittags – mit Kopfhörern vor dem Fernsehen sitzt. Die Schallschutzfenster sind fest geschlossen, der Fußboden gut gedämmt.

Keine Gefahr.

Es ist warm. Etwas stickig.

»Woher hast du den Schlüssel, du Aas?«

Ich lache wieder. Dieser Mord wäre eine Befreiung. Kein Zwang, kein Trieb diesmal. Wunderbare, wohlschmeckende Rache.

»Ich brauche keinen Schlüssel. Ich komme überall hinein.«

»Es ist ein Sicherheitsschlüssel!«

»Man kann auch Sicherheitsschlüssel nachmachen, wenn man die richtigen Kontakte hat.«

»Ich habe diesen Schlüssel immer bei mir! Er hängt um meinen Hals!«

»Wie gesagt, ich brauche keinen Schlüssel. Ein Dietrich tut's auch.«

Das wäre Tante Grete, wie man sie kennt und liebt. Immer am Streiten und Keifen. Stumm wurde sie nur bei ihren sadistischen Strafen.

Mittlerweile habe ich sie trotz ihrer Gegenwehr überwältigt. Sie sitzt jetzt auf dem stabilen Holzstuhl mit überlanger Lehne, den ich extra für diesen Zweck gebaut und mitgebracht habe. Ihre nach oben gestreckten Arme sind mit Nylonstricken an die Längsverstrebungen gefesselt, ihr Oberkörper an die Lehne, ihre Beine und Füße an die vorderen Stuhlbeine.

Sie ruckelt vor und zurück, nach rechts und links, aber der Stuhl steht bombenfest; seine Beine sind auf der Rückseite mit Stahl verstärkt. Ihr magerer Altfrauenkörper kann nichts ausrichten. Jetzt schreit sie wohl doch, ziemlich schrill und ohrenbetäubend. Ich stöpsele die Kopfhörer meines iPhones ein und drehe richtig auf. Ich sehe nun noch ihren hässlichen dünnen Mund und höre aber nichts mehr von ihrem Gebrüll.

Ich bin sehr zufrieden mit meinen Vorbereitungen. Bevor Tante Grete von ihrer täglichen Einkaufstour zurückkam, habe ich den Gang, den Wohnzimmerboden und die Wände mit dicker Plastikfolie ausgelegt, auch die Möbel in Plastik eingepackt und die Ränder der Folie bis knapp unter die Decke an die Wand geklebt. Als sie zur Wohnungstür hereinkam, vor sich hinmurmelnd, wie es alte Leute oft tun, gab es eine mittlere Dosis Amylnitrit – nur so viel, dass sie kurz benommen war.

Ich will ja, dass sie alles mitbekommt.

Ich habe das Ganze recht lange geplant und vorbereitet und auch viel über das Prozedere nachgedacht. Es hätte die Möglichkeit gegeben, sie mit ihren eigenen Foltermethoden zu quälen, da gab es schließlich eine Menge zur Auswahl. Sie mochte es zum Beispiel, den Kopf des Delinquenten so lange unter kaltes Wasser zu halten, bis man glaubte, zu ertrinken. Manchmal sperrte sie einen auch in die fensterlose Kammer und machte das Licht aus, stundenlang, bis man in der Stille und der Dunkelheit schier den Verstand verlor. Manchmal schlug sie natürlich auch zu. Aber selten – sie hinterließ nicht gerne Beweise, die man zur Schau stellen konnte.

Ich würde mich schließlich doch für meine traditionelle Methode entscheiden. Vielleicht ist es eine Frage der Gewohnheit, vielleicht ist es auch der Wunsch, sehr tief hineinzuschauen in Tante Grete, der unbewusste Drang, zu verstehen, was sie im Inneren antreibt, böse zu sein, mindestens so böse wie ich und doch auf eine ganz andere Art.

Tante Grete lebt seit Jahren allein. Ihre Familie hat jeden Kontakt zu ihr eingestellt – sie ist vermutlich eine zu unangenehme Person, um sich freiwillig mit ihr abzugeben – und sie hat, wenig überraschend, weder Ehemann noch Kinder noch Freunde. Ihr Tagesablauf ist immer gleich. Sie steht gegen sechs Uhr auf und frühstückt dann wahrscheinlich. In der Küche läuft jedenfalls ab halb sieben der Fernseher und verbreitet ein bläuliches Licht, das man auf der Straße gut sehen kann. Um neun verlässt sie das Haus, um einzukaufen, was sie bei jedem Wetter tut – sie ist zwar mager, aber zäh und gut zu Fuß.

Der kleine Supermarkt ist etwa zehn Gehminuten entfernt, und anschließend besucht sie manchmal noch eine Metzgerei, die in einer Querstraße liegt. Oft lässt sie ihre Einkäufe dort oder im Supermarkt stehen und geht eine Stunde im nahe gelegenen Park spazieren.

Das tut sie bei jedem Wetter. Wenn es regnet, trägt sie eine durchsichtige Pelerine, die bis fast zum Boden reicht, und im Winter immer denselben dunkelblauen Daunenmantel, der um ihre dürren Beine schlackert.

Der Park ist klein. Im Grunde läuft sie dort eine Stunde lang im Kreis. Es geht ihr also nicht darum, die Natur zu genießen. Sie will sich fit halten. Warum auch immer.

Ich fessle ihren Hals an eine der Querverstrebungen des Stuhls. Sie kann sich nun fast gar nicht mehr bewegen, ohne sich selbst zu strangulieren. Ich sehe, dass sie verstummt – und zum ersten Mal, dass sie wirklich, wirklich Angst hat.

»Ich habe Geld«, flüstert Tante Grete, während der Strick in ihren Hals einschneidet. Ihre Hände sind sehr weiß – viel Blut ist schon abgeflossen. Wahrscheinlich spürt sie sie kaum noch.

»Schön für dich«, sage ich.

»Mein Sparbuch liegt dort drüben. 128 433 Euro. Du kannst es dir nehmen. Ich gehe mit dir zur Bank und hebe es für dich ab.«

»Das ist wirklich sehr großzügig.«

»Alles. Du kannst alles haben.«

»Vielen Dank.«

»Wenn ich tot bin, kommst du an das Geld nicht heran«, gibt sie zu bedenken.

Ich lächle unter der Maske. »Wie schade. Du meinst, ich

sollte dich losbinden, mit dir zur Bank gehen, dein Geld nehmen und dich laufen lassen.«

»Du könntest ein neues Leben anfangen.«

»Danke, mein Leben gefällt mir so, wie es ist.«

Ich setze den ersten Schnitt an ihrem Hals, direkt unter der Kinnlinie, noch nicht sehr tief. Trotzdem blutet er sehr stark.

Ich verspüre keine Erregung. Das kann man auch nicht erwarten. Tante Grete ist kein attraktives junges Mädchen, ihre Haut ist nicht milchweiß und prall, sondern fleckig und schlaff – es macht nicht wirklich Spaß. Es ist eher eine lästige Pflicht. Aber nun bin ich hier und – so stelle ich es mir vor – bringe mit einer gewissen Befriedigung zu Ende, was ich angefangen habe.

Ich setze einen zweiten Schnitt. Ich trage Chirurgenhandschuhe, einen weißen Schutzanzug aus dünnem reißfestem Material, der auch meine Haare verdeckt, und zusätzlich einen Mundschutz unterhalb der schwarzen Maske. Tante Grete hat mich möglicherweise trotzdem erkannt. Das glaube ich zu spüren, obwohl sie mich kein einziges Mal mit meinem Namen anspricht.

Du Aas. Das ist alles, was sie sagt.

Jetzt schreit sie doch, nicht aus Schmerz – bislang sind die Schnitte zu oberflächlich –, sondern aus einer Art kreatürlicher Furcht heraus. Niemand, nicht einmal sie, ist davor gefeit. Tränen laufen ihr über das faltige, verkniffene Gesicht. Das ist wirklich das Letzte: Sie, die die widerwärtigsten Foltertechniken an Wehrlosen perfektioniert hat, hat jetzt selbst Angst.

»Bitte – nicht!«

»Warum nicht? Nenn mir einen Grund.«

Währenddessen knöpfe ich ihre Bluse auf, zerschneide ihren hautfarbenen BH, alles mit langsamen, sorgfältigen, geübten Bewegungen.

Was will sie eigentlich? Sie ist jetzt 75 Jahre alt, will sie ewig leben? Wofür, für wen?

Sie hat jetzt die Augen geschlossen, sie schnieft wie ein Kind. Einfach lächerlich. Ich schneide ein Dreieck in ihren weißen, aufgeblähten Bauch. Man möchte nicht älter werden, wenn man sieht, was das Alter mit einem macht.

Ich trete einen Schritt zurück und betrachte mein Werk. Wie sie vor mir sitzt, zu absoluter Bewegungslosigkeit verdammt. Meinen Blicken ausgeliefert. Ich schmecke das süße Aroma der Rache.

Tante Grete schreit. »Warum tust du das?«

Auf diese Frage muss ich gewartet haben, denn sie erfüllt mich mit tiefster Freude, ja, sie macht mich wirklich beinahe glücklich, auch wenn das in diesem Zusammenhang merkwürdig klingt.

Ich lasse mir mit der Antwort Zeit. Sie ist nicht leicht zu formulieren, der Hass hatte so lange Zeit, sich in mir festzusetzen und giftige, faszinierende Blüten zu produzieren, dass er nun, da die Gelegenheit da ist, sich zu entfalten, zu verstummen droht. Ich würde gern sehr viel sagen, ihr alles erklären, aber seltsam: Ich habe keine Lust mehr dazu.

Ich sage also einfach nur: »Dich hätte man einfach nicht auf Schutzbefohlene loslassen sollen.«

Tante Grete stöhnt, ihre Augen verdrehen sich nach außen, möglicherweise stirbt sie mir unter den Händen weg …

Das dürfte natürlich nicht passieren, ich müsste sie in aller Ausführlichkeit aufklären, solange sie noch aufnahmebereit ist. Das würde mich nämlich ärgern: dass ich zu spät dran sein könnte. Dass sie nicht mehr bereuen kann.

Andererseits bereuen meiner Beobachtung nach selbst die schlimmsten Diktatoren, die skrupellosesten Folterknechte ihre Verbrechen niemals freiwillig. Sie finden immer die fantastischsten, irrwitzigsten Ausreden für ihre Schreckensherrschaften – und wenn es die ist, von nichts gewusst zu haben.

Ich halte also kurz inne und trete, mit dem blutigen Messer in der Hand, einen Schritt zurück und begutachte mein Werk, eine obszöne Pietà, deren Leid zu hundert Prozent selbstverschuldet ist. Ich überlege, ob es bereits reicht, ob sie an den ihr zugefügten Wunden nicht ohnehin sterben wird. Spaß macht es ja ohnehin keinen.

In diesem Moment öffnet Tante Grete ihre Augen und sieht direkt in meine. Es ist, als würde ihr Blick meine Maske durchdringen und mein Innerstes freilegen. Ich spüre ihren Hass wie einen elektrischen Schlag, ein Triumph: Ich bin der, den sie hasst. Reue? Keine Reue, natürlich nicht, was erwarte ich denn?

Ich würde nun das Messer heben und ihre Leber durchbohren. »Gute Reise zur Hölle«, würde ich sagen.

Sie würde nicht mehr antworten.

Schade, dass es vorbei ist. Der Traum. Der Plan. Die Erinnerung. Oder was immer es war.

2

»Leo«, sagt Sina Rastegar. Sie beugt sich über ihn, fasst ihn sanft an der Schulter. Er liegt quer über dem Bett auf dem Bauch und reagiert nicht. Sein Körper fühlt sich schwer an und warm. Leo schläft gerne lang, was aber meistens nicht möglich ist. Heute ist allerdings Sonntag und es ist erst neun.

Erst neun, Sina, Himmel noch mal! Das würde er sagen, wenn sie ihn wach kriegen würde.

Leo hat ihr eine Menge beigebracht. Zum Beispiel, dass man in einer engen Wohnung zu zweit leben kann, ohne sich auf die Nerven zu gehen. Das kannte sie nicht. Sie wusste nicht, wie man es schafft, nicht genervt zu sein, wenn jemand länger als eine Nacht dablieb.

Und zum Beispiel mit ihr frühstücken wollte.

Ganz schlimm.

Unschlüssig steht sie vor dem Bett in ihrem Bademantel. Sie hat geduscht und ihre Haare gewaschen und geföhnt und sich eingecremt, und noch immer schläft er. Es ist eine Ungeduld in ihr, die nichts mit Verpflichtungen zu tun hat.

Es ist Sonntag!

Sie schlendert barfuß zum Fenster und macht es auf.

Ein Sommertag kündigt sich an, die Luft riecht frisch, Meisen und Spatzen zwitschern, und da das Fenster auf den begrünten Innenhof herausgeht, hört man keine Verkehrsgeräusche.

Wir sollten …, denkt sie, aber dann fällt ihr nicht mehr ein, was sie sollten.

Rausgehen, Radfahren, Rollerbladen, Schwimmen. Es kann

nicht sein, dass man an einem solchen Tag in der Wohnung bleibt.

Oder doch?

Sina macht sich Kaffee in der Küche, zündet sich eine Zigarette an und nimmt sie mit ins Schlafzimmer. Sie schnappt sich ihr Kopfkissen und platziert es auf der Fensterbank. Dann setzt sie sich darauf, lehnt sich an den Fensterrahmen, streckt die Beine aus, raucht und schnippt die Asche nach draußen. Die Sonne fällt auf das Haus gegenüber, einen Altbau mit zitronengelbem Anstrich und kleinen gemauerten Balkons, sie spiegelt sich in den Fenstern. Es ist so hell, dass Sinas Augen tränen.

Sie nippt an ihrem Kaffee. Lässt den Rauch durch die Lippen strudeln. Und einen Moment lang – allerhöchstens zwei Minuten lang – fühlt sie sich perfekt. Als wäre sie angekommen. Dorthin, wo sie immer wollte, ohne es zu wissen. Weil sie dachte, dass es so einen Platz nicht geben könnte. Sie lässt ein Bein nach draußen baumeln, drückt es schließlich an den körnigen, kühlen Verputz, zieht es wieder nach oben.

Leo ist da. Er geht nicht weg. Die Situation ist nicht einfach, seine Frau ist unglücklich und möchte ihn zurückhaben, aber er hat sich entschieden. So ist Leo. Wenn er ja sagt, meint er ja – und gleichzeitig bedeutet das nein für seine Frau. Seine Frau heißt Isabella, ein schöner Name, eine schöne Frau. Sina ist froh, dass sie nur Fotos von ihr kennt und ihre sanfte Stimme am Telefon, wenn sie Leo sprechen will.

Sobald die Scheidung durch ist, werden sie eine neue Wohnung suchen, das ist der Plan. Aber das dauert noch lange, das Trennungsjahr hat erst vor drei Monaten begonnen. Manchmal macht sich Sina Sorgen. Wenn man Glück hat, gibt es die Möglichkeit, es wieder zu verlieren, und dann wäre man vielleicht ärmer als je zuvor. Wenn man nicht glücklich ist, ist man weniger ängstlich, und manchmal weiß sie nicht, ob ihr das nicht lieber wäre, aber dann wieder ärgert sie sich über sich.

Und packt diese trübseligen Gedanken entschlossen in einen Sack und stellt ihn irgendwo in einem Hinterzimmer ihres Gehirns ab.

Sie schläft im Sitzen ein. Doch dann wacht sie auf, weil ihr der Kopf auf die Brust gesunken ist und ihr Nacken schmerzt.

Sie dehnt sich, steht auf und geht zum Bett. Schiebt Leos Beine von ihrer Bettseite weg und legt sich neben ihn.

Eine Stunde später wacht sie auf, weil Leos Telefon klingelt. Sie bleibt regungslos liegen, während sie registriert, dass er nach dem Telefon tastet und dann wortlos aufsteht und aus dem Zimmer geht, das Handy am Ohr.

Die Tür macht er ganz leise hinter sich zu.

Sie steht auf und macht die Tür wieder auf. Lehnt sich mit der Schulter gegen den Türrahmen und lauscht, weil sie das alles sehr wohl etwas angeht, auch wenn Leo immer behauptet, dass er sie da nicht hineinziehen will.

Aber sie befindet sich doch schon mittendrin.

Gemurmel. Leo ist in der Küche, sie hört ihn hin und her laufen, seine Füße machen schabende Geräusche auf dem Fliesenboden. Leo hat ohnehin schon eine sehr sonore Stimme – sie liebt diese Stimme –, aber jetzt würde sie sich wünschen, sie wäre lauter, deutlicher und schärfer.

Schließlich hört das Schaben auf. Sie geht in die Küche. Leo sitzt mit dem Rücken zu ihr am Küchentisch und sagt, ohne sich umzudrehen: »Du hast gelauscht.«

Sina nickt, was er nicht sehen kann. Sie zieht sich den Bademantel fester zu, verknotet ihn.

»Komm her«, sagt Leo. In seiner Stimme ist ein Lächeln, aber sie bleibt trotzdem, wo sie ist.

»Isabella?«, fragt sie.

Er wendet den Kopf, sodass sie sein Profil sieht. Er grinst. Lässt sie ein bisschen braten. Das macht er gern. Ungeduldig sieht sie ihn an. Kommt aber keinen Schritt näher.

»Katja«, sagt er schließlich. Seine Schwester heißt Katja, so viel weiß Sina schon, und dass sie verheiratet ist und Zwillinge hat.

»Was ist mit ihr?«

»Sie hat uns zum Mittagessen eingeladen.«

Sina weiß, dass das eine gute Nachricht ist – Leos Familie will sie kennenlernen, sie akzeptieren seine neue Beziehung. Ein schrecklicher Gedanke andererseits. Als würde jemand den Sack über ihr zumachen.

»Was hast du gesagt?«, fragt sie.

»Zugesagt. Ich habe zugesagt. Oder hast du was anderes vor?«

»Nein. Aber ...«

»Du hast nichts anzuziehen.«

»Wieso? Doch.« Aber dann merkt sie, dass er sie aufzieht. Sie geht zu ihm hin, setzt sich auf seinen Schoß, und er vergräbt sein Gesicht in ihren Haaren.

»Katja ist ...«

»Was?«

»... nett. Sie ist nett. Unkompliziert.«

»Ich versteh dich schon«, sagt Sina. Sie überlegt sich eine Ausrede, aber ihr fällt nichts ein, nicht, wenn sie auf Leos Schoß sitzt.

Du bist wie ein Mann, sagt Leo manchmal.

Was?, ruft sie dann empört. Es ist eine Art Spiel zwischen ihnen.

Der Typ Mann, über den sich Frauen aufregen, weil er sich nicht in die Karten schauen lässt.

Will ich auch nicht. Sind ja meine Karten.

Sie steht auf und setzt sich auf den Stuhl gegenüber. Betrachtet ihn prüfend. Seine breiten, trainierten Schultern, seine gebräunte Haut, die ergrauten Haare über der hohen Stirn. Die erstaunlich tiefen Querfalten auf der Stirn, als würde er sie ständig runzeln, was er aber eigentlich gar nicht tut.

Oder vielleicht doch, im Schlaf oder wenn niemand hinsieht.

Das mit der Ausrede wird nicht funktionieren.

»Aber heute …«

»Was?«

»Ich wollte …«

»Ja?« Er grinst. Durchschaut jedes ihrer Manöver. Am liebsten wäre es ihr, Leo und sie könnten immer zu zweit sein. Das hat sie ihm einmal gesagt, in einer schwachen Minute. Aber damit kommt sie bei ihm nicht durch.

Ich will dich herzeigen.

Mich kann man nicht herzeigen. Ich bin irgendwie …

Nicht gesellschaftsfähig. Das stimmt. Als Erstes arbeiten wir an deiner Humorkompetenz.

Was? Ich habe …

Null Humor. Du nimmst alles wörtlich. Aber wir kriegen dich noch präsentabel hin. Humor ist der Anfang. Kriegst du den hin, kommt das andere von selber nach.

Ich HABE Humor!

Na gut, dann erzähl deinen Lieblingswitz. Und erzähl mir nicht, dass du dir Witze nicht merken kannst.

Ich kann mir Witze nicht merken.

Eben!

Sie seufzt, ohne es zu merken. »Wann müssen wir … äh … dort sein?«

»Um halb eins. Mach dir keine Sorgen.« Er beugt sich nach vorn, zieht sie an der dicken schwarzen Strähne, die ihr in die Stirn hängt, wenn sie die Haare nicht zum Pferdeschwanz zurückbindet. »Ja? Keine Sorge.«

»Mach ich nicht.«

Er lässt die Strähne los und lehnt sich wieder zurück. Und sie spürt, da ist noch etwas.

»Du fährst zu Isabella«, stellt sie fest.

Er bewegt sich nicht. Sein rechter Arm liegt auf dem Tisch, seine Hand ist geöffnet, als würde er etwas erwarten, ein Geschenk oder etwas Ähnliches. »Das ist meine Sache«, sagt er, aber nicht böse – er ist selten böse mit ihr –, eher ratlos.

»Ich muss zu ihr«, sagt er. »Nur eine Stunde.«

»Ist was passiert?«, fragt sie.

»Sie hat …« Aber er will es nicht sagen. Er zögert, dann steht er plötzlich auf, mit einer fließenden Bewegung, dreht sich um, kommt mit ein, zwei Schritten zu ihr und nimmt sie in den Arm. Und sie entspannt sich automatisch, weil sie das immer tut, wenn er sie anfasst. »Ich bin in einer Stunde wieder da«, murmelt er in ihren Nacken. Und wieder einmal ist sie überrascht, wie weh es tut, dass er jetzt geht, obwohl sie es doch gewohnt sein müsste, an einem Sonntag allein zu sein.

Und es ist doch nur eine Stunde.

»Bleib einfach so lange, wie du glaubst, dass es richtig ist«, sagt sie, aber eigentlich will sie sagen, dass er Isabella zum Teufel schicken soll. Vielleicht braucht er das in Wirklichkeit: keine Frau mit Verständnis, sondern eine, die Tacheles redet, nichts versteht, hysterisch wird, ihn bedrängt, ihm die Pistole auf die Brust setzt. Aber so ist sie nicht. Sie kann Isabella nicht hassen, sie ist immer noch Leos Frau, und sie hat ältere Rechte.

»Ich würde viel lieber …« Er zieht ihr langsam den Bademantel aus und küsst sie, wie nur Leo küssen kann, vergräbt seine Hände in ihren Haaren, und dann machen sie es schnell, aber zärtlich zwischen Küche und Schlafzimmer, und sie ist immer noch so scharf auf ihn wie beim allerersten Mal, auf dem Tisch in der Pathologie im strengsten und schneereichsten Winter seit vielen, vielen Jahren, der jetzt so weit weg erscheint, als hätte es ihn nie gegeben.

»Wir treffen uns hier um zwölf«, sagt er danach, während er sich anzieht.

»Ja. In Ordnung.«

»Was machst du bis dahin?«

»An meiner Humorkompetenz arbeiten.«

Als Leo weg ist, zieht sie sich ihre Joggingsachen an und läuft los Richtung Lessingdamm. Die Stadt ist ganz still, als würde sie sich in der Sonne ausruhen. Es ist kaum jemand unterwegs, die übervölkerten Straßencafés befinden sich weiter oben, in der Fußgängerzone am Münsterplatz. Dort sind jetzt Busladungen von Touristen aus aller Welt unterwegs und bewundern bezaubernd renovierte Fachwerkhäuser und die Michaeliskirche mit dem berühmten Barockaltar aus dem Jahr 1730.

Sie läuft den Lessingdamm herunter. Die Luft ist immer noch ein bisschen kühl, aber es soll heiß werden. Leyden befindet sich in einer Senke zwischen waldigen Hügeln – die Hitze staut sich hier, stülpt sich wie eine Glocke über die Stadt. Einige wenige Autos fahren an ihr vorbei, aber die meiste Zeit hört Sina nur ihren Atem. Ein, aus, ein, aus. Sie biegt in die Straße, die zum Hafen führt, nicht den weiter nördlich, wo die Ausflugsschiffe anlegen und Trubel auf der Uferpromenade herrscht, sondern den Frachtschiffhafen.

Da, wo das Wasser ölig ist und nach altem Fisch riecht, besonders im Sommer, wenn es tagelang nicht regnet. Sina zieht beim Laufen ihr langärmliges Sweatshirt über den Kopf und bindet es sich um die Hüften. Ihr Trägerhemd ist bereits durchgeschwitzt, die Sonne wärmt ihre Schultern und ihren Nacken. Sie sieht auf die Uhr; sie ist jetzt eine halbe Stunde unterwegs und könnte ewig so weiterlaufen.

Runner's High.

Sie wiederholt den Gedanken im Rhythmus ihrer Schritte.

Run

ner's

High

Das *High* ist wie ein Seufzen. Sie atmet alles aus. Leo, Isabella, Katja, was war und sein wird, oder auch nicht.

Mittlerweile ist sie an der Ley angelangt und wird langsamer.

Und noch langsamer.

Schließlich schlendert sie. Genießt die leichte kühlende Brise vom Wasser, spürt ihren ganzen Körper angenehm erschöpft. Ihr Atem beruhigt sich. Sie schaut auf den Fluss. Wasser fasziniert sie, seine Ruhe, seine Kraft, seine ewige Bewegung, sein Nichts-Wollen oder sein einfach nur Immer-weiter-Wollen, egal wohin.

Dann klingelt ihr Handy. Es ist die Dienststelle.

»Florian hier. Wo bist du grade?«

»Florian? Was ist los?«

»Ich weiß nicht genau.« Florian ist Kommissaranwärter und noch sehr jung, vielleicht 22. Er hat das erste Mal Bereitschaft. Er klingt unsicher.

»Da ist eine Frau. Die will eine Aussage machen oder so. Zu Lukas Salfeld.«

»Eine Frau?«

»Ja. Ähm … die ist alt. Ich habe ihr gesagt, sie soll morgen wiederkommen, aber sie geht einfach nicht. Was soll ich jetzt mit der machen?« Florian redet mit gedämpfter Stimme.

»Es ist Sonntag. Sie soll morgen kommen, um halb neun. Dann rede ich mit ihr.«

»Die will aber nicht morgen kommen. Sie sagt, dass sie in Gefahr ist.«

»Das hat nichts zu sagen. Ältere Menschen glauben das manchmal. Ist sie verletzt?«

»Nein, glaub ich nicht.«

»Ist bei ihr eingebrochen worden?«

»Nein. Aber sie sagt, das kann jederzeit passieren.«

»Es kann einem auch jederzeit Weltraumschrott auf den Kopf fallen.«

Florian lacht, aber es klingt einigermaßen kläglich. Es kommen fast täglich Frauen, die sich vor Salfeld fürchten. Meistens sind es Neurotikerinnen, und alle sind viel älter als die Mädchen, für die sich Salfeld tatsächlich interessiert.

»Florian. Du schickst sie jetzt heim, okay? Sie soll morgen kommen.«

»Die geht aber nicht. Die bleibt sitzen, bis du kommst. Die will nur mit dir reden.«

»Florian ...« Aber sie ist schon auf dem Weg.

3

Sina schätzt die Frau auf Mitte siebzig. Sie ist dünn, ihre Haltung ist leicht gebeugt, aber sie wirkt zäh und alles andere als gebrechlich. Sie sitzt regungslos auf ihrem Stuhl, die knochigen Hände liegen vor ihr auf den Oberschenkeln. Sie erinnert Sina an einen struppigen Geier aus einem Comic. Obwohl ihre Bluse bis zum Hals zugeknöpft ist, wirkt der faltige Hals nackt. Die störrischen Haare umrahmen das Gesicht wie eine graue Wolke.

»Ich werde bedroht«, sagt die Frau, die sich als Margarete Johansson vorgestellt hat. Margarete Johansson, wohnhaft Stargarder Straße 22. Im Personalausweis steht ihr Geburtsdatum (sie ist 75 Jahre alt), und auch, dass sie ledig ist. Hinter Sina steht Florian, die Hände in den Hosentaschen vergraben. Sie schickt ihn an seinen Schreibtisch. Es fällt ihr schwer, freundlich zu bleiben. Florian hätte das auch irgendwie alleine hinkriegen können.

»Wer bedroht Sie denn?«, fragt Sina. Sie fixiert die heruntergelassene Jalousie am Fenster hinter Margarete Johansson, durch die streifiges Sonnenlicht fällt.

»Lukas Salfeld«, sagt die Frau.

Etwas an ihr ist merkwürdig. Sie wirkt nicht so, als ob sie Angst hätte. Eher als würde sie über etwas triumphieren. Die Art von Triumph, die besagt, dass man es ja schon immer gewusst hat.

Sina schüttelt den Kopf.

»Wieso glaubt mir eigentlich keiner!«, ruft die Frau.

Weil Sie die Zehnte oder Zwanzigste sind, die sich das einbildet, will Sina sagen. Es ist nämlich so: Entweder die Frauen haben Angst vor Salfeld, oder sie wollen ihn retten. Es gibt weit mehr als zwei Dutzend Liebesbriefe an Salfeld, die sie in der Dienststelle archiviert haben, und es kommen wöchentlich drei bis vier neue. Unglaubliche Briefe. Einige werben mit Nacktfotos der Absenderin, fünf der Frauen haben sich einen kurzen Bob schneiden und die Haare blond färben lassen, weil bekannt geworden war, dass diese Frisur bei Salfeld etwas auslöste.

»Salfeld tut niemandem etwas«, sagt Sina. »Das ist alles längst vorbei, und er hat dafür gebüßt. Er ist auch gar nicht mehr in Leyden«, lügt sie. »Sie müssen sich überhaupt keine Sorgen machen. Abgesehen davon mag er junge und blonde Mädchen. Sie würden gar nicht in sein Schema passen.«

»Er hasst mich. Ich weiß, dass er mich hasst und dass er sich rächen will.«

»Wieso sollte er sich rächen wollen? Was haben Sie ihm getan?«

Zum ersten Mal wirkt die Frau wie aus dem Konzept gebracht. Sie senkt den Kopf, knetet ihre Oberschenkel, und endlich sieht Sina die Zusammenhänge, und sie ärgert sich über ihre Begriffsstutzigkeit. Der Prozess gegen Salfeld vor vielen Jahren. Seine Akte, die Sina sorgfältig gelesen hat.

Der Name Johansson.

Margarete Johansson.

Sie war Salfelds Kindermädchen. Vor vielen, vielen Jahren.

»Sie haben gegen ihn ausgesagt«, stellt sie fest. »Damals, 1977. Ich habe die Akte gelesen.«

»Er war ein schlechter Mensch«, murmelt die Frau, ohne Sina anzusehen. »Er hat seine Freundin getötet. Er war eine Bestie.«

»Dafür hat er gebüßt, und das wissen Sie. Er hat sich in den letzten drei Jahrzehnten nichts mehr zu Schulden kommen lassen. Er ist ein freier Mann und wird seine Freiheit nicht aufs Spiel setzen. Schon gar nicht Ihretwegen«, fügt Sina hinzu und merkt, dass sie hämischer klingt, als sie klingen sollte.

»Ich weiß, dass er mich töten wird«, sagt die Frau. Ihre Stimme ist leise, aber man hört trotzdem jedes Wort; sie artikuliert sehr deutlich, wie eine Lehrerin.

Es ist stickig in der Dienststelle. Eine Klimaanlage gibt es nicht, deswegen fallen die Computer an Sommertagen oft aus. Menschen vertragen Hitze, Computer nicht. Sina holt tief Luft, sie schmeckt nach Staub und riecht nach Toner, weil der Drucker nur wenige Meter von ihrem Schreibtisch entfernt steht.

Ihr Mobiltelefon klingelt und zeigt Leos Namen an. Es liegt vor Sina, aber sie ignoriert es.

»Soll ich weitermachen?«, ruft Florian von seinem Schreibtisch aus.

»Danke. Ich erledige das.«

»Ich will Ihren Vorgesetzten sprechen«, sagt die Frau währenddessen.

»Hören Sie, Frau Johansson, ich bin extra wegen Ihnen gekommen, obwohl heute Sonntag ist. Mein Vorgesetzter wird das ganz sicher nicht tun. Entweder Sie reden mit mir, oder Sie gehen nach Hause.«

»Er lauert mir auf«, unterbricht sie die Frau, herrisch und ungeduldig, wie jemand, der es gewohnt ist, dass man tut, was er sagt.

»Wer? Und wann?«

»Ich weiß nicht. Er ist ... Er sieht immer anders aus.«

»Sie meinen, es sind mehrere Personen?«

»Es ist immer derselbe. Er sieht nachts in mein Fenster. Er verfolgt mich beim Einkaufen, beim Spazierengehen.«

»Wie sieht er aus?«

»Immer anders. Aber ich weiß, dass er es ist. Ich spüre ihn. Hinter mir, neben mir, um mich herum.«

»Was Sie spüren, ist Ihr schlechtes Gewissen.«

»Was? Was fällt Ihnen denn ein?«

»Sie waren das Kindermädchen von Lukas Salfeld. Sie haben ihn damals gequält, habe ich recht?«

»Das ist …«

»Und jetzt, auf Ihre alten Tage, plagt Sie Ihr schlechtes Gewissen. Vielleicht sind Sie ja schuld daran, dass Salfeld so wurde, wie er war.«

»Unverschämtheit. Ich will sofort …«

»Er wird sich nicht an Ihnen rächen, Frau Johansson. So dumm ist er nicht, dann finge ja alles wieder von vorne an. Er wird Ihnen ganz sicher nichts tun. Und dafür, dass Sie schlecht träumen, kann er nichts. Das ist allein Ihr Problem. Vielleicht sollten Sie einen Arzt konsultieren.«

»Sie verstehen mich nicht.«

»Hat er Sie jemals angesprochen? Angerufen? Irgendetwas in der Art?«

»Das muss er nicht.«

»Hat er Sie schriftlich bedroht?«

»Natürlich nicht.«

»Dann können wir auch nichts unternehmen.«

Die Frau steht auf, geschlagen, und jetzt sieht man, dass sie wirklich alt ist, hilflos, und einen Moment lang zögert Sina. Es gibt keinen Grund, Lukas Salfeld zu vertrauen, es wird nie einen geben. Und Margarete Johansson wirkt nicht wie jemand, der sich von Hirngespinsten ins Bockshorn jagen lässt.

Sie will noch etwas sagen, etwas fragen. Aber Margarete Johansson hat schon ihre Tasche genommen und geht mit forschen Schritten zum Ausgang, ohne sich zu verabschieden.

»Die ist ja total verrückt«, lässt sich Florian von der anderen Seite des Raumes vernehmen.

»Keine Ahnung«, sagt Sina. Ihr Handy summt und zeigt eine SMS von Leo an. »Ich hoffe es.«

»Wie, du hoffst es? Glaubst du der?«

Sina fixiert ihren Schreibtisch, wie sie es oft macht, wenn sie nachdenkt und zu keinem Ergebnis kommt. Dann zieht sie den Gummi aus ihren Haaren und zwirbelt ihn so hinein, dass aus dem Pferdeschwanz ein fester Knoten wird.

Es ist immer noch Sonntag. Elf Uhr dreißig. Um zwölf sind sie verabredet, und sie ist immer noch in ihren verschwitzten Joggingklamotten. Vielleicht ist Leo bereits zu Hause und wartet auf sie. Vielleicht steht in der SMS aber auch: *Ich kann Isi jetzt nicht allein lassen, tut mir leid, ich liebe dich.*

»Salfeld hasst sie«, sagt sie mehr zu sich als zu Florian. Dann sieht sie zu Florian hinüber, in sein hübsches Jungengesicht. Er schwitzt in seinem Uniformhemd, sie kann die dunklen Flecken unter den Achseln sehen. Am liebsten würde sie ihn auch heimschicken.

Würde es irgendeinen Sinn machen, Margarete Johansson überwachen zu lassen?

Definitiv nicht. Sie kann ihren angeblichen Verfolger nicht einmal beschreiben. Nichts, gar nichts deutet auf Lukas Salfeld hin.

Es ist eine Wahnidee, sonst nichts.

Leos Schwester Katja hat rot gefärbte Haare, das fällt als Erstes auf, weil sie außerdem so dicht und lockig sind. Sie trägt ein weites, hellblaues Kleid, das bis zu den Knien reicht. Sie ist ganz anders als Sina mit ihren dunklen, glatten Haaren und der fast schon hageren, trainierten Figur. Sie hat Formen. Wenn sie einen umarmt – was Katja sofort tut, obwohl sie sich doch noch gar nicht kennen –, spürt man ihren Busen und ihren Bauch.

Mütterlich.

Wobei Sina nicht weiß, wie sich mütterlich anfühlt. Ihre

eigene Mutter, Carlotta Rastegar, war eine Trinkerin und nicht gerade freigebig mit Zärtlichkeiten.

Katja strahlt dagegen etwas aus, das beruhigend ist und zur gleichen Zeit munter macht. Man möchte ihr sofort alles Mögliche erzählen. Aber zunächst mal redet sie, und zwar wie jemand, der ewig nicht dazu gekommen ist.

»Peter kommt gleich, er ist mit den Kindern im Schwimmbad. Ich hab ihm gesagt, er soll das heute Nachmittag machen, dann haben die Kinder Zeit, sich auszutoben, jetzt werden sie genervt sein, dass schon wieder Schluss ist, aber er hört nicht auf mich. Hört Leo auf dich?«

»Mal so, mal so.«

Katja lacht. »Sehr taktvoll. Ein Glas Weißwein?«

»Hast du auch …?«

»Weinschorle? Kann ich dir auch machen. Mit ein paar Eiswürfeln?«

»Ich trinke eigentlich tagsüber keinen Alkohol.«

»Schorle ist kein Alkohol.«

Und so geht es weiter, bis Katjas Mann Peter und die Kinder kommen und alles noch lauter und chaotischer wird. Sina merkt, dass es Katja wichtig ist, dass alle sich wohlfühlen, und es wäre ihr lieber, sie würde sich deswegen nicht so viel Mühe geben. Bis sie irgendwann feststellt, dass Katja sich keine Mühe gibt, sondern so ist, wie sie immer ist. Wenn sie jemanden mag, dann zeigt sie das, und dann muss man sich dem einfach unterwerfen, es gut finden oder gleich gehen. Aber Sina will gar nicht gehen, stellt sie dann beim Essen fest. Es gibt eine selbst gemachte Pizza und dazu einen lauwarmen Salat aus gekochtem Brokkoli, Avocadostückchen und getrockneten Tomaten. Das Dressing schmeckt köstlich und ganz besonders, ein intensives, warmes, würziges Aroma.

»Kürbiskernöl«, sagt Katja.

»Das …«

»Dressing. Ist mit Kürbiskernöl. Dazu Salz und ein bisschen Pfeffer und Balsamicoessig.«

»Äh ... Es ist toll.«

»Kürbiskernöl ist fantastisch! Ich könnte drin baden.«

Ihr Mann verdreht die Augen. »Reicht schon, dass du das Zeug täglich servierst.«

Leo sagt: »Wenn Katja was entdeckt ...«

»... dann ist es das Tollste und Beste und Großartigste ...«

»... bis zum nächsten Mal.« Die Männer grinsen sich an. »Weißt du noch ...«, beginnt Leo, »Opus One«, vervollständigt Peter mit irr verzücktem Gesicht. »Ein Gedicht in der Flasche!«

»Rot wie blut, schwarz wie Ebenholz, weich wie Samt ...«

»... und eine Kiste ist so teuer wie ...«

»... ein Kleinwagen. Das ist so ein Blödsinn, Peter!« Aber Katja lacht, fährt sich durch ihre rote Mähne, genießt das alles hier.

Es ist ein bisschen wie eine Bühne; Sina ist Publikum, keine Mitspielerin, und das macht ihr gar nichts aus. Ganz im Gegenteil.

Später verschwinden die Jungs und Peter wieder ins Schwimmbad, und Leo, Katja und Sina setzen sich mit Eis aus der Tiefkühltruhe und frisch aufgebrühtem Kaffee auf den Balkon.

Plötzliche Stille, nur unterbrochen vom Gezwitscher der Vögel.

»Ihr habt es schön hier«, sagt Sina, obwohl der Balkon ziemlich eng ist und die Straße darunter werktags sicher reichlich befahren.

»Danke«, sagt Katja.

Einen Moment lang wirkt sie nachdenklich, als wollte sie noch etwas sagen, wüsste aber nicht genau, wie.

»Was ist los mit dir?«, sagt Leo. »Plötzlich so wortkarg. Wirst du krank?«

»Idiot.«

»Gern geschehen.«

»Ich finde es gut«, beginnt Katja an Sina gewandt und hört dann wieder auf.

»Was meinst du?«, fragt Sina. Katja legt ihr die Hand auf den Arm und nimmt sie dann wieder weg.

»Diese Stadt ist ein Höllenloch«, sagt Katja. »Und du legst den Sumpf trocken. Denn es ist ein Sumpf. Das finde ich gut. Also, dass du etwas unternimmst. Hier ist viel zu lange nichts unternommen worden.«

»Danke, aber ich glaube, du überschätzt meine Möglichkeiten.« Sina spürt, wie sie rot wird.

»Es sind immer die Einzelnen, die etwas bewegen«, sagt Katja. »Und du bist noch nicht am Ende damit.«

»Wie meinst du das?«, fragt Leo überrascht. »Weißt du irgendwas?«

Katja sieht ihn an, ernst. Das verändert ihr Gesicht, es ist jetzt schön und stark. Die meisten Menschen sehen lächelnd besser aus als ernst, bei Katja ist es umgekehrt.

»Wenn du was weißt, dann sag es uns.«

»Später. Vielleicht. Wenn sich da was konkretisiert.« Katja bläst über ihren Kaffee. Ein paar Minuten später verabschieden sie sich und radeln langsam über die sonnenwarmen Straßen.

»Was hat sie gemeint?«, fragt Sina, aber eigentlich will sie es gar nicht wissen. Nicht heute, an diesem unbeschwerten Tag.

Doch als sie abends ins Bett geht, findet sie eine SMS auf ihrem Handy.

liebe sina, muss mit dir sprechen, ohne leo. können wir uns treffen? danke, lg katja (schön, dass du da warst!!!)
klar, vielleicht mittags? danke für das tolle essen, lg sina
gut! gegen eins. lg katja
ja gern. wo?
münsterplatz am fischbrunnen?
ja

4

Ich bin der, der niemand sein will. Die Dunkelheit, das Desaster, der Albtraum. Ich bin das, wovor sich alle fürchten. Das Unfassbare, das Undenkbare: ein Mörder, den die Justiz frei herumlaufen lassen muss, weil er nicht mordet. Nicht mehr. Oder noch nicht, das weiß niemand, nicht einmal der Mörder selbst. Ich bin der, vor dessen Haus eine Meute hasserfüllter Bürger Tag und Nach demonstrieren würde – wenn die Meute wüsste, wo ich wohne.

Immerhin bin ich für Ärzte und Wissenschaftler interessant. Ich wurde in Röhren geschoben, mein Gehirn wurde von links nach rechts und von hinten nach vorn scheibenweise durchleuchtet, mit dem Ergebnis, dass der untere Teil des Frontallappens – der orbitofrontale Cortex genau hinter den Augen – sowie Teile des Schläfenlappens, insbesondere der Amygdala, gar nicht oder kaum aktiv sind, selbst bei den schrecklichsten oder emotionalsten Bildern nicht.

Das heißt, ich bin nicht ängstlich und die Gefühle anderer sind mir egal.

Natürlich wusste ich das vorher schon, ich hatte schließlich mein Leben damit verbracht, diese Mängel auf mehr oder weniger geschickte Weise zu kaschieren. Ich bin freundlich, höflich, sogar humorvoll und gut darin, die Bedürfnisse anderer zu durchschauen. Wenn es meinen Zielen dient, kann ich Menschen dazu bringen, mich zu mögen und zu lieben. Ich habe aber auch kein Problem damit, sie zu töten.

Ich bin die tickende Zeitbombe, die zweimal wöchentlich entschärft werden muss.

Der Therapeut, dem diese undankbare Aufgabe zugefallen ist, heißt Alwin Seckendorff. Er hat einen Tic über dem linken Auge, irgendwo in der Mitte zwischen Lid und Braue. Ich glaube zu wissen, dass ihn dieser Makel quält, deshalb mache ich mir manchmal einen Spaß daraus, extra darauf zu starren. Das bringt ihn aus dem Konzept, und er wird unaufmerksam.

»Was haben Sie heute Nacht geträumt?«

»Ich habe von Marion geträumt.«

Ich weiß, dass ihn der Name alarmiert, und es gefällt mir, dass er trotzdem nichts unternehmen kann.

Denn Marion ist ja schon seit Ewigkeiten tot und meine Strafe dafür habe ich längst abgesessen.

»Was genau haben Sie … Worum ging es?«

Ich spüre seine Unsicherheit. Er ist überfordert von der Aufgabe, meine gefährlichen Bedürfnisse in Schach zu halten, kann mich aber trotzdem nicht ins Gefängnis bringen, denn ich habe ja noch immer nichts verbrochen. Nichts jedenfalls, das man mir nachweisen könnte.

Ich sehe ihm jetzt direkt in die Augen, bohre mich förmlich in seinen Blick. Der Tic verstärkt sich, sein Lid flattert geradezu. Menschen wie ich fürchten sich vor nichts, außer ihren eigenen Dämonen. Insofern kann man uns nicht täuschen, wir sind so geübt in jahrelanger Maskerade, dass wir jede denkbare Tarnung durchschauen.

Fast jede.

Meinen eigenen Sohn habe ich nicht erkannt. Aber gut – ich hatte ihn ja auch nie zuvor gesehen. Und ich stand immer entweder unter Alkohol oder unter Drogen, wenn ich ihm begegnete. Und er ist wie ich, nur konsequenter, denn ich möchte ein guter Mensch sein, er nicht.

Möchte ich ein guter Mensch sein?

»Was denken Sie?«, frage ich schließlich harmlos lächelnd, ihn weiterhin niederstarrend. Ich stelle mir ein kleines Messer mit rasiermesserscharfer Klinge vor, das ich langsam in seinem rechten Augapfel versenke wie in weicher Butter. Ich stelle mir das Blut vor, das an der Klinge vorbeiläuft, seine rechte Gesichtshälfte besudelt, langsam von seinem Kinn auf den Hals und die Brust tropft. Es würde mir gefallen, wenn er so fixiert wäre, dass er zur Regungslosigkeit verdammt wäre. Die Angst in seinen Augen – vielmehr in seinem verbliebenen Auge. Ich bemühe mich, nicht zu grinsen.

»Was ich denke?«, fragt Seckendorff währenddessen. Er rückt unruhig auf seinem Stuhl hin und her, als ahne er etwas.

»Ja«, sage ich munter. »Sie kennen mich nun schon sechs Monate. Ein halbes Jahr. Ich habe Ihnen so viel erzählt. Was könnte ich geträumt haben?«

Dipl. Psych. Dr. Alwin Seckendorff: So präsentiert er sich auf seiner Visitenkarte, weiß, mit geprägter Schrift. Unter seinem Namen steht die Adresse von Liliengrund, Abt. Forensische Psychiatrie. Außer seinem Tic gibt es eigentlich nichts Bemerkenswertes an ihm. Ich schätze ihn auf Ende dreißig, Anfang vierzig, also gut zehn Jahre jünger als mich. Seine blonden Haare sind vorne etwas länger und hinten sehr kurz und werden von einem guten Friseur regelmäßig sorgfältig gestuft, vermutlich um zu verbergen, dass sie im Stirnbereich bereits leicht schütter sind. Seckendorff hat meistens Khakihosen und blaue oder weiße Hemden an, deren oberen Knopf er offen lässt. Im Sitzen wölbt sich ein kleiner Bauch, den er beim Gehen gravitätisch, sogar mit einem gewissen Stolz vor sich her trägt, als gäbe ihm dieser Vorbau mehr Bodenhaftung.

Tatsächlich träume ich nicht von Marion. Auch nicht von den jungen getöteten Mädchen, die ihr so ähnlich sahen, dass die Polizei mich im letzten Winter wochenlang als deren mutmaßlichen Mörder jagte. Natürlich war es nicht nur die physische Ähnlichkeit. Es war auch der Modus Operandi, der fatal an Marions Mörder erinnerte – also an mich.

Das heißt nicht, dass mich meine hässlichen und verbotenen Fantasien nicht heimsuchen würden. Das tun sie nach wie vor.

Dann zum Beispiel, wenn ich trinke. Ein einziges Glas Wein reicht aus, um Vergangenes gegenwärtig zu machen und Fantasien so real, als wäre die Wirklichkeit nur die Erfindung eines miserablen Drehbuchautors.

Davon hat Doktor Dipl. Psych. natürlich keine Ahnung, und auch nicht, dass ich deswegen aufgehört habe zu trinken.

Fast aufgehört.

Um nicht dauernd zu lügen, erzähle ich ihm in unseren Sitzungen hauptsächlich aus meiner Kindheit und Jugend. Diese Bilder sind mühelos abrufbar, und es macht mir längst nichts mehr aus, sie in Worte zu fassen: meine Mutter, die Jahre meiner Kindheit im Bett verdämmerte, mit Tabletten ruhiggestellt. Meinen Vater, der hauptsächlich durch Abwesenheit glänzte. Alles über Marion, meine Liebe, mein Menetekel, meine Nemesis. Alles über die eine, einzige Szene, die ich als Drei- oder Vierjähriger beobachtete: ein kleines Mädchen, mehrere unkenntlich maskierte Männer in unserem Wohnzimmer, die das Mädchen quälten, darunter wahrscheinlich mein Vater, denn wer hätte sie sonst ins Haus lassen sollen?

Auf diese Weise wurde ich ungewollt zum Mittelpunkt der grässlichen Geschichte meiner Heimatstadt, der sich bis heute kein Chronist annehmen will. Kein kritischer Journalist, kein politischer Schriftsteller, niemand. Ich frage mich manchmal, wie viele dieser Orte es auf der Welt gibt. So wunderschön wie Leyden mit seinen bezaubernd renovierten Fachwerkhäusern, so vergiftet von Verbrechen, Korruption und Skrupellosigkeit und Menschen, die das decken. Vielleicht ist jede Stadt gefährdet, die zumindest so klein ist, dass man sich immer wieder trifft, ein geschlossenes System, ein Kosmos, der nur um sich selbst kreist.

»Glauben Sie, dass Moral eine Frage der Macht ist?«, frage ich.

»Natürlich nicht«, sagt Seckendorff. Er klingt gereizt.

»Wer an der Macht ist, bestimmt, was moralisch ist«, sage ich. »Der Rest richtet sich danach. Es gibt nur theoretisch einen allgemeingültigen Kodex. De facto wird Moral in jeder Gesellschaftsform neu definiert. Im Krieg zum Beispiel …«

Seckendorff unterbricht mich mit einem vernehmlichen Seufzer, er hört das nicht zum ersten Mal. Ich weiß, er glaubt, dass ich mit derart hypothetischen Diskussionen von mir und meinen Problemen ablenken will, aber das stimmt höchstens zum Teil. Es beschäftigt mich wirklich: Woher kommt das Böse, wie nimmt es seinen Anfang, wann ist der Punkt erreicht, an dem es nicht mehr böse, sondern die Norm ist?

»Das Böse ist kein Schicksal«, sagt Seckendorff. »Wir können etwas dagegen unternehmen. Sie sitzen hier, weil Sie dagegen etwas unternehmen.«

»Ich sitze hier, weil ich muss.« Meine Augen wandern von seinem Gesicht weg, zum Bücherregal hinter seinem Sessel, ein massiges Teil aus dunklem Holz. Auch das gehört zum Ritual dieser Besuche: das Wiedersehen meiner alten Bekannten. ›Die Traumdeutung‹ und ›Massenpsychologie und Ich-Analyse‹ von Sigmund Freud, ›Die Archetypen und das kollektive Unbewusste‹ und noch einige weitere Standardwerke von C.G. Jung, dann ›Der Luzifer-Effekt‹ von Philip G. Zimbardo, eine hochinteressante Studie über das Böse im Menschen, sehr zu empfehlen, wenn man Persönlichkeiten wie mich verstehen will. Gern würde ich mit Seckendorff noch einmal das Stanford Prison Experiment diskutieren, dessen Leiter Zimbardo war, aber wahrscheinlich würde Seckendorff sich darauf nicht mehr einlassen. Mehrere Stunden haben wir damit verbracht und – aus Seckendorffs Sicht – wahrscheinlich verschwendet.

»Wollen wir weitermachen?«, fragt Seckendorff. Seine Stimme klingt eine Spur alarmiert, als hätte er meine Gedanken gelesen.

»Wieder meine Kindheit?«

»Wenn es das ist, worüber Sie sprechen wollen. Mich würde die Gegenwart mehr interessieren.«

»Die Gegenwart ist vollkommen uninteressant.«

Anfangs landeten wir immer wieder bei meiner höchstpersönlichen Schlüsselszene, dem Trauma eines kleinen Jungen, der Dinge sah, die er nie hätte sehen dürfen – Männer hinter Micky-Maus-Masken, die ein Mädchen quälen –, bis selbst Seckendorff auffiel, dass dieser Schatz nunmehr gehoben war und die zu erwartende weitere Ausbeute gering sein dürfte: Es war schließlich nur eine einzige Szene und ich hatte sie als Kleinkind beobachtet. Nicht ausgeschlossen, dass mir meine Erinnerung einen Streich gespielt hat.

Nicht ausgeschlossen, dass ich viel Schlimmeres beobachtet, aber nachträglich verdrängt habe. Ich bemühe mich redlich, mich zu erinnern. Aber selbst mehrere Hypnosesitzungen haben uns nicht weitergebracht.

Ich versuche trotzdem in jeder Stunde, in der weit entfernten Vergangenheit zu bleiben. Die Gegenwart ist ein zu heißes Pflaster, es dampft und schwelt aus allen Ecken, und Seckendorffs Fragen rühren zu viel wieder auf.

»Ich möchte wissen, wie es in Ihnen aussieht«, sagt er ruhig, ohne Lächeln, eine bloße Feststellung. »Jetzt und hier.«

»Aber warum?«

»Bitte. Das hatten wir doch schon.«

Er spürt, dass ich ihn hinters Licht führen will. Ich muss mich ein bisschen vorsehen.

Ich erfinde einen Traum, der in Wirklichkeit eine Erinnerung ist – eine schöne echte Erinnerung, eine, die ausnahmsweise nichts Belastendes hat: Marion und ich gehen im Wald spazieren und sprechen über Bücher. Ich habe gerade ›Der Zauberberg‹ gelesen und erzähle ihr von der Handlung. Sie fragt, welche Figur ich am liebsten mag, und ich sage, dass ich mich zwischen Castorp, Madame Chauchat und Settembrini nicht entscheiden könne.

»Sie sagt darauf: Du bist alle drei.«

»Das ist der ganze Traum?«, fragt Seckendorff nach einer Pause auf seine tonlose, absichtlich nicht bewertende Therapeutenart.

»Haben Sie den ›Zauberberg‹ gelesen?«, frage ich zurück.

Wieder habe ich ihn erwischt.

Ich heiße nicht mehr Lukas Salfeld. Gestatten, Lukas Salfeld, Mörder seiner Freundin vor 33 Jahren, ehemals mutmaßlicher Mörder dreier junger Mädchen, die im vergangenen Winter sterben mussten? Lukas Salfeld, nun rehabilitiert, weil der tatsächliche Mörder sein einziger Sohn war? Das Monster mit schlechtem Gewissen? Nein, vielen Dank. Ich lebe sehr zurückgezogen, aber ich möchte im Fall des Falles nicht wieder in die Verlegenheit kommen, mich und meine Vergangenheit erklären zu müssen.

Ich will ein Niemand sein, der Mensch ohne Eigenschaften, mit leiser, höflicher Stimme und bedächtigen Bewegungen, den man sympathisch findet, aber an den man sich nur vage erinnert und der keine Spuren hinterlässt. Der Schatten, der hinter einer Hauswand verschwindet. Das Chamäleon, das mit seiner Umgebung verschmilzt.

Ich habe den Mädchennamen meiner Mutter angenommen, Larache. Vielleicht ein bisschen zu auffällig und damit kontraproduktiv, aber ich fühle mich wohl mit Larache. Der Name ist möglicherweise marokkanisch, es gibt eine gleichnamige Stadt. Mein Ururgroßvater stammte angeblich von dort. Ob er wirklich so hieß oder er sich nur nach seiner Heimatstadt benannte, weiß ich nicht. Es ist mir auch egal.

Ich nenne mich jetzt jedenfalls Lukas Larache. Das ist legal, möchte ich betonen.

Ich tue das mit Wissen und Billigung der Behörden, die mich immer im Auge behalten.

Immer. Mit meiner Zustimmung.

Deswegen auch die Therapie. Sie soll gewährleisten, dass meine Triebe unter Kontrolle bleiben, wenn man mich schon nicht wegsperren kann.

Ich habe mein Äußeres verändert. Meine Nase wurde von einem Chirurgen begradigt, meine Haare sind jetzt steingrau und millimeterkurz. Ich trage einen kurzen, sorgfältig getrimmten grauen Vollbart und eine ganz leicht getönte Brille, die meine Augen kaschiert.

Soweit ich es beurteilen kann, erinnert nichts mehr an den Mann, dessen Foto wochenlang in sämtlichen landesweiten Medien zu sehen war – als mutmaßlicher Mörder von Anne Martenstein und Karen Beck, als mutmaßlicher Entführer von Silvia Johansson. Und zum Schluss als jemand, der von seinem eigenen Sohn unter Drogen gesetzt wurde, um von dessen Taten abzulenken.

René R. Kalden, alias Leander Kern. Mein Sohn, das Kind meiner großen Liebe, die ich getötet hatte, weil sie sterben wollte.

Und weil ich sie töten wollte. Denn wenigstens hier wollen wir doch bei der Wahrheit bleiben.

Seckendorff hat den ›Zauberberg‹ nicht gelesen, das sehe ich, und auch, dass er Schwierigkeiten hat, das zuzugeben. Ich erkläre ihm in ein paar Sätzen die Handlung und die Figuren. Hans Castorp, der Suchende, Madame Chauchat, die schöne, abgeklärte Lebedame, und Settembrini, der Philosoph.

»Dann würde ich Sie als den Suchenden bezeichnen«, sagt Seckendorff geschwind, bevor ich ihm einen Vortrag über Literatur halte und den Rest der Stunde damit fülle.

»Wirklich?«

»Sie sind alles andere als abgeklärt, und ein Philosoph – ich will Ihnen nicht zu nahe treten …«

»Oh bitte. Sie sind der Therapeut.«

»Können wir dieses Spiel beenden?«

Ich lächle. Die Stunde ist in zehn Minuten vorbei.

»Welches Spiel?«

Seckendorff seufzt wieder und sieht auf die Uhr. Dann befragt er mich über meine Masturbationsfantasien. Wie oft, was denke ich dabei, welche Bilder habe ich im Kopf. Ich antworte darauf stets, dass ich mich nicht mehr selbst befriedige, und Seckendorff glaubt mir wie üblich nicht, aber er kann mich schlecht zwingen, Auskunft zu geben über etwas, das angeblich nicht stattfindet.

»Sie können das gerne kontrollieren lassen«, sage ich leichthin. »Sagen Sie Ihren Freunden von der Polizei Bescheid. Sie können Wanzen und Kameras installieren. In meinem Schlafzimmer, in meinem Garten, wo immer sie wollen. Vielleicht haben sie das ja schon getan.«

»Hören Sie …«

»Es ist in Ordnung. Ich werde nichts dagegen unternehmen. Sie werden nichts bemerken. Ich bin sauber. Sie werden vor Langeweile sterben.«

»Wir sehen uns Donnerstag.« Seckendorff steht auf, er wirkt entmutigt. Wenn er steht, merkt man, dass er ein kräftiger Mann mit breiten Schultern ist, dem man sehr wohl zutrauen kann, dass er mit Gewalttätern fertig wird. Aber ich bin ein Problem für ihn.

Ich bin nicht der normale Typ des Gewalttäters. Mich kann man nicht fassen, ich entziehe mich allen Beurteilungen, sämtlichen Klischees. Weder tue ich mir selber leid noch gebe ich meinem Opfer die Schuld, noch versuche ich, mit angelerntem Psycho-Blabla zu manipulieren, so wie die anderen – die Lebenslänglichen, die Schwerstgestörten hier in der geschlossenen Abteilung, die sich mit rührender Inbrunst ihren Topfpflanzen widmen.

Ich bin selbstbewusst, aber unaufdringlich und höflich (und nur manchmal ironisch), ich beantworte jede noch so durchsichtige Frage ohne Anzeichen von Gereiztheit. Ich bin der ideale Patient. Also eine echte Zumutung.

5

Wie immer fahre ich anschließend in die Innenstadt. Meistens schaffe ich es gegen Viertel nach elf, in der Stargarder Straße anzukommen. Die Stargarder Straße ist eine stille, mit Kastanien und renovierten Altbauten gesäumte Allee. Tagsüber findet man relativ leicht einen Parkplatz. Ich stelle mich zwischen einen panzerartigen SUV und einen Kleinwagen.

Auf dem Rücksitz liegt ein graues, nicht besonders sauberes Kapuzenshirt, das ich mir überziehe. Dazu kommen weite, ölfleckige Jeans und zerschlissene Wanderschuhe – der Look eines Mannes, der seine besten Zeiten hinter sich hat. Normalerweise hülle ich mich noch in einen blau-violett gemusterten Anorak und setze eine Wollmütze auf, aber dafür ist es heute zu heiß. Ein schmutziges Basecap mit der Aufschrift New York Yankees muss reichen.

Ich tausche meine Brille gegen eine zerkratzte Sonnenbrille und ziehe den Schirm der Mütze tief ins Gesicht. Ich schaue mich um. Durch die Heckscheibe sehe ich zwei Frauen auf meinen Wagen zukommen. Sie sind noch etwa zehn Meter von mir entfernt. Die eine schiebt einen Kinderwagen, ihre mollige Begleiterin latscht mit müden Schritten neben ihr her.

Ich drehe mich wieder nach vorne und hoffe, dass sie nicht in meine Richtung sehen. Ein Mann, der sich allein und untätig in einem parkenden Auto aufhält, muss nichts tun, um verdächtig zu wirken, es reicht, dass er einfach dasitzt und vor sich hin guckt. Ich überlege, mein Handy aus der Tasche zu ziehen, um ein Telefonat oder das Tippen einer SMS vorzutäuschen, aber dafür ist es bereits zu spät, sie sind schon neben mir. Ich lausche regungslos dem Klackern ihrer Absätze auf dem Asphalt.

»... schreit immer um drei. Kannst du die Uhr nach stellen.«

»Echt?«

»Immer drei. Einschlafen kannst du dann vergessen.«

»Krass.«

Sie haben meinen Wagen passiert. Ich warte, bis sie hinter den Bäumen verschwunden sind, sehe mich noch einmal um und steige aus. Im Kofferraum habe ich eine dreckige Plastiktüte, in der sich eine halb leere Literflasche mit Schnaps befindet. Ich hole sie heraus, nehme einen Schluck von dem ekelhaften Gesöff und spucke es ins Gras.

Dann schlurfe ich die Stargarder Straße hinunter, vorbei an Tante Gretes Haus. Die erste Querstraße heißt Baldusweg und führt zu dem Supermarkt, wo sie täglich einkauft und danach ihren Spaziergang im Park absolviert.

Meine Rolle als heruntergekommener Alkoholiker ist nur eine von mehreren Tarnexistenzen. Manchmal bin ich auch der Typ spätberufener Student. Dann trage ich ausgewaschene Jeans, ein kariertes Hemd, das zipfelig über die Hose hängt, und darüber eine hüftlange beigefarbene Weste mit vielen Taschen.

Der Alkoholiker kauft kleine Schnapsfläschchen, Bier, billige Wurst und Aufbackbrötchen, der Student Bioware. Und es gibt noch eine dritte Persönlichkeit, die ich mir angeeignet habe: ein älterer Mann mit weitem dunklem Mantel und verschossener Gabardinehose. Er trägt eine große Brille, eine graue Schirmmütze und bewegt sich sehr vorsichtig zwischen den Regalen. Manchmal hustet er, und seine Hände zittern leicht.

Ich bin mir nicht sicher, ob diese Kostümierungen wirklich notwendig sind. Der Supermarkt ist mittelgroß und um diese

Uhrzeit meistens sehr belebt, man fällt hier so oder so nicht besonders auf. Vielleicht habe ich auch einfach einen morbiden Spaß an diesem Mummenschanz. Was mir am besten daran gefällt, ist, dass ich Tante Grete, dem Schrecken meiner Kindheit, hier ganz nahe kommen kann, ohne dass sie es bemerkt. Schon mehrmals habe ich direkt hinter ihr an der Kasse gestanden und ihren Einkaufswagen inspiziert.

Ich konnte sogar ihr muffiges Lavendelparfum riechen. Und meinen Hass genießen, klirrend kalt und klar wie Eiswasser.

Sie kauft immer das Gleiche, in geringen Variationen. Ein Fertiggericht für ihr Mittagessen – Lasagne, Fisch in weißer Sauce, Gulasch mit Erbsen und Nudeln oder tiefgefrorene Pizza mit Salami und Pilzen. Einen Salatkopf. Tomaten. Eine Flasche Mineralwasser, eine Flasche Apfelsaft. Einen Vanillepudding, immer von derselben Marke. Abgepackten Kochschinken, abgepacktes, in Scheiben geschnittenes Vollkornbrot, abgepackten Hartkäse. Manchmal ein Glas saure Gurken. Das ist ihr Abendbrot, nehme ich an. Wie viele aus dieser Generation isst sie abends wahrscheinlich kalt. Brot, Butter und Aufschnitt. Ich stelle mir vor, wie sie sorgfältig den Tisch deckt – immer nur für eine Person. Wie sie genau zwei Scheiben Brot schmiert und sie sorgfältig belegt, eins mit Kochschinken, eins mit Käse. Sie isst langsam, während der Fernseher läuft, dann spült sie sorgfältig ihren Teller und ihr Besteck, um sich dann wieder vor den Fernseher zu setzen, vielleicht ein Glas Apfelschorle vor sich. Ich habe noch nie gesehen, dass sie Alkohol kauft.

Manchmal verfolge ich sie in den Park, wo sie ihre tägliche Runde dreht. Schweigend und allein. Heute ist wieder so ein Tag, wo ich den starken Drang fühle, Tante Grete ein bisschen länger nahe zu sein. Ich habe die Plastiktüte mit Schnaps und Wurst in eine Mülltonne gestopft und schlendere nun gemächlich, etwa fünfzig Meter von ihr entfernt, hinter ihr her, meine Augen hinter der Sonnenbrille verborgen. Im Park sind hauptsächlich Mütter mit Kindern im Vorschulalter unterwegs, aber auch einige junge Paare, Studenten, mehrere Rentner und wenige Männer unter sechzig – Arbeitslose, meistens in Begleitung ihrer Hunde, als passable Legitimation, um an einem x-beliebigen Werktag spazieren zu gehen.

Ich behalte Tante Grete im Auge, ihren auf und ab wippenden Kopf mit den fusseligen grauen Haaren und der blauen Strickjacke, die sie selbst an so einem heißen Sommertag nicht auszieht.

Ich überlege: Kann Hass so stark sein, dass er die Vernunft eines so kopfgesteuerten Menschen wie mir besiegt? Eins ist klar: Wenn ich mir sicher sein könnte, dass kein Verdacht auf mich fiele, würde ich Tante Grete nach allen Regeln der Kunst töten. Aber leider ist das Gegenteil der Fall. Ich wäre der einzige Verdächtige. Ich bin ein gläserner Mensch, die Behörden wissen alles über mich. Das war der Preis meiner relativen Freiheit.

Ein hoher Preis, finde ich.

Heute deprimiert es mich besonders, dass meine Rachepläne nicht durchführbar sind. Wen sie wohl außer mir noch gequält hat? Wer wäre mir dankbar?

Nicht zum ersten Mal denke ich: Es müsste eine Möglichkeit geben, Böses zu tun, um Gutes zu erreichen.

Nach einer Viertelstunde verlasse ich den Park, vor Tante Grete. Ich verzichte darauf, sie bis zu ihrer Haustür zu verfolgen, und spaziere stattdessen gemächlich den Baldusweg hoch zur Stargarder Straße. Die Luft ist schwül und feucht wie in den Tropen. Es riecht nach Teer. Ich steige in mein Auto, entledige mich dort meiner Verkleidung, werfe die Sachen auf den Rücksitz, um sie später im Kofferraum unterzubringen, und fahre ohne Umwege nach Hause.

Ich wohne jetzt allein, etwas außerhalb von Leyden, in Liliengrund, nicht weit weg vom psychiatrischen Landeskrankenhaus, wo ich meine Zwangstherapie absolviere. Meine Frau und meine Töchter haben Leyden verlassen, die Scheidung läuft. Birgit hat mir jeden Kontakt zu Theresa und Kira gerichtlich untersagen lassen, was vollkommen unnötig war, denn ich könnte ihnen sowieso nie wieder in die Augen sehen. Ich habe meine Familie betrogen, auf die schlimmste denkbare Art. Ich bin ein ewiger Gefangener dieser Schuld.

Ich habe lange überlegt, ob es nicht besser wäre, mein Leben zu beenden. Was erwartete einen Menschen wie mich? Wie lange wollte ich noch meine ganze Kraft darauf verwenden, meine wahren Bedürfnisse zu unterdrücken? Wie lange wollte ich mich noch dafür hassen, dass ich war, wie ich war? Abgesehen davon stand ich auch vor ganz banalen finanziellen Problemen. Kein noch so toleranter Arbeitgeber würde mich mit dieser Vorgeschichte einstellen, also womit sollte ich mir meinen Lebensunterhalt verdienen?

Dann hatte ich so etwas wie Glück im Unglück. Mein ehemaliger Verteidiger starb kurze Zeit nach meiner Freilassung aus der Untersuchungshaft und hinterließ mir ein nicht allzu kleines Vermögen aus den Tantiemen seines Buches über meinen Fall – damals ein internationaler Bestseller. In seinem Testament schrieb er: *Ich habe keine Verwandten und niemanden, der mich liebt oder den ich liebe. Lukas Salfelds Fall hat mich reich gemacht, es ist nur gerecht, dass er erbt, was davon übrig geblieben ist.*

Erstaunlicherweise ist das eine Menge. Ich konnte mir damit dieses Haus mit großem Garten leisten und werde, wenn ich es klug anstelle, nie wieder arbeiten müssen.

Ich beschloss also, noch ein bisschen weiterzuleben. Schon um Tante Grete im Auge zu behalten.

Und das ist mein Status quo: Eigentlich fühle ich mich ganz

wohl. Nicht besonders unwohl, um genau zu sein. Ich bin allein, aber das war ich im Grunde schon immer. Ich habe in den letzten Monaten festgestellt, was ich schon immer ahnte – dass ich niemanden brauche. Freundschaften, Liebe, all das komplizierte Zeug hat letztlich nur meine abstoßendsten Eigenschaften mobilisiert, unter anderem die Fähigkeit, mich so zu verstellen, dass selbst kluge Menschen mir vertrauen. Ich bin ein Lügner von Geburt an. Der einzige Mensch, dem ich mich öffnen konnte, war Marion. Marion, die ich getötet habe. Sie wollte das so, das ist meine einzige, magere Entschuldigung, die letztlich keine ist, sondern eher das Gegenteil, denn vielleicht war ja ich allein der Grund für ihre Depressionen, die in dem wahnsinnigen Wunsch gipfelten, durch meine Hand zu sterben.

Nun muss ich nicht mehr lügen, denn außer mir ist niemand da. Mein Grundstück grenzt an den Wald, den Leyden umgibt wie ein Schutzwall oder eine Gefängnismauer. Ich bin umgeben von Natur, manchmal bahnt sie sich fast gewaltsam ihren Weg in mein neues Heim. Neulich zum Beispiel schnürten Wildschweine durch meinen Garten, eine Bache mit ihren drei Jungen, und sie wühlten dabei einiges um. Ich ließ sie gewähren und reparierte anschließend den Zaun, aber den Garten ließ ich, wie er war, mit dem herausgerissenen Gras und den Löchern und den dunklen Erdhaufen. Ich habe mir nie besonders viel aus Natur gemacht. Ich hasse sie nicht, sie lässt mich nur vollkommen kalt. Mein Garten verwildert vor meinen Augen, und solange sich die Nachbarn nicht beschweren, werde ich nichts dagegen unternehmen.

Ich würde gern woanders leben, am liebsten in einer anonymen Großstadt, aber das entspricht nicht dem Handel meines Anwalts mit der Staatsanwaltschaft, der dazu diente, ein Gerichtsverfahren zu vermeiden. Es gab diese beiden Möglichkeiten: ein Gerichtsverfahren, das mich unter Umständen wegen Unzurechnungsfähigkeit in die forensische Psychiatrie gebracht hätte, oder kein Gerichtsverfahren und lebenslange Überwachung, wegen der nicht von der Hand zu weisenden Möglichkeit, dass meine gefährlichen Triebe wieder aufflammen.

Irgendwann. Irgendwo.

Und so bin ich jede Woche einmal in Liliengrund, wo mich Dipl. Psych. Dr. Seckendorff, ein sanfter, blonder Mann, gequält von einem leichten Tic über dem linken Auge, über meine Träume und schauderhaften Fantasien ausfragt. In der Hoffnung, dass man sie einzäunen kann wie Raubtiere im Zoo.

6

Immer wenn ich nach Hause komme, mache ich mir einen sehr starken Kaffee ohne Milch und Zucker. Anschließend setze ich mich auf das Holzbänkchen unter dem morschen Apfelbaum und rauche mehrere Zigaretten. Das Bänkchen, dessen weißer Lack schon abblättert, ist eine Hinterlassenschaft des Vorbesitzers. Es ist nicht sonderlich bequem, aber ich mag es aus irgendeinem Grund.

Manchmal lege ich mich auch ins trockene Gras, rauche und starre durch die Blätter in den weißlichen Himmel. Manchmal schlafe ich dabei ein und wache zehn oder zwanzig Minuten später schweißgebadet auf. Dann schleppe ich mich ins Haus – nichts erschöpft mich mehr, als tagsüber zu schlafen – und stelle mich minutenlang unter die kalte Dusche.

Und dann tue ich das, was ich am meisten hasse.

Ich setze mich an den Laptop und checke meine Mails. An einem guten Tag sind es nur die Angebote von Online-Versandhäusern. An einem schlechten öffne ich eine Mail von meinem Sohn. Ich müsste das nicht tun. Ich könnte sie auch ungelesen direkt an die Polizei weiterleiten (auch diese Verpflichtung ist Teil meines Deals). Aber das habe ich bisher noch kein einziges Mal fertiggebracht.

René, alias Leander Kern, verdorbene Frucht meiner Lenden, ist der einzige Mensch, den ich nicht aufhören kann zu lieben, obwohl ich weiß, wer er ist und was er ist. Ein Scheusal, eine Bestie, ein Ungeheuer. Charmant und verschlagen und zu hundert Prozent skrupellos.

Heute ist ein schlechter Tag, ich weiß es, bevor ich meinen E-Mail-Ordner öffne. Ich spüre Leanders Gegenwart wie einen warmen, feuchten Luftzug im Genick. Ich spüre, wie sich Dunkelheit über mich senkt wie ein weiches schwarzes Tuch. Mir die Luft nimmt, den Lebensmut und mich gleichzeitig verlockt, ihr zu folgen in die Niederungen und Höhepunkte meiner wahren Leidenschaften.

Blut. Ich rieche Blut. Ich beiße mir auf die Zunge, um es zu schmecken. Dann öffne ich seine Mail.

> … Lukas …
> Oder Vater oder wie immer …
> Ich habe länger nichts mehr von dir gehört. Du weißt doch hoffentlich, dass du verpflichtet bist, mir alles zu schreiben, was dich angeht. Stell dir vor, meine Briefe hören plötzlich auf und ganz in deiner Nähe geschieht ein Mord nach dem bekannten Modus Operandi und du hast (schon wieder) kein Alibi …;-)
> Damit meine ich natürlich: Schreibe mir, sonst könnte es sein, dass ich zurückkomme. Ich brauche Nachrichten von dir, ich bin süchtig nach deinem ereignislosen Leben, vielleicht weil in meinem so unendlich viel passiert.
> Gestern zum Beispiel war ich aufs Neue verliebt. Sie hieß Carina. Ihre Haare waren nicht wirklich blond, eher ein leicht schmutziger Honigton (und der war nicht echt, fürchte ich, denn ihre Haut war olivfarben, aber es gibt nicht in jedem Land so viele echte Blondinen wie bei uns, und auch bei uns werden sie immer seltener – blond ist ja unglücklicherweise ein rezessives Erbmerkmal). Irgendwann übernehmen die Dunklen die Macht, und unsere Nachkommen, so es sie eines Tages geben sollte, werden Probleme haben, an geeignetes Material zu kommen.
> Ich traf Carina in einem Club – du weißt ja, auf diesem Terrain

fühle ich mich zu Hause. Ich befinde mich, wie du weißt, seit einigen Wochen in einer Stadt, in der es Tag und Nacht brodelt. Die Bürgersteige sind breit und 24 Stunden lang voller Menschen, die lachen, streiten, lieben, hassen oder einfach nur in ihre Büros oder nach Hause hasten, immer in Eile und trotzdem ohne äußere Anzeichen von Hektik. Wenn du hierherkommst, wirst du automatisch Teil dieser umfassenden, nervösen, kraftspendenden Energie. Sie springt innerhalb weniger Stunden auf dich über; es reicht, einen der Bewohner zu berühren, und du spürst sie wie einen Stromschlag (und nein, ich bin NICHT in New York, aber ihr könnt gern weiter raten, du und deine Freundin bei der Polizei. Ich mag übrigens ihren Namen – reine Poesie nach meinem Geschmack: Sina Rastegar, Tochter einer Hippie-Nutte namens Carlotta, Nichte eines Kindsmissbrauchers, Polizistin aus Leidenschaft für das Wahre, Gute und Gerechte).
Aber zurück zu mir. Natürlich zahlen die Menschen hier einen Preis für ihr Leben in doppelter Schlagzahl. Langeweile ist verboten, Alleinsein ein Sakrileg, schlechte Laune ein Verbrechen, und auf Schwäche steht die Todesstrafe (Vorsicht, die Sache mit der Todesstrafe ist natürlich nur ein Witz und lässt keinesfalls irgendwelche Rückschlüsse auf meinen Aufenthaltsort zu). Insofern sind alle abhängig – von Tabletten, Drogen oder auch nur von einer Gesellschaft, in der maximales Vergnügen Pflichtprogramm ist.
Also Carina. Liebste. Ein wunderhübscher Name. Es war etwa vier Uhr morgens, und wir alle waren von den unterschiedlichsten Substanzen euphorisiert. Zu dieser Zeit tanzen alle mit allen und tanzt jeder für sich, die Musik wird Teil des Körpers, das Pulsieren der Beats wird zum Rhythmus des Herzschlags, die Bewegungen haben keinen bewussten Antrieb mehr, herrlichste Gefühle beherrschen den Verstand, der sich ohnehin schon freiwillig verflüchtigt hat. Manche treiben es mitten auf der Tanzfläche, ohne auch nur den Namen ihres Sexpartners zu

kennen, es ist die Hölle und der Himmel, beide stürzen genau hier zusammen, im Zentrum der Welt, wir sind ein vielgliedriger Organismus, unsere individuellen Persönlichkeiten sind gleichgeschaltet; einer von uns könnte jetzt und hier einen Mord begehen, und die Menge würde auch dazu tanzen, vorausgesetzt, die Musik (oder wie immer man das nennen soll) hört nicht auf.

Carina war nur eine der vielen Selbstvergessenen mit schweißfeuchtem Gesicht und helleren Haaren als die anderen. Sie sah in der weiß-bläulichen Beleuchtung sehr jung aus, sehr, sehr jung. Ich behielt sie im Auge, ohne ihr zu nahe zu kommen. Schließlich sah ich ihren Nacken, ihre perfekte Kinnlinie, ihre schmale Nase, ihre wunderschönen, schmalen Lippen. Mein Körper begann zu brennen, und ich trank etwas an der Bar – um mich abzukühlen oder um mich weiter aufzuheizen, ganz konnte ich das nicht mehr unterscheiden.

Carina war nicht mehr nur auf der Tanzfläche, sie war in meinem Kopf, bestimmte mein Bewusstsein. Sie gehörte jetzt mir und ich ihr. Ich beobachtete sie aus der Ferne, ihren leuchtenden, auf und ab wippenden Pagenkopf.

Ich will nicht weiterlesen, aber ich kann auch nicht aufhören. Leander lebt das, was ich mir nicht erlaube, und dafür hasse und beneide ich ihn, und gleichzeitig tut er mir leid, ja leid, und ich habe Angst um ihn, denn er ist mein Sohn, aber dann wiederum …

Dann bin ich mir unsicher.

Ich habe darüber mit Sina Rastegar gesprochen, und sie sagt, dass Leander es GENIESST. Sie sagt: Er liebt, was er tut, und das ist unverzeihlich. Er hat kein Mitleid, und das ist unverzeihlich. Sie sagt: Sie sind anders als Leander, denken Sie nie, niemals, dass Sie beide irgendetwas verbindet.

Sie haben ein Gewissen, er kümmert sich einen Dreck um seins.

Wäre es doch so … Könnte ich doch auch so sein.
Die Wahrheit ist: Ich hasse mein Gewissen.
Ich spüre, wie sich in mir ein Schalter umlegt. Ich werde kalt und leidenschaftlich, erregt und grausam: Ich will sein wie mein Sohn.

Schließlich, gegen halb sechs, verließ Carina den Club. Ich war überrascht, dass sie sich kein Taxi hatte rufen lassen – die Gegend hier gilt als gefährlich –, und folgte ihr in sicherem Abstand, herrliche Schreckensbilder im Kopf, aber noch ein wenig im Unklaren, wie ich sie ansprechen sollte. Ein primitiver Überfall, mit vorgehaltener Waffe und so weiter kam natürlich – du kennst mich – überhaupt nicht infrage.
Gerade als ich beschloss, sie anzusprechen – was für eine Herausforderung: sie in einem Viertel anzusprechen, das als verrufen galt, ohne ihre Angst zu wecken! –, kam mir der Zufall in einer Weise zu Hilfe, dass ich fast schon enttäuscht war.
Andererseits hatte ich Hunger. Du weißt, worauf.
Eine Gruppe männlicher Jugendlicher wechselte die Straßenseite und kam ihr entgegen. Sie merkte sofort, dass sie in Gefahr war, drehte sich um und lief in meine Richtung. Ich sah ihr schönes, angstverzerrtes Gesicht im Licht der trüben Straßenlaterne und lächelte ihr beruhigend zu. Sie hatte auf Anhieb Vertrauen, und ihre Schritte verlangsamten sich.
»Wollen Sie, dass ich Sie ein Stück begleite?«, fragte ich höflich in der Landessprache. Die Erleichterung in ihrem Blick machte mir fast ein schlechtes Gewissen, wo ich doch die weitaus größere Gefahr war. Die Jugendlichen waren mittlerweile bei uns angelangt. Zwei ließen Klappmesser aufblitzen. Ihre Gesichter waren von den Kapuzen ihrer Hoodies halb verdeckt und so dunkel, dass ich im Fall einer Gegenüberstellung keinen Einzigen wiedererkannt hätte.
Das machte es mir leichter.

»Gib mir deine Handtasche«, sagte der Kleinste zu Carina, und sie reichte sie ihm gehorsam und ohne die geringste Spur von Gegenwehr, so wie es einem die Polizei in zahlreichen Spots nahelegt. Wehren Sie sich nicht. Auch ich tat so, als würde ich nervös in meiner Hosentasche nach Bargeld kramen.
»Der Ring da. Runter damit.«
Carina trug einen breiten silberfarbenen Ring mit einem großen blauen Stein darauf. Er war hübsch, aber bestimmt nicht wertvoll.
»Der ist von meinem Vater«, sagte Carina mit zitternder Stimme. »Bitte. Er ist nicht echt.«
»Runter damit, du Fotze.« Der Größte der drei setzte sein Messer an ihren Hals. Seine Komplizen kamen näher, hielten sich aber hinter ihm.
Ich schaltete mich ein. »Lassen Sie ihr diesen Ring. Den können Sie nicht verkaufen, der ist nicht mal versilbert.«
»Misch dich nicht ein, Alter, sonst bist du tot.«
Neben mir spürte ich die Angst des Mädchens. Ich nahm einen Moment lang ihre eiskalte Hand und drückte sie.
»Bist du sicher?«, fragte ich.
»Was, du Arschloch? Ein Wort, und du bist tot.«
»Pech für dich«, sagte ich. »Zur falschen Zeit am falschen Ort.« Dann stürzte ich mich auf ihn und rammte ihm mein Taschenmesser in die Kehle. Er gurgelte, Blut lief ihm aus dem Mund und stoßweise aus der Wunde. Er hielt sich die rechte Hand an den Hals, stolperte nach hinten und ich sah – spürte, als wäre ich in ihm –, wie ihn die Kraft verließ, erst in den Beinen – er setzte sich auf die Straße, während die beiden anderen Idioten panisch die Flucht ergriffen –, dann in den Armen, dann in den Händen und Fingern: das Kribbeln, die Taubheit, die tödliche Schwäche.
Er würde in den nächsten Minuten sterben. Ich hätte ihm gern dabei zugesehen, vielleicht noch etwas nachgeholfen, aber es

gab ja ein viel reizvolleres Opfer als ihn, und ich wollte nicht riskieren, Carina zu verschrecken.

»Komm«, sagte ich zu ihr, nahm sie an der Hand, und wir rannten weg, ohne uns umzusehen.

7

Irgendwann hielten wir an, keuchend, an einem spärlich beleuchteten Platz. Dann gingen wir langsam weiter, engumschlungen. Würde ich sie töten oder mit ihr schlafen (oder beides)?

Ich flöße ihr zwei Oxys ein und gebe ihr aus meinem Flachmann Wodka zum Hinunterspülen. Ich möchte in diesem Fall nicht, dass sie zu sehr leidet. Macht mich das zu einem Weichei?

Nun, das musst du beurteilen.

Ein rascher Schnitt über die weiße, pochende Kehle, unfassbar viel Blut fließt über den schmutzigen Beton, dunkelrot, fast schwarz. Ich tauche meine Hand hinein und lecke daran, so wunderbar süß …

Wie schön sie ist, Lilienweiß in Rosenrot …

Maximale Wirkung, minimaler Einsatz – ich glaube, das könnte mir gefallen, auch wenn ich zugeben muss, dass es in diesem Fall an Raffinesse mangelt … Es ging alles so schnell, mir fehlt das Ritual … Wie auch immer, ich verlasse Carina nicht ohne einen letzten feurigen Blick. Im Gehen höre ich leises Quieken und zartes Getrappel. Es könnte hier Mäuse und Ratten geben. Das täte mir leid. Sie war wirklich sehr schön. Ich würde mir wünschen, dass die Luft trockener wäre, nicht so durchdrungen von warmer Feuchtigkeit, dann könnte sie diesen herrlichen Körper konservieren. Aber so wie die Dinge liegen, wird sie bald ein aufgeblähtes Scheusal sein,

ohne jede Ähnlichkeit mit dem Mädchen, das an seiner Lieblichkeit zugrunde ging.
In ewiger Liebe, dein Sohn
Leander Kern

Die Mail endet hier. Sina starrt auf den Bildschirm und spürt auf einmal die drückende Wärme des Büros. Gronberg steht gebückt hinter ihr, seine hagere Gestalt wie abgeknickt, und liest über ihre Schulter mit.

»Krank«, sagt er leise.

»Ja«, sagt Sina. Sie speichert die Mail in einem gesicherten Ordner und leitet sie dann, entsprechend verschlüsselt, ans BKA und an ihren Kontaktmann bei Interpol weiter.

»Was glaubst du, wo er gerade ist?«, fragt sie Gronberg.

»Keine Ahnung. Hongkong? Shanghai?«

Leander Kerns/René Kaldens Foto ist seit seinem spurlosen Verschwinden vor einem halben Jahr auf der Interpol-Liste abgebildet. Unter www.interpol.int/notice/search/wanted sieht man ihn neben südamerikanischen Drogenschmugglern, ukrainischen Mördern, albanischen Terrorverdächtigen und syrischen Menschenhändlern.

Charges: Torture and multiple homicide

Ob das Sinn hat, weiß Sina nicht. Interpol kommt ihr wie eine sehr schwerfällige Behörde vor. Es gibt keine Agenten, die weltweit tätig werden. Die Beamten dort leiten die Informationen lediglich an die entsprechenden nationalen Polizeidienststellen. Es gibt angeblich den Plan, weltweite Datenbanken aufzustellen. Viel mehr passiert nicht.

Etwa alle zehn bis vierzehn Tage schreibt Leander Kern, dessen neues Pseudonym niemand kennt, an seinen Vater Lukas Salfeld, der sich nun Lukas Larache nennt und immer noch in Leyden lebt. Diese Mail ist eine der harmlosesten. In der Regel beschreibt er detailliert und mit Genuss an drastischen Formulierungen seine tatsächlichen oder vielleicht auch nur erfundenen Morde irgendwo auf der Welt. Und natürlich verwischt er seine digitalen Spuren so gekonnt, dass niemand ihn orten kann.

All das wissen in Leyden nur einige wenige Eingeweihte – darunter Sina, Gronberg, Polizeipräsident Matthias und Laraches Therapeut Seckendorff. Die offizielle Version lautet, dass Salfeld Leyden verlassen hat und sein Sohn spurlos verschwunden ist.

»Wann hast du Salfeld das letzte Mal gesehen?«, fragt Gronberg mit gedämpfter Stimme und lehnt sich mit verschränkten Armen an ihren Schreibtisch. Er trägt seit Tagen dasselbe grau-beige gestreifte Hemd, und wer ihm zu nahe kommt, riecht Schweiß und alten Rauch. Aber wie teilt man das jemandem mit, der so empfindlich ist wie Gronberg?

»Vor zwei Wochen ungefähr«, sagt Sina ebenso leise. »Lass uns nicht hier darüber reden.« Kommissaranwärter Florian starrt scheinbar unbeteiligt in seinen Computer, aber Sina glaubt zu sehen, wie er die Ohren spitzt.

»Ja, ja«, sagt Gronberg wegwerfend. »Wie geht's Salfeld?«

»Keine Ahnung. Er redet nicht über so was. Er ist bestimmt einsam, aber ich glaube nicht, dass ihm das was ausmacht.«

»Wann warst du das letzte Mal bei ihm?« Sinas Job ist es, alle zwei bis drei Wochen nach ihm zu sehen. Er soll wissen, dass die Polizei ihn nicht vergessen hat. Sicher ist sicher.

Sina überlegt. »Letzten Dienstag«, sagt sie, wieder in normaler Lautstärke. Florian hat seinen Schreibtisch verlassen, wahrscheinlich ist er auf dem Weg in die Kantine. Er trifft sich dort häufiger mit einer sehr hübschen Streifenpolizistin namens Sarah, von der Gronberg behauptet, dass sie Florian am ausgestreckten Arm verhungern lässt.

»Und?«, fragt er.

»Was, und? Wir unterhalten uns.«

»Mann, Sina. Was erzählt er so?«

»Dass es ihm gut geht. Dass er sich in seinem Haus wohlfühlt. Dass er alle Plätze meidet, wo sich junge Mädchen aufhalten.«

»Und das glaubst du ihm?«

»Ich hab nichts Gegenteiliges gehört.« Salfeld wird im unregelmäßigen Rhythmus jeweils einen Tag lang überwacht, unter anderem von Florians Schwarm, der jungen Polizistin Sarah. Sie hat nie etwas Auffälliges gemeldet. Sina wollte eigentlich eine tägliche Überwachung, aber der Staatsanwalt genehmigte sie aus Budgetgründen nicht.

»Das ist alles? Wie muss ich mir das vorstellen? Du trinkst Tee ...«

»Kaffee.«

»... Kaffee mit einem Ex-Serienmörder, und er erzählt dir, dass er ganz brav ist. Und dann gehst du wieder.«

»Er ist kein Serienmörder. Er hat nur seine Freundin umgebracht.«

»Du weißt genau, was ich meine. Er wäre ein Serienmörder ...«

»Wenn er seine Veranlagung nicht so gut im Griff hätte. Und da er das hat, ist er keiner.«

»Okay«, sagt Gronberg mürrisch. »Also, worüber redet ihr?«

»Über dies und das. Manchmal reden wir auch über Politik. Warum fragst du mich das dauernd? Willst du mit?«

»Politik! Spannend! Was hält er denn so von der weltpolitischen Lage?«

»Als ob dich das interessieren würde.«

Manchmal ist Gronberg so. Dann will er provozieren, wird zur Nervensäge. Oft passiert das ausgerechnet dann, wenn man gerade gar keine Zeit für solche Sachen hat.

Sina seufzt. »Manchmal reden wir auch über Filme. Er geht viel ins Kino. Und er liest viel. Philosophen und so. Er mag Kant.« Gronberg liest so gut wie gar nicht, Philosophen bezeichnet er als Schwätzer, und im Kino war er zum letzten

Mal, als Clint Eastwood ›Dirty Harry‹ spielte. Tatsächlich spürt sie, wie sein Interesse nachlässt.

»Sonst noch was?«, fragt sie.

»Gehst du Mittagessen?«, nuschelt Gronberg eher beiläufig und sieht an ihr vorbei.

»Ich bin mit jemandem verabredet«, sagt Sina – vorsichtig, weil sie weiß, dass Gronberg sich darüber ärgern wird.

»Wer? Leo?«

»Nein.« Sie könnte ihm erzählen, dass es Leos Schwester ist, aber das würde wieder einen Haufen neuer Fragen nach sich ziehen, und sie ist sowieso schon zu spät dran.

Gronberg zuckt die Achseln, stößt sich mit seinem mageren Hintern von ihrem Schreibtisch ab und begibt sich an seinen Platz zurück. Normalerweise gehen sie immer zu zweit in die Polizeikantine. Manchmal stößt Leo dazu, und wenn Gronberg gut aufgelegt ist, darf auch Florian mitkommen.

»Jetzt sei nicht beleidigt«, sagt Sina. Gronberg sollte eigentlich schon seit einem halben Jahr pensioniert sein, aber der Fall Lukas Salberg gab seiner Karriere als einem der leitenden Ermittler noch mal Aufwind. Jetzt ist er wieder so launisch, wie er immer war. Ein falsches Wort, und er schmollt tagelang.

»Kannst du dich an Margarete Johansson erinnern?«, fragt sie, während sie aufsteht und ihre Sachen zusammenpackt.

Keine Antwort.

»Sie war hier«, fährt Sina fort, kramt nach ihrem Telefon, findet es unter einer Akte und lässt es in die Handtasche fallen. »Salfelds ehemaliges Kindermädchen.«

»Na und?«, brummt es hinter Gronbergs Computer.

»Die, die damals gegen ihn ausgesagt hat.« Sie bleibt an Gronbergs Schreibtisch stehen und schaut über den Computer auf sein schütteres graues Haar.

»Ja. Na und?«

Sina seufzt. Die Sonne scheint, draußen dröhnt der Verkehr, es ist heiß und Gronberg nervt.

»Sie glaubt, dass Salfeld sie verfolgt.« Sina nennt Salfeld immer noch Salfeld. Das liegt nur zum Teil daran, dass sein neuer Name vor Uneingeweihten wie Florian nicht mit ihm in Verbindung gebracht werden soll. Für sie bleibt er Salfeld, egal wie oft er sich umbenennt.

»Blödsinn«, sagt Gronberg unfreundlich und ohne hochzuschauen. »Du glaubst ihr doch nicht etwa?«

»Nein. Du?«

»Blödsinn.« Aber Gronberg wirkt plötzlich nachdenklich. Oder bildet sie sich das ein?

»Bis später«, sagt sie. Gronberg antwortet erwartungsgemäß nicht.

Sina und Katja haben sich um eins vor dem Fischbrunnen am Münsterplatz verabredet. Als sich Sina auf den Weg macht, ist es schon zehn vor eins. Von der Dienststelle aus sind es mit dem Rad nur fünf Minuten, aber der Münsterplatz ist Fußgängerzone und um diese Zeit voller Menschen – sie wird es nicht rechtzeitig schaffen.

Und so ist es auch. Sina muss absteigen, obwohl ein Radweg über den Münsterplatz führt. Ungeduldig bahnt sie sich mit ihrem Gefährt den Weg durch träge plaudernde Studentenpaare, ausländische Touristengrüppchen in Shorts und bunten Turnschuhen, kulturbeflissene Grauköpfe und betrunkene Abiturienten mit bedruckten T-Shirts. Sie muss lächeln, als sie in dem Gewimmel schon von weitem Katjas signalrote Mähne sieht. Obwohl sie zu spät dran ist, bleibt sie stehen, mitten unter all den schwatzenden, lachenden, rempelnden Leuten um sie herum, und beobachtet Katja ein paar Sekunden lang in aller Ruhe.

Die riesige Pilotenbrille, die fast die Hälfte ihres Gesichts bedeckt. Ihre leuchtend blasse Haut, ihre Art, sich an den

Brunnen zu lehnen, als würde sie sich an ihn schmiegen. Ihr Lächeln, wenn sie jemand aus Versehen streift, ihre sanften, langsamen Bewegungen.

Hattet ihr eine schöne Kindheit, du und Katja?

Warum? Ja, eigentlich schon. Aber du wirst meine Eltern noch kennenlernen, dann kannst du dir selbst ein Bild machen.

Wovon?

Na – wie sie so sind.

Das hab ich nicht gefragt.

Sie will Leos Eltern gar nicht kennenlernen, jedenfalls noch nicht. Es war ihr nur wichtig zu wissen, wie viel von ihrer eigenen Geschichte sie jemandem wie Leo zumuten kann – nicht allzu viel nämlich, wenn sie ihn nicht vollkommen verschrecken will. Sie muss sich auf jemanden einstellen wie ihn, einen glücklichen Menschen.

Plötzlich würde sie am liebsten wieder umdrehen. Warum hat Katja sie überhaupt letztes Wochenende zum Mittagessen eingeladen? Wie würde Leos Frau Isabella das finden, wenn sie davon wüsste? Sie würde es unfair finden, unsolidarisch, und sie hätte recht damit. Aber Katja ist eigentlich nicht der Typ, der unsolidarisch handelt. Mochte sie Isabella vielleicht nicht? Ist sie froh, dass Leo jemand anders hat? War sie einfach nur neugierig?

Oder ging es vielleicht gar nicht um Sina als Person? Ist sie nur Mittel zum Zweck?

Sina zögert, da sieht Katja sie und winkt ihr zu, und jetzt gibt es keinen Weg zurück, ohne unhöflich zu sein.

»Sina! Großartig!« Katja schiebt ihre Sonnenbrille in die Haare und umarmt sie so fest wie eine verlorene Schwester. Sina spürt ihre Wärme, ihre ehrliche Freude und noch etwas anderes, und sie weiß jetzt, dass sie sich vorhin nicht geirrt hat. Da ist nicht nur Zuneigung, sondern noch etwas anderes, etwas, das nichts mit Leos und ihrer Person zu tun hat. Anspannung und zugleich Erleichterung.

Aber in diesem Moment ist ihr das egal. Seitdem Meret die Stadt verlassen hat, hat sie keine richtige Freundin mehr, und jetzt weiß sie, wie sehr sie sich danach gesehnt hat.

Katja nimmt ihren Arm, und sie schlendern an der Michaeliskirche vorbei, diesem finsteren gotischen Bau, in dessen Schatten man selbst dann friert, wenn es so heiß ist wie heute.

Sie entscheiden sich für das Theatercafé. Es hat auf der dem Platz abgewandten Seite einen bezaubernden kleinen Garten, in dem es ruhiger ist, weil die meisten Touristen gar nicht wissen, dass es ihn gibt.

8

Katja bestellt einen Salat mit Putenstreifen, Sina das Schnitzel von der Tageskarte. Dazu zweimal Rhabarberschorle.

»Ich bin wahnsinnig froh, dass du gekommen bist.«

»Kein Problem. Was ist los?«

Katja schiebt ihre Riesensonnenbrille in die Haare, kneift ihre Augen zusammen und setzt die Brille wieder auf. Sie sitzen im Schatten einer Kastanie, aber die Sonne ist so stark, dass sie von überall her reflektiert wird. Sina spürt, wie ihr im Nacken der Schweiß ausbricht. Es ist vollkommen windstill, und es sind mindestens 30 Grad.

»*… lässt mich nicht in Ruhe …*«

»*… wo hast du das T-Shirt her …*«

»*… super …*«

»*… kann nicht mehr …*«

»*… wird immer teurer. Immer teurer. Wahnsinn, ich …*«

Die Tische sind sehr eng gestellt, sie kann die Gespräche rundum mithören. Sina lehnt sich zurück, während Katja sie betrachtet. Auch ihr Blick bedrängt Sina, seine Intensität, die Erwartung darin.

»Geht's dir nicht gut?«, fragt Katja. Besorgt. Sie klingt besorgt, und das ist irgendwie schlecht. Man sieht ihr an, dass etwas nicht stimmt, und es ist wahr, es stimmt etwas nicht: Sina ist schwindelig und übel, und sie spürt förmlich, wie sie blass wird.

»Alles in Ordnung«, sagt sie. Dann steht sie schwankend auf und legt sich ins Gras, direkt neben den Tisch. In ihren Ohren rauscht es, sie schwitzt, der Schweiß ist kalt trotz der

Hitze, aber das Schwindelgefühl und die Übelkeit vergehen, sobald sie liegt. Sie kennt das schon. Es passiert selten, vielleicht einmal im Jahr, und danach fühlt sie sich ein paar Stunden lang matt und ausgelaugt, als hätte sie einen Marathonlauf hinter sich.

»Sina? Sina?«

Sie macht die Augen wieder auf, blinzelt in die Kastanienblätter, konzentriert sich auf das dichte Grün und die hier und da aufblitzenden Sonnenflecken. Katja kniet neben ihr und legt ihr die Hand auf die nasse Stirn, die dicken Locken fallen ihr ins Gesicht. Sie sieht ganz anders aus als von vorne.

»Von unten …«, murmelt Sina.

»Was?«

»Ich weiß nicht.« Von unten sieht Katja mit ihrer Riesenbrille aus wie ein betrübtes Insekt.

Ein Insekt mit Haaren.

Eine … Hummel?

»Was wolltest du sagen?«

»Nichts. Ich …« Sina richtet sich langsam auf.

Der Schwindel ist verschwunden, der Schweiß trocknet langsam. Sie nimmt Katjas Hand, lässt sich aufhelfen. Die Gespräche um sie herum sind verstummt, von überall her kommen besorgte Blicke. Sie setzt sich wieder hin. Die Kellnerin stellt neben die Rhabarberschorle noch ein Glas Wasser und fragt, ob sie sonst noch etwas tun kann oder einen Arzt rufen soll.

»Nein, danke. Alles in Ordnung.«

»Wirklich?«, fragt die Kellnerin skeptisch.

»Ja, danke.« Sina trinkt einen Schluck von der eiskalten Schorle. »Wirklich«, fügt sie hinzu und lächelt die Kellnerin an, lächelt in die Runde. Sie ist erleichtert, als die anderen Gäste den Blick abwenden, ihre Gespräche wieder aufnehmen.

»Sollen wir später darüber reden?«, fragt Katja.

»Nein. Sag einfach, was los ist. Deswegen hast du Leo und mich doch eingeladen.«

Katja sieht sie an wie ein ertapptes Kind. Dann grinst sie. »Du hast … Du siehst ganz schön viel, was?«

Sina grinst zurück. »Das ist mein Job.«

Katja hört auf zu lächeln. »Und manchmal siehst du zu viel.«

»Entschuldigung. Ich wollte nicht …«

»Ich wollte dich wirklich kennenlernen. Also dich, als Freundin von Leo. Es war nicht …«

»Das glaube ich dir.« Sina hat plötzlich das Bedürfnis, Katja anzufassen, aber vielleicht wäre das jetzt nicht der richtige Moment. Also lässt sie es sein. Jedenfalls läuft das alles in eine falsche Richtung.

Sie sagt: »Ich fand es schön bei euch. Wirklich.«

Katja senkt den Blick auf die blauweiß karierte Tischdecke, wischt ein paar unsichtbare Stäubchen weg. »Danke.«

»Das Essen und all das. Es war wirklich schön. Ich hab mich sehr wohlgefühlt bei euch.«

»Danke.« Dann nimmt Katja Sinas Hand, ohne sie anzusehen, drückt sie kurz und lässt sie wieder los.

»Du hast ja recht gehabt«, sagt sie. »Also nicht nur, aber auch.«

»Ich verstehe dich schon. Kein Problem.«

Die Kellnerin bringt das Essen, eine willkommene Ablenkung. Sina merkt überrascht, dass sie Hunger hat, richtig Hunger. Normalerweise hat sie noch Stunden nach solchen Anfällen keinen Appetit.

Sie essen ein paar Bissen. Dann fängt Katja einfach an.

Ein Freund. Also – ein Exfreund. Von Katja. Er heißt Frank Leyerseder. Sie haben noch Kontakt, Peter weiß davon. Insofern alles in Ordnung. Sie treffen sich immer mal wieder auf ein Glas Wein.

»Frank ist ein Freak. Irgendwie – unstet. Züchtet Thaigrass auf seiner Terrasse. Also jetzt nicht mehr. Hat er aber lange gemacht. Wechselt immer wieder die Jobs, ist aber ein fantastischer Handwerker. Seit einem Jahr oder so arbeitet er in Thalgau. Als Hausmeister.«

Sina sieht auf, kauend. »Thalgau?«

»Das Internat. Dort, wo sich vor zwei Wochen dieser Junge umgebracht hat. Wenn er sich umgebracht hat.«

»Woher weißt du davon? Hat Leo dir davon erzählt?«

Katja sieht sie an und schüttelt ganz leicht den Kopf. Ihre Lippen glänzen fettig von dem Salatdressing. »Natürlich nicht Leo«, sagt sie, und wischt sich die Lippen mit der Papierserviette ab. »Frank war das. Deswegen …«

»Sitzen wir hier?«

»Ja. Auch, wie gesagt. Weißt du, dass du ganz schön misstrauisch bist?«

»Misstrauen ist mein zweiter Vorname.«

»Haha.« Katja grinst, und Sina senkt den Kopf. Ihr Teller ist fast leer, sie schiebt ihn weg und spürt, dass sich etwas geändert hat. Ein Schatten, der vorher nicht da war, ein leichter Windhauch, der sie frösteln lässt. Sie würde jetzt gern aufstehen und gehen.

Ärger, denkt sie. Etwas ist unterwegs zu ihr, und es wird ihr Ärger bringen, den sie nicht gebrauchen kann.

Aber sie steht nicht auf. Manchmal ändert sich der Lauf der Welt, nur weil man jemanden nicht vor den Kopf stoßen will.

»Was hat Frank erzählt?«, fragt sie stattdessen.

Katja zögert. »Der Junge, der sich umgebracht hat.«

»Ja?«

»Er war nicht der Erste. Es war der dritte Selbstmordversuch. Der erste Junge hat überlebt, und die Eltern haben ihn danach aus der Schule genommen. Der zweite nicht.«

»Ich verstehe«, sagt Sina, aber eigentlich versteht sie gar nichts.

Thalgau ist ein Vorort von Leyden, gehört aber immer noch in seinen polizeilichen Zuständigkeitsbereich, und Sina weiß nichts von zwei weiteren Jungen, die von einem Glockenturm gesprungen sind.

Müsste sie aber. Die Schulleitung wäre verpflichtet gewesen, den zweiten Vorfall – den tödlichen – der örtlichen Polizeidienststelle zu melden, und die wiederum hätten es in Leyden melden müssen. Selbstmorde sind keine Privatsache, schon gar nicht, wenn sie in einer Schule stattfinden.

»Wann genau war das?«, fragt sie.

»Ich weiß es nicht.«

»Ungefähr?«

»Ich glaube, noch im Winter. Eventuell im Februar.«

»Würde dieser Frank mit mir reden?«

»Er *will* mit dir reden. Aber nur außerhalb von Thalgau. Er wird gefeuert, wenn das rauskommt.«

»Wenn er Angst hat, können wir uns auch erst außerhalb treffen. Drei Fälle in einem halben Jahr?« Sina überlegt. Wenn sie offizielle Ermittlungen einleitet, würde Katjas Freund Schwierigkeiten bekommen. Das wäre zwar kein Grund, es nicht zu tun, aber vielleicht steckt ja gar nicht genug dahinter, um offizielle Ermittlungen einzuleiten.

Der Fall Lukas Salfeld hat so viel Staub aufgewirbelt, die Stadt braucht Ruhe.

Das hat Polizeichef Mathias erst vor ein paar Wochen in einem Interview gesagt, und Sina hat sehr gut verstanden, dass er damit auch sie gemeint hat. Oder vor allem sie. Sina war es schließlich, die alles aufgedeckt hat, den Skandal um Missbrauch und jahrzehntelange Vertuschungsmanöver. Besser würde es der Stadt gehen, wenn sie das nicht getan hätte. Das glauben ganz viele hier, und manchmal glaubt sie es auch.

Denn was hat es letztendlich gebracht? Die Haupttäter sind entweder tot oder auf der Flucht.

»Kann dieser Frank ins Präsidium kommen?«

»Ich frage ihn.«

»Morgen um sieben. Abends. Da habe ich Bereitschaft, und ich bin allein.«

9

Die Stimmen singen ihr ins Ohr, sie klingen überirdisch schön, fast magisch. Sie sind in ihrem Kopf und gleichzeitig dicht um sie herum, sie umschweben Sophie in einer Aura aus Gold und Pech.

Töte ihn.

Schneide das Tier aus deinem Herzen.

Du bist hässlich. Du solltest das Leben nicht verunzieren.

Sie sollten sterben, bevor sie dich in der Erde versenken.

Du musst dich wehren gegen den Golan.

Töte sie.

Töte ihn.

Lass sie nicht näher kommen, sie wollen dich verändern.

Du sollst vom selben Planeten kommen wie sie.

Dein Name sei Ariala.

Sei Ariala und verbrenne deine Feinde.

Sophie folgt den Stimmen auf ihren verschlungenen Pfaden. Sie tut, was sie ihr sagen. Sie befindet sich manchmal in einem Labyrinth aus silbrig schimmerndem Schilf, manchmal auch mitten in dornigem Gestrüpp, das ihr Gesicht und Hände zerkratzt. Das Ziel ist weit weg und ganz nah. Manchmal würde sie gern weinen, dann muss sie lachen. Sie tastet sich durch die Dunkelheit, die hell wird, sobald sie die Augen zumacht.

Manchmal reitet sie auf einem Pony, das zu klein ist für sie. In ihrer Hand hat sie eine Peitsche, keine Reitgerte, eine richtige Peitsche, deren Enden schweben wie Medusenhaar. Sie peitscht das Pony, sie muss weiterkommen. SIE sind hinter ihr her, SIE sind in einer heißen, schwarzen Wolke, die sie verschlucken und vernichten wird, SIE werden sie zerreißen und verbrennen, bis nichts mehr von ihr übrig ist als Staub.

Manchmal schneidet sie sich dabei mit ihrem Schwert in die Hand, aber es fließt kein Blut. Nur an ihrem Messer ist Blut, und sie weiß nicht, woher es kommt. Es kann nicht von ihr kommen, aber von wem sonst? Die Hitze frisst sie auf, ihre Haare beginnen zu lodern, ihr Rücken wird zur Flammenhölle.

Dann wacht sie auf, und ihr ist wahnsinnig heiß.

Dann ist alles wieder so normal, dass sie friert.

Die Glocke läutet: Es ist sieben Uhr, Abendessenszeit. Sophie starrt auf ihre Hand, die das offene Schmetterlingsmesser hält. Sie kehrt in ihren Körper zurück, die Hand wird wieder ihre Hand, nicht die des anderen Mädchens, das in ihrem Körper wohnt und das sie ist – aber auch wieder nicht.

»Hi«, sagt Frank Leyerseder, und das überrascht Sina gar nicht. Leyerseder gehört zu den Typen, die Hi sagen statt Hallo oder Guten Tag. Er ist nicht besonders groß, vielleicht eins fünfundsiebzig, und sehr schlank und drahtig. Sina schätzt ihn auf Mitte bis Ende vierzig. Sein dichtes, graues Haar hat er zu einem kurzen Pferdeschwanz gebunden. Sein Gesicht ist hager und gebräunt, wie jemand, der sich gern im Freien aufhält und dabei keinen Gedanken an Hautkrebs verschwendet. Er trägt Jeans, Holzfällerhemd und abgelatschte Cowboystiefel. Wahrscheinlich wegen der Absätze, die ein paar Zentimeter Größe dazumogeln.

Er ist ihr sympathisch. Vielleicht weil er Katjas Freund ist.

»Hallo, Herr Leyerseder«, sagt Sina. »Setzen Sie sich doch.«

»Frank.« Leyerseder setzt sich. Seine Augen sind sehr blau, die Wimpern auffällig lang für einen Mann. Sina merkt, wie er sie mustert, dann den Raum um sie herum. Er wirkt nicht schüchtern, aber irgendwas bereitet ihm Unbehagen.

»Alles in Ordnung?«, fragt sie.

»Klar.«

Das klingt nicht wirklich glaubwürdig. Dann fällt ihr das Thaigrass auf der Terrasse ein. Er sitzt wahrscheinlich nicht zum ersten Mal in einer Polizeidienststelle.

Sie beschließt, ihm Zeit zu lassen. »Kaffee?«, fragt sie.

»Nee, danke. Hätte nicht gedacht ...«

»... dass Sie mal freiwillig auf einem Revier aufkreuzen?«

»So ähnlich.« Er grinst, und Sina merkt, dass er sich entspannt.

»Sie sind Hausmeister?«, fragt sie.

»Du«, sagt Leyerseder. »Und Frank. Katja und du, ihr seid Freundinnen, oder?«

»Na schön, Frank. Du bist ...«

»Ich bin vieles. Zurzeit Hausmeister. Unterhaltszahlungen, okay? Ich brauche was Festes. Ist sonst nicht so mein Fall. Normalerweise ...«

»Schon klar.«

»Okay.«

»Möchten ... Willst du mir einfach sagen, was los ist?«

»Kann ich rauchen?«

»Eigentlich nicht.« Aber dann steht Sina auf, öffnet ein Fenster, holt den Aschenbecher, der außen auf dem Sims steht, und stellt ihn zwischen sich und Leyerseder.

»Hast du zufällig Zigaretten?«, fragt Leyerseder. »Ich hab meinen Tabak vergessen.«

Eine halbe Stunde später verschwindet Leyerseder in der Nacht, nachdem er die dritte Zigarette aus Sinas Schachtel geraucht hat. Er hat keine Aussage gemacht, sondern wollte als Informant behandelt werden. Sina hat ihm das nicht zugesichert, weil sie das nicht kann. Er hat trotzdem geredet, und sie hat das Gespräch einfach aufgenommen.

Nachdem er weg ist, hört sie es ab.

»Vielleicht ist es nur eine zufällige Häufung.« Franks Stimme, heiser von zu vielen Zigaretten und was sonst noch allem.

Dann ihre Stimme. »Drei Jungen stürzen sich aus einem Fenster im Glockenturm? Das hört sich nicht nach Zufall an.«

»Deswegen bin ich hier.«

»Warum wurden die ersten beiden Unfälle nicht gemeldet?«

»Vom ersten Fall hab ich nur gehört. Da kann ich nichts zu sagen.« Pause, Husten.

»Und beim zweiten Mal?«

»Beim zweiten Mal – keine Ahnung. Er hat's einfach nicht getan, Punkt.«

»Vielleicht erzählst du jetzt mal alles, was dir zu der Sache einfällt.«

Pause.

Dann: »Okay, mal sehen.«

»Wann war der Vorfall?«

»Der, den ich miterlebt habe? Anfang Februar. Der sechste, glaube ich. Es war kalt und noch total verschneit. Ich konnte nachts nicht schlafen, vielleicht weil Vollmond war. Also bin ich aufgestanden und rausgegangen.«

»Mitten in der Nacht?«

»Ich mache das oft, wenn ich nicht schlafen kann.«

»Wieso?«

»Das ist geil, deshalb. Du bist der König der Welt. Alles schläft, nur du weißt, was abgeht.«

Pause. Leises Rauschen. Dann wieder Sinas Stimme.

»Du warst also draußen. Um wie viel Uhr ungefähr?«

»Etwa drei Uhr. Es war wirklich wahnsinnig kalt, also

habe ich meine Thermohosen und meine Moonboots angezogen und darüber eine Daunenjacke. Und dann bin ich losmarschiert, Richtung Haupthaus. Es war verrückt. Jeder Atemzug hat wehgetan. Und ich hatte meine Handschuhe vergessen.«

»Sind eure Wege nachts beleuchtet?«

»Ja. Nicht besonders gut, aber das war in diesem Fall egal. Es war Vollmond, eine ganz klare Nacht mit Millionen von Sternen.«

»Und dann?«

»Ich war also auf dem Weg zum Haupthaus. Man kann es vom Föhrenhaus – ich wohne unten im Föhrenhaus – sehr gut sehen. Neben dem Haupthaus steht der Glockenturm.«

»Kommt man da einfach so rein?«

»Nein. Lehrer und Hausmeister haben Schlüssel. Kein Schüler darf unbeaufsichtigt in den Turm. Nachts ist er sowieso immer abgesperrt.«

»Kann ein Schüler sich den Schlüssel besorgen?«

»Eigentlich nicht. Es sei denn ...«

»Jemand gibt ihm den Schlüssel?«

Pause. Dann: »Es gibt bestimmt auch andere Möglichkeiten. Ich hab den Schlüssel an meinem Schlüsselbund befestigt und eigentlich immer dabei. Vielleicht machen manche Lehrer das anders.«

»Warum sollten sie?«

»Keine Ahnung.« Sie hört, wie Frank an der Zigarette zieht, den Rauch hastig wieder ausstößt.

»Schon gut. Erzähl weiter.«

»Er ist ... Er ist mir direkt vor die Füße gesprungen.«

Sie erinnert sich, dass Frank sich an dieser Stelle vorgebeugt und sie mit seinem Huskyblick fixiert hat. Er ist ein guter Erzähler. Aber nun klingt seine Stimme belegt, und Sina erkennt erst jetzt, beim Abhören, dass er noch mit niemandem darüber gesprochen hat. Er hat Katja nicht alles erzählt, nur einen Teil. Er trug dieses ganze Geheimnis seit Monaten mit sich herum, und heute, wo er es das erste Mal ausgesprochen hat, ist es so, als wäre es gerade eben passiert.

»Wer?« Ihre Stimme klingt leise.

»Dieses Geräusch. Dieses Geräusch – du hörst, du hörst die Knochen. Wie sie brechen. Ich höre das Geräusch, wenn ich einschlafe und wenn ich aufwache. Es ist ein Teil von mir geworden. Verstehst du?«

»Ja«, sie hört, wie sie sich räuspert, »das ist sicher furchtbar für dich.«

»Ich bin das Geräusch«, flüstert Frank. Sie hört seinen Atem. »Ich bin dieser Junge, verstehst du? Ich träume von ihm. Ich träume, wie ich auf dem Boden liege, das Gesicht im Schnee, und keine Luft kriege.«

Pause. Atmen.

»Frank?«

»Ja?«

»Sollen wir abbrechen?«

»Nein!«

»Okay. War der Junge tot?«

»Ich habe ihn umgedreht und meine Hand an seinen Hals gelegt und seinen Puls gefühlt ... Das Gesicht war ... vollkommen zerschmettert, die Augen waren offen ... Ich bin kein Arzt, aber ich wusste, dass nichts mehr zu machen war.« Franks Augen, erinnert Sina sich, waren gerötet, aber trocken. Er saß sehr gerade, sah Sina nicht an.

»Was ist dann passiert?«

»Ich bin zum Rektor gelaufen und habe ihn geweckt. Er ist gleich mitgekommen und hat von dort aus mit dem Handy den Notarzt angerufen. Und das fand ich dann seltsam. Wahrscheinlich dachte er, ich höre das nicht. Jedenfalls sagte er: ›Bitte keinen Lärm, du weißt schon.‹«

»Zu dem Arzt? Was meinte er damit?«

»Ich weiß nicht. Es war so, als ob er ihn kennt.«

»Den Arzt?«

»Ja. Als ob er den Arzt kennt und als ob das nicht zum ersten Mal passiert ist. Es klang irgendwie ... routiniert. Und dann fand ich es auch seltsam, dass der Arzt in seinem Pkw kam. Kein Rettungswagen, keine Sanitäter.«

»Ungewöhnlich.«

»Ich muss ... Ich muss dir noch etwas sagen. Das macht die Sache schwieriger, aber es ist wichtig.«

»Ja?«

Sie hört ein Geräusch, eine Art Rascheln, und erinnert sich, dass Frank sich mit verschränkten Armen zurückgelehnt hat, eine Bewegung, als wollte er sich in Sicherheit bringen. Seine Stimme klingt etwas entfernt, leiser als vorhin.

»Die Tochter eures Polizeipräsidenten ist bei uns. Janina Matthias. Seit einem Jahr. Du weißt nichts davon, oder?«

»Nein. Aber das macht es doch eigentlich einfacher«, hat sie erstaunt geantwortet. »Matthias wird auf keinen Fall wollen, dass seine Tochter in Gefahr ist.«

Frank hat daraufhin den Kopf geschüttelt. »Du verstehst das nicht. Dein Chef und der Rektor sind seitdem Freunde. Ich weiß, dass sie sich auch privat sehen. Janina war ein schwieriges Mädchen. Mergentheimer ...«

»Wer ist das?«

»Der Rektor. Mergentheimer hat Janina unter seine Fittiche genommen und die Lehrer dazu angehalten, ein besonderes Augenmerk auf das Mädchen zu haben. Es hat funktioniert, soviel ich weiß. Mittlerweile hat sie Freunde gefunden und es geht ihr wirklich gut.«

»Was meinst du mit schwierig? Drogen oder so was?«

»Lass mal. Ich will nicht, dass Janina da reingezogen wird. Sie ist ein nettes Mädchen.«

»Dann solltest du nicht hier sein. Ich kann nichts unternehmen, wenn ich nicht alle Fakten kenne.«

Sina drückt die Pausentaste. Sie könnte jetzt bei Leo sein, mit ihm zusammen essen, ihren Feierabend genießen. Stattdessen sitzt sie im Büro und muss sich zum zweiten Mal eine Geschichte anhören, die nur ein Fall sein *könnte*, mit einem Zeugen, der vermutlich regelmäßig kifft, also möglicherweise nicht wirklich zurechnungsfähig ist, und dem man jedes Wort aus der Nase ziehen musste. Sie seufzt und lässt die Aufzeichnung weiterlaufen.

»Warum bist du hier?«, hat sie nach einer Weile gefragt. Franks Blick ist hin und her gewandert. »Frank?« Sie hört, wie ihre Stimme versucht, nicht gereizt zu klingen, es aber doch tut.

»Ja.« Sie erinnert sich an die feinen Schweißtröpfchen auf Franks Oberlippe.

»Ich kann dir helfen, Frank.«

»Ich weiß einfach nicht, was ich machen soll.«

»Was meinst du mit schwierig?«

Sie erinnert sich, wie Frank zur Abwechslung auf den Boden geschaut hat, immer noch die Arme verschränkt. Wie ein trotziges Kind, das etwas angestellt hat, es aber nicht zugeben will.

»Okay«, sagt er dann, »sie hat sich prostituiert. Janina ist mit Männern – bedeutend älteren Männern – ins Bett gegangen. Die haben ihr im Gegenzug Klamotten und Handys und solches Zeug geschenkt. Zusammen mit einer Freundin ist sie jeden Mittwochnachmittag nach Frankfurt gefahren.

»Wie ging das weiter?«

»Das Ganze flog auf, weil ihre Mütter lauter Luxuswaren in ihren Zimmern gefunden haben.«

»Und dann?«

»Soviel ich weiß, wurden die Freier ausfindig gemacht und festgenommen. Dein Chef hat dann seine Beziehungen spielen lassen, deshalb haben die Medien nichts davon mitbekommen. Und hier hat niemand etwas bemerkt, weil es der Zuständigkeitsbereich Frankfurt war.«

»Wie alt ist Janina?«

»Sie hat mit fünfzehn damit angefangen. Heute ist sie siebzehn.«

»Ich verstehe.«

»Janina hat sich gut gemacht. Ihr Vater würde nicht wollen … Er würde auf keinen Fall wollen, dass sie jetzt wieder die Schule wechselt. Außerdem ist er Mitglied im Förderverein der Schule. Er würde nicht wollen, dass du ermittelst. Verstehst du?«

»Was heißt das konkret?«

»Er hat eine ziemlich hohe Summe für die Renovierung der Turnhalle gestiftet.«

»Woher weißt du das alles?«

»Ich habe Quellen. Einem Hausmeister vertraut man einiges an. Ist ja nur der Hausmeister.«

Pause. Rascheln, das Zischen eines Streichholzes.

»Du hast vielleicht recht, Frank. Das ist wirklich ein Problem.«

»Was willst du jetzt machen?«

»Ich muss nachdenken.«

»Wie, nachdenken? Was soll denn das heißen?«

»Ich melde mich bei dir. Ich muss mir das durch den Kopf gehen lassen. Es ist schwierig.«

»Aber nicht unmöglich?«

»Weiß ich nicht. Ich melde mich.«

»Kann ich irgendwas tun?«

»Du? Nein, was solltest du tun können, Frank? Du musst jetzt einfach abwarten.«

»Verdammt. Gib mir noch eine Zigarette.«

10

Der nächste Tag ist Samstag. Leo muss am Nachmittag zu einer Obduktion ins Rechtsmedizinische Institut. Nachdem er die Wohnung verlassen hat, fährt Sina nach Thalgau. Sie parkt das Auto ein paar Querstraßen von der Schule entfernt und nähert sich der Anlage zu Fuß. Sie trägt Turnschuhe, sportliche Leggins, ein T-Shirt und einen kleinen Rucksack.

Das Internat ist nicht eingezäunt, man kann sich hier frei bewegen. Sollte sie jemand fragen, was sie hier macht, wird sie sich als Spaziergängerin ausgeben. Sie hat sogar einen entsprechenden Reiseführer von der Gegend dabei, den sie vorzeigen kann. Sie betritt das Gelände durch einen Rundbogen, unter ihren Schuhen knirscht Kies.

Der Weg macht eine kleine Biegung vorbei an einem grau gestrichenen Flachbau aus den Sechzigerjahren, und dann sieht sie das Hauptgebäude, ein romantisches Fachwerkhaus mit Türmchen und Erkern. Es sieht frisch renoviert aus, weiß gestrichen, mit dunkel gebeizten Balken und vielen Türmchen und Erkern. Rechts neben dem Haupthaus befindet sich der Glockenturm, aus dem sich die Jungen gestürzt haben. Sina bleibt mitten auf dem Vorplatz stehen und macht ein paar Fotos mit ihrem Handy.

Von links nähert sich ein Mann. Sie tut so, als würde sie ihn nicht bemerken.

»Kann ich Ihnen helfen?« Der Mann bleibt neben ihr stehen. Sina dreht sich um und lächelt freundlich und ein bisschen hilflos.

»Ja, Sie können mir sagen, ob ich hier in Thalgau bin? Also der Schule?«

Durch die Sonnenbrille mustert sie den Mann. Er ist etwa Mitte fünfzig und sehr schlank, fast dünn. Seine dichten grauen Haare sind aus der Stirn gekämmt und vielleicht etwas zu lang für einen Mann seines Alters. Er trägt eine schwarz gerahmte Brille, deren Gläser leicht getönt sind, ein weißes Hemd und eine anthrazitfarbene Hose.

»Allerdings«, sagt der Mann. »Ich denke, das sieht man auch«, fügt er hinzu. Dann lächelt er plötzlich, als werde ihm gerade bewusst, dass seine Reaktion nicht besonders höflich war.

»Das tut mir sehr leid«, sagt Sina. »Ist das hier unbefugtes Gelände? Ich habe keinen Zaun gesehen. Ich habe gehört, dass man den Glockenturm besichtigen kann.«

»Wie kommen Sie denn darauf?«

Sina zeigt ihm die Seite in ihrem Reiseführer. Dort steht, dass der Glockenturm das vollkommen erhaltene Relikt einer romanischen Kirche aus dem 11. Jahrhundert ist. Sie liest vor: »Bei vorheriger Anmeldung im Schulsekretariat ist eine Besichtigung am Wochenende möglich.«

»Aber Sie haben sich nicht angemeldet, oder?«

»Nein. Ich dachte, es geht vielleicht auch so.«

Der Mann sieht sie an. Seinem Gesichtsausdruck kann sie rein gar nichts entnehmen. Es ist, als hätte er eine Tür zugemacht. »Tut mir leid, ich habe keinen Schlüssel. Und das Sekretariat ist heute nicht besetzt.«

»Schade«, sagt Sina.

»Aber ich könnte Ihnen den Weg zum See zeigen.«

»Das wäre nett.« Also lässt sie sich erklären, wie sie von hier aus zum See kommt. Sie lächelt die ganze Zeit und hofft, dass es wirkt. Tatsächlich bietet der Mann ihr schließlich an, sie zu begleiten.

»Das ist wirklich nett von Ihnen«, sagt Sina.

Gemeinsam laufen sie den Weg wieder zurück, durch den Torbogen auf die Straße, die zum See führt.

»Sind Sie allein unterwegs?«, fragt der Mann im Plauderton. Die Straße liegt bereits im Schatten, aber es ist immer noch sehr warm, und die Luft ist so trocken, dass sie sich fast staubig anfühlt.

»Ja«, sagt Sina. »Eigentlich wollte mich eine Freundin besuchen. Wir wollten zusammen die Gegend erkunden, aber sie ist krank geworden. Also bin ich einfach losgezogen.«

»Sie wandern gern?«

»Na ja, eigentlich bin ich eher der Fitnessstudio-Typ. Ich habe überhaupt keinen Ortssinn, das ist ein bisschen hinderlich.«

Sie lachen beide. »Und Sie?«, fragt Sina. »Unterrichten Sie hier?«

»Ja, Mathematik und Latein.«

»Das waren meine Hassfächer.«

»Ja, das sagen die meisten Frauen. Kommen Sie aus Leyden?«

»Ich bin Polizistin dort.«

Der Mann bleibt stehen und nimmt sie genauer in Augenschein, so wie Sina es erwartet hat. »Sie sind … Sind Sie die, die diesen Serienmörder gefasst hat? Ich hab Sie damals im Fernsehen gesehen.«

»Es war sein Sohn, der gemordet hat.«

»Richtig«, sagt der Mann nachdenklich. »Das war eine spannende Geschichte. Haben Sie den Sohn gefasst?« Sie stehen immer noch mitten auf der Straße.

»Bisher nicht.«

»Und was ist mit seinem Vater?«

»Was soll mit ihm sein? Er hat sich ja keines Verbrechens schuldig gemacht.«

»Tatsächlich? So genau hatte ich das gar nicht mehr in Erinnerung.«

»Es ist ja auch schon ein halbes Jahr her.«

»Haben Sie Lust auf einen Kaffee? Es gibt einen ganz netten Biergarten direkt am See.«

Sina lächelt. »Wirklich?«

»Ja, als Leydenerin sollten Sie das wissen.«

Sie gehen weiter.

»Sie haben recht«, sagt Sina, »aber ich bin noch gar nicht so lange hier.« Das ist Sinas erste Lüge an diesem Nachmittag. Es ist nicht anzunehmen, dass der Mann weiß, dass sie hier geboren und aufgewachsen ist. In den Interviews damals ging es immer um Salfeld. »Ich heiße übrigens Sina Rastegar.«

»Bitte entschuldigen Sie.« Der Mann macht eine scherzhaft förmliche Verbeugung. »Christian Jensen. Genannt Tick.«

»Tick. Das klingt nett! Also, Tick, ich hätte ehrlich gesagt lieber eine Limonade als einen Kaffee.«

»Kein Problem, Sina.«

Fünf Minuten später erreichen sie den Biergarten. Er ist sehr klein, eigentlich besteht er nur aus ein paar Biertischen und -bänken um eine Art Kiosk herum. Aber der Blick auf den See ist wirklich schön. Sina schaut sich um, ob Schüler anwesend sind, aber sie sieht nur ein paar Leute in ihrem Alter oder älter.

»Wie ist es, in einem Internat zu unterrichten?«, fragt sie, nachdem sie sich zwei Limonaden geholt haben und auf einem der Bierbänke unter einer breiten Kastanie Platz genommen haben – nebeneinander, mit dem Rücken zum Tisch, damit beide die Aussicht genießen können. Es ist eine eigenartig intime Situation, nicht durch einen Tisch getrennt zu sein, als wären sie Freunde, die sich schon ewig kennen.

»Es ist toll«, sagt Tick. Sie siezen sich, nennen sich aber beim Vornamen – auch das ist eigenartig, fühlt sich aber nicht falsch an.

»Toll? Inwiefern?«

»Man kommt den Schülern viel näher als in einer öffentlichen Schule. Liebe, Dramen, Partys ... Man ist mittendrin.«

»Und das gefällt Ihnen?«

»Warum sollte es nicht? Es ist hochinteressant, diese Spezies zu beobachten.«

»Spezies?«

»Ja, Jugendliche sind eine eigene Spezies. Sie verstellen sich nicht, sie sind ganz direkt. Insofern menschlicher als die meisten Erwachsenen. Man lernt hier viel über die Menschen im Allgemeinen.«

»Was zum Beispiel?«

Tick sieht sie von der Seite an. »Alles kann sich ändern, von einer Stunde auf die nächste. Niemand ist verlässlich. Nichts ist von Dauer. Grausamkeit kann wunderhübsch aussehen.«

»Das klingt weniger gut.«

»Wie man's nimmt. Alles fließt. Man lernt, nichts und niemanden festzuhalten.«

»Das stelle ich mir schwierig vor.«

»Im Gegenteil.«

»Was ist mit Ihrer eigenen Intimsphäre? Fühlen Sie sich nicht dauernd beobachtet?«

Tick lacht plötzlich laut auf, ein eigenartig gepresstes Lachen, das nicht zu seiner sonstigen Art passt. »Schüler interessieren sich nicht für Lehrer. Wir könnten einen Swingerclub eröffnen, und die würden das nicht mal merken.«

»Das kann ich mir kaum vorstellen«, sagt Sina und lacht aus Höflichkeit mit.

»Es stimmt aber. In gewisser Weise sind wir Luft für die. Unsere Gefühle zählen nicht.«

»Das hört sich auch nicht so großartig an.«

»Es ist wie es ist. Ein Mikrokosmos. Eine ganze Welt für

sich. Irgendwann will man nirgendwo anders mehr hin. Kennen Sie ›Die Truman Show?‹«

»Nein.«

»Das ist ein Film über einen Menschen, der in einer Fernsehserie lebt und bis weit in sein Erwachsenenalter gar nicht weiß, dass alle um ihn herum Schauspieler sind und seine Umgebung nur aus Kulissen besteht. Er weiß nicht, dass es außerhalb der ›Truman Show‹ noch eine andere Welt gibt. So ähnlich geht es uns. Wir wissen natürlich schon, dass es außerhalb eine Welt gibt, aber sie reizt uns nicht.«

»Das verstehe ich nicht.«

Der Mann lächelt versonnen. »Ich auch nicht.«

»Aber es gibt Ferien, Wochenenden …«

»Das ändert nichts daran. Unser Leben ist hier.«

Eine halbe Stunde später ist Sina nicht viel weitergekommen. Direkte Fragen verbieten sich von selbst, sie ist nicht als offizielle Ermittlerin hier.

»Was ist mit Schülern, die gemobbt werden?«, fragt sie schließlich.

Ein argwöhnischer Schatten wandert über Ticks Gesicht. Oder bildet sie sich das ein?

»Es ist wie überall«, sagt er mit gerunzelter Stirn. »Nur haben Internatsschüler weniger Möglichkeiten, dem zu entkommen.«

»Was tun die Lehrer dagegen?«

»Wogegen?«

»Gegen das Mobbing.«

»Jetzt höre ich die Polizistin.«

»Entschuldigung. Das war nicht so gemeint. Ich war einfach nur …«

»Neugierig.«

Eine kühle Feststellung, keine charmante Frage. Er wird nichts weitererzählen, nicht freiwillig. Die Abendsonne fällt durch die dicht belaubte Kastanie, wirft winzige strahlende

Flecken auf ihre Gesichter. Es könnte fast romantisch sein, aber Sina spürt, dass Tick von Sekunde zu Sekunde unruhiger wird. Er wirkt auf einmal misstrauisch. Wegen ihrer einen simplen Frage?

»Es geht mich ja nichts an«, sagt Sina. »Ich glaube, ich muss auch langsam los.« Sie nimmt einen letzten Schluck und steht auf. Tick tut es ihr gleich. Sie bringen die Gläser zurück und nehmen das Pfand entgegen. Dann laufen sie schweigend die Straße hoch.

»Was machen Sie heute noch?«, fragt Sina.

»Nicht viel. Abendessen beginnt um sieben, danach werde ich noch ein paar Hausaufgaben korrigieren.«

»Ist überhaupt jemand da von den Schülern?«

»Oh ja, die meisten. Es gibt nur acht freie Wochenenden im Jahr.«

»Das ist ja nicht gerade viel.«

»Es reicht, glauben Sie mir. Wenn man einmal hier ist, will man kaum noch weg. Die Welt wird ganz, ganz klein und eng.«

»Wirklich?«

»Glauben Sie mir nicht?«

»Warum sollte ich Ihnen nicht glauben?«

»Sie sind Polizistin. Deformation professionelle.«

»Mein Französisch ist leider sehr schlecht.«

»Berufskrankheit. Sie sind gar nicht mehr in der Lage, Informationen einfach anzunehmen.«

»Das ist vielleicht ein bisschen übertrieben.«

Sie sind bei ihrem Auto angelangt. Tick fragt nicht nach ihrer Telefonnummer, sondern wirkt fast erleichtert, als sie sich verabschiedet. Im Rückspiegel sieht sie, dass er ihr ein paar Sekunden lang regungslos hinterherschaut. Dann wendet er sich ab und verschwindet in der Dämmerung.

Die Welt wird ganz, ganz klein und eng.

Der Satz hallt in ihrem Kopf nach.

11

Am Montag lässt sich Sina von der Sekretärin des Polizeipräsidenten einen Termin geben.

»Rastegar«, sagt Matthias, als sie vor ihm sitzt. Es ist elf Uhr morgens, wieder ein heißer Tag. Matthias hat die Rollos heruntergezogen und die Lamellen so eingestellt, dass kein Sonnenstrahl durchkommt. Dafür ist seine Schreibtischlampe an, ein chromfarbenes, schickes Teil, das so aussieht, als könnte man es in alle möglichen Richtungen biegen.

»Neue Lampe?«, fragt Sina.

Matthias starrt sie an. Obwohl er ein schlanker, großer Mann ist, erinnert er sie im Sitzen oft an eine Schildkröte. Vielleicht weil er die Angewohnheit hat, den Kopf zwischen die Schultern zu ziehen. Als wollte er sich schützen.

Wovor auch immer.

»Ja«, sagt er schließlich, »ein Geschenk meiner Frau.«

»Oh. Schön. Äh – praktisch.«

»In der Tat. Was kann ich …«

»Ich …« Sina hat sich alles zurechtgelegt, jedes einzelne Wort, jede denkbare Begründung, aber wie üblich funktioniert das bei ihr nicht. Sie ist nicht gut in solchen Sachen. Zu geradeheraus. Taktisch ungeschickt. Eine miserable Strategin, und zwar ausgerechnet immer dann, wenn es um sie selbst geht.

»Ich würde gern nach Thalgau«, sagt sie schließlich.

»Was wollen Sie denn dort?«

»Ermitteln. Sie wissen schon, wegen des Selbstmords. Ich habe mit der Zeugin nur auf der Thalgauer Dienststelle gesprochen. Jetzt würde ich gern vor Ort mit ein paar Schülern, ein paar Lehrern reden. Einfach, um sicherzugehen, dass es sich wirklich um einen Selbstmord gehandelt hat.«

Matthias atmet ein und aus.

»Meines Wissens sind die Ermittlungen von Seiten der Staatsanwaltschaft abgeschlossen«, sagt er. »Keine Hinweise auf Fremdverschulden. Ich weiß wirklich nicht, warum Sie jetzt …«

»Es war nicht der einzige Selbstmord in dieser Schule. Ich finde, wir sollten dem nachgehen.«

»Was … Wie kommen Sie darauf? Und warum jetzt? Der Fall ist seit Tagen abgeschlossen. Was ist passiert?«

»Die Eltern haben mich heute früh kontaktiert. Die Eltern des Jungen, der sich im Februar aus dem Fenster des Glockenturms gestürzt hat. Das war der erste Selbstmord. Der wurde uns nur nicht gemeldet. Möglicherweise haben die Eltern jetzt von dem zweiten Selbstmord gehört.« Das ist nicht wahr. In Wirklichkeit hat Sina den Namen der Eltern von Frank Leyerseder erfahren und sie heute früh angerufen.

Matthias hat die Hände vor sich gefaltet und betrachtet seine blitzsauber polierte Schreibtischplatte aus schimmerndem dickem Acrylglas. Er ist Verfechter von etwas, das sich Clean Desk Policy nennt, aber mit diesem Ansinnen bislang in der Dienststelle gescheitert.

»Es gab bereits einen Selbstmord?«

»Ja.«

»Und er wurde nicht gemeldet?«

»Offenbar nicht.«

»Was haben die Eltern gesagt? Die Eltern des ersten Opfers, meine ich. Die, die Sie heute früh kontaktiert haben.«

»Dass niemand von der Polizei sie jemals vernommen hat. Was ja die übliche Praxis bei Selbstmord in einer Schule wäre.«

»Und das war alles?«

»Reicht das nicht?«

»Es wäre auf jeden Fall verdächtig, falls es bei diesem Selbstmord Zweifel an der Tat gegeben hätte. War das der Fall aus Sicht der Eltern?«

»Nein, aber …«

»Dann sehe ich da keinen echten Zusammenhang zu diesem neuen Fall. Was war das Motiv des ersten Selbstmords?«

»Depressionen, sagen die Eltern. Der Junge wurde deswegen behandelt.«

»Gab es andere Hinweise? Irgendwelche Indizien?«

Sina senkt den Kopf. »Nein.« Sie sagt lieber nicht, dass die Eltern ihren Sohn ein paar Tage nach seinem Selbstmord ohnehin aus der Schule nehmen wollten. Dass sie sogar betonten, dass sie der Schule keine Schuld am Tod ihres Sohnes geben würden. Dass ihr Sohn krank gewesen sei.

Dann nämlich hätte Matthias erst recht keinen Grund, das Ganze wieder aufrollen zu lassen. Das Gespräch ist schlecht gelaufen. Sie sollte aufstehen und gehen. Es gibt keinen Fall.

»Ich habe kein gutes Gefühl«, sagt sie dann trotzdem.

»Kein gutes Gefühl«, wiederholt Matthias. Er seufzt.

Dann sagt er: »Sie wissen, dass meine Tochter in Thalgau ist?«

»Äh … Ich habe so was gehört.«

»Sie fühlt sich dort sehr wohl. Wir sind sehr froh, dass sie dort so umfassend gefördert wird. Ich gebe gern zu, dass ich auch ein persönliches Interesse am Wohlergehen dieser Schule habe. Ich möchte nicht, dass ihr Ruf leidet – es sei denn, es gibt handfeste Gründe dafür. Wirklich handfeste Gründe. Verstehen Sie mich?«

»Ja. Ich würde trotzdem gern noch einen einzigen Tag an der Schule ermitteln. Nur ich allein. Ohne großes Getöse. Mit ein paar Lehrern sprechen, ein paar Schülern …«

»Damit Sie ein besseres Gefühl bekommen.« Sie sieht ein kleines Lächeln in seinen Mundwinkeln.

»Ja«, sagt sie.

Matthias greift nach dem Telefonhörer und sagt seiner Sekretärin, dass er die nächsten zehn Minuten nicht gestört werden will.

Und dann spricht er diese zehn Minuten lang fast ununterbrochen. Ob Sina wisse, wie ihre Position hier WIRKLICH sei. Dass die GANZE STADT sie hasse, auch wenn das keiner je offen sagen würde. Sie habe der Stadt ihre VERGANGENHEIT geraubt. Sie habe der Stadt mit den entsetzlichen Missbrauchsfällen den Spiegel vorgehalten. UND DAS SEI RICHTIG SO GEWESEN. Großartig. Bewundernswert. Wichtig. Aber: Die Stadt sei dafür NICHT dankbar. Leider nicht. Menschen funktionierten so einfach nicht. Sie seien NIE dankbar, wenn man sie auf Verfehlungen hinweise. NIE.

Das müsse man wissen.

Dann macht er eine Pause. Sina wartet.

»Kennen Sie das Buch ›Die Unfähigkeit zu trauern‹?«, fragt Matthias schließlich.

»Nein, leider nicht.«

»Nun«, Matthias lehnt sich zurück, schaut an ihr vorbei, sammelt sich für seinen nächsten Vortrag. »Quintessenz dieses Buches ist, dass die Deutschen sich niemals emotional mit dem Dritten Reich auseinandergesetzt haben. Sie haben nicht getrauert. Sie haben die schrecklichsten Verbrechen des Jahrhunderts begangen, aber es tat ihnen nicht leid.«

»Aha.« Langsam ahnt Sina, worauf er hinauswill.

»Und natürlich ist das eine VOLLKOMMEN richtige Analyse. Das haben sie tatsächlich nicht getan. Hätten sie es nämlich getan, hätten sie angesichts der entsetzlichen Gräueltaten kollektiven Selbstmord begehen müssen. Verstehen Sie, was ich damit meine?«

»Also ...«

»Und hätten sie damit jemandem geholfen? Mit ihrem

kollektiven Selbstmord? Wäre durch diesen Akt der Buße irgendein Jude wieder lebendig geworden?«

Sina schüttelt den Kopf, bevor sie merkt, dass das eine rhetorische Frage war.

»Natürlich nicht«, antwortet Matthias sich selbst. »Es wäre vollkommen sinnlos gewesen. Eine sinnlose Selbstabschlachterei. Aber das ist gar nicht der Punkt.«

»Nein?«

»Nein. Der Punkt ist, dass Menschen so einfach nicht funktionieren. Sie wollen sich nicht schuldig fühlen. Denn würden sie sich schuldig fühlen, würde sie das derartig lähmen, dass sie nicht weitermachen könnten. Mit ihrem Leben. Sie müssten sterben. Deshalb verdrängen sie das Schlechte. Und Sie?«

»Ich?«

»Sie haben ihnen das verweigert. Ihr Leben. Ein Leben, auf das sie stolz sein können. Sie haben die Leute mit der Nase darauf gestoßen, dass es nichts gibt, worauf sie stolz sein können. Ganz im Gegenteil. Deswegen hassen sie Sie. Egal wie recht Sie haben. WEIL Sie recht haben.«

Und so geht es weiter und weiter und weiter. Ob ihr klar sei, dass sie ihren Kollegen auf die Nerven falle mit ihrer Art, überall das Böse zu sehen? Dass die gesamte Staatsanwaltschaft sie HASSE? Dass er – Matthias – zu den GANZ, GANZ WENIGEN gehöre, die sie noch verteidigten? Und warum er das tue? Weil er eben wisse, dass sie eine GUTE Polizistin sei. Und weil er auch wisse, dass ein gewisser Übereifer zwingend dazugehöre, wenn man nicht nur ein guter, sondern ein HERVORRAGENDER Polizist sein wolle. Eine gewisse Besessenheit, die nicht jeder nachvollziehen könne. Die er aber sehr gut verstehe. Weil er ganz genauso gewesen sei. Als junger Mann, als junger Polizist voller Ideale. Manchmal müsse man Leuten auf die Nerven gehen. Sonst ändere sich nichts.

»Mir ist das sympathisch«, sagt er, beugt sich vor, und Sina hat einen Moment lang Angst, dass er ihre Hand nimmt. Was er aber nicht tut. Er sieht sie nur sehr, sehr dringlich an, so dringlich, wie sich seine Stimme anhört. »Ich sehe Ihre Verdienste, glauben Sie mir das bitte. Aber in meiner Position bin ich der Politik näher, als es mir manchmal lieb ist. Ich muss auf bestimmte Empfindlichkeiten Rücksicht nehmen.«

»Ich verstehe.«

»Das bezweifle ich ganz stark. Aber schön, dass Sie sich Mühe geben.«

Matthias lächelt, ein bisschen ironisch, aber doch warm. Die zehn Minuten sind fast um, und Sina ist ein bisschen schwindelig. Ihr war nicht bewusst, dass alle sie hassen. Wirklich alle? Es hat nie jemand etwas Ähnliches zu ihr gesagt. Aber so läuft das eben. Man erfährt immer als Letzter, wenn Leute einen nicht ausstehen können.

»Was passiert jetzt?«, fragt sie, was sie sofort bereut.

Aber die Antwort überrascht sie.

»Ich gebe Ihnen zwei Tage. Zwei fast volle Tage. Inoffiziell natürlich, die Staatsanwaltschaft würde dem nie zustimmen. Sie fahren heute Mittag nach Thalgau, Sie lassen die Atmosphäre auf sich wirken. Sie vernehmen alle Menschen, die etwas mit dem toten Jungen zu tun hatten. Und falls sich irgendetwas Handfestes ergibt, ein wirklich handfestes Indiz, eine wichtige Aussage, die wir nicht ignorieren können, dann rege ich eine weitere Ermittlung an. Ohne Rücksicht auf Verluste. Aber nur dann. Keine AHNUNGEN. Keine SCHLECHTEN GEFÜHLE. Sondern Fakten. Haben wir uns verstanden?«

»Ja.«

»Ich mache Ihnen jetzt gleich den Kontakt zu Mergentheimer. Das ist der Rektor, wir sind befreundet. Er wird dafür sorgen, dass Ihnen alle Türen offen stehen.«

»Danke. Das ist ...«

»Zwei Tage. Klar?«

»In Ordnung.«

Das Telefon klingelt. Matthias hebt den Hörer ab und gibt ihr zu verstehen, dass die Audienz beendet ist.

12

Die Schulkantine ist groß, sehr hell und so laut, als würden sich alle ständig anschreien. Was erstaunlich ist, denn schaut man genau hin, sehen die meisten so aus, als würden sie sich ganz normal unterhalten.

Sina isst mit dem Lehrerkollegium zu Mittag. Sie sitzen leicht erhöht auf einer Art Empore, und Sina überlegt sich, ob das Absicht ist, um die Masse der Schüler besser im Blick zu haben.

Es gibt Spaghetti bolognese. Die Sauce ist sehr fett, aber schön heiß und äußerst schmackhaft.

Jemand sagt etwas zu ihr. Es ist Tick, der ihr schräg gegenübersitzt.

»So sieht man sich wieder.«

»Ja.«

Sie fühlt sich ein bisschen wie auf dem Präsentierteller. Neugierige Blicke überall, keine Situation, die sie mag.

Tick sagt: »Ich bin schon erstaunt, dass man eine Hauptkommissarin schickt, um einen Selbstmord aufzuklären.«

»Wenn es ein Selbstmord war«, sagt Sina.

Rektor Mergentheimer, der am Kopfende des Tisches sitzt, schaltet sich ein. »Ihr wisst, dass wir alle befragt werden müssen. Ich habe das mit Kommissarin Rastegar besprochen. Wir treffen uns nach dem Essen im Lehrerzimmer. Dort wird jeder von uns einzeln vernommen.« Er wirkt trotz seines spärlichen grauen Haarkranzes ein bisschen wie ein entzücktes Kind, das sich auf ein spannendes Spiel freut. Das erstaunt Sina, denn noch vor einer halben Stunde hat er ihr zu verstehen gegeben, dass er auf ihre »ganz besondere« Diskretion zähle, und da hatte er keineswegs besonders amüsiert gewirkt.

Ihr Chef ist ein guter Freund von mir.

Das haben Sie schon gesagt.

Er hat mir versichert …

Wir machen kein unnötiges Aufheben von der Sache.

Schön, dass wir uns verstehen. Unsere Schule lebt von ihrem guten Ruf.

Sina lässt den Blick schweifen, über die Köpfe der Schüler hinweg zu den breiten, bodentiefen Fenstern, durch die man auf eine sonnige Wiese und zum Waldrand blickt. Ein bräunlicher Trampelpfad führt hinein.

»Darf ich Ihnen noch etwas auftun?«, fragt die Frau neben ihr.

»Nein, vielen Dank.«

»Ich finde Ihren Beruf unglaublich interessant, aber ich könnte das nicht.«

Die Frau riecht nach etwas, das Sina aus ihrer Kindheit kennt und nicht mag; sie kommt nicht drauf, was es ist. Es ist süßlich und erinnert sie an ihre Mutter Carlotta, die schrecklichste Mutter, die man sich vorstellen kann.

Sina holt tief Luft. Sie muss sich das einbilden. Aber als sie sich der Frau zuwendet, um ihr zu antworten, ist da wieder dieser künstlich frische Duft, der sich an den Essensgerüchen vorbei in ihre Nase schleicht und in ihrem Kopf etwas auslöst, etwas vage Unangenehmes. Jetzt weiß sie, was es ist, und ihr bricht der Schweiß aus: Apfelshampoo.

»Was könnten Sie denn daran nicht?«, fragt sie, abwesend, weil sie die Antwort darauf schon kennt.

»Die Toten«, sagt die Frau erwartungsgemäß. »Wie können Sie das ertragen? Ich kann das nicht mal im Fernsehen aushalten.«

»Wir haben nicht jeden Tag mit Leichen zu tun.«

»Aber wenn?«, fragt die Frau hartnäckig weiter. »Wie halten Sie das aus?«

»Das muss man sich vorher überlegen. Wenn man das nicht erträgt, sollte man diesen Beruf nicht machen.«

»Ich bewundere Sie. Ich kann nicht mal mein eigenes Blut sehen.« Die Frau lacht auf eine verschämt kokette Weise, die vermutlich ausdrücken soll, dass sie ein sensibler und feinfühliger Mensch ist.

Sina steht auf und sagt: »Ich muss jetzt weiterarbeiten. Wir sehen uns dann im Lehrerzimmer.«

Am folgenden Abend hat Sina alle Schüler und alle Lehrer befragt, die etwas mit dem toten Jungen zu tun hatten. Sina hat ihre Mahlzeit auch an diesem Abend am Tisch des Lehrerkollegiums eingenommen und danach in der Aula eine halbe Stunde lang von ihrer Arbeit berichtet, weil der Rektor sie darum gebeten hatte.

Wie erkennt man einen Mörder?

Gar nicht. Sonst hätten wir ja nichts mehr aufzuklären.

Gelächter.

Im Ernst. Wenn es sich nicht um Bandenkriminalität handelt, gibt es keine Anzeichen. Jeder, der etwas anderes behauptet, lügt. Die Täter sind Familienväter, gute Nachbarn, nette Kollegen, brave Söhne. Manche leben allein, andere sind verheiratet. Es gibt sie in allen Schichten, in jedem Land, in jeder Kultur.

Warum morden Menschen?

Der typische Mörder ist männlich, sein Motiv Eifersucht.

Wie viele Psychopathen haben Sie schon erwischt?

Psychopathen? Nicht besonders viele, viele Kriminelle haben eher ein soziopathisches Profil.

Gibt's da einen Unterschied?

Oh ja. Soziopathen haben ihre Gefühle nicht unter Kontrolle, Psychopathen sehr wohl.

Sind Serienmörder Psychopathen?

Serienmörder sind Menschen, die von einem Trieb beherrscht werden. Nur Serientäter, die ihren Trieb erfolgreich kaschieren, unauffällig, ja sogar sympathisch wirken, sind Psychopathen. Sie sind geschickt und manipulativ genug, um andere zu täuschen.

Aber dann erkennt man sie ja doch! Dann könnte man sie doch festnehmen! (Der vorlaute Zwischenruf eines etwa 16-jährigen Schülers mit dunklen Locken und tiefem Blick.)

Du meinst, prophylaktisch? Nein, dafür gibt es zu viele Psychopathen, die nie straffällig werden. Psychopathen sind keine Verrückten, ganz im Gegenteil. Sie haben nur weniger Angst als andere, und sie sind gut darin, Bedürfnisse zu erkennen, ohne sie selbst zu haben. Das ist ihre Stärke: Sie brauchen keine Liebe, aber sie erkennen, wenn jemand Liebe braucht.

Ist das eine Stärke? Mir kommt das eher wie eine Schwäche vor. (Die Englischlehrerin, die ihr Übergewicht in dramatisch bunten Wallegewändern zu kaschieren versucht.)

In moralischer Hinsicht vielleicht, aber im Leben gelten oft andere Gesetze. Wer keine Liebe braucht, hat auch keine Angst, sie zu verlieren. Psychopathen sind insofern ohne Skrupel. Sie können sich aber andererseits wie ein Chamäleon anpassen, jedem Bedürfnis und jeder Situation. Viele von ihnen sind beliebt und erfolgreich. Viele sitzen in Machtpositionen. Die meisten von ihnen haben wenig echte Freunde, weil sie egoistisch, unzuverlässig und sprunghaft sind. Ihre Beziehungen sind häufig von Rücksichtslosigkeit geprägt, ihre Partner sind meistens unglücklich. Aber das macht sie nicht kriminell.

Was macht sie kriminell? Also, was muss passieren, damit sie überhaupt kriminell werden? (Eine Frage von Tick, der Sina die letzten beiden Tage fast komplett ignoriert hat.)

Das ist schwer zu sagen. Wenn ihr Machtbedürfnis ungestillt bleibt – das kann ein Grund sein. Psychopathen haben einen ausgeprägten Drang nach den äußeren Insignien des Erfolgs. Sie akzeptieren darüber hinaus bestimmte Grenzen nicht. Grenzen empfinden sie als willkürlich und ungerecht und ihrer Persönlichkeit nicht angemessen. Und manche – eine Minderheit – sind tatsächlich beherrscht von Trieben, die sie nicht im Griff haben.

Nach ihrem Vortrag gibt es keinen weiteren Grund, hierzubleiben. Sina steht auf der Treppe, die von der Aula direkt ins Freie führt. Die Schüler, eben noch so interessiert, freundlich und wach, strömen jetzt achtlos an ihr vorbei, finden sich auf der Wiese in Grüppchen wieder, redend und lachend, feixend und flirtend, begierig nach ihren eigenen Vergnügungen, an denen die Erwachsenen keinen Anteil haben.

Und ein paar wenige gehen allein irgendwohin, verschwinden in der Dunkelheit wie Phantome.

Sina sieht sich nach dem Rektor um, um sich zu verabschieden. Sie ist erleichtert und frustriert, unzufrieden und ärgerlich, und sie fühlt sich auf eine peinigende Weise schuldig, wie ein Kind, das seine Hausaufgaben nicht gemacht hat und Angst hat, dass der Lehrer es merkt.

Zunächst will sie vor allem eins: weg von hier. Vor allem weg von Frank Leyerseder – weg von den Verwicklungen, die Frank in ihr Leben gebracht hat und die sie nicht gebrauchen kann. Sie will, und das weiß sie jetzt genau, keinen weiteren komplizierten Fall. Sie will einen normalen, einigermaßen geruhsamen Alltag – so normal und geruhsam der Alltag einer Polizistin eben sein kann. Früher war der Beruf alles für sie, aber das ist seit ein paar Monaten vorbei.

Sie hat jetzt einen Menschen, der ihr wirklich etwas bedeutet.

Abgesehen davon gibt es keinen einzigen Hinweis, dass in dieser Schule etwas nicht in Ordnung ist. Gar nichts. Im Gegenteil.

Sie hat sich seit gestern Vormittag mit mindestens dreißig Schülern eingehender unterhalten. Sie war in aufgeräumten Zimmern mit simplem, zweckmäßigem Mobiliar, saß offenen jungen Menschen gegenüber, die sich freuten, dass sich jemand für sie interessierte. Keiner von ihnen wirkte verwöhnt, arrogant oder verdruckst, keiner machte den Eindruck, etwas verbergen zu wollen oder zu müssen.

Offene Grenzen, denkt Sina und überlegt, wo dieser Vergleich plötzlich herkommt.

Am Ende jedes Besuchs gab es keine Fragen mehr. Die Schüler haben alle beantwortet, manchmal auch solche, die Sina gar nicht gestellt hat. Sie hätte sich nach allem erkundigen können, das war ihr Gefühl, und sie hätte immer eine Antwort bekommen. Eine sanfte und höfliche, aber selbstbewusste und geradezu provozierend entspannte Antwort, basierend auf einem stabilen Grundvertrauen in das, was ist und sein wird.

Sie sind wie normale Jugendliche, denkt Sina, nur die eine entscheidende Kategorie besser, schöner und intelligenter.

Sie sind, wie normale Jugendliche sein *sollten*. Blaupausen einer vollkommeneren Welt.

Die Gewinner von morgen.

Aber das ist gemein. Und es gibt keinen Grund, gemein zu sein. Alles ist so gut hier.

Es gibt Förderkurse für Schüler, die mit mathematischen oder sprachlichen Fächern Probleme haben. Es gibt Stipendiaten aus ärmeren Familien, um die sich extra gekümmert wird, damit sie Anschluss finden. Es gibt Ansprechpartner, wenn jemand im Unterricht nicht mitkommt. Es gibt handwerkliche und musische Projekte, deren Teilnahme verpflichtend ist, getreu dem Motto der Schule »Lernen mit Kopf, Herz und Hand«. Darüber hinaus kann man hier eine Schlosser-, Schreiner- oder Automechanikerlehre abschließen und ist dann noch besser gerüstet für die Arbeitswelt. Es gibt nicht nur Englisch-, Latein- und Französischunterricht. Man kann auch Chinesisch oder Spanisch lernen. Es gibt Programmierkurse für Anfänger und Fortgeschrittene.

Und so weiter.

Das ist toll. Viel mehr als das, was öffentliche Schulen zu bieten haben, die beständig kaputtgespart werden.

Und am wichtigsten: Niemand wird hier sich selbst überlassen.

Das heißt auch: Niemand braucht die Polizei. Die Welt hier ist vollkommen ohne sie. Und natürlich gibt es immer Menschen, die trotzdem nicht zurechtkommen. Die einsam sind. Die wenig Freunde haben. So wie die beiden Jungen, die sich umbrachten: Sie waren allein. Nicht beliebt. Aber wem soll man das vorwerfen?

Kinder sind nun mal keine Heiligen. Auch hier nicht. Nirgendwo.

Es ist nicht strafbar, kein Heiliger zu sein.

Ich beneide die Thalgauer. Ich wäre selbst gern auf so einer Schule gewesen.

Das hat sie gestern Abend Leo gebeichtet, als er ihr den Rücken massiert hat. Er ist ihr schwergefallen, so ehrlich zu sein, weil Neid etwas Schlechtes ist, zumindest aber etwas Unsympathisches.

Leo hat darauf nicht geantwortet oder nur mit einem kaum hörbaren Brummen.

Sina seufzt. Sie dreht sich um. Der Direktor steht noch drinnen in der hell erleuchteten Aula und redet gedämpft, aber wild gestikulierend auf einen Schüler ein. Ein paar andere Schüler stehen darum herum.

Sina will gerade hineingehen, da spürt sie eine leichte Berührung an ihrem Ärmel, und sie stockt mitten in der Bewegung. Jemand steht sehr dicht hinter ihr, sie spürt seinen oder ihren Atem im Nacken. Jemand raunt: »In fünf Minuten an Ihrem Auto.« Es ist nicht Frank. Die Stimme ist jünger, viel jünger. Ein Junge oder ein Mädchen, sie ist sich nicht sicher.

Sina will sich umdrehen, aber sie tut es nicht.

Sie steht wie erstarrt. Alles ist plötzlich anders.

»In fünf Minuten«, sagt die raunende, sehr junge Stimme drängend, männlich oder weiblich, und Sina fragt nicht, woher der- oder diejenige weiß, wo ihr Auto steht, sondern sagt genauso leise: »In Ordnung.«

Zehn Minuten später erreicht sie ihren Wagen, den sie in einer Nebenstraße geparkt hat. Es ist niemand zu sehen. Sie öffnet die Tür mit dem Funkschlüssel und steigt ein. Gerade als sie überlegt, ob sie noch ein paar Minuten warten soll, geht die Beifahrertür auf, die automatische Innenbeleuchtung flammt auf, und eine schmale Gestalt lässt sich auf den Sitz neben sie gleiten, das Gesicht fast komplett verdeckt von der Kapuze eines Hoodies.

Sina sieht geradeaus, die Hände locker auf dem Lenkrad.

»Wer bist du?«, fragt sie, nachdem das Licht wieder erloschen ist. Es ist sehr dunkel. Ihr fällt zum ersten Mal auf, dass es auf dem Land immer dunkler ist als in der Stadt. Die Stadt ist hell, selbst in reinen Wohnvierteln. Auf dem Land brauchen die Leute weniger Licht. Sie gehen früh ins Bett und selten nach neun Uhr auf die Straße.

»Fahren Sie weg«, befiehlt die Gestalt. Es ist ein Junge im Stimmbruch, das kann Sina jetzt zweifelsfrei feststellen. Die Stimme klingt heiser und zugleich ein bisschen kieksig, mal männlich, mal kindlich.

Sina startet den Wagen. »Wo soll ich hinfahren?«, fragt sie.

»Egal.«

»Brauchst du Hilfe?«

»Nein!« Die Stimme klingt empört. »Fahren Sie einfach

woanders hin. Ich will nicht, dass mich jemand sieht. Ich krieg sonst einen Verweis. Wir haben schon Bettgehzeit.«

»Du kriegst keinen Verweis, wenn dich jemand mit mir sieht.«

»Bitte!« Der Junge macht eine hastige Bewegung mit dem rechten Arm, seltsam ziellos, fast panisch, und Sina fasst in diesem Moment einen Entschluss.

Sie fährt aus der Parklücke, und der Junge dirigiert sie mit leisen, heiseren Kommandos, bis sie in einer finsteren Sackgasse voller Schlaglöcher landen. Sina fährt langsamer, dann fast Schritttempo. Es gibt hier fast überhaupt keine Straßenbeleuchtung, und sie sieht auch keine parkenden Autos. Was nur bedeuten kann, dass in unmittelbarer Nähe niemand wohnt. Am Ende der Sackgasse, so viel kann Sina erkennen, beginnt ein Waldstück; schwarze Tannenwipfel heben sich gegen die schimmernde Resthelligkeit des Himmels ab.

»Sie können stehen bleiben«, sagt der Junge jetzt in normaler Lautstärke. »Aber machen Sie die Tür nicht auf.«

»In Ordnung.« Sie fährt rechts heran, an eine Art unbefestigten Bürgersteig.

»Sie müssen die Tür zulassen, sonst hört uns vielleicht jemand.«

»Die Tür bleibt zu. Sagst du mir deinen Namen?«

»Nein. Brauchen Sie den? Wenn Sie den brauchen, geh ich sofort.«

»Wenn ich dir helfen soll, muss ich wissen, wer du bist. Du könntest sonst jemand sein, irgendjemand, der mir irgendwas erzählt. Damit kann ich nichts anfangen.«

Der Junge schweigt und denkt nach, die Kapuze weit nach vorne gezogen. Sina kann nicht einmal seine Nasenspitze sehen.

»Du bist jetzt so weit gegangen«, sagt sie. »Soll das umsonst gewesen sein?«

Ein Fehler, sie hat ihm Angst gemacht. Die Hand des Jungen

schnellt zum Türgriff, und Sina, noch schneller, drückt auf den Knopf neben der Klimaanlage, der den Wagen von innen versperrt. Sie hat nicht wirklich das Recht, diesen Jungen gegen seinen Willen festzuhalten, aber im Moment ist ihr das egal.

»Du sagst mir deinen Namen und warum du mich sprechen wolltest. Dann lasse ich dich wieder raus.«

Die Gestalt sinkt in sich zusammen. »Wenn ich meinen Namen sage, wird es offiziell, oder?«

»Ja, aber wir können dich schützen. Du musst dann nie wieder in diese Schule zurück.«

»Ich will aber zurück. Verstehen Sie das nicht? Ich will, dass Sie mir helfen, aber ich will nicht, dass jemand erfährt, dass Sie das von mir haben.«

»Du willst wieder zurück?«

»Ich will, dass alles wieder so wird, wie es war.«

»Wie war es denn?«

Schweigen. Es ist erstaunlich schwierig, jemanden einzuschätzen, dessen Gesicht man nicht sehen kann, obwohl er neben einem sitzt. Schwieriger als bei einem Telefonat, wo man sich von vornherein auf eine Stimme konzentriert und alles andere ausblendet.

Sina will etwas sagen, aber der Junge kommt ihr zuvor.

»Es war schön. Ich hatte ... Freunde. Jetzt ... jetzt ist alles schrecklich. Und wenn ich jetzt etwas erzähle, wird es immer so bleiben. Dann kann ich nie wieder zurück, und es wird nie wieder gut. Ich will nicht weg. Ich will, dass es wieder gut wird. So wie vorher.«

Die Stimme: hohl, wie bei jemandem, dem die Luft wegbleibt. Wie bei jemandem, der gleich weinen muss, aber sich unglaublich viel Mühe gibt, es nicht zu tun, weil er weiß, dass Weinen nicht nur nichts nützen, sondern alles noch viel schlimmer machen würde.

Sina denkt an sich selbst, als sie versuchte, ihrer Mutter zu erzählen, dass ihr eigener Onkel Dinge von ihr verlangte, die ihr wehtaten und die sie anekelten und vor denen sie Angst hatte und dabei feststellen musste, dass ihre Mutter nichts davon hören wollte. Nicht weil sie ihr nicht glaubte (vielleicht tat sie das, vielleicht nicht), sondern weil es ihr egal war. Sina und ihre Gefühle bedeuteten gar nichts außer eine lästige Zumutung. Es spielte keine Rolle, wie es ihr ging, solange sie funktionierte und keine Widerworte gab.

Sina – die Sina von heute, die sich bemühen muss, ihr eigenes Trauma von dem anderer Menschen abzugrenzen –, diese Sina sagt so sanft, wie sie nur kann: »Warum erzählst du mir nicht einfach, worum es geht, und dann entscheiden wir gemeinsam, was passiert. Was hältst du davon?«

Sie hört den Jungen lachen, und es läuft ihr kalt den Rücken herunter, denn das Lachen klingt gespenstisch. Wie das eines brutalen, zynischen Erwachsenen Im Körper eines hoffnungslos verzweifelten Kindes. Das Lachen macht ihr endgültig klar, wie ernst die Lage ist. Unwillkürlich streckt sie die Hand nach dem Jungen aus. Sie will nur leicht seine Schulter berühren, ihn beruhigen, aber der Körper des Jungen weicht mit einer geschmeidigen, fast schon routinierten Bewegung aus, drückt sich an die Beifahrertür, scheint in der Dunkelheit mit ihr zu verschmelzen.

»Fassen Sie mich nicht an!« Jetzt flüstert er wieder.

Sina zieht die Hand zurück, ratlos. Wenn sie den Jungen gegen seinen Willen verhört, wird er nichts erzählen. Dann wird sie nicht nur Ärger bekommen, sondern auch ihn in Gefahr bringen.

Eine Pattsituation. Wenn er nicht redet, kann sie ihm nicht helfen. Wenn er redet, kann er nicht mehr zurück.

Eine Pause entsteht.

Der Junge bewegt sich nicht. Es ist, als würde er sich tot stellen, wie ein bedrängtes Tier.

Sina denkt an das Lachen und weiß, dass sie jetzt nicht mehr herauskommt aus dieser Sache.

Schließlich sagt sie: »Wir finden ganz bestimmt eine Lösung. Wir können dir helfen, glaub mir das.«

Aber glaubt sie es denn selbst – nach allem, was sie erlebt hat?

Der Junge antwortet nicht. Dann richtet er sich langsam auf, dehnt seine Glieder wie jemand, der lange geschlafen hat. Dann hört sie etwas. Es klingt wie ein Murmeln, und sie beugt sich in seine Richtung, um ihn besser zu verstehen. In diesem Moment packt der Junge ihren Kopf, flink wie ein Äffchen, krallt sich in ihre Haare und drückt seinen Mund an ihr Ohr. Sie spürt seine Lippen, seinen Speichel, hört sein lautes, aggressives, verängstigtes Atmen.

Er flüstert in ihr Ohr, als wollte er die Nachricht direkt in ihr Gehirn pressen: »Wenn Sie nichts machen, bin ich der Nächste.«

Er lässt ihren Kopf los, gleitet wieder auf den Sitz zurück, betrachtet sie jetzt aus der dunklen Höhle seiner Kapuze heraus.

»Der Nächste?«, fragt Sina, aber sie weiß es schon, die Frage kommt eigentlich nur noch pro forma: »Womit der Nächste? Was meinst du damit?«

»Der Nächste, der vom Glockenturm springt.«

»Was?«

»Im Sommer ist es nicht der Glockenturm. Da ist es die Eiche. Oder das Maisfeld.«

»Welche Eiche? Welches Maisfeld?«

»Meistens die Eiche.«

»Welche? Sag mir, wo sie steht!«

Der Zeigefinger des Jungen schießt nach vorne und erwischt den Entriegelungsknopf. Er öffnet blitzschnell die Beifahrertür, springt heraus und knallt die Tür hinter sich zu. Sina sieht seine schemenhafte Gestalt in Richtung Wald laufen und hinter der Wand aus Bäumen verschwinden wie hinter einer Kulisse.

Als hätte es ihn nie gegeben. Oder als wäre alles nur ein Spiel, künstlich wie ein Theaterstück.

Auf dem Sitz neben ihr liegt ein zusammengeknülltes DIN-A4-Blatt. Sina faltet es auseinander und schaltet die Innenbeleuchtung ein. Es ist ein Farbausdruck. Er zeigt ein Foto von Christian – Tick – Jensen, den Lehrer, den sie bei ihrem Spaziergang in Thalgau kennengelernt hat. Es ist ein Schnappschuss, wahrscheinlich mithilfe eines Zooms aufgenommen, der nur sein Gesicht zeigt. Der Hintergrund ist unscharf. Unterschiedliche Grünschattierungen, mehr kann Sina nicht erkennen. Tick schaut mit zusammengekniffenen Augen in ein helles Licht, wahrscheinlich die Sonne und lächelt. Er sieht glücklich und gelöst aus, sympathisch und attraktiv. So wie sie ihn kennengelernt hat. Sie wendet das Blatt hin und her, aber es ist nur ein Foto, sonst nichts.

Sina denkt daran, wie abweisend und misstrauisch Tick auf ihre Mobbing-Frage reagiert hat. Sie legt den Kopf auf das Lenkrad. Macht die Tür auf und zündet sich eine Zigarette an. Bläst den Rauch in die warme Dunkelheit. Hofft wider besseres Wissen, dass der Junge zurückkommt – bereit für eine Aussage, die ihr die Möglichkeit gibt, aktiv zu werden.

Sie wartet eine halbe Stunde. Der Junge kommt nicht zurück.

Schließlich klingelt ihr Telefon. Es ist Frank Leyerseder.

»Was wirst du tun?«, fragt er.

»Ich kann nichts tun. Es gibt nicht den geringsten Hinweis auf eine Straftat. Es gibt nichts zu ermitteln.«

»Das glaubst du doch selber nicht.«

Sie glaubt es auch nicht. Nicht mehr.

»Du musst. Sina, du musst einfach.«

Am liebsten würde sie auflegen. Aber dann tut sie es doch nicht. Nicht nur weil Frank auf sie einredet, auch nicht wegen des Jungen, dessen Verzweiflung sie körperlich gespürt hat. Jedenfalls nicht nur. Es ist, weil ihr GEFÜHL ihr sagt, dass etwas nicht stimmt. Und so fasst sie am Ende des Telefonats einen Entschluss, der sie alles kosten kann, was sie sich aufgebaut hat.

Aber daran denkt sie nicht, der Typ ist sie nicht.

13

Ich gehe in einen dunklen Tunnel und konzentriere mich auf genau diesen Prozess – Schritt für Schritt –, aber nicht zu sehr, denn sonst wird mir meine Anstrengung bewusst, und dann werde ich im Bruchteil einer Sekunde wieder nach draußen katapultiert, in die kalte, wache Welt, die mich ununterbrochen beäugt.

Wer bist du, Lukas Larache/Salfeld/Kalden?

Ich will das nicht wissen. Die ewige Beschäftigung mit mir selbst macht mir manchmal Angst, löst aber noch häufiger unstillbare Wut aus und langweilt mich gleichzeitig zu Tode, weil ich ohnehin immer wieder an dieselben Grenzen stoße. Ich stimme nicht. Das sagte ich zu den Neurologen, immer und immer wieder. Ich bin, sagte ich, falsch konstruiert von einem unfähigen Handwerker, den man wegen seiner Pfuscharbeit nicht einmal zur Rechenschaft ziehen kann. Eigentlich dürfte es Mängelexemplare wie mich gar nicht geben, idealerweise hätte ich gleich nach der Geburt sterben sollen, aber ein perfides Schicksal wollte es, dass ich keineswegs schwächlich und kränklich, sondern zumindest körperlich kerngesund bin. Sie haben die Werte eines Zwanzigjährigen, erklärte mir einer der Ärzte – einer von denen, die mir sämtliche Körpersäfte abzapften und mich von Kopf bis Fuß durchleuchteten und mir trotzdem keine Antworten auf die drängendsten Fragen geben konnten.

Denn: Nach all dem medizinischen Zauber, den sie mit mir veranstaltet haben, funktioniere ich immer noch nicht. Ich nahm sogar die Medikamente, die sie mir verschrieben –

einen üppigen Cocktail, der meine Gehirnchemie ins Lot bringen sollte, aber nichts dergleichen erreichte, sondern mich entweder müde und schlapp machte oder meinen Magen derart durcheinanderbrachte, dass ich fast nichts mehr essen konnte. Weshalb ich die Tabletten irgendwann allesamt stillschweigend abgesetzt habe.

Ich löse natürlich brav meine Rezepte ein, rechne sie korrekt über die Krankenkasse ab und sammle all die Schächtelchen und Döschen in einem Schuhkarton. Dort ruhen sie nun, all die vielen, vielen, unterschiedlich großen, unterschiedlich eingefärbten Pillen. Manchmal öffne ich den Karton und sehe sie mir an. Lese mir die Markennamen leise vor. Pule die Beipackzettel heraus und studiere die langen Listen der potenziellen Nebenwirkungen. Übelkeit, Erbrechen, Müdigkeit, Schlaflosigkeit, Leberversagen, Sehstörungen, Schwindel, Herzrhythmusstörungen, Gewichtszunahme, Appetitlosigkeit, Hautveränderungen. Gut zu wissen, was mir alles erspart bleibt.

Der Tunnel ist meine Zuflucht, je weiter ich hineingehe, desto ruhiger werde ich, und irgendwann bin ich tief drin. Alles ist still.

Es gibt mich nicht mehr.

Ich wache auf in einer neuen Welt, und dort gehöre ich hin. Sie ist schön oder schrecklich, je nachdem, aber sie gehört nur mir, auch wenn ich ihre Gestaltung nicht in der Hand habe. In diesem anderen Kosmos kann ich mich mühelos bewegen. Nichts überrascht mich, vieles erfreut mich. Es gibt fantastische Landschaften in namenlos prächtigen Farben und lächelnde Gesichter, hinter denen sich schauerlich verzerrte Fratzen verbergen. Ich sehe Clowns, die töten, und Hunde mit gehörnten Ziegenköpfen, herrlich giftige Blumen von trügerischer Schönheit, deren strahlend durchsichtige Blätter ein warmer, öliger Wind zum Schillern, manchmal auch zum Bluten bringt. Es gibt Städte, in denen die Mordlust regiert, und Kontinente, die so leer wie Wüsten sind.

Marion ist ebenfalls hier. Ich kann sie nicht sehen, nicht hören und auch nicht anfassen, aber ich spüre ihre Gegenwart unter unzähligen schwarzen Schleiern. Sie versteckt sich hinter ihrer unheilbaren Traurigkeit. Ich spreche ohne Worte mit ihr, voller Sehnsucht danach, dass sie mir verzeiht, aber sie tut es nicht, oder nicht so, dass ich es wahrnehme. Manchmal glaube ich, einen warmen Hauch zu spüren, wie das sanfte Echo eines Kusses, aber in der Regel erreiche ich sie nicht, obwohl ich schon so oft hier war, um sie zu suchen.

Wenn ich diese Welt verlassen muss, ergreift mich jedes Mal tiefer Kummer über die Vergeblichkeit meiner Bemühungen, Erlösung zu finden, und ein heißer, unheilbarer Zorn auf mich und auf den himmlischen, teuflischen Stümper, der verantwortlich ist für das, was ich bin. Insofern gehe ich niemals freiwillig zurück. Es gibt immer jemanden entweder von hier oder von dort, der mich aus dem Paradies vertreibt oder mich mit Gewalt auf die andere Seite, in mein alltägliches Elend zurückzerrt.

Diesmal ist es das Geräusch der Türglocke, ein schrilles Klingeln, das Adrenalin durch meine Venen jagt, nicht nur weil es hässlich und laut ist, sondern auch weil ich es so selten höre.

Ich liege unter dem Apfelbaum im Gras. Ich möchte zurück in die andere Welt, meine Lider werden schwer, mein Geist ist erneut dabei, sich aus den irdischen Beschränkungen zu lösen, aber dann klingelt es ein zweites Mal, und ich bin wieder Gefangener meines Körpers, den physischen Gegebenheiten der sogenannten Realität.

Sie zwingt mich, nachzudenken.

Rastegars Besuch ist erst ein paar Tage her, insofern kann sie es nicht sein. Ich richte mich auf, keuche und huste. Etwas scheint auf meiner Brust zu lasten, ein unsichtbarer Stein.

Ich lege mich wieder zurück ins Gras, konzentriert auf meinen Atem, der langsam ruhiger wird.

Es klingelt zum dritten Mal.

Mir fällt ein, dass ich nach dem Einkaufen das Auto nicht in die Garage gefahren habe. Es steht noch in der Einfahrt, neben meinem nicht abgesperrten Fahrrad. Wer immer es ist, er oder sie kann sich ausrechnen, dass ich hier bin. Widerwillig und mit steifen Gliedern stehe ich auf und begebe mich ins Haus. In der Küche lasse ich mir kaltes Wasser übers Gesicht laufen und trockne mich mit einem Küchenhandtuch ab. Meine Augen brennen vor Erschöpfung; es ist, als hätte ich fettige Schlieren auf den Pupillen. Ich sehe aus dem Küchenfenster und erkenne Rastegar vor dem weiß lackierten Gartentor. Sie tritt ungeduldig von einem Fuß auf den anderen, und ich merke ihr an, wie sie am liebsten das Tor von innen öffnen würde, um mich suchen zu gehen.

Sie gehört zu den Menschen, die nie lockerlassen.

Und das Seltsame ist: Ich freue mich, das sie da ist.

Ich zeige ihr das nicht, als ich ihr die Tür öffne und sie hereinbitte. Ein kurzes Lächeln, eine höfliche Begrüßung, mehr bekommt sie nicht von mir. Ich könnte ihr all das geben, ich könnte sie einwickeln mit Charme, zynischem Witz und Intelligenz, aber ich habe mich entschieden, es nicht zu tun. Ich gebe den spröden Menschenfeind, der ich wirklich bin. Sie soll wissen, mit wem sie es zu tun hat. Sie soll sich darauf verlassen, dass sie mir vertrauen kann. Sie will ich nicht täuschen, nicht blenden.

Was natürlich nicht heißt, dass sie alles von mir erfährt.

Während sie sich setzt und am von mir aufgebrühten Kaffee nippt (sie mag ihn schwarz und stark, manchmal mit, manchmal ohne Zucker), unterhalten wir uns über die Hitze und die nun schon vierwöchige Trockenheit. Ich kann nicht umhin, zu bemerken, wie gut sie aussieht. Sie ist leicht gebräunt, ihre Augen strahlen, sie lächelt mehr als früher. All das zeigt mir, dass sie glücklich verliebt ist. Der Rechtsmediziner Vanderfahrt ist demnach eine gute Wahl.

Ich hüte mich natürlich, das oder etwas Ähnliches anzusprechen.

Ich biete ihr Vanilleeis aus der Tiefkühltruhe an, sie lehnt freundlich ab. Ich glaube zu sehen, dass hinter ihrer beherrschten Fassade etwas in ihr arbeitet. Einiges ist heute anders als sonst. Smalltalk über Nebensächlichkeiten wie das aktuelle Wettergeschehen ist zum Beispiel überhaupt nicht ihre Sache; sie kommt eigentlich immer ohne Umschweife zum Wesentlichen. Ich überlege, worum es sich handeln könnte.

Vielleicht – mein Herz setzt kurz aus – hat sie Nachrichten von Leander.

Vielleicht sind sie schlecht. Vielleicht ist er tot.

Aber nein, beruhige ich mich, das hätte sie mir sofort gesagt. Sie hätte nicht gelächelt, als ob nichts wäre. Sie ist kein Mensch, der um den heißen Brei redet.

Ich hole tief Luft, atme gegen die plötzliche Panik an. Mein Nacken fühlt sich schweißnass an, aber ich nehme mich zusammen.

»Wollen wir uns vielleicht raussetzen?«, frage ich mit fast normaler Stimme. Vor ein paar Tagen, als sie das letzte Mal hier war, haben wir uns das erste Mal auf der Terrasse unterhalten. Sie ist geschützt genug, um keine neugierigen Nachbarn zu alarmieren.

Sie sieht mich an, in ihrem Blick ist eine gewisse Dringlichkeit, und als ihr das bewusst wird, schlägt sie schnell die Augen nieder. Eine kleine Pause entsteht, während sie ihren Kaffee umrührt, ein, zwei Schlucke nimmt und dann die halb volle Tasse wegschiebt, als wollte sie schon wieder aufbrechen.

Dann zögert sie, unentschlossen.

Schließlich sagt sie zu meiner Überraschung: »Hätten Sie etwas gegen einen Spaziergang?«

»Einen Spaziergang?«, frage ich irritiert. Freunde gehen miteinander spazieren, und als Freundschaft kann man unsere Beziehung nun wirklich nicht betrachten.

»Ja, ich hätte Lust, ein bisschen zu laufen«, sagt sie leichthin. »Sie wohnen doch direkt am Wald. Ich könnte mir vorstellen, dass es da schön kühl ist.«

»Sicher«, sage ich. Das Angenehmste an diesem Wald ist aus meiner Sicht, dass man dort selten jemandem begegnet. Zumindest morgens nicht, während meiner täglichen Joggingrunde.

»Dann lassen Sie uns gehen«, sagt Rastegar und steht beinahe abrupt auf.

»Darf ich mir noch andere Schuhe anziehen?«, frage ich.

»Oh – natürlich.« Sie lächelt und wirkt dabei seltsam nervös. Auch das kenne ich nicht an ihr. Ich werfe einen Blick auf ihre Füße. Sie trägt gut gepolsterte, nicht sonderlich saubere Turnschuhe statt der üblichen schwarzen hochhackigen Schuhe.

Der Spaziergang war von Anfang an geplant.

Ein paar Minuten später schlendern wir Richtung Wald. Rastegar hat die Hände in ihrer weiten, über den Knöcheln hochgekrempelten Jeans vergraben. Die Sonne spiegelt sich in ihren seidig glatten, dunklen Schneewittchen-Haaren, bis wir die ersten Bäume erreicht haben und sich wohltuender Schatten auf uns herabsenkt. Der holprige Weg gabelt sich, und wir gehen nach rechts, vorbei an einer kleinen Fichtenschonung mit knapp mannshohen jungen Bäumen.

»Was ist los?«, frage ich, nachdem wir mindestens fünf Minuten lang geschwiegen haben.

Rastegar sieht mich nicht an und antwortet nicht, vielleicht hat sie meine Frage gar nicht gehört. Sie wirkt wie tief in Gedanken versunken.

»Alles in Ordnung?«

»Was? Oh ja, Entschuldigung.«

»Werde ich überwacht?«

Endlich sieht sie hoch, erschrocken – sie kämpft mit sich, ob sie lügen soll oder nicht.

»Das wissen Sie doch«, sagt sie schließlich.

»Hören Sie auf, das meine ich nicht. Ich werde abgehört, stimmt's? Tag und Nacht.«

»Also ...«

»Auch gefilmt?«

Sie seufzt. Ihre Schultern sacken ein paar Zentimeter nach unten. »Nein.« Fast tut sie mir leid. Aber dann auch wieder nicht. Ich bin zornig.

»Wo sind die Wanzen?«, frage ich in harschem Ton, unfreundlicher als ich möchte. Ich fühle mich betrogen. Von ihr betrogen.

Ich fixiere ihr Profil und sehe, wie sie ganz leicht lächelt. Über uns erhebt sich ein aufgeregtes Konzert unterschiedlichster Vogelstimmen. Die Luft ist wunderbar frisch. Aber das besänftigt mich nicht, sondern macht mich aus irgendeinem Grund noch ärgerlicher.

»Wo, verdammt?«, frage ich ein zweites Mal.

»Überall«, sagt sie auf ihre trockene, sachliche Art. »Klopfen Sie einfach die Wände ab. Da, wo es hohl klingt ...«

»Danke für den Tipp. Vielen Dank!«

»Überrascht Sie das jetzt wirklich?«

»Warum gehen wir spazieren?«

»Es würde Ihnen nichts nützen, wenn Sie die Wanzen entfernen. Das ist Ihnen klar, oder?«

»Warum gehen wir spazieren?«

Sie bleibt mitten auf dem Weg stehen, nimmt meinen Arm und dreht mich so, dass ich sie anschauen muss. »Können Sie sich das nicht denken? Ich habe ein Problem.«

»Was interessieren mich Ihre Probleme?« Ich befreie mit einer heftigen Bewegung meinen Arm aus ihrem Griff.

»… für das ich keine Zuhörer gebrauchen kann«, vollendet sie ungerührt den Satz.

Ich mag sie nicht, diese Nähe. Rastegar steht so dicht vor mir, dass ich die Struktur ihrer Haut sehen kann, die wenigen Sommersprossen, die Fältchen unter den Augen, die an ein, zwei Stellen verklumpte schwarze Wimperntusche. Ich trete einen kleinen Schritt zurück.

»Was immer es ist, meine Antwort ist nein«, sage ich.

Wir starren uns aus sicherer Entfernung an.

»Ich brauche Ihre Hilfe«, sagt sie.

»Tut mir leid.«

»Sie wissen doch gar nicht, worum es geht.«

»Ich weiß, dass ich nichts mit der Polizei zu tun haben will. Nichts über die üblichen Verpflichtungen hinaus. Ich kooperiere, so weit ich das muss …«

»Ja. Ist ja schon gut.«

»Mehr nicht.«

»Darf ich wenigstens sagen, was es gewesen wäre? Also falls Sie kooperiert hätten?«

Ich sehe sie schweigend an. Dann gehe ich einfach weiter. Rastegar geht hinter mir her. Ich höre ihre leichten Schritte: eine Frau, die sich gern und sicher bewegt. Kein Stolpern, kein Schlurfen.

Zehn Minuten später hat sie mich über die Vorfälle in Thalgau informiert. Drei Jungen haben sich innerhalb des letzten halben Jahres vom Glockenturm der Schule gestürzt. Zwei kamen dabei ums Leben.

»Ja, und?«, frage ich. »Was habe ich damit zu tun?«

»Sie könnten mir helfen.«

»Ich denke gar nicht daran. Was ist denn das für eine idiotische Idee?«

»Sie hätten eine Aufgabe. Oder sind Sie lieber weiter einsam und langweilen sich?«

»Ich habe kein Problem damit, allein zu sein.«

»Das glaube ich Ihnen nicht. Selbst Sie hätten gerne manchmal Gesellschaft.«

»Halten Sie einfach Ihren Mund.«

»Seien Sie nicht gleich beleidigt.«

Ich bin nicht beleidigt, will ich sagen, aber da das richtig beleidigt klingen würde, lasse ich es sein. Das Grün um uns herum wird dunkler und dichter, wir laufen jetzt wie unter einem Torbogen aus schimmerndem Laub.

»Warum ermitteln Sie nicht einfach offiziell? Ein ungeklärter Todesfall dürfte doch wohl ausreichen.«

Rastegar sieht mich von der Seite an, während wir uns fast im Laufschritt voran bewegen. Ich schaue stur auf den Pfad, um nicht über eine Wurzel zu stolpern.

»Wenn wir offiziell ermitteln, kann das für die Schule das Aus bedeuten«, sagt sie nach einer Pause.

»Na und? Das muss Sie doch nicht interessieren.«

»Es hängen sehr viele Menschen mit daran. Eltern, Kinder, Lehrer ... Vielleicht handelt es sich um eine zufällige Häufung an Unglücksfällen. Und dann würden wir mit offiziellen Ermittlungen Thalgau eventuell den Todesstoß versetzen.«

»Und davor haben Sie Angst. Weil Leyden sowieso schon gegen Sie ist, nach allem, was Sie aufgewirbelt haben.«

Rastegar schweigt.

»Das stimmt doch, oder?«

Sie antwortet immer noch nicht. Ich denke nach. Noch etwas an dieser Geschichte ist faul. Dann fällt es mir ein, wie es sein könnte. »Jemand, den Sie kennen, hat sein Kind auf der Schule.«

»Wie kommen Sie denn darauf?«

Der Ton ihrer Stimme – verblüfft, verärgert, aber auch mit dieser kleinen, feinen Spur Verlegenheit – sagt mir, dass ich ins Schwarze getroffen habe.

»Wer ist es?«, frage ich. »Der Sohn von Ihrem Chef?«

Sie antwortet nicht.

»Polizeichef Matthias? Sohn oder Tochter?«

Wieder keine Antwort. Dann sagt sie: »Können wir eine kurze Pause machen?«

»Wieso?« Ich laufe genauso schnell weiter wie vorher; es ist die einzige Möglichkeit, meine immer noch schwelende Wut im Zaum zu halten. Am liebsten würde ich Rastegar packen und schütteln. Warum nimmt mich dieser Vertrauensbruch so mit? Im Grunde habe ich es doch schon immer geahnt.

Dass sie mich bespitzeln.

Ich dachte, ich wäre allein, aber sie waren immer dabei.

Ich war nie allein.

Ich bin ein Insekt, das sie erforschen. Ich bin ihr Gefangener, auch wenn ich scheinbar frei herumlaufe. Ich habe lebenslänglich.

Ich gehe noch schneller, lasse Rastegar hinter mir. Um mich herum lärmen die Vögel, als wollten sie mich in den Wahnsinn treiben.

»Salfeld!«, ruft Rastegar in meinen Rücken, so laut, dass ich glaube, ihre Stimme im Nacken zu spüren wie einen physischen Schlag. Einen Moment lang ist der Wald vollkommen geräuschlos, dann erhebt sich ein wildes Flattern um uns herum, und ein paar Sekunden später geht das Gezwitscher von vorne los.

Als wäre nie etwas gewesen.

Ich werde langsamer, als würde mich der Ton ihrer Stimme wie an einem unsichtbaren Seil zurückziehen.

»Bitte!«

Langsam, unmerklich verliere ich an Kraft. Man kann Rastegar schwer widerstehen, wenn sie etwas wirklich will. Ich bleibe schließlich stehen und warte auf sie, mit den Händen in den Taschen, den Kopf in den Nacken gelegt. Über den Baumkronen sehe ich ein taschentuchgroßes Stück weißlich-blauen Himmel.

Als sie neben mir angekommen ist, frage ich sie, warum sie mir das alles erzählt hat und was sie von mir will, und während ich das frage, weiß ich, dass ich das nicht tun sollte, denn es bedeutet, dass ich kapituliere.

Wer nach dem Wie und Warum fragt, kapituliert.

Und wer Antworten zulässt, erst recht.

»Was ist mit Ihnen los?«, frage ich trotzdem. »Was soll diese irre Idee?«

Sie senkt den Kopf. Wir gehen weiter. Nach einer Minute oder so antwortet sie: »Die Menschen hassen mich hier. Sie sagen das nicht, sie tun so, als würden sie mich bewundern. Sie machen mir Komplimente zu meinem Mut. Aber ich weiß jetzt, dass nichts davon stimmt. Ich habe ihnen die Illusion genommen, dass Leyden eine schöne, idyllische Stadt ist, mit netten Menschen, die niemandem etwas tun. Sie wissen jetzt, dass sie niemandem vertrauen können, nicht einmal sich selbst. Das nehmen sie mir übel.«

»Natürlich«, sage ich. »Das hätten Sie sich früher überlegen müssen. Sie wollten, dass alles auf den Tisch kommt. Und jetzt liegt es da und stinkt.«

»Meinen Sie, das weiß ich nicht? Soll ich lieber den Mund halten? Soll ich warten, bis der nächste Junge stirbt?«

»Gehen Sie den offiziellen Weg. Suchen Sie die Rückendeckung Ihres Chefs.«

»Nein.«

»Nein?«

»Matthias ist dagegen, und wenn er dagegen ist, ist auch der Staatsanwalt dagegen. Die werden mir keine weitere Ermittlung genehmigen. Nicht jetzt. Nicht in der Stimmung, die hier herrscht. Matthias ist nicht nur Polizeichef, er ist auch Politiker. Und wenn ich es ohne Genehmigung durchziehe und es kommt raus, wäre ich erst recht am Ende.«

»Dann lassen Sie es bleiben.«

»Aber es könnte funktionieren, wenn Sie mitspielen. Und

den Mund halten. Es ist ganz einfach. Sie verbringen ein paar Wochen an dieser Schule. Wenn nichts passiert, wenn Sie nichts herausfinden, war das die ganze Geschichte. Die Ferien fangen an, Ihr Job ist beendet, Sie verabschieden sich, niemand wird Verdacht schöpfen.«

»Warum ich?«

»Sie sind intelligent und intuitiv. Sie spüren das Böse, wenn es da ist. Es ist einfach nur ein Versuch. Sie sind Hausmeister für ein paar Wochen und verdienen auch noch Geld. Was haben Sie für ein Problem damit? Ihnen kann überhaupt nichts passieren. Aber möglicherweise retten Sie einem Menschen das Leben.«

»Absurd.«

»Denken Sie darüber nach. Sie sind meine einzige Chance. Ich würde es selbst machen, wenn ich es könnte. Ich würde mir Urlaub nehmen, um verdeckt zu ermitteln. Aber ich war schon in der Schule. Ich bin verbrannt, wie man so sagt. Außerdem kennt mich in dieser Stadt fast jeder.«

»Das sagen Sie mir? Ausgerechnet mir?«

»Von Ihnen kennt die Öffentlichkeit ein Fahndungsfoto, das überhaupt keine Ähnlichkeit mit Ihrem jetzigen Aussehen hat. Ich musste Interviews geben. Ich war sogar im Fernsehen.«

Ich sehe sie an, ihr lackschwarzes Haar, ihre dunklen Augen, ihre ausgeprägten Gesichtszüge. Sie hat recht.

Eine Frau wie sie wird überall erkannt.

Sie braucht mich. Ausgerechnet mich.

14

In der Nacht darauf wälze ich mich schlaflos hin und her. Ein nicht enden wollender Zorn auf Rastegar, die Polizei im Besonderen, mein Dasein außerhalb jeder gesellschaftlichen Struktur schüttelt mich; er geht über in die Lust darauf, jemanden zu töten und auszuweiden. Die Sehnsucht nach sprudelnd warmem Blut, nach pulsierenden Eingeweiden, die meine Hände wärmen, kurz bevor der Tod eintritt. Ich spüre das Blut auf meinem Gesicht, meinen Händen, meinem Körper, ich möchte darin baden.

Kurz nicke ich ein, dann schrecke ich wieder hoch. Ein blasser Halbmond mit weißlich schimmerndem Hof scheint in mein Schlafzimmer.

Schließlich sehe ich ein, dass ich nicht einschlafen werde. Also stehe ich auf, ziehe meine Joggingklamotten an und gehe nach draußen. Die Nacht ist warm, und die Luft fühlt sich feucht an. Ich öffne das Gartentor und laufe los, aber diesmal nicht zum Wald, wo es ohnehin zu dunkel wäre. Ich nehme den Weg in die Stadt. Die Straße ist leer, ab und zu überholt mich ein Auto. Ich laufe Kilometer für Kilometer, wie eine Maschine. Ich spüre keine Anstrengung – ich bin hervorragend trainiert –, aber die tropische Wärme fordert ihren Tribut. Nach zwanzig, fünfundzwanzig Minuten sammelt sich Schweiß auf der Kopfhaut und fließt mir in Bächen über Gesicht und Nacken, als befände ich mich unter einer Salzwasserdusche.

Nach weiteren zwanzig Minuten ist mein ganzer Körper vollkommen nass. T-Shirt und Jogginghose kleben an Beinen und Brustkorb: nur Schweiß, kein Blut. Ich schmecke Salz auf meinen Lippen und stelle mir vor, es wäre Blut. Warm und dickflüssiger als Schweiß. Kranke Euphorie bemächtigt sich meiner, ich möchte aufschreien vor Vergnügen und Erregung.

Ich sehe auf die Uhr und stelle fest, dass es kurz vor drei ist. Nie sind weniger Menschen unterwegs als um drei Uhr nachts.

Schließlich werde ich langsamer. Ich bin inzwischen in der Stargarder Straße. Dort wo Margarete Johansson wohnt und wahrscheinlich unbehelligt von irgendwelchen Gewissensbissen sanft und süß in den langsam grauenden Morgen hineinschläft.

Ich stehe vor Tante Gretes Haus und sehe zu ihrem Küchenfenster hoch, das erwartungsgemäß dunkel ist. Ich stelle mir vor, wie ich ihr langsam die Kehle durchschneide, meine nackten Hände in ihrem spritzenden Blut wasche.

Eine Erinnerung überfällt mich aus dem Hinterhalt: Tante Grete ist wieder einmal *sehr traurig* über meinen *schwierigen Charakter* und beschließt, ihren enttäuschten Hoffnungen bezüglich Besserung auf ihre Weise Ausdruck zu verleihen. Sie sperrt mich in mein Zimmer und lässt mich auch dann nicht heraus, als ich dringend aufs Klo muss. Ich schreie und weine, mein voller Darm verursacht grauenhafte Krämpfe, und schließlich erleichtere ich mich voller Scham und Ekel auf den grauen Teppich.

Sofort danach schließt Tante Grete die Tür auf, beseitigt mit Leidensmiene das Malheur und meldet das von ihr verschuldete Vorkommnis kummervoll meinem Vater, als er nach Hause kommt. Natürlich ohne ihren Anteil daran zu erwähnen.

Das muss sie auch nicht. Es wird nie herauskommen, denn da mein Vater mir sowieso nicht glaubt, würde mir Petzen nichts nützen. Er hat mir noch nie geglaubt, sich noch nie auf meine Seite gestellt, also warum sollte er ausgerechnet heute damit anfangen?

Insofern sage ich nichts, was mir als Trotz ausgelegt wird. Die anschließende Tracht Prügel beobachtet Tante Grete mit einem halben hochzufriedenen Lächeln, das ich genau sehen kann, denn sie hat sich extra so hingestellt, dass ich sie im Blick habe.

Ich denke an dieses unvergesslich infame Lächeln und zögere trotzdem. Es wäre für mich ein Leichtes, ins Haus zu kommen. Die Schlösser an Haus und Wohnungstür wären selbst für Anfänger leicht zu knacken. Ich bin mittlerweile ein Experte im Lockpicking – neben regelmäßigem Joggen ein weiteres Hobby von mir.

Ich habe allerdings mein Werkzeug – Spanner und Schlange – nicht dabei. Und auch sonst kein nötiges Zubehör. Ich zögere. Währenddessen wird der Himmel über mir heller und nimmt schließlich ein ganz zartes Rosa an.

Das rettet mich.

Ich sehe wieder auf die Uhr und wache auf aus meinen blutigen, wahnhaften Träumen.

Es ist zehn vor fünf; ich muss hier sofort verschwinden.

Der Schweiß ist auf meiner Haut getrocknet und hinterlässt ein klebriges Gefühl. Gleichzeitig friere ich. Langsam setze ich mich wieder in Bewegung und stelle fest, dass ich mich trotz guter Verfassung körperlich übernommen habe. Meine Glieder sind tonnenschwer und schmerzen, meine Muskeln brennen wie Feuer. Ich mache einige fruchtlose Dehnübungen und gehe danach langsam wie ein alter Mann über den Lessingdamm nach Hause.

Am Tag darauf treffe ich mich mit Frank Leyerseder. Rastegar wollte, dass wir uns kennenlernen, bevor irgendetwas beschlossen wird, also verabrede ich mich mit ihm im griechischen Imbiss meines Freundes Vassilis, dem einzigen Menschen, der zu mir gehalten hat, als mich eine ganze Stadt als mutmaßlichen Mörder verfolgte.

Ich komme absichtlich früher, damit wir uns noch eine halbe Stunde lang ungestört unterhalten können. Vassilis empfängt mich wie immer – mit ausgebreiteten Armen. Wie üblich kein Wort über die Strapazen, die er meinetwegen erlitten hat, die stundenlangen Verhöre der Polizei, weil er mich in seiner Wohnung versteckte, die Tatsache, dass er vorübergehend schließen musste, nachdem sensationslüsterne Journalisten sein Lokal wochenlang belagert und seine Stammgäste derart irritiert hatten, dass sie schließlich ganz wegblieben.

Natürlich habe ich ihm seine finanziellen Verluste so gut es ging ersetzt. Natürlich ohne dass er es jemals von mir verlangt hätte.

Du bist mein Freund. Das ist nicht nötig.

Doch.

Nein. Lass das.

Das, was du getan hast, war nicht freundschaftlich. Das war viel, viel mehr. Kein Bruder hätte das für mich getan.

Ja, so seid ihr hier. In unseren Familien ist das anders.

Vassilis, du bist nicht mal mein Bruder. Ich will, dass du das Geld nimmst.

Steck's dir sonst wohin.

Aber irgendwann rückte er dann doch seine Kontonummer heraus. Kaum leserlich geschmiert auf eine Serviette, die ich ihm praktisch aus der Hand winden musste.

Heute aber ist er in bester Stimmung. Er hat ein paar Stehtische mit Barhockern auf den Bürgersteig gestellt, die alle besetzt sind. Drinnen hat sich bereits eine Schlange vor dem fleißig rotierenden Drehspieß gebildet – Vassilis Kebabs gelten als die besten der Stadt, und nach der Zwangspause läuft sein Geschäft wieder richtig gut. Als er mich sieht, überlässt er die Bedienung der Kundschaft seiner Hilfskraft, gießt hinter der Theke zwei Sambuca ein und kommt mit den Gläsern nach draußen, um zu plaudern.

Er trägt wie immer einen blütenweißen Kittel. Seine Haut ist gebräunt, die ergrauten Haare sind ganz kurz geschnitten, viel kürzer als sonst. Er sieht gut aus.

Weniger hager, jünger und glücklicher.

»Neue Frisur?«, frage ich.

Er lacht fast verschämt.

Ich habe sofort den Verdacht, dass er sich verliebt hat und spüre einen eifersüchtigen Stich.

»Was ist passiert?«, frage ich in leichtem Ton. »Neue Freundin?« Das klingt so, als wäre das ganz normal, als würden sich diverse Freundinnen in seinem Leben die Klinke in die Hand geben, aber in Wirklichkeit wäre das eine sensationelle Neuigkeit. Vassilis hat mindestens zehn Jahre lang keine Frau mehr an sich herangelassen.

»Und wenn?«, fragt er zurück, hebt angriffslustig sein Kinn.

»Nichts«, sage ich und hebe mein Glas und stoße an seins. »Ich würde mich freuen. Ehrlich«, füge ich hinzu und nehme einen Schluck vom Sambuca, genieße das satte Lakritzaroma, perfekt kombiniert zur Schärfe des Alkohols.

»So siehst du aber nicht aus.« Statt ebenfalls zu trinken, stellt Vassilis sein Glas unberührt auf den Tisch. Er wirkt plötzlich betrübt.

»Sehe ich jemals so aus?« Ich will nicht, dass er meinetwegen betrübt ist, und nehme einen weiteren Schluck. Der Alkohol steigt mir in die Nase, lässt meine Augen tränen, hebt aber auch meine Stimmung.

Vassilis sieht mich zweifelnd an und hebt dann doch sein Glas und prostet mir zu. »Du hast recht. Vielleicht solltest du dir auch mal jemanden suchen. Jemand, der Spaß in dein Leben bringt.« Er leert sein Glas mit einem Zug, lässt mich dabei aber nicht aus den Augen.

»Ich weiß nicht«, sage ich leichthin. »Mein Sinn für Humor ist nicht gerade massentauglich, wenn du verstehst, was ich meine.«

Vassilis zögert kurz, dann wirft er den Kopf in den Nacken und lacht laut los. »Der war gut«, ruft er.

Als er sich beruhigt hat, frage ich: »Wer ist sie?«

Wieder wirkt er verlegen. Dann sagt er: »Du wirst sie kennenlernen. Sie kommt aus Leyden.«

»Wirklich?«

»Ja. Sie ist blond und schön und mag mich.«

»Wirklich? Das ist ... toll.«

»Mit unserer Freundschaft hat das nichts zu tun. Die berührt das überhaupt nicht.«

»Das weiß ich«, sage ich.

»Wir bleiben Freunde.«

»Sicher.«

»Das meine ich ernst.« Er sieht besorgt aus.

»Natürlich«, sage ich und zwinge mich zu einem kumpelhaft leichten Ton. »Mach dir keine Gedanken.«

Ich sehe einen in den Imbiss gehen, der aussieht wie Rastegar Frank Leyerseder beschrieben hat. Er ist eine Viertelstunde zu früh. Ich rutsche vom Barhocker. »Was ist?«, fragt Vassilis.

Ich grinse wieder. »Du bist nicht der Einzige, der Verabredungen hat.«

Er folgt meinem Blick. Frank Leyerseder – er muss es sein – kommt wieder heraus, sieht sich suchend um. Er trägt Jeans mit Cowboystiefeln und ein braunes, bedrucktes T-Shirt. Möglicherweise ein Ex-Junkie.

Vassilis runzelt die Stirn. »Was willst du denn von dem? Bist du jetzt schwul?«

»Es ist nicht, was du denkst«, sage ich.

»Was denke ich denn?«

»Es ist geschäftlich.« Ich winke Leyerseder zu, und er kommt zögernd näher.

»Sind Sie Herr Larache?« Ich versuche herauszufinden, ob er mich erkennt – mein Foto war in sämtlichen verfügbaren Medien und ich habe mein Äußeres zwar verändern lassen, aber ich bin ja deswegen kein neuer Mensch geworden.

Sie können alles manipulieren, nur Ihre Augen nicht.

Ich kann die Lider straffen lassen.

Genau das würde ich Ihnen nicht empfehlen. Ihre Lider sind vollkommen in Ordnung für einen Mann Ihres Alters. Wenn man sie straffen würde, sähe das unnatürlich und befremdlich aus.

Sind Sie sicher? Ich mag meine Augen nicht.

Ich verstehe. Aber ...

Ich hasse meine Augen, um genau zu sein. Sie sind ...

Tut mir leid, aber ...

... kalt. Sie sind kalt.

Wie ich schon sagte, dieses Problem kann ein Chirurg nicht lösen.

Er erkennt mich jedenfalls nicht; sein Gesichtsausdruck wirkt vollkommen neutral. Rastegar hat mich als Kollegen, als verdeckten Ermittler ausgegeben.

»Ja«, sage ich, während sich Vassilis für seine Verhältnisse erstaunlich taktvoll zurückzieht. »Wollen Sie irgendwas?«

»Eine Cola«, sagt Leyerseder und setzt sich auf den frei gewordenen Barhocker.

»Etwas zu essen?«

»Nein, danke. Es ist zu heiß.«

Ich gehe hinein und hole eine Cola und ein Bier. Vassilis steht wieder hinter der Theke und tut so, als sei nichts.

»Vielleicht steckt gar nichts dahinter«, sage ich.

»Vielleicht«, sagt Leyerseder.

»Haben Sie die Jungen gekannt?«

»Natürlich. Nicht besonders gut, aber das ist doch völlig egal!«

»Schon gut«, sage ich.

Er schaut an mir vorbei, fast verächtlich. Ein Auto fährt ziemlich dicht an uns vorbei und hinterlässt eine sandfarbene Wolke aus Staub und Dreck.

»Nein«, sagt er schließlich, mit fester, entschlossener Stimme. »Ich mag nicht länger so tun, als wäre nichts passiert. Ich bin alles andere als ein guter Mensch. Mein Leben ist ein Chaos. Aber das mache ich nicht länger mit. Das ist mir zu krass.«

»Okay«, sage ich nach einer Pause. »Ich bin dabei«, sage ich.

Leyerseder sieht mich erstaunt an. Rastegar hat ihm natürlich gar nicht gesagt, dass ich noch am Zweifeln bin. Für ihn bin ich ein Undercoveragent, der von ihr geführt wird. Aber ich musste das sagen. Laut sagen. Denn ich weiß jetzt, dass ich es wirklich, wirklich will. Ich will etwas tun, das gut ist. Das zu etwas führt.

Und natürlich reizt mich die Gefahr. Das Risiko.

In diesem Moment tritt Rastegar an unseren Tisch.

Der Plan ist, dass Leyerseder sich krankmeldet. Hexenschuss. Erst nur ein paar Tage, dann wird sich der Hexenschuss aber nicht bessern. Hexenschuss ist eine geeignete Krankheit, denn man kann dem Betroffenen sehr schwer das Gegenteil beweisen, erklärt Rastegar. Aber Leyerseder ist in jedem Fall arbeitsunfähig.

Schließlich wird ihm ein Arzt ein Burn-out-Syndrom bescheinigen, und Frank wird bis zu den Ferien krankgeschrieben werden.

»Was für ein Arzt wird das sein?«, frage ich. »Ein Psychiater?«

»Ich kenne einen, der das machen wird«, sagt Leyerseder knapp.

Da es nur um eine maximal vierwöchige Vertretung bis zu den Sommerferien geht, wird sich der Rektor auf mich einlassen. Er wäre dumm, wenn er es nicht täte. Eine Schule ohne Hausmeister funktioniert nicht.

Ich habe dann vier Wochen Zeit, etwas herauszufinden.

Was immer es sein wird.

Ich habe kein gutes Gefühl bei dieser Sache, im Gegenteil. Aber wann hatte ich schon jemals ein gutes Gefühl, bei irgendetwas?

Abends setze ich mich an meinen Laptop und schreibe an meinen Sohn, an einen seiner Accounts, der irgendwo auf der Welt betrieben wird, unauffindbar für die hiesige Polizei. Wenn ich ihm schreibe, drifte ich ab in eine Welt, in der es nur uns beide und unsere herrlichen kranken Fantasien gibt. In solchen Momenten ist es mir egal, dass Rastegar und ihre Kollegen via Blindkopie jedes Wort mitlesen werden, meine Mails an ihn sogar befürworten, weil sie auf naive Weise hoffen, dass Leanders Antworten sie auf seine Spur führen werden. Sie hoffen, dass er, verführt von unserer einzigartig intimen Beziehung, irgendwann einmal unvorsichtig wird.

Natürlich wird das nie passieren. Ich selbst liebe Leander tatsächlich, auf eine abscheuliche, gleichwohl symbiotische Art, aber Leander liebt mich nicht zurück. Er will nur, dass seine eigene Verdorbenheit auf mich abfärbt. Er sucht einen Gefährten, der mit ihm tötet, wenn auch nur im Geiste. Er will seine Fantasien mit jemandem teilen. Sollte er einen Menschen – Mann oder Frau – finden, der sich für sein brutales Hobby ebenfalls begeistert, werde ich abgeschrieben sein.

Oder vielleicht auch nicht. Zumindest gefällt es ihm, die Polizei ein ums andere Mal an der Nase herumzuführen.

Ich sage es ungern, aber deine Mail hat mich enttäuscht, Leander. Ich möchte mehr wissen über dieses Mädchen, diese Carina. Warum hast du unser Ritual nicht eingehalten, warum hast du sie so schnell getötet, dass sie ihr Ende wahrscheinlich nicht einmal richtig mitbekommen hat? Ein Schnitt, viel Blut, kein Schmerz. Sei mir nicht böse, aber das ist schwach. Dein überhastetes Vorgehen hat mich irritiert. Ich hatte mir mehr von dir erwartet, eine Entwicklung zu größerer Expertise, keinen simplen Mord, wie ihn auch ein drogenbenebelter Straßenräuber hätte durchführen können.
Beantworte mir die Frage, falls du dich traust: Warst du vielleicht in sie verliebt? Hättest du sie lieber am Leben gelassen? Vielleicht kanntest du sie ja viel länger, als du behauptet hast. Mir fällt nämlich keine andere Erklärung ein für dieses stümperhafte Vorgehen. Du weißt, dass ich keine Möglichkeiten habe, selbst aktiv zu werden. Du kannst das tun, wofür ich zu alt geworden bin. Insofern erwarte ich mehr von dir – mehr Details. Ich will ein Gemälde mit kräftigen Farben, voller blutiger Leidenschaft, wenn du verstehst, was ich meine, und du? Lieferst mir eine fade Skizze in langweiligen Grau-Weiß-Tönen. Oder hast du schon genug von alldem? Willst du dich zur Ruhe setzen? Bist du zu müde und zu ängstlich, um in unserem Sinne weiterzumachen?
Also, um es ganz deutlich zu sagen: Ich glaube dir diese Geschichte nicht. Sie ist zu glatt, zu reibungslos, sie wirkt aufgesetzt und ausgedacht. Schlecht erzählt ist sie außerdem, ohne Gespür für Dramaturgie. Wenn das alles ist, was du zu schreiben hast, sollten wir den Kontakt einstellen. Deine diesbezüglichen Drohungen machen mir übrigens keine Angst, sie interessieren mich nicht einmal besonders. Entweder du lieferst mir den harten Stoff, oder du lässt mich in Frieden.

Provozieren Sie ihn, sagt Rastegar bei fast jedem unserer Treffen. Packen Sie ihn bei seinem Stolz. Beleidigen Sie ihn.

Er muss sich aufregen. Das ist die einzige Möglichkeit, ihn dazu zu bringen, Fehler zu machen. Ich glaube nicht, dass diese Taktik aufgeht, aber ehrlich gesagt ist mir das egal. Ich tue, was immer sie wollen, schon weil ich es selbst will. Ich lebe durch Leander das Leben, das ich mir nicht erlaube.

Manchmal überlege ich mir natürlich, wie es wäre, alles hinter sich zu lassen. Leander würde mir möglicherweise helfen, und sei es nur, um der Polizei eins auszuwischen. Ich stelle mir vor, wie wir gemeinsam durch die Welt streifen, töten und lieben und aus Liebe töten. Eine herrliche Vorstellung, erschreckend schön. Dann wieder denke ich, dass ich zu alt für solche gefährlichen Spiele bin. Ich habe es mir eingerichtet in meiner kleinen Welt. Ich finde es bequem, nur in der Fantasie zu reisen. Ich liege auf meinem Sofa, als würde ich schlafen, und vor meinem inneren Auge paradieren junge Mädchen, die ich mir so perfekt ausmalen kann, wie sie in der Realität nie sein könnten.

Ich starre sie an wie eine Katze ihre Beute: sprungbereit.

15

Leander Kern nennt sich nicht mehr so. Er bedauert das ein bisschen, er mochte den Klang. Leander Kern. Das Geheimnisvolle, Abgründige darin. Das Dunkle, das an der Oberfläche in herrlichen Farben schillert, wie Öl auf einem schwarzen Fluss, erfasst von einem Suchscheinwerfer.

nacht verfolgt den tag
der versteckt die gelüste
die in mein herz gebrannt
schatten der hoffnung
ein abdruck des seins
im rhythmus verbannt
gefangene schatten
im laub der sinne
verborgene worte
die stumm gemacht
sind verlangen
zu berühren
moosumrandete nacht
dein schritt durch hüllen
ohne zeichen
gebrochene stille
der platz für dich

Auch seinen richtigen Namen René Kalden legte Leander Kern ab. Er heißt nun Kenneth Santiago. Kenneth Santiago aus Brooklyn, N.Y. Kenneths Familie stammt väterlicherseits aus Puerto Rico, lebt aber schon seit drei Generationen in Amerika. Sie hat keinen Kontakt zu Kenneth. Das ist gut.

Nach einer sechsmonatigen Odyssee durch unterschiedliche Entwicklungsländer war Leander Kern in Mexiko gelandet. Er besaß genügend Geld auf Nummernkonten in Steuerparadiesen, und er hatte gefälschte Papiere. Aber um sich wieder unbehelligt in der westlichen Welt bewegen zu können, brauchte er viel, viel bessere. Mit einem internationalen Haftbefehl im Nacken und ohne einschlägige Kontakte war das schwierig zu bewerkstelligen. Und das ziellose Herumreisen im Backpacker-Stil hatte er gründlich satt.

Doch wie so oft, wenn die Lage aussichtslos schien, öffnete sich auch diesmal eine Tür. In ein ganz neues Leben.

In Zona Coahuila, einem der übelsten Viertel Tijuanas, traf Leander auf Kenneth Santiago, alias Kenny, begabter Schauspieler, der auf dem Weg zum Superstar über seine Vorliebe zu sehr kleinen Jungen gestolpert war. Zwar hatte die Filmgesellschaft aus Angst vor einem Skandal dafür gesorgt, dass es diese schmutzige Story weder in die Medien schaffte, noch die Staatsanwaltschaft mobilisierte. Im Gegenzug hatte Kenny aber seine Hauptrolle mitten im Dreh abgeben und sich aus persönlichen Gründen komplett aus dem Geschäft verabschieden müssen. Schon wenige Monate später war es so, als hätte es ihn nie gegeben.

Kenny Santiago hatte dunkle Augen, dunkle Haare und volle, geschwungene Lippen. Manche erinnerte er an James Franco, aber sein Gesicht war etwas voller, nicht so unverwechselbar wie das Francos. Ein südländischer Typ, aber mit eher blasser Haut. Es gab viele wie ihn. Das kam Leander/René zupass. Ein Typ wie er war leicht zu imitieren, wenn man die Voraussetzungen mitbrachte – eine leichte physische Ähnlichkeit nämlich, die sich mit den richtigen Methoden verstärken ließ.

Ein weiterer Vorteil war, dass Kenny offensichtlich vollkommen vereinsamt war. Er lebte allein in einer Villa am Meer, die er sich von seinen ersten Honoraren gekauft hatte. Er sprach kaum Spanisch, pflegte keine Kontakte zu seinen Nachbarn und ließ sich Essen und andere Dinge des täglichen Bedarfs über einen Lieferservice kommen.

Gleichzeitig war er auf der Suche nach Kontakt. Er hasste das Alleinsein.

Leander und Kenny hatten einander erkannt, als sie sich begegneten, zwei Brüder im Geiste, ruhelose Seelen, beide auf der Suche nach Opfern. Im Gegensatz zu Kenny hatte Leander kein Interesse an gewaltsamem Sex mit Jungen im Vorschulalter, aber das störte Kenny nicht. Sie waren ungefähr gleich alt und Ausgestoßene aufgrund verbotener Leidenschaften, das alleine zählte. Sie betranken sich in einer Bar mit schmutzig grünen Wänden, danach nahm ihn Kenny mit zu sich nach Hause.

»Was ist es bei dir?«

Leander zögerte, er sprach nicht gern von sich. Aber in diesem Fall konnte es nützlich sein. Er ahnte, dass es nützlich wäre. Also überwand er sich.

»Ich töte gern.«

»Du tötest gern? Willst du mich töten?« Kenny starrte ihn an, die Augen trübe von Alkohol und Meth.

Leander lachte. »Du bist nicht mein Beuteschema. Es würde keinen Spaß machen.«

»Wer dann?«

»Mädchen. Blond. Also echt blond, nicht gefärbt.«

»Dann bist du hier aber falsch.«

»Ist mir auch schon aufgefallen.«

In Kennys Haus sah Leander als Erstes die riesigen Kinderfotos an den Wänden in eindeutigen Posen und triumphierte über sein unfassbares Glück, weil diese Bilder bedeuteten, dass Kenny tatsächlich niemals Besuch hatte, außer vielleicht von ebenfalls kriminellen Gleichgesinnten. Alles spielte ihm in die Hände, Kennys Selbstmitleid, das ihn viel zu viel erzählen ließ, Kennys Begeisterung, endlich jemanden zum Reden gefunden zu haben, Kennys daraus resultierende, geradezu idiotische Vertrauensseligkeit.

»Kannst du mir Englisch beibringen?«, fragte Leander ihn eines Morgens. Sie frühstückten auf der windgeschützten Terrasse mit Blick auf die donnernde Brandung des Pazifiks.

»Du kannst doch Englisch«, sagte Kenny.

»Ich will es so können wie du. Wie ein Amerikaner. Sei mein Lehrer.«

»Und dann verlässt du mich.«

»Niemals. Wir sind ein Team. Du bist ich, ich bin du.« Leander zog an seinem Joint, reichte ihn Kenny, lächelte.

Zwei bis drei Stunden täglich übten sie Idiom und Aussprache, Grammatik und Vokabular. Kenny war ein guter Lehrer. Wie jeder Hollywood-Profi beherrschte er mehrere angloamerikanische Dialekte und hatte sich mit all ihren Eigenheiten beschäftigt. Leander lernte schnell. Schon nach etwa vier Wochen war sein New Yorker Brooklyn-Akzent nahezu perfekt. Um ganz sicherzugehen, hängte er noch ein paar Wochen dran. Außerdem mochte er Kenny, sie verstanden sich gut. Und es war angenehm, mit dem Rauschen des Meeres einzuschlafen und aufzuwachen, in der Brandung zu surfen, Joints zu rauchen, Cocktails zu trinken, dunkelbraun zu werden.

Der Aufenthalt endete abrupter als geplant. Er musste enden, nachdem sich Kenny in einem der dreckigsten Apartmenthotels Tijuanas so schlecht benommen hatte, dass Leander gerade noch das Schlimmste verhindern konnte: Polizei, mexikanisches Gefängnis, eventuell Abschiebung. Was er in dem Apartment vorfand, nachdem ihn Kenny heulend angerufen hatte, war ein wimmerndes, blutig zugerichtetes Kind, eine schreiende junge Frau – Mutter oder Schwester – und schließlich Kenny, weinend und stoned in einer Ecke hockend. Was für ein Trottel, dachte Leander und ging hinter die Küchenzeile, wo er ein uraltes Brotmesser fand. Er schärfte es hastig und notdürftig an einem rostigen Heizkörper und schnitt sowohl der Frau als auch dem Kind die Kehle durch, eine Aktion, die kaum mehr als ein paar Sekunden in Anspruch nahm.

Die Stille danach war berauschend, Leander weidete sich daran. Er betrachtete die beiden Leichen, das Blut, das sich fächerförmig um ihre Köpfe ausbreitete, hellrot und glänzend wie Lack. Die untergehende Sonne färbte die fleckigen Wände orange.

»Es ist wunderschön«, sagte Kenny. Er sah Leander an wie eine Erscheinung, immer noch tränenüberströmt.

»Du hast mich gerettet. Du bist Gott für mich.«

Leander lächelte und säuberte den Griff mit einem löchrigen Geschirrtuch von seinen Fingerabdrücken. Dann drückte er das Messer in die rechte Hand der toten Frau.

»Wir müssen hier verschwinden«, sagte er.

Kenny stand langsam auf, seine Kleidung war blutbesudelt. Sie horchten in die Dämmerung, aber alles blieb still.

Als sie nachts in Kennys Haus zurückkehrten, wusste Leander, dass die Zeit mit seinem Freund und Lehrer vorbei war und dass er jetzt handeln musste. Er bugsierte Kenny auf die mondbeschienene Terrasse und flößte ihm einen Mix aus Alkohol und zerstoßenem Oxycodon ein. Zum Schluss setzte er ihm einen Schuss reinstes Heroin und sah ihm in aller Ruhe beim Sterben zu. Es herrschte auflandiger Wind, die Wellen rollten donnernd an den Strand, Leander schmeckte salzige Gischt auf seinen Lippen, während Kenny röchelte und keuchte, sich erbrach und nach etwa zwanzig Minuten Todeskampf aufhörte zu atmen, um ins Nirwana zu segeln, das in seinem Fall wahrscheinlich voller süßer, dunkel gelockter Knaben war, die aussahen wie er selbst als Kind.

Als es vorbei war, wuchtete Leander die Leiche über die Schulter und trug sie in die Garage. Mit dem Funkschlüssel öffnete er den schwarzen BMW X10 und hievte die Leiche auf die Rückbank. Dann setzte er sich ans Steuer und betätigte die Fernbedienung für die Garage. Sie öffnete sich mit einem leisen Summen. Eine Schaufel, eine Plastikplane und eine Spitzhacke lagen bereits im Kofferraum.

Leander blieb noch ein paar weitere Wochen im Domizil des Toten, das nun sein eigenes war. In die Identität eines anderen zu schlüpfen war ein komplizierter Prozess, das ging nicht von heute auf morgen. Er hatte immerhin genug Zeit gehabt, sich Kennys Stimme, Gestik, Mimik und charakteristische Bewegungen einzuprägen. Sein schiefes Lächeln – besonders wichtig. Nun musste er all das üben. Er sah sich DVDs mit Kennys Filmen an, ließ sich die Haare wachsen und einen Dreitagebart stehen.

Aber das waren natürlich nur Äußerlichkeiten. Sie zählten, aber sie reichten nicht aus.

Er musste Kenneth Santiago *sein*. Es gab Menschen aus Kennys Vergangenheit, die vielleicht seinen Aufenthaltsort kannten, es war möglich, dass seine Familie doch wieder Kontakt aufnehmen wollte. Sie mussten glauben, dass er Kenneth war.

»*Wann hast du deine Leute zum letzten Mal gesehen?*«

»*Vor sechs Jahren. Vor sechs beschissenen Jahren.*«

In sechs Jahren veränderte sich ein junger Mensch. Kenny war 31, als er starb; ein Dreißigjähriger konnte schon ganz anders aussehen als ein Fünfundzwanzigjähriger, zumindest rechnete sein Umfeld damit. Darauf musste Leander sich verlassen. Vorsichtshalber hatte er Kenny über seine Familie ziemlich eingehend ausgefragt, sich alle prägenden Anekdoten gemerkt, die Fotos seiner beiden Schwestern und seiner Eltern studiert. Er wusste, mit welchen Schauspielkollegen Kenny befreundet gewesen war, mit welchen Journalisten er Interviews gemacht hatte. Er war präpariert. Aber das war nicht genug.

Er musste wie Kenny denken. Fühlen. Und trotzdem er selbst bleiben.

Später nannte er diese Zeit seine Verpuppungsphase. Er verließ kaum das Haus, ließ sich weiter beliefern, zahlte mit Kennys Kreditkarte, benutzte sein Auto, hackte sich in seine Konten und stellte bei der Gelegenheit fest, dass Kenny fast pleite gewesen war. Also überwies er eigenes Geld, damit die laufenden Kosten der Villa unauffällig beglichen werden konnten. Eine Schwachstelle, die einzige bisher, die auf seine wahre Identität hinweisen konnte.

Er beschloss, die Villa zu verkaufen.

Nur jetzt noch nicht.

Immerhin verbrannte er die abstoßenden Kinderbilder.

Nach vier Wochen verließ er die Villa in Kennys BMW, der glücklicherweise über ein amerikanisches Kennzeichen verfügte, und überquerte die Grenze nach Texas. Er musste nicht einmal Kennys Pass zeigen und befand sich nun im gelobten Land. Jetzt konnte sein Leben beginnen.

Heute trägt Kenneth einen Anzug aus dunklem Anthrazit aus ganz leicht schimmerndem Material – modisch, aber nicht zu auffällig. Dazu eine Aktentasche, und schon ist er einer von tausenden Geschäftsmännern, der in Hongkong durch die lärmenden, überfüllten Straßen schlendert.

Er ist wieder der Teufel, und dieses Bewusstsein macht ihn glücklich. Manchmal berührt er Menschen im Vorübergehen – nur ganz leicht, mit seiner Schulter oder den Fingerspitzen seiner rechten Hand – und überlegt sich, wie es wäre, wenn das Böse auf sie überspringen würde wie ein Virus.

Anders als in primitiven Zombiefilmen würde man Infizierte und Nichtinfizierte kaum voneinander unterscheiden können, und so hätten die Infizierten anfangs leichtes Spiel.

Natürlich so lange, bis sie nur noch auf ihresgleichen treffen würden. Dann würden sie sich gegenseitig zerfleischen, und nur die stärksten und brutalsten Exemplare dieser Gattung würden übrig bleiben.

Und dann würde das große Morden untereinander beginnen, der Kampf um die Vorherrschaft der Erde.

In dem Wissen, dass ihn niemand hören wird, singt er vor sich hin:

Pleased to meet you
Hope you guess my name, oh yeah

Kenneth/Leander summt den Refrain. Er spürt eine kalte Stelle in seinem Nacken und weiß, dass es bald wieder losgeht. Er genießt die Vorstellung, bald wieder zu töten. Er lächelt, und eine Frau lächelt zurück. Er überlegt sich, mit ihr Sex zu haben (nur Sex, sonst nichts, manchmal hat er auch darauf Lust, das wechselt), aber dann verfolgt er dieses Ziel nicht weiter.

Er kann so viele Frauen haben, wie er will. Er kann mit ihnen schlafen und sie anschließend töten, so, wie es ihm Spaß macht, und niemand würde ihn finden in dieser anonymen Metropole. Es gefällt ihm, dass ihn niemand kennt, niemand vermisst, er mag die Unsichtbarkeit. Er ist hier ein Mann ohne Geschichte: Er schreibt sich seine eigene.

Die Luft ist von drückender Schwüle. Leander nimmt ein Taxi und lässt sich in sein Apartment chauffieren. Es liegt im 68. Stock eines Wolkenkratzers im Süden der Halbinsel. Es ist klein, das macht aber nichts. Als er es betritt, lockert er seine Krawatte, zieht Schuhe und Strümpfe aus und setzt sich barfuß auf das kniehohe Fensterbrett aus weißem Marmor. Über zwei graue Quader weit unter ihm hinweg sieht man, nur etwa dreihundert Meter entfernt, das Meer. Heute ist es schiefergrau unter tiefen Wolken, verziert von fluoreszierenden Schaumkronen.

Bisher hat noch kein Mädchen sein Domizil gesehen. Er muss es bald einweihen, auf die eine oder andere Weise. Plötzlich weiß er, wie er weiter vorgehen muss. Er wird dieses Apartment mit dem weiß gefliesten Boden auf erregende Art entweihen, es anschließend sorgfältig säubern und danach für ein paar Monate verschwinden.

16

»Du bist anders«, stellt Leo fest. Es ist irgendwann zwischen Mitternacht und ein Uhr morgens. Sie liegen nebeneinander auf dem Bett, das Fenster steht weit offen, aber es gibt keinen Durchzug.

»Wie anders?«, fragt Sina. Sie würde gern aufstehen und noch eine kalte Dusche nehmen, aber sie ist todmüde, und das kalte Wasser ist seit ein paar Tagen eher lauwarm.

»Anders«, sagt Leo. »Hast du irgendwas vor?«

»Was soll ich denn vorhaben?«

»Tu nicht so begriffsstutzig. Du weißt, was ich meine.«

»Nein.« Sina verschränkt die Hände hinter ihrem Kopf mit der schweren Haarpracht. Es ist immer so heiß. Am liebsten würde sie ihren Kopf rasieren. »Vielleicht lass ich mir die Haare abschneiden«, sagt sie so vor sich hin.

Sie spürt, wie sich das Bett bewegt. Leo ist aufgestanden. In der nächsten Sekunde knallt ihr das Deckenlicht direkt in die müden Augen.

»Was!?«, protestiert sie.

Leo setzt sich auf ihre Bettseite und schaut auf sie herunter. Sie sieht seine dichten Brusthaare, den kleinen Bauchansatz, der sich einfach nicht wegtrainieren lässt. Sie hat ihm oft versichert, dass ihr das nichts ausmacht, aber er glaubt ihr nicht.

»Mach das Licht aus«, sagt sie leise.

»Nein. Ich will erst wissen, was du vorhast.«

Sina gähnt und reckt sich. »Nichts. Hör doch mal auf damit.«

»Was hat Katja dir erzählt?«

»Was soll Katja mir erzählen? Du warst doch dabei.«

»Ich hasse das.« Plötzlich klingt seine Stimme so müde, wie sie sich fühlt, und sie erschrickt. Sie will ihn nicht enttäuschen, aber sie kann in dieser Sache nicht ehrlich mit ihm sein. Wenn er erfährt, was sie tun will, wird er versuchen, sie davon abzuhalten, und dafür ist es jetzt zu spät. Alles ist organisiert, Leyerseder und Salfeld warten nur noch auf ihr Go, und das wird sie ihnen morgen geben.

Sie weiß selbst, dass diese Aktion gefährlich ist – gefährlich vor allem für sie und ihre Karriere. Sie sieht schon wieder Verschwörungen überall, und vielleicht hat sie diesmal unrecht, vielleicht ist sie diesmal wirklich nur einer Räuberpistole aufgesessen, vielleicht war diesmal alles wirklich nur Zufall.

Aber wenn nicht, wird sie sich das nicht verzeihen: dass sie nicht getan hat, was möglich war.

Sie ist so. Sie muss das tun, was möglich ist. Sie kann nicht auf halber Strecke haltmachen und umkehren, sie kann nicht wegsehen, im Gegenteil, sie muss ganz genau hinschauen. Aber Leo kann wegsehen, und dafür liebt sie ihn. Er macht manchmal die Augen zu. Er will nicht alles wissen, sein Seelenheil ist ihm mindestens genauso wichtig wie die Wahrheit, und so jemanden braucht sie unbedingt.

Einen Mann, der sie beruhigt, wenn sie sich aufregt.

Deswegen darf sie ihm nichts erzählen. Wenn sie es ihm erzählt, muss er sich damit beschäftigen – einem vagen Verdacht, der so vage ist, dass offizielle Ermittlungen nicht genehmigt werden würden.

»Du hast dich mit Katja getroffen«, sagt Leo und es ist keine Frage.

»Ja, vor einer Woche«, sagt sie. »Am Münsterplatz«, fügt sie hinzu. Und dann sagt sie etwas, das gleichzeitig wahr und gelogen ist, und sie fühlt sich schlecht damit, aber sie weiß, dass sie keine Wahl hat. »Ich brauche eine Freundin«, sagt sie. »Seitdem Meret weg ist, habe ich keine Freundin mehr.«

»Meret Giordano?«

»Leo, du weißt doch, wen ich meine.« Sina ist gereizt und fühlt sich in die Enge getrieben.

»Du vermisst sie«, sagt Leo einlenkend.

»Ja.«

»Und das ist der einzige Grund, weshalb du dich mit Katja triffst?«

»Ja. Nein. Katja ist ganz anders als Meret. Verstehst du das denn nicht, Leo? Ich brauche einfach eine Freundin. Eine wie Katja, die mich mag, wie ich bin, und die mich nicht ändern will.« Es ist verrückt: Es stimmt, was sie sagt und trotzdem lügt sie. Aber der Wahrheitsgehalt überwiegt anscheinend, so dass sich Leo davon täuschen lässt.

Er nimmt sie in den Arm und sie schmiegt sich an ihn, mit schlechtem Gewissen, aber immerhin in der absoluten Gewissheit, dass ihr keine andere Wahl bleibt.

Denn es ist nicht vorbei, im Gegenteil. Es fängt gerade wieder an.

Böser Onkel

I

Er war ein behütetes Kind von furchtsamen Eltern. Die Gegend, in der er aufwuchs – ein Vorort im Nordwesten von Leyden – galt als rau. Jungen mussten sich hier beweisen, entweder als Kämpfer oder als Fußballspieler oder wenigstens als dreiste Sprücheklopfer. Nichts davon konnte er besonders gut. Die Grundschule war eine Qual, und später wurde es nicht besser.

Mit zehn Jahren kam er als externer Stipendiat nach Thalgau. Seine Eltern hofften, dass er hier endlich nette Freunde fand. Weit gefehlt. Er hasste diese Schule vom ersten Tag an. Von seinen Klassenkameraden wurde er Tick, manchmal auch Trick genannt, nach den Pfadfindern beim Fähnchen Fieselschweif, die immer ein schlaues Buch dabeihatten. Tick galt als Streber und Besserwisser. Außerdem als wehleidig und ängstlich. Er war klein für sein Alter. Er jammerte, wenn er sich ungerecht behandelt fühlte, statt sich zur Wehr zu setzen. Er petzte auch manchmal, und manchmal kam das raus. Sein Pech war außerdem, dass seine Nase bei gehässiger Betrachtung tatsächlich etwas von einem Entenschnabel hatte.

Tick schwor sich, nach dem Abschluss (Durchschnittsnote 14 Punkte, eine glatte Eins, wieder einmal Klassenbester) nie wieder das Gelände Thalgaus zu betreten und sämtliche Ehemaligen als Zeugen seines sozialen Versagens aus seinem Leben zu streichen. Nachdem er seinen Wehrdienst fast ausschließlich in einer Schreibstube abgeleistet hatte, zog er nach Frankfurt mit dem festen Plan, nicht nur Thalgau, sondern seine ganze Heimatstadt künftig weiträumig zu meiden.

Aber wie das Leben so spielte, fand er nach seinem in Rekordzeit abgeschlossenen Studium mit Prädikatsexamen keine Anstellung, die ihn zufriedenstellte. Es gab immer etwas, das nicht passte. Mit Ende zwanzig hatte er bereits drei hervorragend bezahlte Jobs mit erstklassigen Karriereoptionen innerhalb kürzester Zeit gekündigt.

Er erkannte schließlich, dass das normale Arbeitsleben nichts für ihn war. Eine Universitätslaufbahn kam ebenfalls nicht infrage – Professoren waren eitle Wichtigtuer, die nur die schlimmsten Speichellecker unter ihren Doktoranden unterstützten, und Tick dachte gar nicht daran, irgendjemandem zu schmeicheln. Wenn es Grund zur Beschwerde gab, beschwerte er sich – auf seine hartnäckige, vorwurfsvolle Weise. Dass andere daran Anstoß nahmen, war ihm mittlerweile egal. An ein Leben ohne Freunde hatte er sich längst gewöhnt. Insofern konnte er es sich leisten, auf taktische Spielchen zu verzichten. Er wollte nicht mehr gemocht, er wollte geschätzt werden. Wer ihn nicht schätzte, war seiner Arbeitskraft nicht wert.

Es gab nur ein Problem. Er war kein reicher Erbe, wie viele seiner ehemaligen Mitschüler, sondern würde sich in absehbarer Zeit seinen Lebensunterhalt selbst verdienen müssen. Also sattelte er ein Lehramtsstudium obendrauf, das er mit Anfang dreißig beendete. Im Klassenraum, so stellte er es sich vor, könnte er schalten und walten, wie er wollte, ohne dass sich irgendjemand einmischte. Dort hätte er die Macht.

Diese Rechnung ging auf. Schon bei seinen ersten Schulpraktika stellte sich heraus, dass er sich als Pädagoge erstaunlich gut machte, obwohl oder gerade weil es ihm vollkommen egal war, wie seine Schüler ihn fanden. Nach seinem hervorragenden Abschluss schrieb er guten Mutes erste Bewerbungen. Seine Fächerkombination, Chemie und Mathematik, war gesucht, er war sicher, dass er schnell eine Stelle finden würde.

Dann wurde seine Mutter krank und warf alle Pläne über den Haufen. Da sein wesentlich älterer Vater bereits gestorben war und die Witwenrente für eine professionelle Vollzeit-Pflegerin nicht ausreichte, blieb ihm nichts anderes übrig, als vorübergehend nach Hause zurückzukehren.

Seine Mutter lebte in einer Vierzimmerwohnung, die die Eltern vor gut einem Vierteljahrhundert gekauft hatten und die mittlerweile abbezahlt war. Nach dem Tod seiner Mutter würde Tick die Immobilie zu einem sehr guten Preis verkaufen, was ihm wiederum ein paar Jahre Unabhängigkeit sichern würde.

Das war sein neuer Plan: Vielleicht würde er eine Weltreise unternehmen, ganz entspannt ein paar Jahre durch Europa und Amerika gondeln. Aber auch diesmal überlegte es sich das Schicksal anders.

Seine Mutter starb keineswegs so flott wie erwartet. Sie kränkelte ewig vor sich hin, mal verschlechterte sich ihr Zustand, dann erholte sie sich völlig überraschend, dann gab es einen Rückfall mit Klinikaufenthalt, dann wurde sie mit Auflagen nach Hause entlassen und so fort. Selbst in besseren Phasen konnte sie nicht mehr alleine zurechtkommen, wehrte sich aber vehement dagegen, »in ein Heim abgeschoben« zu werden.

Und so passierte es, dass aus Wochen Monate wurden und sich Tick ausgerechnet wieder in der Stadt einlebte, die er eigentlich für immer hinter sich hatte lassen wollen. Da seine Mutter die meiste Zeit bettlägerig war und ihr Schlafzimmer kaum noch verließ, begann Tick, sich die anderen Räume anzueignen. Er ließ das Siebzigerjahre-Mobiliar seiner Eltern vom Sperrmüll abholen, strich die Wohnung neu, ließ die Wand zwischen Küche und Wohnzimmer durchbrechen und frisch verputzen, renovierte beide Bäder, kaufte von den Ersparnissen seiner Eltern moderne Möbel und eine neue Kücheneinrichtung. Seine Mutter war froh, dass er sie nicht im

Stich ließ und hatte nichts gegen die Verschönerungen ihres Domizils. Und er war froh über das zweite Bad und die Teilzeitpflegerin, die morgens und abends kam und ihm zumindest die ekelhaften Aufgaben abnahm.

Bei fortschreitender Krankheit verwirrte sich manchmal der Geist seiner Mutter, und sie verwechselte ihn mit ihrem jüngeren Bruder, dem er, wie er alten Fotos entnehmen konnte, ein bisschen ähnlich sah. Dann nannte sie ihn Martin oder Matti, und er verbesserte sie nicht, weil es ihm egal war. Er hörte ihr ohnehin kaum zu. Sie ging ihm weniger auf die Nerven, wenn er ihr inhaltsloses Geschwätz einfach an sich vorbeilaufen ließ. Wenn er ignorierte, dass sie ein menschliches Wesen mit unerfüllten Träumen und sentimentalen Erinnerungen war, das sich nach Ansprache sehnte.

Ansprache bekam sie nicht, Mitgefühl auch nicht. Sie bekam seine Gegenwart. Und damit hatte sie gefälligst zufrieden zu sein.

Er erkannte, dass er bleiben wollte. Für einige Zeit zumindest. Bis sich eine andere, reizvollere Option eröffnen würde. Er bewarb sich bei einigen öffentlichen Gymnasien. Jeder Rektor hätte ihn mit Kusshand genommen, aber Tick war unentschlossen. Irgendwo gab es immer ein Haar in der Suppe.

Ein Jahr verging. Das Geld wurde langsam knapp, und seine Mutter war leider zäh. Ein Klageweib, aber erstaunlich robust. Dürr wie ein Zeisig und trotzdem nicht kaputtzukriegen.

Manchmal saß er an ihrem Bett, sah auf ihr eingefallenes, abgemagertes Greisinnengesicht, in der Nase ihren widerwärtigen Gestank aus Krankheit, Alter und schwacher Blase, und hasste sie mit einer Inbrunst, die ihn selbst erschreckte. Die Pflegerin bezog zweimal wöchentlich das Bett frisch und lüftete regelmäßig, aber die Ausdünstungen seiner Mutter fraßen sich nicht nur in Wänden und Möbeln fest, man bekam sie kaum noch aus der eigenen Kleidung heraus. Eigentlich war sie keine Person mehr, sondern nur noch ein pochendes Stück Fleisch, eine Existenzform, die kein Recht auf Leben mehr zu beanspruchen hatte.

Eines Abends saß er an seinem neuen Ikea-Esstisch aus hellem Holz und verzehrte Bissen für Bissen eine von ihm selbst zubereitete Lasagne. Das Licht war gedimmt, im Fernseher lief eine Reportage über den Israel-Palästina-Konflikt.

Eine Thematik, die ihn normalerweise interessierte, aber nicht jetzt. Er nahm die Fernbedienung und schaltete ab. Er legte Messer und Gabel vorsichtig auf den halb leergegessenen Teller und dachte nach. Und dann hatte er diesen einen, glasklar formulierten Gedanken: Jetzt ist es genug.

Er schob den Teller weg und nahm einen Schluck Rotwein, ein schwerer spanischer Rioja mit samtigem, körperreichem Geschmack.

Was er vorhatte, musste sorgfältig geplant werden. Er wollte auf keinen Fall aus Ungeschicklichkeit in Verdacht geraten.

Seine Mutter nahm ein sehr starkes morphinhaltiges Schmerzmittel, das ihr über Pflaster verabreicht wurde, weil sie unter Schluckbeschwerden litt. Eine Atemlähmung war bei dieser Art Medikation ein Risiko, das man einging, um Todgeweihten vermeidbare Qualen zu ersparen. Natürlich hätte er seiner Mutter einfach mehrere dieser Pflaster verpassen können, aber da die Dinger abgezählt waren, würde er sich damit verdächtig machen.

Eine Überdosierung kam also nicht infrage.

Was dann?

»Genügsam, kompakt, rasche Verfügbarkeit und stimmige Details. Der eigentliche Clou ist ein batteriebetriebener Lüfter, der diesen mobilen Holzkohlegrill binnen weniger Minuten auf Betriebstemperatur bringt.« Ein geruchsarmer Tischgrill, geeignet für den Balkon oder die Terrasse. »Nicht benutzbar in geschlossenen Räumen!« Genauso ein Ding hatten sie doch seit langem ganz hinten in der Garage stehen, nie benutzt und längst in Vergessenheit geraten.

Tick ging sehr vorsichtig zu Werk. Während seine Mutter schlief, dichtete er Türen und Fenster mit selbstklebenden Gummistreifen in ihrem Schlafzimmer ab. Dann wartete er zwei Wochen. Mitte September kam schließlich der erste herbstliche Kälteeinbruch mit Dauerregen und Tagestemperaturen unter zehn Grad.

Morgens beim Frühstück wusste er bereits, dass heute der Tag X sein würde. Er war kein Mensch, der zur Euphorie neigte, aber die Vorstellung, endlich, endlich frei zu sein, beflügelte ihn so sehr, dass ihn seine Miene verriet und die Pflegerin prompt fragte, ob er eine gute Nachricht erhalten habe.

Er reagierte schnell. »Ja«, sagte er. »Ich habe endlich eine Anstellung gefunden, stellen Sie sich vor.« Die Pflegerin gratulierte ihm herzlich, und er ließ sich zu einer Plauderei mit ihr herab, um keinen Verdacht zu erregen.

Nachdem die Pflegerin sich verabschiedet hatte, wartete er, bis seine Mutter, erschöpft von der Krankheit und benebelt von den Morphinen, röchelnd eindöste. Dann schaltete er die Heizung ab und kippte das Fenster. Es wurde relativ schnell kalt im Zimmer. Seine Mutter wachte auf und jammerte. Er schob den brennenden Holzkohlengrill in ihr abgedunkeltes Zimmer. »Dir wird gleich warm werden«, sagte er beim Herausgehen und schloss die Tür.

Beim unvollständigen Verbrennen von Holzkohle entsteht geruchloses Kohlenmonoxyd, das sich an den Blutfarbstoff Hämoglobin bindet. Dadurch verliert das Blut die Fähigkeit, den Körper mit Sauerstoff zu versorgen. Eine CO-Sättigung von nur zehn Prozent der Atemluft reicht, um einen Raum in eine Todesfalle zu verwandeln.

Nach einer guten Stunde öffnete Tick die Tür zum Schlafzimmer. Er hielt die Luft an, lief zum Fenster und riss es weit auf – wäre ja zu dumm, wenn er selbst ein Opfer seiner eigenen Methode würde.

Er schloss die Tür wieder hinter sich, trug den Grill auf den Küchenbalkon und schloss die Balkontür. Dann wartete er weitere zehn Minuten. Aus dem Schlafzimmer war kein Laut zu hören.

Er holte tief Luft und machte die Tür auf. Wind und Regen wehten durch das geöffnete Fenster, das er vorsichtshalber offen ließ. Er schaltete das Licht ein und setzte sich ans Bett seiner Mutter. Seiner *friedlich eingeschlafenen* Mutter.

Der Hausarzt kam eine halbe Stunde später und stellte Tod durch Herzversagen infolge der schweren Vorerkrankung fest. Der freundliche, ältere Herr schien nicht den geringsten Verdacht zu schöpfen. Und wenn er es doch tat, behielt er es für sich.

ENDLICH FREI!

Am nächsten Tag kam eine Antwort auf eine seiner Bewerbungen: eine herzliche Bitte, im Internat Thalgau als Lehrer anzufangen. Das Schreiben war so freundlich, die Bedingungen so ideal, dass Tick eine Woche später zusagte. Doch in Wirklichkeit spielte ein Gedanke – eine flüchtige Idee, die sich mehr und mehr manifestierte – bei seiner Entscheidung die Hauptrolle: Rache. Und zwar an jenen arroganten und eingebildeten Schülern, die glaubten, automatisch die Gewinner im Lebensroulette zu sein. Diesen Irrtum gedachte er ihnen auszutreiben.

2

... denn alles, was entsteht,
Ist wert, dass es zugrunde geht;
Drum besser wär's, dass nichts entstünde.
So ist denn alles, was ihr Sünde,
Zerstörung, kurz das Böse nennt,
Mein eigentliches Element.

Jeden Morgen sehe ich Mephisto. So teuflisch grinsend, wie es ein schwarz-weiß geschminkter Achtklässler mit einem von Natur aus harmlosen Pausbackengesicht eben hinbekommt. Das Plakat mit dem entsprechenden Monolog darunter hängt gegenüber von Frank Leyerseders Bett; sobald ich aufwache, fällt fast automatisch mein Blick darauf. Die Deutschlehrerin hat das Stück letztes Schuljahr mit der TG 1 einstudiert. Die TG 1 ist für Schüler bis zur 8. Klasse und die TG 2 für alle Älteren.

In den letzten zwei Wochen habe ich vor allem Abkürzungen gelernt. TG für Theatergruppe, IK 1 bis 3 für Informatik-Workshops, CH 1 bis 3 für Chinesischkurse je nach Kenntnisstand, Tö 1 Aufbauen und Tö 2 Drehen für künftige Töpfermeisterinnen. Jungen töpfern offenbar nicht gern.

Meine Aufgaben bestehen darin, kaputte Birnen auszuwechseln, kaputte Fenster erneuern zu lassen, die Damen der Putzkolonne davon abzuhalten, in ihrer Vesperpause auf dem Schulgelände zu rauchen, den Elektriker zu holen, wenn es einen Kurzschluss gibt, und noch zahllose andere Sachen, auf die ich vorher nie gekommen wäre. Ich habe manchmal wahnsinnig viel zu tun, und dann wieder stundenweise gar nichts.

Aber: Ich liebe es, hier zu sein. Ich staune über mich selbst.

Ich stehe auch diesen Morgen federnd auf wie ein junger Mann, schlendere barfuß über die geölten Dielen ins Bad, schaue in den Badezimmerspiegel und sehe ein Lächeln reinsten Glücks.

Das ist der Punkt.

Nach gerade einmal zwei Wochen fühle ich mich, als wäre ich nach Hause gekommen.

Das ist das Problem.

Ich erzähle Rastegar bei unseren regelmäßigen Treffen nichts davon. Mein armer Therapeut Seckendorff hat keine Ahnung von meinem neuen Job und darf insofern erst recht auf keinen Fall erfahren, wie gut es mir geht. Ich muss das selber durchstehen. Die Versuchungen ignorieren. Meinen Gefühlen auf keinen Fall trauen, jedenfalls nicht denen, die mich selbst betreffen, und schon gar nicht, wenn Euphorie im Spiel ist.

Ich gehe unter die Dusche. Durch das gekippte Fensterchen in Kopfhöhe fällt das Licht der Morgensonne, ein zarter, goldener Schimmer, vielfach gebrochen durch die winzigen Prismen der Milchglasscheibe. Es ist sieben Uhr, um halb acht findet die Morgenfeier in der Aula statt, um Viertel vor acht gibt es Frühstück. Alle Mitarbeiter sind gehalten, zu diesen Terminen zu erscheinen.

Das ist mir recht.

Nein: Ich liebe es.

Ich drehe das kalte Wasser auf und genieße das heftig prickelnde Gefühl auf meiner Haut.

Zwanzig Minuten später bin ich auf dem Weg in die Aula. Vor mir, hinter mir, neben mir strömen die Schüler herein.

Da der bestuhlte Teil der Aula keine 218 Menschen fasst, sitzen wir – Schüler und Erwachsene locker gemischt – überall dort, wo sich gerade Platz findet, auf den Stufen, auf der Holzrampe, die den Raum in Hüfthöhe einfasst, auf den breiten Fensterbrettern. Die Atmosphäre ist von Müdigkeit bestimmt, aber auch untergründig vibrierend: Wir sind alle zusammen, auf vergleichsweise engem Raum, um gemeinsam den Tag zu beginnen.

Ein neuer spannender Tag.

Ich setze mich auf die Stufen. Zufälligerweise lande ich neben Verena Schwarz. Sie unterrichtet Kunst und ist Hausmutter im Suermondt-Haus, benannt nach dem Gründer Thalgaus, Helmut Suermondt. Im Suermondt-Haus wohnen nur Mädchen von der 9. bis zur 11. Klasse. Es gibt zehn Dreierzimmer auf drei Stockwerken, Verena Schwarz wohnt mittendrin im zweiten Stock und hat als Einzige eine große Terrasse, die sie mit exotischen Pflanzen geschmückt hat, die gleichzeitig maximalen Sichtschutz bieten. Ihr ganzer Stolz ist ein mannshoher Oleander mit prachtvollen dunkelrosafarbenen Blüten, den sie bereits seit zehn Jahren hat.

Das alles weiß ich, weil ich schon dort war. Verena hat nicht lange gefackelt und mich bereits am vierten Abend zum Essen eingeladen. Ich war überrascht und hätte natürlich am liebsten abgesagt, aber Zurückhaltung entspricht nicht meinem Auftrag, also bin ich hingegangen.

Seitdem sind wir gute Freunde, trotz meiner eher untergeordneten Position, und ich strenge mich sehr an, dass es so bleibt. Es dürfen keine Missverständnisse zwischen uns entstehen; sie ist meine bislang wichtigste Informantin.

Das ist weniger einfach, als es sich anhört.

»Was machst du heute Abend?«, fragt sie mit gesenkter Stimme, während sich die Schüler um uns herum niederlassen, beziehungsweise uns auf ihre beiläufig rücksichtslose Weise regelrecht zusammenpressen. Das ist mir nicht angenehm, aber ich lasse mir nichts anmerken. Verena trägt ausgebleichte Jeans und ein blendend weißes T-Shirt, das ihre

Sonnenbräune betont. Ich sage, dass ich noch nichts vorhabe. Sie fragt mich, ob wir essen gehen wollen, sie kenne ein nettes Lokal auf der anderen Seite des Sees.

»Gern«, sage ich leise.

»Holst du mich um acht ab?«, raunt sie. »Ich reserviere dann.«

»Okay.«

»Super.« Sie sieht wieder geradeaus. Das Gerede und Getuschel verstummt.

Mergentheimer, der Rektor, tritt auf die Bühne, wünscht allen einen guten Morgen und zitiert den Vers des Tages, ein Gedicht von Sarah Kirsch. Es interessiert mich nicht, aber das wird von einem Hausmeister wohl auch nicht erwartet.

Die Morgenfeier ist nur kurz, und kaum hat Mergentheimer das letzte Wort gesprochen, bricht das übliche Gerempel, Gerumpel, Gebrumme, Gelächter, Gequassel los. Hohe Absätze klackern, und flache Gummisohlen machen quietschende Geräusche auf dem honigfarbenen Fischgrätparkett.

Zwei Stunden später kommt die Schulsekretärin Frau Menzel in mein winziges, finsteres Büro im Erdgeschoss des Haupthauses. Frau Menzel ist eine aufreizend träge wirkende Frau mit einer mausbraunen Kurzhaarfrisur, die gern ein Pläuschchen hält.

»Frau Menzel«, sage ich mit dieser aufgesetzten Heiterkeit, mit der man bestimmten Leuten automatisch begegnet, ohne genau zu wissen, warum.

»Einen wunderschönen guten Morgen«, sagt Frau Menzel. Sie wirkt ein wenig verschwitzt, und das bedeutet, dass sie nervös ist. Das passiert häufig. In den alten Schulgebäuden geht häufig etwas kaputt, entsprechende Meldungen laufen immer über Frau Menzel statt über mich, weil ich ja nur eine Aushilfe bin. Insofern hat Frau Menzel in letzter Zeit dauernd das Gefühl, dass sie nicht zum Durchatmen kommt.

»Setzen Sie sich doch«, sage ich mit dieser mir fremden

Überfreundlichkeit, weil ich genau weiß, dass sie zu den Leuten mit direktem Draht zum Rektor gehört, mit denen ich mich gut stellen sollte. Und weil sie so gerne klatscht.

Frau Menzel lässt sich auf den Stuhl vor meinem Schreibtisch fallen.

»Wie halten Sie es hier nur aus?«, fragt sie nicht zum ersten Mal. Wir haben bereits unsere kleinen, kollegialen Rituale.

»Bin ja nur selten hier«, sage ich, wie schon so oft. »Wetten, dass Sie mich gleich rausholen?«

Frau Menzel lacht, ich stimme ein. »Richtig geraten«, sagt sie.

»Und? Kurzschluss oder Glasbruch?«

»Magen-Darm«, sagt Frau Menzel.

»Oh je«, sage ich. »Welche Toilette diesmal?«

»Nein, nein. Jochen Böger ist auf der Krankenstation. Seit vier Tagen schon.« Sie kräuselt mitleidig die Nase. »Muss ein wirklich schlimmer Virus sein.«

»Ach, wirklich? Der Arme.« Jochen Böger ist der einzige Sportlehrer in Thalgau. Ich hatte gar nicht mitbekommen, dass er krank ist.

»Ja«, sagt Frau Menzel. Jetzt erst merke ich, dass sie sich um etwas herumdrückt.

»Was ist das Problem?«, frage ich.

»Die Bundesjugendspiele.«

»Bitte?«

Sie beugt sich vor. »Können Sie werfen?«

»Werfen? Natürlich!«

»Trauen Sie sich vielleicht zu, eine Schulstunde lang mit der 11. Klasse Werfen zu üben?«

»Wie bitte?«

»Nur eine Stunde lang. Es geht eigentlich nur ums Beaufsichtigen. Damit sie üben. Für ihre Sportnote. Und die Bundesjugendspiele. Nur das eine Mal. Weitspringen üben sie morgen, da wird Jochen wieder gesund sein. Hoffentlich.«

»Heute?«

»Der Rektor wäre Ihnen sehr dankbar. Es hat einfach keiner von den Kollegen Zeit.«

»Na schön«, sage ich achselzuckend. Ohne zu ahnen, was das für Folgen hat.

Und so gebe ich – via Blitzrecherche im Internet einigermaßen vorbereitet – die erste Unterrichtsstunde in meinem Leben.

Es ist nicht schwierig, denn wenn ich an meine eigenen Sportstunden in der Schule denke, hat sich nicht viel geändert. Die Jungen haben überhaupt kein Problem mit dem Werfen, die Mädchen stellen sich ziemlich ungeschickt an.

»Der Schlagball«, doziere ich, »wird mit Daumen, Zeige- und Mittelfinger gehalten und mit dem Ringfinger seitlich abgesichert. Seht ihr, so. Der kleine Finger liegt direkt neben dem Ringfinger. Die Beine stehen schulterbreit, die Schulterachse und der Blick zeigen in Wurfrichtung, der linke und der rechte Fuß zeigen jetzt schräg in die Wurfrichtung.«

Ich mache es ganz, ganz langsam vor, vollziehe in einer Art Zeitlupe einen für mich selbstverständlichen und mühelosen Bewegungsablauf nach, der der weiblichen Physis offenbar nicht entspricht. Während die Jungs feixen, stelle ich mich danach hinter jedes einzelne Mädchen und korrigiere geduldig die Wurfhaltung.

Dabei muss ich die Mädchen anfassen. An den Schultern, den Hüften, den Beinen.

Es ist in Ordnung, nichts passiert. Meine Hände sind ruhig. Ich ärgere mich höchstens ein wenig über ihre Begriffsstutzigkeit und ihr desinteressiertes Gekicher, wenn wieder ein Ball nach zehn Metern abstirbt.

So war das in meiner Jugend auch schon.

Vielleicht hätte ich das nicht denken sollen.

Ich war sechzehn, als ich Marion tötete. Abitur habe ich im Gefängnis gemacht.

Diese Mädchen hier sind nur ein wenig älter als Marion, als sie sterben musste.

Ich spüre, dass etwas in mir erodiert, Schichten werden abgetragen, der glühende Kern wird spürbar.

Ich hätte damit rechnen müssen.

Panik steigt in mir auf, eine schwarze Gewitterwolke prallvoll mit Hagel und Blitzen, die sich mit rasanter Geschwindigkeit auf mich zu bewegt. Ich atme weiter. Ein und aus. Es fällt zunehmend schwer, die Luft fühlt sich dick und schwer an wie Sirup.

Ein dickes Mädchen, das zu allem Überfluss mit dem Namen Gertrude geschlagen ist, stellt sich zu mir und fragt, ob es so richtig ist.

»Nicht ganz«, sage ich und gebe auch ihr Hilfestellung. Das gibt mir Gelegenheit, mich zu fangen. Langsam wird es besser, und ich denke schon, dass ich es überstanden habe.

Dann kommt sie.

Blondes, halblanges, sorgfältig geglättetes Haar. Perfekte Kinnlinie, langer Hals, blasses Gesicht, das fast zerbrechlich wirkt in seiner Schönheit. Sie sieht nicht aus wie Marion, die Ähnlichkeit ist allerhöchstens marginal, deshalb ist sie mir bisher nicht aufgefallen. Aber die blonden, halblangen Haare. Die sind wie bei Marion. Und die weiße Haut.

Ich darf sie auf keinen Fall anfassen. Das ist mein letzter klarer Gedanke. Dann gerate ich in ihr Magnetfeld, und der Autopilot übernimmt.

Sie riecht ganz leicht nach Schweiß. Ihre weiße Haut strahlt wie poliert. Ich möchte sie besitzen. Zerstören und wieder zusammensetzen und erneut zerstören. Ich möchte meine Hände in ihr Blut tauchen, ich möchte die hellroten Schlieren auf ihrem makellosen Hals sehen.

Ein, aus.

Zögernd trete ich noch näher an sie heran, nehme ihren Arm und bringe ihn in die richtige Position. Ich erkläre ihr und dem Rest der Klasse zum x-ten Mal, worauf es ankommt. Wie gut, dass ich den Ablauf mittlerweile fast auswendig herbeten kann, ich kann so gut wie nicht mehr denken. Ich brenne, und mir ist eiskalt. Ich friere und schwitze. Die Gewitterwolke ist jetzt direkt über mir, senkt sich auf mich herab, will mich in ihre Turbulenzen saugen. Der Ausbruch kündigt sich an mit einem dumpfen Grollen.

Ich fasse ihren Nacken, um ihren Kopf in die Wurfrichtung des Balls zu drehen. Ihr Körper ist geschmeidig und geradezu abnorm beweglich, wie der einer Tänzerin. Er scheint sich meinen Händen anzuschmiegen; ich könnte alles mit ihm tun, ihn in jede denkbare Richtung drehen, ihn verknoten, wie bei einer Gliederpuppe.

Schließlich lasse ich sie los. Widerwillig lösen sich meine Hände von ihr, magnetisch angezogen von ihrer weißen Haut. Ich sehe bläuliche Adern an ihren Beinen durchschimmern, und fast kommen mir die Tränen.

Sie macht ein paar Schritte nach vorn, weg von mir, dann wirft sie, mit einer wunderschönen, fließend eleganten Bewegung. Ihr Ball fliegt mindestens 40 Meter weit, vielleicht mehr: Sie hatte meine Hilfe gar nicht nötig.

Ich bin in Versuchung, zu klatschen, und lasse es glücklicherweise bleiben.

3

Abends hole ich Verena ab. Es gibt eine primitive Holztreppe von ihrer Terrasse herunter, die extra ihretwegen und unter Umgehung aller baurechtlichen Vorschriften konstruiert wurde, damit sie nicht durchs Haus gehen muss und auf diese Weise ein Minimum an Privatsphäre gewahrt bleibt. Wir werden natürlich trotzdem gesehen. Auf dem Weg zum Lehrer-Parkplatz kommen uns mehrere Schülerinnen entgegen. Sie grüßen höflich, senken dann – synchron, wie abgesprochen – ihre Augen und grinsen. Ich bin nur der Hausmeister. Eigentlich ist das unpassend. Aber Verena scheint es nicht zu kümmern.

Trotzdem ärgert es mich. Andererseits ist es nur gut, wenn jeder glaubt, dass ich mich für eine Frau meines Alters interessiere.

Auch dieser Abend ist wunderbar mild. Ich mache Verena die Beifahrertür auf und setze mich selbst ans Steuer. Sie sagt mir, wohin ich fahren muss. Wir verlassen Thalgau und fahren Richtung Leyden. Wir reden nicht viel. Verena wirkt nachdenklicher als heute früh. Nicht abweisend, aber auch nicht einladend. Ich überlege, ob doch jemand etwas gemerkt hat und die Geschichte bereits die Runde macht.

Wieder kommt die Panik, aber diesmal hinterrücks wie ein sehr leises Raubtier. Heimlich schleicht sie sich an und zeigt erst dann ihre zähnefletschende Fratze, als sie mich schon in ihren Fängen hat: Wir befinden uns ein einer schmalen Einbahnstraße und plötzlich überfällt mich die absurde Vorstellung, hier nie wieder herauszukommen.

Nie wieder.

Das Ende.

Ich sehe eine Sackgasse vor mir, einen engen Halbkreis, eingefasst mit hohen, pechschwarzen Mauern. Ich pralle gegen diese Mauern, ich spüre die Explosion und sehe unsere beiden verkohlten Leiber.

Frieden. Der Tod ist Frieden.

Ich huste, um mich von diesen paranoiden Visionen zu befreien. Mir wird dunkel vor den Augen. Das Auto macht einen Schlenker, der ausreicht, um beinahe den Seitenspiegel eines Porsche Carreras abzurasieren.

Ich nehme mich zusammen.

Sollte Verena tatsächlich etwas gehört haben, wird sie mich heute Abend darauf ansprechen. Ich werde also spätestens in einer Stunde Bescheid wissen und würde im Fall des Falles Thalgau sofort verlassen. Die Tatsache, dass ich einen Plan B habe, beruhigt meine Nerven sofort. Mir kann nichts passieren. Ich bin von diesem Job nicht abhängig, und er ist ohnehin nur vorübergehend. Und geschehen ist gar nichts – jedenfalls nichts, woraus man mir einen Strick drehen könnte. Die Einzige, die sich Sorgen machen müsste, ist Sina Rastegar. Sollte das hier schiefgehen und die Schulverwaltung meinen richtigen Namen herauskriegen, dürfte sie sich einen neuen Job suchen mit allen Konsequenzen, die es hat, wenn einem der Beamtenstatus aberkannt wird.

Aber das ist nicht mein Problem.

Nicht. Mein. Problem.

»Die nächste rechts«, sagt Verena. »Und dann suchst du am besten schon mal einen Parkplatz.«

»Wo ist es denn?«

»Zehn Hausnummern weiter.«

Plötzlich erinnere ich mich, dass sie eigentlich in einem Lokal am anderen Ende des Sees reservieren wollte. Woher kommt dieser krasse Sinneswandel, warum befinden wir uns jetzt mitten im trubeligen Ausgehviertel von Leyden anstatt in stiller Natur?

Während ich einparke, frage ich sie das.

»Das hat keinen besonderen Grund«, sagt sie leichthin.

»Nein?« Ich mache den Motor aus, steige aus und helfe ihr aus dem Auto und schließe den Wagen mit dem Funkschlüssel.

»Nein. Mir war nur danach, mal wieder richtig auszugehen. Also ich meine, weitab von der Schule und all dem, was damit zusammenhängt. Findest du das nicht auch besser?« Verena sieht mich von der Seite an und lächelt. Es ist ein verführerisches Lächeln ohne doppelten Boden, soweit ich das beurteilen kann, und ich lächle zurück. Sie hakt sich auf dieses Signal hin sofort bei mir ein, und wir gehen etwas langsamer. Ich spüre die Wärme ihres Körpers an meinem Arm, ihren weichen, für ihre schlanke Figur ziemlich üppigen Busen.

»Hier ist es«, sagt sie und lässt mich los, damit ich vor ihr hineingehen kann, wie es sich gehört, wenn ein Mann eine Frau ausführt.

Es ist ein Italiener, in dem ich früher einmal, vor Jahren, Jahrzehnten, Jahrhunderten, mit Birgit essen war. Wie ein Flashback überkommt mich die Erinnerung an die Ära, in der wir noch ein im Rahmen meiner Möglichkeiten glückliches Paar waren. Birgit ahnte nicht, dass ich wegen Mordes zehn Jahre im Jugendgefängnis gesessen hatte, und ich ahnte nicht, dass mich meine besiegt geglaubten Dämonen demnächst wieder heimsuchen würden.

Kira und Teresa waren bei den Töchtern unserer Nachbarn eingeladen, wir hatten ausnahmsweise den ganzen Abend nur für uns. Wir saßen an einem der roh behauenen Holztische (ich erkenne ihn wieder, es war der links neben der Tür), und wir aßen Pizza aus hauchdünnem Teig, die auf rustikalen Holzbrettern serviert wurden. Wir tranken Barolo und unterhielten uns über alles Mögliche. Die Kinder, Birgits Job, mein Job, Politik, die wirtschaftliche Lage – es gab an diesem Abend keine Missstimmung. Wir waren die allerbesten Freunde.

Kann man mehr verlangen?

Tiefe Trauer senkt sich herab, ich versuche, sie abzuschütteln.

Es ist schön, wenn man wieder weiß, warum man verheiratet ist. Das sagte Birgit am Ende des Abends, als wir schon auf dem Weg zum Auto waren. Es regnete, und wir drängten uns unter dem Schirm zusammen. *Ich hab das eigentlich immer gewusst*, antwortete ich in scherzhaft irritiertem Ton, obwohl ich genau verstand, was sie meinte.

Immer und immer wieder habe ich sie nicht nur angelogen, sondern regelrecht für dumm verkauft. Nie habe ich ihr vertraut. Das ist es, was sie mir nie verzeihen wird. Neben allem anderen.

Verena sagt etwas, und ich nicke zerstreut. Sie geht voraus, und ich folge ihr.

Sie hat einen Zweiertisch in einer Nische hinten im Lokal, eine Art Separee, für uns reserviert. Eigentlich würde ich lieber draußen sitzen, aber das »Giovanni«, wie mir jetzt wieder einfällt, hat keine Terrasse.

»Ich muss ein bisschen aufpassen«, sagt Verena, als hätte sie meine Gedanken gelesen.

»Aufpassen?«, frage ich und rücke ihr den Stuhl zurecht, was sie mit einem Lächeln quittiert.

»Ich will nicht, dass jeder Schüler weiß, was ich in meiner Freizeit mache. Wir haben 32 Externe – irgendeinen trifft man immer irgendwo. Aber hier habe ich noch nie einen gesehen.«

»Und ich bin der Hausmeister. Du amüsierst dich auch noch unter Niveau.«

Sie dreht sich um. »Wenn mir jemand gefällt, gefällt er mir eben. Verstehst du?«

Ich muss lächeln. Diese Art gefällt mir.

Sie setzt sich hin, und ich nehme ihr gegenüber Platz. Der Kellner bringt eine Kerze, Verena scherzt mit ihm auf Italienisch, das sie anscheinend fließend spricht. Der Kellner antwortet blitzschnell, ich verstehe nur »una donna si bella«, sie lacht geschmeichelt, ich nicke höflich und zustimmend. Der Kellner übernimmt, was eigentlich meine Aufgabe wäre.

»*Lei è molto fortunato*«, sagt der Kellner zu mir, dann lacht er, als er meine verständnislose Miene sieht und geht, um die Speisekarten zu holen.

Auch Verena strahlt mich jetzt an, so heiter und gelöst, wie ich sie in Thalgau noch nie gesehen habe, und im selben Moment begreife ich, was fortunato heißt, Glück natürlich, und mir also wahrscheinlich klargemacht werden sollte, dass ich mich glücklich schätzen kann, mit Verena hier zu sitzen. Plötzlich empfinde ich tatsächlich so etwas Ähnliches. Vor neun Stunden konnte ich dieses Mädchen in den Armen halten, das zumindest war pures Glück, oder vielmehr reines Entsetzen, aber Glück und Entsetzen liegen manchmal so nahe beieinander, dass man beides fast verwechseln könnte …

Wir bitten um die Weinkarte.

Keinen Barolo, auf gar keinen Fall einen Barolo, aber wie der Teufel es will, empfiehlt uns der Kellner einen Barolo, und zwar genau den, den ich mit Birgit getrunken habe, wahrscheinlich weil es einer der teuersten Weine auf der Karte ist. Und was soll's. Wir ordern eine Flasche davon mit einem *acqua minerale gassata.* Und dazu ein Lachscarpaccio für *la signora* und eine *zuppa di verdura* für – Augenzwinkern, wir haben es offenbar mit einem echten Spaßvogel zu tun – *il maestro* und anschließend die Spezialität des Hauses: hauchdünne *pizze,* mit mehr oder weniger exotischem Belag. Verena nimmt *prosciutto crudo con pesto di oliva e tartuffo bianco* und ich *gorgonzola e spinacci con crema di balsamico.*

Der Kellner nickt eifrig, ja begeistert zu jeder einzelnen Bestellung, als wäre er verpflichtet, unsere Wahl höchstpersönlich und uneingeschränkt gutzuheißen. Eine leichte Gereiztheit macht sich in mir breit; es kommt mir fast so vor, als sollte mir Verena mit sanfter Gewalt schmackhaft gemacht werden.

Ich reiße mich zusammen.

Meine Stärke ist die Fähigkeit zu maximaler Aufmerksamkeit, auch und gerade mir selbst gegenüber (nur Menschen ohne gravierende Probleme können es sich leisten, blind für die eigenen Schwächen fröhlich und munter in den Tag hineinzuleben). Und jetzt erkenne ich, dass schon der bloße Verdacht eines Liebeskomplotts Symptom einer milden Form des Verfolgungswahns sein könnte.

Der Kellner wollte nur höflich sein, in Erwartung eines möglichst hohen Trinkgelds. Er hat nicht das geringste Interesse an uns, und schon gar nicht will er mich verkuppeln. Ich habe meine Gefühle in ein Verlies gesperrt, sie ausgehungert und geschwächt und jetzt rütteln sie, frisch erstarkt durch neue Nahrung, am eisernen Tor: Ich muss mich in Acht nehmen.

Verena fragt mich etwas, ich sehe sie verwirrt an. Im schmeichelnden Kerzenlicht ist sie wirklich sehr hübsch, fast schön. Eine Locke fällt ihr ins Gesicht, sie streicht sie hinter das rechte Ohr. Sie hat auffallend kleine Ohren, fast wie die von einem Kind.

Sie wiederholt ihre Frage, immer noch lächelnd. »Alles in Ordnung mit dir?«

Ich sage: »Ja natürlich. Sehe ich nicht so aus?«

»Ich weiß nicht.« Sie schüttelt ganz leicht den Kopf oder wiegt ihn vielmehr hin und her, wie jemand, der sich zwischen zwei Optionen schwer entscheiden kann. Gut oder schlecht, vielversprechend oder chancenlos. Der Wein kommt, ich nehme den obligatorischen Probeschluck, während mich der Kellner mustert, kaue darauf herum, wie man es eben so macht in besseren Lokalen, und gebe nach diesem albernen, aber auch irgendwie rührenden Zivilisationsvergewisserungs-Ritual mit einem Nicken zu verstehen, dass er uns einschenken kann.

Wir stoßen an. Der Barolo schmeckt wunderbar, schwer, körperreich, tanninhaltig, fast ohne störende Säure. Ich spüre, wie ich mich entspanne. Unsere Vorspeisen werden kurz darauf serviert und sind ebenfalls tadellos.

Verena berichtet von einer Schülerin aus der zehnten Klasse, die sich ihrer Meinung nach als potenzielle Künstlerin entpuppt hat. Sie zeigt mir ein Foto auf ihrem iPhone. Ich kann nicht viel erkennen und ziehe es größer. Claire – so heißt die Schülerin, die sich stylt wie eine Mischung aus Gothic Girl und Neo-Punk – hat Anzeigenseiten aus Hochglanzblättern scheinbar willkürlich zerschnitten und zusammengeklebt. Das Ergebnis ist eine fleischfarbene Collage aus Fotoschnipseln von Brüsten, Beinen, Armen und Hüften. Unheimlich in der Wirkung, weil sich kein einziges Gesicht darunter befindet.

»Die Idee ist ganz gut«, sage ich zögernd.

Sie lacht, schnappt sich das Telefon und verstaut es in ihrer Handtasche. Ich lache ebenfalls. »Heißt das, ich bin ein Banause?«

»Na ja. Also, eigentlich ja.«

»Dann erklär es mir. Ich bin nur ein dummer Hausmeister, der von Kunst keine Ahnung hat.«

Sie überlegt und beißt sich dabei fast einen ihrer ohnehin nicht besonders sorgfältig manikürten Fingernägel ab. Ihren Händen sieht man an, dass sie keinen Schreibtischjob hat, sondern viel mit Farbe und mit schweren Materialien umgeht.

»Gegenfrage«, sagt sie dann. »Löst die Collage irgendetwas in dir aus?«

Ich denke kurz nach und antworte: »Ja, eine Art Unbehagen.«

»Weil auf dem ganzen Bild kein einziges Gesicht zu sehen ist?«

»Vielleicht. Ist das der Grund?«

»Das frage ich dich.«

»Ich schätze, du hast recht.«

»Na, und das ist schon einmal ein guter Anfang. Kunst, die im Betrachter nichts auslöst, ist keine.«

»Eine Negativ-Definition. Interessant.«

»Positiv-Definitionen gibt es in diesem Fall nicht. Jeder versteht etwas anderes unter Kunst.«

»Was ist Claire für ein Typ?«

»Warum?«, fragt Verena, irritiert über den plötzlichen Themenwechsel. Sie weiß ja nicht, dass dieser Abend ein Teil meiner Arbeit ist. Morgen wird Mr. Undercover seiner Agentenführerin Sina Rastegar zum dritten Mal Bericht erstatten müssen und möglicherweise zum dritten Mal nichts vorweisen können, woraus sich ein Fall stricken ließe.

»Nur so. Wie kommst du mit ihr zurecht?«

»Sie hat ihren sehr eigenen Stil«, sagt Verena vorsichtig.

»Danach habe ich nicht gefragt.«

Ich lächle mokant und nehme einen weiteren Schluck. Mit einem Seitenblick stelle ich fest, dass die Flasche schon halb leer ist. Wir haben noch nicht einmal den ersten Gang beendet.

»Na ja, sie ist schwierig.« Verena schiebt ihren halb abgegessenen Teller zur Seite, der Kellner ist blitzschnell bei ihr und räumt ihn weg. Sie wirkt plötzlich abwesend, und zum ersten Mal habe ich das Gefühl, dass sie mir absichtlich etwas verschweigt.

Eine heiße Spur?

Unsere ersten beiden Treffen verliefen, was das betraf, enttäuschend. Was natürlich auch daran lag, dass ausreichend Zeit in vertrauensbildende Maßnahmen investiert werden musste.

Wunschgemäß berichtete ich also aus meiner Vergangenheit.

Obwohl ich ein gut trainierter Lügner bin, hat Sina Rastegar mich angewiesen, in diesem Fall so nahe bei der Wahrheit wie möglich zu bleiben. Je weniger Unwahrheiten, sagte sie, desto geringer die Wahrscheinlichkeit, enttarnt zu werden. Wir einigten uns nach einigem Hin und Her auf einen detaillierten Lebenslauf, der gerade so individuell war, um nicht als erfunden wahrgenommen zu werden, und gleichzeitig so durchschnittlich, dass er nicht irritierte. Anschließend gingen wir ihn mehrmals zusammen durch.

Das war sehr sinnvoll, wie ich heute weiß. Mittlerweile glaube ich fast schon selbst daran.

Zwei Töchter, Scheidung im letzten Jahr, Unterhaltsverpflichtungen. Ein nicht abgeschlossenes Philosophiestudium. Soweit alles korrekt. Ein Job bei einer Firma für Alarmanlagen (auch das stimmt) in – ab hier betreten wir das Reich der Fantasie – Hamburg. Schließlich Depressionen wegen Scheidungsquerelen und Arbeitsüberlastung. Anschließend Kündigung, um den greisen Vater zu pflegen, der im Dezember starb und mir ein Haus in meiner Heimatstadt Leyden hinterließ, in dem ich heute lebe.

Dachte ich es mir doch.

Was?

Hausmeister. Da bist du nicht der Typ dafür.

Du meinst nicht wie Frank?

Daraufhin lächelte sie maliziös. Ob sie etwas mit ihm hatte? Zuzutrauen wäre es ihr. Sie wirkt wie eine Frau, die sich nimmt, was sie will, ohne Rücksicht auf gesellschaftliche Vorurteile. Und Frank ist, soweit ich das als Mann beurteilen kann, zwar keine tolle Partie, aber um einiges attraktiver als die meisten Lehrer hier.

Aber weiter im Text: Dieser Job entspricht nicht wirklich meinen Fähigkeiten, ist jedoch ein Geschenk des Himmels, die Möglichkeit, ganz langsam wieder ins Berufsleben einzusteigen. Frank ist ein langjähriger Freund, der mir einen großen Gefallen getan hat. Auch wenn mir sein Burnout sehr leidtut.

Wie geht es Frank denn jetzt?

Besser. Ich denke, diese Zwangsferien tun ihm gut.

Wird er wiederkommen, was meinst du?

Da bin ich vollkommen sicher.

Ich lächelte, und ab da sprachen wir von ihr.

Sechs Jahre glückliche Ehe mit einem relativ bekannten Künstler (tatsächlich sagt selbst mir der Name etwas), bis er eine Professur in Darmstadt bekam. An dieser Stelle verfinsterte sich Verenas Gesicht auf einen Schlag, so dass ich schon ahnte, was als Nächstes kommen würde.

Dann verliebt sich dieser Vollidiot in einer seiner Studentinnen.

Das ... tut mir leid.

Eine Osteuropäerin. Sie sah mich bedeutungsvoll an.

Aha, sagte ich.

Diese Frauen ... Verena stockte, grübelte. Sie war zu diesem Zeitpunkt bereits leicht beschwipst, es klang eher wie »dsefraun«.

Ja?

Die ... die wissen, was sie wollen.

Was meinst du damit?

Alte Männer zu Vätern machen.

Jetzt verstand ich.

Ihr habt keine Kinder?

Er war »noch nicht bereit dazu«.

Spätestens an dieser Stelle hätte ich gern das Thema gewechselt, aber sie kam jetzt richtig in Fahrt. Ich hoffe, dass ihre Wohnung gut gedämmt ist, denn alkoholbedingt wurde sie einigermaßen laut.

Er sieht aus wie der Großvater! Und benimmt sich wie ein

Vollidiot! Ein TROTTEL. Sie hängt ihm ein Kind an, und er sorgt dafür, dass sie AUSSTELLUNGEN kriegt. Er beutet alle seine Kontakte für sie aus, dient sie sämtlichen bekannten GALERIEN an.

Das ist …

Und sie lacht sich ins Fäustchen. Clever! Diese Frauen sind einfach …

Woher …

CLEVER! Die sind so … ABGEZOCKT. Hängen sich an alte, betuchte Männer, spielen ihnen Liebe vor und kommen selber groß raus. Von denen können wir echt noch was lernen!

Woher weißt du das? Habt ihr noch Kontakt?

Natürlich nicht. Ein Galerist hat mich angerufen. Auf dem Handy. Der wusste gar nicht, dass wir getrennt sind. Er wollte Helmut sprechen, er könnte ihn gerade nicht erreichen. Ich sage: Soll ich ihm was ausrichten? Er so: Ja, das wäre nett. Helmut schickt mir dauernd Mails mit Anhängen. Irgendwelche Bilder seiner Studenten. Kannst du ihm sagen, dass ich nicht interessiert bin? Ich so: Aber KLAR!

Verena grinste, glücklicherweise nicht mehr bitter, sondern triumphierend.

Ich grinste zurück, diese Pointe gefiel mir. Es ist ein wahrhaft hämischer Gott, der uns dazu bringt, immer wieder dieselben Fehler zu machen, ohne jemals daraus zu lernen. Und wenn wir Letzteres versuchen, führt er uns auf Umwegen wieder zurück ins gleiche Desaster.

Ich sagte: *Wie ärgerlich, das ausgerechnet von der Exfrau zu erfahren. Dass die Geliebte künstlerisch leider nichts draufhat.*

Verena lachte schallend.

Wie wahr! Und weißt du was, Lukas? Jetzt tut ihm das Ganze schon leid. Und das ist doch ein schöner Schlusspunkt, oder?

Er will wieder zurück?

Eventuell. Aber die Chance hat er vertan.

Du willst ihn nicht mehr?

Niemals. Soll er sich mal schön von seiner Liebsten ausnehmen lassen.

Sie schenkte mir einen tiefen Blick, der mich alarmierte.

Bevor sie eventuelles Interesse an mir als potenziellem Nachfolger äußern konnte, verabschiedete ich mich mit Blick auf die Uhr. Es war schon ziemlich spät, halb zwei, wir hatten beide einen langen Tag vor uns, so dass sie nicht beleidigt sein konnte.

Aber heute … Heute ist die Situation anders.

Wir sind beim Hauptgericht, die Flasche ist leer, ich bestelle eine neue, ohne Verena zu fragen. Sie lächelt überrascht, erfreut, vielleicht auch leicht irritiert. Ich versenke meinen Blick in ihren Augen. Sie wirken sehr dunkel im flackernden Kerzenlicht. Hypnotisch. Die Augen einer Wissenden.

Ich bin nicht sicher, was mit mir passiert. Ich spüre Schweiß im Nacken, obwohl es angenehm kühl ist. Als der Wein kommt, nehmen wir unsere vollen Gläser und gehen ins Freie, um zu rauchen. Draußen lehnen wir an der Hauswand, dicht nebeneinander.

Ich denke an das Mädchen, und meine Erregung steigt. Das Mädchen kann ich nicht haben. Ich schließe die Augen, denke an das Mädchen, dessen Namen ich nicht einmal kenne, und küsse Verena.

Etwas bewegt sich in mir, etwas Machtvolles, Gefährliches. Heiße Lava steigt in mir hoch, ich spüre sie in der Kehle und in den Lenden.

Ich drücke Verenas Schultern an die Wand, presse meinen ganzen Körper an sie.

Es ist falsch.

Es ist gut.

Ich spüre Verenas Hände an meinen Ohren, am Hinterkopf. Ich habe die irre Idee, dass sie mich formt wie eine Skulptur. Ich möchte mich ihren Händen überlassen. Ich möchte sie lieben und töten, beides gleichzeitig, nichts davon, alles.

Wir gehen wieder hinein, es wartet noch das Dessert. Unser Gespräch wendet sich jetzt allgemeinen Dingen zu. Das ist reizvoll, ich merke, sie beherrscht dieses Spiel.

»Wie ist das, mit Schülern zu arbeiten, die du immer um dich hast?«, frage ich sie.

»Wie meinst du das?«, fragt sie zurück, lächelt, trinkt, spielt mit ihrer Hand am Glas herum.

»Ist das nicht anstrengend? Du stehst immer unter Beobachtung.«

»Ja«, sagt sie, ein lang gezogenes Ja mit vielen Leerzeichen dahinter. »Vielleicht mag ich das ja. Die Nähe, die Intimität, das Vertrauen.« Sie beugt sich vor, fixiert mich mit ihrem intensiven Blick, leicht vernebelt von der Trunkenheit. »Du weißt doch, dass jeder von uns Mentorengruppen leitet.«

»Ja«, sage ich. Mentorengruppen dienen der Verständigung zwischen Schülern und Lehrern. Einmal in der Woche, Donnerstag ist sogenanntes Mentorentreffen. Meistens kommen die Schüler dann in einer der Lehrerwohnungen zusammen. Manchmal gehen sie gemeinsam in ein Lokal. Manchmal auch zum Schwimmen. Es ist unterschiedlich. Die meisten Lehrer sprechen darüber nicht. Ich frage mich, warum nicht.

»Ich bin die Einzige, die nur Mädchen hat«, sagt Verena, leise, als verrate sie mir ein Geheimnis.

»Wirklich? Sollen die Gruppen nicht gemischt sein? Ist das nicht der Sinn?«

Verena lächelt und beugt sich vor. Jetzt flüstert sie fast.

»Ich wollte nur Mädchen. Ich will sie – verstehst du – formen.«

»Formen?«

»Sie sollen verstehen.«

»Verstehen? Was?«

»Wie das Leben ist. Zu Frauen. Speziell und im Besonderen.«

»Und wie ist es?«

Sie winkt ab und lehnt sich wieder zurück. »Sie brauchen – Rüstzeug.«

»Natürlich«, sage ich, um sie zum Weiterreden zu animieren.

»Ich will dich«, sagt sie stattdessen. Und so wie sie es sagt, weiß ich, dass es wahr ist.

Und deshalb will ich sie auch. Zumindest jetzt, in diesem Augenblick.

»Lass uns zahlen«, sage ich.

4

Es gibt Momente, in denen Sophie nicht mehr daran zweifelt, dass sie sterben muss. Dass das ihre Bestimmung ist. Ihr Leben – ihr *künftiges* Leben – ist dann ausgeleuchtet wie mit mehreren 1000-Watt-Scheinwerfern. Sie kann jedes Staubkorn erkennen, jede Spinnwebe in der Ecke. Und sie sieht sich dann *immer* in einer beige-grün getünchten Hölle, zusammen mit den anderen *Verrückten*, entweder verfolgt von bösartig wispernden Stimmen oder fett und apathisch von *Hammer-Medis*, die alles in ihr abtöten würden, was farbig und fantasievoll ist.

Haldol
Zypralex
Risperdal
Sulpirid
Clozapin

Sie weiß: Wenn sie erst einmal dort gelandet ist, in diese Mühle gerät, dann ist sie sowieso so gut wie tot.

Sophie hat ihre Symptome gegoogelt, und seitdem ist ihr klar, dass es keine Hoffnung für sie gibt. Ihre Krankheit ist nichts Besonderes. Sie hat einen hässlichen, beängstigenden Namen, und sie ist so alltäglich wie Pickel. Jeder kann sie bekommen, und je früher sie auftritt und je länger die einzelnen *Schübe* anhalten, desto schlechter ist die Prognose. Die Stimmen quälen sie jetzt ein halbes Jahr lang mehr oder weniger ununterbrochen.

Paranoide Schizophrenie.
Affektive Psychose.

Bezeichnungen wie Gitterstäbe, hart und unbeweglich, die nichts erklären, aber alles vergeblich aussehen lassen: Sie braucht sich nicht mehr anzustrengen, es wird alles nur noch schlechter werden. Jemand wie sie hat keine Zukunft.

Die Stimmen sind süß und sanft oder aggressiv und beängstigend, sie geben Sophie böse Namen und befehlen ihr schreckliche Dinge, und es hilft nichts, dass sie nur in ihrem Kopf und sonst nirgendwo sind, dass sie nicht real sind, für Sophie sind sie real, und sie werden nicht mehr verschwinden. Das ist sicher. Mit winzigen Wahrscheinlichkeiten hält sie sich nicht weiter auf.

Was soll sie also weiterleben? Wofür? Für wen?

Der Wald, flüstert sie, steht schwarz und schweiget. Ihre Mutter hat das Schlaflied mit ihr gesungen, früher, als sie klein und unbesorgt war, ein paar Jahre lang, jeden Abend, das war schön, und deshalb will sie mit diesem Lied auf den Lippen sterben. Sie geht hinein in die Dunkelheit, denn dort gehört sie hin. In ihr ist nichts mehr hell. Die Bäume beugen sich wispernd über sie. Sophie kann ihre Sprache verstehen; sie unterhalten sich über sie, ein wenig spöttisch, ein wenig mitleidig. Sie sind so alt, nichts kann sie mehr überraschen. Das ist Weisheit: nicht mehr überrascht zu werden.

Sie murmelt: Und aus den Wiesen steiget der weiße Nebel wunderbar.

Sophie legt sich ins Gras auf der Lichtung. Der Mond scheint ihr ins Gesicht, er ist voll und rund. Sie hat sich deshalb diese Nacht ausgesucht. Sie will bei Vollmond gehen. Bei schlechtem Wetter hätte sie einen weiteren Monat gewartet.

Zumindest glaubt sie das.

Sie schließt die Augen. Der Mond ist kalt, sie friert.

Sie schläft und träumt. Heute Nacht wird es passieren. Der sorgfältig geknotete Strick hängt über ihr.

beachtet aber bitte, dass dieser strick richtig geknotet wer-

den sollte. herkömmlicherweise wird der knoten unmittelbar unter und hinter dem linken ohr angelegt. durch das zuziehen der schlinge werden die luftzufuhr zur lunge und die blutzufuhr zum gehirn unterbunden, was zum – oft langsamen und qualvollen – tod führt (strangulation). zu empfehlen ist eine falltür und ein sturz aus einer berechneten höhe, hierdurch tritt der tod durch genickbruch ein (ist natürlich wesentlich angenehmer). viel erfolg und gebt mir bescheid, wenn es geklappt hat.

Man kann so etwas googeln: eine Anleitung für den richtig geknüpften Strick, um sich zu erhängen. Es ist ganz einfach. Sophie hat das als Zeichen genommen. Sie hat eine Ausziehleiter und den Hocker aus ihrem Zimmer mitgenommen, und sie hat den perfekt geknüpften Strick an einem Ast befestigt. Jetzt hängt die Schlinge in der richtigen Höhe. Sie muss nur noch auf den Hocker klettern, den Strick um den Hals legen und springen.

Auch die Stimmen scheinen mit ihrem Entschluss sehr einverstanden zu sein. Sie sind jetzt süß und sanft. *Bezaubernde Chrysantheme, schwebende Jungfrau, Element des Sommers, grün wie die Planeten um Jupiter, kostbares Geleit, dir zum Gruß.*

Leg dich hin.

Sophie schlägt die Augen auf. Etwas ist anders.

Leg dich hin. Dir passiert nichts. Leg dich endlich hin! Was soll denn das!

Ein Rauschen, ein Knacken von Ästen und Zweigen, Schritte und ein unterdrücktes Weinen. Sophie ist wach – anders wach. Sie ist noch einmal zurückgekehrt, dorthin, wo sie niemand vermissen wird.

Ruhe, verdammt noch mal!

Sie steht auf, ganz langsam. Es riecht nach Moos und trockenem Laub, ähnlich wie im Herbst, obwohl der Sommer doch noch gar nicht richtig angefangen hat. Man vergisst das bei der Hitze der letzten Wochen: Der Sommer kommt eigentlich erst noch, mit all seinen Verheißungen, die Sophie nicht mehr miterleben wird.

Sie ist dann schon weg.

Die Lichtung ist in silbernes, unwirkliches Licht getaucht, fast taghell, aber das ist eine optische Täuschung, denn gleichzeitig kann man nichts zweifelsfrei erkennen. So könnte der junge, mannshohe Laubbaum etwa zehn Meter von Sophie entfernt, auch etwas – jemand – anderes sein, obwohl sie seine Blätter zu sehen glaubt, die in einer leichten Brise zittern.

Sophie duckt sich in das hohe Gras.

Der Baum bewegt sich stärker, erwacht zum Leben, wird zum Geist, dann erkennt Sophie, dass sich etwas darunter befindet. Der Baum ist viel höher, als sie gedacht hat, sicher drei, vier Meter hoch. Sie hört ein plötzliches Zischen, das den ganzen Wald in Bewegung zu versetzen scheint. Ein riesiger Kamm, der durch die Bäume fährt und ihnen die Blätter abrasiert: ein heftiger Windstoß, ein Donnern aus der Ferne.

Gefolgt von totaler Stille.

Sophie bewegt sich nicht. Die Stimmen sind fort. Eine Erinnerung weht sie an wie ein flüchtiger Hauch.

Sie war ... Es war unglaublich kalt. Etwas pfiff mit einem komischen hohlen Geräusch. Dann ein tiefer singender Ton. Sie hörte das nur gedämpft, denn ... Sie hatte Ohrenschützer an, wahrscheinlich wegen der Kälte. Sie stand – wo stand sie? Vor einer – Wand. Einer sehr dunklen, kalten ... nein, keiner Wand, etwas gebogenem ... bräunlich-goldenes Messing, das seinerseits Kälte ausstrahlt, die sich bis in die Fingerspitzen ausbreitet, mit einer lähmenden Kraft, einer eisigen Energie, so kalt wie ... die dunkle Seite des Mondes ...

Eisiges Metall. Messing. Die Glocke. Sie war im Glockenturm.

Sie war noch nie im Glockenturm.

Oder?

Die Erinnerung stürzt ab wie ein flügellahmer Vogel, fällt in ein schwarzes Loch, verschwindet wie ein Geist, als hätte sie nie existiert. Ein Traum, eine Einbildung, ein neuer Wahn.

Dann hört sie das unterdrückte Jammern, und sie weiß wieder, dass doch etwas war – gewesen sein muss –, etwas, das sie nicht fassen kann. Sie duckt sich noch tiefer, dann kommt das Zischen wieder zurück und steigert sich zu einem tiefen, beängstigenden Rauschen. Alles um sie herum ist jetzt in Aufruhr, Baumkronen biegen sich, Blätter fliegen ihr um die Ohren, und das alles im seltsamen Gegensatz zum Mond, der immer noch von einem klaren, von keiner Regen- oder Sturmwolke getrübten Sternenhimmel scheint.

Sophie steht auf, während alles um sie herum tobt. Die Angst ist weg. Sie ist nicht länger krank, sie muss nicht sterben, es hat alles einen Grund, und wenn sie den findet, dann wird alles so, wie es war. So wundervoll, wie es war.

In ihrem Kopf ist jetzt alles sortiert. Sauber und ordentlich.

Es wird keine Klagen mehr geben über sie – ihre plötzliche Unordnung, ihr ungepflegtes Äußeres, ihre Gleichgültigkeit, ihre schlechten Noten (sie hatte früher nie schlechte Noten!). Alles wird jetzt wieder gut.

Sie wird wieder Freunde haben.

Die Voraussetzung ist, dass sie das jetzt klärt. Sie muss sich erinnern. Und sie muss Hilfe suchen – das tun, was ihr in den letzten Wochen, als sich plötzlich alles so verschlimmerte, immer wieder nahegelegt wurde.

(so klar, so aufgeräumt)

Wolken schieben sich jetzt doch vor den Mond, halb durchsichtige Schleier. Jemand kommt von hinten auf Sophie zu, aber sie hört ihn nicht, der Sturm ist zu stark. Jemand flüstert ihr ins Ohr, *was machst du denn hier, Süße?* Plötzlich wird es finster. Sophie fährt herum, aber sie kann niemanden und nichts mehr sehen. Und es ist wie immer: Niemand ist hier, nur das Brausen des Windes, das Donnern um sie herum. Und die Stimmen. Vielmehr: nur eine Stimme, die von einem Mann. Einem großen Mann, sie kann das spüren.

Der Mann nimmt sie in den Arm, ganz sanft. Er streicht ihr über die Wangen und das Haar. *Alles ist gut, wir lieben dich.* Einen Moment lang schämt sie sich (sie hat sich seit Tagen nicht mehr gewaschen, vielleicht riecht sie schlecht), aber die Berührung ist so angenehm, so *wirklich*, dass sie nicht weiter darüber nachdenken mag. Sie hat sich seit dem Sturz des Jungen von niemandem mehr anfassen lassen, aber jetzt sehnt sie sich danach.

Komm, sagt die Stimme in ihr Haar. Der Mann löst die Umarmung, entfernt sich sogar ein Stück von ihr und das macht sie traurig. Es ist immer noch so dunkel. Regen fällt, der immer stärker wird. Der Mann geht nicht weg. Er nimmt stattdessen ihre Hand und führt sie, ein, zwei Schritte weit, der Schein einer aufblitzenden Taschenlampe fällt auf den Hocker unter dem Strick. Sie steigt auf den Hocker, weil es offenbar das ist, was der Mann will. Er ist groß, so groß, dass er ihr sanft, obwohl sie auf dem Hocker steht, fast spielerisch den Strick um den Hals legen kann.

Und das geht ihr nun doch zu weit. Sie versucht, den Strick abzunehmen, aber das funktioniert irgendwie nicht, er sitzt schon zu fest. Warum sitzt er so fest? Sie hat ihn zwar vorhin selbst angebracht und ihn sich auch schon probehalber um den Hals gelegt, aber da gab es noch Spielraum. Spielraum für Entscheidungen.

Der Hocker schwankt im weichen Moos.

Sie müsste nur noch springen, aber eigentlich will sie das ja gar nicht mehr. Sie will sagen, dass sie es sich anders überlegt hat. Aber dazu kommt sie nicht mehr. Der Strick sitzt ganz fest, und der Hocker fällt um. Sie fällt nicht. Jemand zieht an ihr. Der Schmerz … der Schmerz ist unerträglich, viel, viel schlimmer, als sie es sich vorgestellt hat. Der Regen prasselt jetzt auf ihre Haare, ihre Arme, ihr dünnes Kleid. Sie versucht zu schreien, zappelt wild herum.

Jemand zieht an ihren Beinen. Sie keucht: »Nein!« Aber es kommt kein Laut. Der Schmerz ist überwältigend.

Warum will jemand, dass sie stirbt?

Die Erkenntnis kommt wie ein Blitz. Sie weiß jetzt alles wieder, sie erinnert sich! Rote und gelbe Schlieren ziehen durch ihren Kopf, ihr Zungenbein bricht. Der Schmerz ist nun so schlimm, dass sie jetzt bereit ist, alles hinter sich zu lassen.

Dann schwebt sie über allem.

Ist endlich, endlich frei.

Der Regen prasselt. Verwischt die Spuren.

5

Als Sina am nächsten Morgen um halb acht Uhr ins Präsidium kommt, sitzt vor ihrem Schreibtisch eine magere alte Frau. Sie trägt ein blaues, wadenlanges Kleid und darunter hautfarbene Strumpfhosen und feste, sorgfältig geputzte Schuhe. Es dauert ein paar Sekunden, bis Sina sie erkennt.

Margarete Johansson.

Sina seufzt, ohne sich dessen bewusst zu sein. In dem Seufzer steckt die Erkenntnis, dass sie jetzt nicht in aller Ruhe ihren Computer hochfahren und dabei ihre erste Tasse Kaffee trinken kann, dass der Tag nicht langsam und gemächlich anfängt, um sich dann langsam zu steigern, sondern dass es gleich losgeht. Mit Reden. Sie unterhält sich ungern so früh am Morgen, aber es wird sich nicht vermeiden lassen.

Florian sitzt an seinem Schreibtisch vor einer alten Akte und tut so, als würde er nicht merken, dass jemand da ist.

»Hallo, Frau Johansson«, sagt Sina, während sie um Margarete Johansson herumgeht und sich setzt. »Möchten Sie einen Kaffee?«

»Nein.« Das Nein klingt kurz und knapp, nur ein Laut, kalt und sachlich, als wollte Sina sie mit ihrem Angebot bestechen.

Sina sagt aus einer Eingebung heraus: »Florian, machst du mir bitte einen Kaffee? Schwarz und ohne Zucker. Danke.«

Florian sieht sie entgeistert an. Er ist nicht zum Kaffeekochen hier, das weiß sie auch, aber darum geht es jetzt nicht.

»Danke«, sagt Sina mit fester Stimme. Florian rührt sich erst nicht, dann erhebt er sich doch widerwillig und begibt sich zum Kaffeeautomaten im Gang. Sie hört seine schlurfenden Schritte auf dem Linoleum und wendet sich Margarete Johansson zu.

»Was kann ich für Sie tun?«, fragt sie. Zum ersten Mal stellt sie fest, dass die Augen der alten Frau blau sind – nicht verwaschen himmelblau wie sonst bei alten Leuten, sondern auffallend kräftig kornblumenblau, geradezu strahlend, fast als trüge sie gefärbte Kontaktlinsen.

Nicht sehr wahrscheinlich. Margarete Johansson hat bestimmt viele Fehler – zwei könnten Hochmut und Engherzigkeit sein –, aber Eitelkeit gehört ganz sicher nicht dazu. Das Kleid stammt aus dem letzten Jahrtausend, die scheußliche beige Strumpfhose wirft Falten um die mageren Beine.

»Er verfolgt mich immer noch«, sagt Margarete Johansson. Sie sitzt so kerzengerade, als wollte sie gleich wieder aufstehen.

»Wer?«, fragt Sina mit neutraler Stimme und lehnt sich zurück. Sie spürt etwas Bedrohliches, eine Spannung, ein Unbehagen. Es ist nur eine alte Frau, denkt sie. Reiß dich zusammen.

»Sie wissen wer«, sagt Margarete Johansson.

»Nein. Sie müssen schon etwas genauer werden.«

Margarete Johansson beugt sich vor, während Florian hinter ihr mit dem dampfenden Kaffeebecher auftaucht. Er geht vorsichtig um den Tisch herum und stellt ihn vor Sina hin, ohne sie anzusehen.

»Danke«, sagt Sina.

»Bitte«, antwortet er patzig und verschwindet wieder an seinen Platz.

»Lukas Salfeld«, sagt Margarete Johansson, ohne Sina aus den Augen zu lassen.

»Das ist nicht möglich«, sagt Sina. »Er ist gar nicht in der Stadt.«

»Blödsinn. Sie lügen doch.«

»Ich würde sagen, Sie mäßigen sofort Ihren Ton, sonst ist das Gespräch in zwei Sekunden …«

Die alte Frau unterbricht sie, ihre Stimme wird lauter. »Er kommt jetzt nachts. Wenn ich nachts herunterschaue, kann ich ihn sehen.«

»Wo?«

»Was?«

»Wo können Sie ihn sehen? Wo steht er?«

Statt einer Antwort pult Margarete Johansson etwas aus ihrer Kleidertasche. Es entpuppt sich als ein Smartphone, keins der neuesten Generation, aber doch erstaunlich neu für eine 75-Jährige. Margarete Johansson wischt mit geübter Geste über das Display, öffnet die Kamera-App, steht auf, beugt sich vor und hält das Gerät ziemlich dicht vor Sinas Nase.

Sina nimmt es ihr aus der trockenen, faltigen Hand. Das Display zeigt eine unscharfe, völlig verrauschte Nachtaufnahme von einem Mann, der zwei bis drei Stockwerke unter der Fotografin an einem Zaun auf der gegenüberliegenden Straßenseite lehnt und – zumindest wirkt es so – direkt in die Linse schaut. Er trägt ein Basecap, dessen Schirm tief in die Stirn gezogen ist. Sein Gesicht ist nicht zu erkennen, ein grauer Fleck. Von der Statur her – mittelgroß, eher schlank und sportlich – könnte er Salfeld sein.

Genauso wie hunderte andere Männer aus Leyden.

»Fast jede Nacht steht er da«, sagt Margarete Johansson währenddessen. »Das ist doch nicht normal.«

»Fast jede Nacht? Was heißt das?«

»Na, was ich sage. Mindestens drei-, viermal die Woche.«

Sina gibt das Handy wieder zurück. Sie muss sich weit über den Tisch lehnen, denn Margarete Johansson will es nicht nehmen. Schließlich legt sie es auf die Tischkante.

»Das Foto hilft mir nicht«, sagt sie. »Gar nicht«, fügt sie nachdrücklich hinzu.

»Aber …«

»Man kann darauf niemanden erkennen.«

»Aber Sie haben doch diese Geräte …«

»Es gibt natürlich Bildbearbeitungsgeräte, die Fotos schärfer machen können. Aber nicht, wenn die Qualität so schlecht ist. Zaubern können die auch nicht.«

»Ach was!«

»Bitte?«

»Das ist doch Quatsch!«

»Also noch mal: Belästigt er Sie? Ruft er an, klingelt er bei Ihnen, spricht er Sie auf der Straße an, schreibt er Ihnen?«

»Nein. Na und?«

»Dann können wir nichts unternehmen, wie gesagt.«

Die alte Frau steht plötzlich, und sie steht nicht nur, sie baut sich vor Sinas Schreibtisch regelrecht auf, stemmt dazu auch noch ihre Arme in die Seiten, und Sina erkennt zum ersten Mal, dass sie für ihr Alter groß ist, über eins siebzig, fast so groß wie sie selbst. Der Körper ist hager, die Schultern sind eingefallen, aber sie muss einmal eine imposante Persönlichkeit gewesen sein.

»Setzen Sie sich wieder hin«, sagt Sina ruhig.

»Sie können mir gar nichts befehlen.« Jedes einzelne Wort kommt wie ein Schuss heraus.

Sie. Können. Mir. Gar. Nichts. Befehlen.

»Setzen Sie sich wieder hin, oder gehen Sie nach Hause. Das meine ich ernst.«

»Dumme Pute.«

»Wie gesagt. Entweder Sie setzen sich hin, oder Sie gehen nach Hause.«

Fast muss sie lachen. Dumme Pute – der Ausdruck dürfte schon vor einem halben Jahrhundert out gewesen sein.

Zu ihrer Überraschung dreht sich Margarete Johansson tatsächlich um und marschiert wortlos zur Tür. Sina starrt ihr nach, auf die hektisch rudernden Arme und den knochigen, unbeugsamen Rücken unter dem verschossenen Kleid.

Die Tür fällt energisch ins Schloss.

Sina stützt ihr Kinn in die linke Hand, während die rechte mit einem nachtblauen Kuli spielt, den sie gestern von Gronbergs Tisch geklaut hat.

Gronberg hat sich bis morgen krankgemeldet. Das ist schade, denn sie hätte jetzt gern jemanden zum Reden.

»Komische Nummer«, sagt Florian.

Sie sieht zu ihm herüber. »Kann man wohl sagen.«

»Glaubst du ihr?«

»Natürlich nicht. Ich weiß nicht, warum sie sich das einbildet. Wahrscheinlich hat sie ein schlechtes Gewissen, weil sie Salfeld früher gequält hat.«

»Aber wenn doch?«

»Nein. Ausgeschlossen.«

Aber wer ist dann dieser Mann? Warum sieht er zu ihr hoch wie zu jemandem, den er kennt?

Sie könnte abends eine Streife vorbeischicken.

Oder sie könnte selbst vorbeifahren.

Margarete Johansson wohnt fünf Autominuten von ihr entfernt. Es wäre keine besondere Mühe. Sie hat allerdings nicht gefragt, wann der Mann jeweils kommt, ob zu bestimmten oder zu wechselnden Zeiten. Natürlich könnte sie das nachholen. Sie anrufen und fragen.

Andererseits ... Selbst wenn sich herausstellen sollte, dass es sich bei dem Mann um Salfeld handelt, könnte sie nichts unternehmen, solange er die alte Frau nicht belästigt. Auf der Straße stehen und zu einem Fenster hochschauen erfüllt nicht den Tatbestand der Belästigung.

Abends spricht sie mit Leo darüber. Leo gehört ebenfalls zu den Eingeweihten; er weiß, dass Salfeld unter einem anderen Namen in Leyden lebt und dass sein Sohn und er in regelmäßigem E-Mail-Kontakt stehen. Von Salfelds neuem Job als Undercoveragent ahnt er nichts.

Und das muss auch so bleiben.

Sie seufzt, ohne es zu merken. Leo hat gekocht, es gibt sein spezielles Ratatouille und dazu Ofenkartoffeln. Sina liebt sein Ratatouille, und überhaupt die Tatsache, dass jemand für sie kocht, aber heute hat sie keinen rechten Appetit. Sie stochert in ihrer Portion herum, schiebt sich schließlich ein Stück Aubergine in den Mund, die nach Tomate und Gewürzen schmeckt, nach allem Möglichen, bloß nicht nach Aubergine.

»Wie schmecken eigentlich Auberginen?«, fragt sie.

Leo überlegt. Das mag sie an ihm: dass er nie leichtfertige Antworten gibt, nicht einmal auf so unwichtige Fragen wie diese.

»Gar nicht«, sagt er. »Kaum«, verbessert er sich dann. »Es geht hauptsächlich um die Konsistenz. Sie ist angenehm. Außerdem nehmen Auberginen den Geschmack ihres Umfelds auf. Sie sind Geschmacksträger. So ähnlich wie Kartoffeln.«

»Kartoffeln schmecken aber nach was.« Sina schiebt ihren Teller weg.

»Sina«, sagt Leo und nimmt ihre Hand.

»Ja?« Sie lässt ihm die Hand, schaut aber nicht auf.

»Wir waren doch ganz woanders«, sagt Leo.

»Du hast recht.«

»Was willst du jetzt machen?«

»Mit Salfeld? Keine Ahnung. Sie muss sich einfach irren. Salfeld wäre nie so dumm, sich nach all den Jahren an ihr zu rächen. Völlig absurd.« Sie muss lächeln. »Die Johansson ist auch einfach nicht sein Typ.«

»Das ist nicht so richtig komisch.«

»Entschuldigung. Das war ...«

»Woher weißt du das?«

»Was?«

»Dass er ruhig bleibt? Dass er sich nicht rächt? Er ist ein

Psychopath, er hat kein Gewissen. Was, wenn er es tut und sich danach absetzt? Er ist intelligent genug, das alles sorgfältig zu planen.«

»Du GLAUBST der Frau?«

»Du bist dir doch selber nicht sicher.«

Sina seufzt wieder und entzieht ihm ihre Hand. Legt sie auf den Tisch mit der polierten Holzplatte und betrachtet sie. Ihre Nägel sind kurz und dunkelrot lackiert, weil sie weiß, dass Leo das mag: dunkle Nägel. Er findet das sexy. Sie selber weiß nicht so genau, wie sie es findet.

Egal.

»Was denkst du?«, fragt Leo.

Sina reißt sich zusammen. Ihre Gedanken driften ab, das passiert ihr selten. Was ist los mit ihr?

»Ich glaube, dass nichts dahintersteckt«, sagt sie schließlich.

»Ihr überwacht seinen Computer?«

»Er kann keine E-Mail schreiben, ohne dass wir mitlesen.«

»Weiß er das?«

»Das war die Bedingung damals.«

»Bedingung wofür?«

»Dass er seinen Namen ändern und inkognito leben darf. Er muss kooperieren.«

»War das denn so klug?«

»Himmel, Leo! Er ist die einzige Kontaktperson zu einem Serientäter, der irgendwo auf der Welt herumläuft und junge Frauen tötet. Wir brauchen ihn.«

»Sei nicht so ungeduldig.«

»Entschuldigung.« Ist sie ungeduldig? Ja, definitiv. Sogar gereizt. »Ich bin müde«, sagt sie. Auch das ist eine Entschuldigung. Warum entschuldigt sie sich dauernd?

Sie schaut auf die Wanduhr, die über dem Kühlschrank hängt. Es ist Viertel vor zehn, kein Grund, jetzt schon müde zu sein.

Sie hört ihr Handy läuten und steht auf, einerseits erleichtert, andererseits alarmiert. Leo sieht ihr nach, als sie ins Schlafzimmer läuft. Von seinem Platz aus kann er sie sehen, wie sie hektisch in ihrer Handtasche kramt, die sie aufs Bett gestellt hat.

Dann schließt sie leise die Tür, und er hört sie murmeln. Sie stellt ein, zwei Fragen, erkennbar an der ansteigenden Betonung, aber er versteht kein Wort. Er isst ein paar Bissen. Das Ratatouille ist gut durchgezogen und nur noch lauwarm, aber das macht nichts, lauwarm schmeckt es ohnehin besser als heiß. Und am liebsten mag er es kalt, frisch aus dem Kühlschrank.

Die Schlafzimmertür geht auf, Sina kommt auf ihn zu, er lässt die Gabel sinken. Sie hat ihre Handtasche in der linken Hand, das Handy drückt sie mit der rechten ans Ohr. Im Halbdunkel des Flurs wirkt ihr Gesicht blasser als sonst.

»Alles gut?«, fragt er, als sie in die Küche kommt, aber sie sieht ihn nur zerstreut an.

»Bis gleich«, sagt sie ins Telefon und nimmt das Handy vom Ohr. Leo hört den leisen Piepton, als sie die Verbindung unterbricht.

»Was ist?«, fragt er.

»Ich muss noch mal los.«

»Wohin?«

Sie gibt keine Antwort, wühlt stattdessen in ihrer Handtasche.

Er beobachtet sie, wie sie checkt, ob sie alles dabeihat – Telefon, Geld, Schlüssel, ihren Ausweis, ihren Lippenstift. Das tut sie immer, fast zwanghaft, dabei vergisst sie selten irgendetwas.

»Was ist los?«, fragt Leo.

Endlich sieht sie ihn an. »Ich kann dir das nicht sagen. Okay?«

»Warum?«

»Ist das okay für dich? Dass ich dir das jetzt nicht sage?«

Leo antwortet nicht gleich. Dann fragt er: »Wird es spät?«

Sina schmiegt sich von hinten an ihn, er erschauert unter ihrer Berührung. Es gibt nichts, das er nicht für sie täte. Die Intensität seiner Gefühle ist ihm manchmal unheimlich. Manchmal weiß er nicht, woran er mit ihr ist, und trotzdem vertraut er ihr. Er will ihr das sagen, aber sie kommt ihm zuvor, flüstert ihm ins Ohr, er spürt ihren warmen Atem: »Danke. Es wird nicht spät.«

6

Sie treffen sich wie immer bei Salfelds Freund, dem Griechen. Als Sina hinkommt, ist Salfeld schon dort, sitzt mit dem Rücken zu ihr an einem der Tischchen vor dem Imbiss, vor sich ein kleines Bier, das er noch nicht angerührt hat. Sina geht ein bisschen langsamer, bleibt schließlich in der Dunkelheit stehen, ohne genau zu wissen, warum. Aus dem Imbiss fällt kaltes Neonlicht, auf den Tischchen stehen Kerzen in rötlichen Bechern. Außer Salfeld ist niemand da. Auch der Imbiss selbst ist leer bis auf den Wirt hinter der Theke.

Sina betrachtet Salfeld, sein kurz geschorenes graues Haar, den sorgfältig getrimmten Bart, seine schlanke, athletische Figur in Jeans und T-Shirt. Er hat die Arme verschränkt; die Beine sind ausgestreckt. Er wirkt vollkommen entspannt. Und trotzdem irritiert sie etwas an seiner Haltung.

Ein Panther auf dem Sprung.

Sie geht um seinen Tisch herum und nimmt sich einen Stuhl.

Salfeld bewegt sich nicht, behält sie aber im Auge.

»Wollen Sie etwas haben?«, fragt er, nachdem sie sich gesetzt hat.

»Ein Retsina wäre schön«, sagt Sina. Er schiebt seinen Stuhl zurück und steht auf mit einer fließenden, lässigen, selbstverständlichen Bewegung – *ein Panther auf dem Sprung* – und verschwindet im Lokal. Sie sieht ihn mit seinem griechischen Freund reden und lachen, hört aber nur sonores Gemurmel, während sein Freund Vassilis Stefanidis aus dem Kühlschrank ein Fläschchen Retsina holt und es, zusammen mit einem Weinglas, auf ein kleines Tablett stellt. Zwei undurchschaubare Männer, die sich gefunden haben: Auch Stefanidis' Vergangenheit ist gewaltsam und voller Rätsel. Möglicherweise hat er vor Jahren ebenfalls einen Mord begangen, aber es gibt keine Zeugen und keine belastbaren Hinweise, also haben sie die Ermittlungen eingestellt.

Schließlich kommt Salfeld wieder heraus, Flasche und Glas auf dem Tablett balancierend.

»Danke, das ist nett«, sagt Sina, während er es vor ihr abstellt und sich wieder hinsetzt. Sie öffnet den Schraubverschluss der eisgekühlten Flasche und schenkt sich ein. Nimmt einen Schluck und genießt das harzige Aroma.

»Ein Mädchen ist verschwunden«, sagt Salfeld.

»Was?« Sie stellt das Glas mit einem Knall auf dem Tisch ab. »Warum haben Sie mir das nicht schon am Telefon gesagt?«

Salfeld antwortet nicht. Schließlich nimmt er sein Glas mit dem mittlerweile vermutlich abgestandenen Bier und trinkt es in einem Zug aus.

»Welches Mädchen?«, fragt Sina und kann nicht verhindern, dass sie zornig klingt. Sie mag Salfeld, und gleichzeitig verabscheut sie ihn – das, was in ihm ist, wofür er nichts kann, was sie aber trotzdem abstößt. Das Ausgeliefertsein an eine Gier, die ihn selbst anekelt. Und, wenn sie ehrlich ist, auch die Tatsache, dass er zu allem Überfluss attraktiv und sympathisch ist. Als wäre das eine besondere Frechheit des Schicksals: ihn auch noch mit Eigenschaften auszustatten, die er nicht verdient hat.

Sie greift in ihre Handtasche und stellt fest, dass sie ihre Zigaretten vergessen hat. Salfeld schiebt ihr seine Schachtel und sein Feuerzeug hin.

»Nein danke.« Sie schiebt beides wieder zurück. »Was ist mit dem Mädchen?«

»Keine Ahnung. Sie ist weg. Seit gestern Abend. Sie war

noch beim Abendessen, danach hat sie niemand mehr gesehen. Ihre Zimmerkameradinnen haben erst heute Mittag Bescheid gegeben, dass sie nachts nicht nach Hause gekommen ist. Sie hatte vormittags keinen Unterricht, weil eine Lehrerin krank ist.«

»Wieso erfahre ich das erst jetzt?«

»Weil ich es selbst erst seit einer Stunde weiß. Die Kunstlehrerin hat es mir erzählt.«

»Die, mit der Sie ausgegangen sind?«

»Ja«, sagt Salfeld knapp. »Bisher ist sie meine einzige Informantin«, fügt er hinzu, als müsste er sich rechtfertigen.

Er hat etwas mit ihr.

Kann das sein?

Und wenn schon. Erwachsene Frauen sind keine Gefahr.

Oder?

Sie sagt: »Gab es keine Lehrerkonferenz – irgendwas Offizielles zu ihrem Verschwinden?«

»Es gab eine Konferenz, außer der Reihe, nach dem Mittagessen, aber den Hausmeister hat man natürlich nicht dazu gebeten.«

»Und was kam dabei raus?«

»Laut Verena, dass man bis morgen früh abwarten will.«

»Das ist nicht wahr.«

»Doch. Was soll ich jetzt machen?«

Sina denkt nach. Sie nimmt sich jetzt doch eine Zigarette von Salfeld und lässt sich von ihm Feuer geben.

»Es kommt angeblich öfter vor, dass Schüler ein, zwei Nächte verschwinden«, sagt Salfeld.

»Wer behauptet das?«

»Verena. Sie sagt, es ist üblich, so lange zu warten.«

Sina sieht Salfeld an, und zwar zum ersten Mal seit längerer Zeit so aufmerksam, wie man jemanden ansieht, den man kennt, aber nicht wirklich einschätzen kann. Salfeld begegnet ihrem Blick unbefangen, unbeeindruckt. Seine Augen hinter der leicht getönten Brille sind blau und tief, gleichzeitig ist es, als würde eine dünne Eisschicht darüber liegen. Wäre sie in ihn verliebt, würde sie jetzt erkennen, dass er nicht zu haben ist.

Falsch: Wäre sie in ihn verliebt, würde sie sich weiter Hoffnungen machen, weil Liebe blind macht.

Aber sie ist nicht verliebt, ihr Blick ist klar, ihre Gefühle unverstellt von Hoffnungen, und so kann sie seine Kälte wahrnehmen, seine Gleichgültigkeit gegenüber den Gefühlen anderer und andererseits seine Geschicklichkeit, genau die Gefühle wahrzunehmen, die ihm nützen.

»Morgen früh«, sagt sie.

»Ja?«

»Morgen früh verständigen Sie die Polizei, wenn es dort sonst niemand tun sollte. Das muss niemand erfahren. Wir halten Ihren Namen unter Verschluss.«

»Wie wollen Sie das denn machen? Wen wollen Sie stattdessen angeben?«

»Wir behandeln das als anonymen Hinweis.«

»Verstehe.«

»Ich werde auch kommen. Gronberg wird dabei sein, wenn er nicht noch krank ist.«

»Er weiß doch gar nichts von mir. Wie wird er reagieren, wenn er mich sieht?«

»Ich werde ihn davon überzeugen, nichts zu sagen.«

»Verstehe«, sagt Salfeld und schaut skeptisch.

Sina trinkt ihren Wein aus, steht auf und gibt Salfeld die Hand, was sie normalerweise nicht tut, weil sie weiß, dass er Berührungen nicht mag. Aber diesmal ist es wie ein Deal.

Er nimmt ihre Hand zögernd und lässt sie schnell wieder los.

Eine halbe Stunde später liegt Sina schlaflos neben Leo. Sie wäre jetzt lieber allein mit sich und ihren Gedanken. Dann könnte sie sich hin und her wälzen, auf den Rücken, auf die

Seite oder den Bauch. Sie könnte die Bettdecke so oder so platzieren und schließlich, wenn all diese Manöver nichts helfen, aufstehen, sich einen Kaffee machen, im Bett rauchen, eben die ungesunden Dinge tun, die man automatisch sein lässt, sobald jemand da ist, der diese ungesunden Dinge kommentieren könnte.

Sina dreht sich vorsichtig von Leo weg auf die linke Seite, klemmt sich die Bettdecke zwischen die Knie und rückt das Kissen unter der Wange zurecht, macht die Augen zu und weiß genau, dass sie nicht einschlafen wird.

Aber dann schläft sie seltsamerweise plötzlich doch.

Ich fahre zurück nach Thalgau und stelle den Wagen auf dem Parkplatz ab. Ich überlege kurz, in Franks Wohnung zu gehen, aber vielleicht hat sich etwas Neues ergeben, also steige ich die kleine Treppe zu Verenas Terrasse hoch, arbeite mich durch ihre diversen Pflanzenkübel und klopfe an ihre Terrassentür. Die weißen Vorhänge sind zugezogen wie immer nachts, aber ich sehe warmes Licht. Wahrscheinlich die Lampe über ihrem samtbezogenen Sessel, die sie immer anhat, wenn sie liest.

Ich klopfe ein zweites Mal und höre das Geräusch von Schritten. Ihre sich nähernde Silhouette wirft einen lang gezogenen Schatten an die Vorhänge, als wäre sie doppelt so groß und halb so breit. Sie bleibt stehen, scheint zu lauschen. »Ich bin's«, rufe ich mit gedämpfter Stimme. Und dann, als nichts passiert: »Kann ich reinkommen?«

Verena schlägt den Vorhang halb zurück, so dass ich nicht hineinsehen kann, und öffnet die Tür einen Spalt. »Hi«, sagt sie freundlich und lächelt strahlend, soweit ich das im Gegenlicht wahrnehmen kann, aber es ist trotzdem offensichtlich, dass ich nicht willkommen bin.

Ich bleibe einfach stehen und warte. Schließlich schlüpft sie heraus.

»Alles in Ordnung?«, frage ich.

»Ja. Es ist nur – wir haben gerade eine Besprechung. Eine Art Konferenz. Es geht um Sophie.«

»Gibt's was Neues?«

Wieder zögert sie, aber ich insistiere: »Ist sie wieder da?«

»Nein.« Sie wirft einen Blick zurück in ihre Wohnung. Ich höre Gemurmel und gedämpftes Gläserklirren und begreife, dass vermutlich das gesamte Kollegium bei ihr tagt.

»Ich versteh schon«, sage ich, und Verena beugt sich nach vorn, nahe an mein Ohr und flüstert: »Ich komme nachher noch zu dir.«

»Wann?«

»Spätestens in einer Stunde. Bist du dann noch wach?«

»Normalerweise gehe ich um halb sieben ins Bett, aber in diesem Fall mache ich eine Ausnahme.«

Sie lacht leise, gibt mir einen Kuss und verschwindet wieder in der Wohnung. Ich sollte besser gehen, aber ich lege mein Ohr an die geschlossene Scheibe. Nach ein paar Minuten gebe ich auf; ich verstehe nur geraunte Fetzen der Unterhaltung, ohne Informationsgehalt; ganz offensichtlich versuchen alle, so leise wie möglich zu sprechen.

Eine gute Stunde später schlüpft Verena in mein Bett. Sie ist nackt, ihre Haut leuchtet hell im blassen Mondlicht, das ins Schlafzimmer scheint. Ich spüre, dass sie mich will, auf eine sehr mutwillige und unbefangene Weise, und weil ich das spüre, will ich sie auch. Wir haben Sex wie verspielte junge Hunde; ich mag ihre Biegsamkeit und die Unmittelbarkeit, mit der sie mir ihre Wünsche zu verstehen gibt. Vor allem aber die Tatsache, dass sie danach heiter und lustig ist, statt gefühlvoll und leidenschaftlich.

Verena ist die zweite Frau, mit der ich schlafe. Selbstverständlich rechne ich Marion nicht mit; sie war keine Frau, sondern ein Mädchen.

Birgit war meine erste Frau, und ich habe sie nie mit einer anderen betrogen. Nicht aus Liebe, sondern wahrscheinlich weil ich unwillkürlich annahm, Sex mit einer Erwachsenen sei ohnehin immer das Gleiche. Aber zumindest Verena und Birgit kann man überhaupt nicht miteinander vergleichen. Bei Birgit hatte ich von Anfang an das Gefühl, nie genug zu geben, ihren Erwartungen nie ganz zu genügen. Eine Zeitlang motivierte mich das, mich mehr anzustrengen, dann erlahmte dieser Impuls und irgendwann rührte ich sie kaum noch an. Bei Verena ist es so, als müsste ich mir gar keine Mühe geben. Als wäre alles gut so, wie es ist.

»Was passiert jetzt?«, frage ich sie, mit gedämpfter Stimme, denn wir rauchen bei weit geöffnetem Fenster und man weiß nie, wer von den Schülern verbotenerweise nachts unterwegs ist und eventuell lauscht.

»Was meinst du?«, fragt Verena. Sie drückt ihre Zigarette im Aschenbecher zwischen uns aus und richtet sich auf.

Ich bleibe liegen, entspannt und träge und sehe ihr zu, wie sie im Mondlicht ihre Sachen zusammensucht.

»Sophie«, sage ich. »Was passiert jetzt mit ihr?«

»Was soll mit ihr passieren?«

»Du weißt, was ich meine.«

»Wir warten bis morgen früh«, sagt Verena und dreht mir den Rücken zu, während sie ihren BH schließt und dann ihr T-Shirt überstreift, schamhaft, als hätte ich sie noch nie nackt gesehen.

»Ja, aber morgen früh wird sie ja wahrscheinlich auch nicht da sein. Und dann?«

»Vielleicht ist sie da. Vielleicht steigt sie gerade in dieser Minute durch ihr Fenster ein. Das passiert immer mal wieder.« Sie ist fertig, kommt zum Bett und küsst mich. Ich küsse sie zurück. »Warte«, sage ich und fasse nach ihrer Hand. Sie setzt sich widerwillig auf die Bettkante.

»Schatz«, sagt sie mit weicher Stimme. »Ich bin echt müde.«

Ich bleibe dran, auf die Gefahr hin, mich verdächtig zu machen: »Wenn sie morgen nicht da ist, müsst ihr die Polizei verständigen.«

»Natürlich.«

»Du bist ihre Hausmutter.«

»Was soll das denn heißen?«, fragt sie mit scharfer Stimme und entzieht mir sofort ihre Hand. Natürlich weiß sie genau, was das heißen soll. Eigentlich sind die Hausmütter dafür verantwortlich, alle ihre Schäfchen beisammenzuhalten, speziell nachts. Die Über-Achtzehnjährigen haben mehr Freiheiten, sind aber trotzdem verpflichtet, sich abzumelden, wenn sie länger als bis elf ausbleiben.

»Ich kann nichts dafür, dass sie ausgestiegen ist! Bei meinem Kontrollgang war sie in ihrem Zimmer.« Sie steht jetzt vor meinem Bett und sieht auf mich herunter wie eine blonde Rachegöttin.

»Das wollte ich damit auch nicht sagen. Ich wollte nicht sagen, dass du schuld bist.«

»Ich bin kein Beamter von irgendeinem Sicherheitsdienst! Ich kann nicht jede Stunde von zehn Uhr abends bis sieben Uhr morgens durch die Zimmer patrouillieren!«

»Ich weiß. Hör mal …«

»Und jetzt muss ich ins Bett.«

Sie dreht sich um und verschwindet. Zwei Sekunden später höre ich die Wohnungstür ins Schloss fallen.

Ich schlafe schlecht, schrecke oft hoch aus diffusen Träumen und wache um halb fünf endgültig auf. Ich rolle mich aus dem Bett, schnappe meine Joggingklamotten und laufe einfach los, in die Morgendämmerung hinein.

Das Gras ist trocken, das heftige Gewitter von vorgestern Nacht hat kaum Spuren hinterlassen. Ich überquere den Sportplatz und die 400-Meter-Bahn mit dem ochsenblutfarbenen Belag und passiere ein paar Minuten später den Waldrand. Es ist schon recht warm, aber nicht heiß, das ideale Wetter, um zu laufen. Der Himmel ist rötlich eingefärbt und fast wolkenlos; in ein paar Minuten, schätze ich, wird die Sonne aufgehen. Die Vögel zwitschern unsichtbar von den Bäumen herunter, ein fröhlicher Klangteppich, der mich trägt, mich umfängt und meinen Schritten Rhythmus verleiht.

Tapp, tapp, tapp, tapp, tapp, tapp.

Ich höre auf zu denken, bin nur noch Kreatur, spüre mich und meinen Atem. Jedes Mal muss ich mich erneut zum Laufen zwingen, die ersten Meter sind und bleiben eine Qual, aber die Belohnung ist anschließend umso köstlicher.

Tapp, tapp, tapp, tapp, tapp, tapp.

Ich bin ein Tier unter Tieren. Meine Sinne fokussieren sich auf die Natur um mich herum, das Knacken winziger Zweiglein unter meinen Füßen, das Zittern der Blätter in einer kaum spürbaren Brise, die Farben, changierend zwischen Hellgrün und Dunkelbraun. Die würzige Luft, die meinen Brustkorb weitet.

Ich erreiche eine beschilderte Weggabelung. Rechts geht es hinunter zum See, links in den Ort Thalgau. Ich zögere, trete auf der Stelle und wende mich dann nach links, weil ich erst vorgestern am See entlanggelaufen bin. Der Weg nach Thalgau führt über eine Lichtung und ist meiner Erinnerung nach enger und mühsamer, deshalb habe ich ihn bisher nur ein einziges Mal genommen. Es wird dunkler. Der Wald scheint mir näher zu kommen, er bedrängt mich förmlich mit seiner starken, umfassenden Präsenz. Verfilztes Unterholz kratzt meine nackten Waden auf, ich muss langsamer werden. Schließlich ist nur noch Schritttempo möglich.

Aber ich drehe trotzdem nicht um.

Obwohl oder gerade weil mich der Wald hier offenbar nicht haben will.

Ich bleibe einen Moment lang stehen und sehe nach oben in die schwankenden Wipfel. Der Himmel ist jetzt lila bis hellblau, nur hier unten hält sich ein Rest der nächtlichen Schwärze. Ich gehe weiter, achte auf die reichlich wuchernden Brennnesseln und halte mir die Äste vom Leib.

Schließlich verbreitert sich der Pfad wieder, es wird heller. Alles um mich herum scheint sich auszudehnen und etwas in mir registriert das mit Erleichterung. Ich fange wieder an zu laufen. Der Pfad verläuft jetzt ganz gerade, die Bäume weichen immer weiter zurück, und schließlich erreiche ich die Lichtung.

Erste Sonnenstrahlen tasten sich durch hohes Gras, es riecht nach Erde und leicht modriger Feuchtigkeit. Bis in den Ort sind es noch etwa sechs Kilometer, und für diese Strecke habe ich keine Zeit mehr. Ich sehe auf die Uhr – es ist bereits Viertel nach sechs.

Ich bin seit über einer Stunde unterwegs und müsste eigentlich zurück.

Ich habe aber keine rechte Lust, umzukehren.

Etwas hält mich hier fest, an diesem seltsamen verzauberten Platz. Es ist sehr still, selbst die Vögel sind leiser geworden. Etwas um mich herum beobachtet mich in aller Ruhe, scheint zu warten. Ohne genau zu wissen, warum, verlasse ich den Pfad und arbeite mich durch das fast hüfthohe, stachlige Gras der Lichtung. Der Boden gibt unter meinen Füßen nach, ich ahne, dass er nass ist, vielleicht noch von dem heftigen Gewitter von vor zwei Nächten.

Schließlich stehe ich in der Mitte der Lichtung. Ein paar Meter vor mir befindet sich eine junge Eiche mit schon recht ausgeprägter Krone, ein schöner Baum, drei bis vier Meter hoch. Darunter ist das Gras auffällig platt getreten. Ich gehe darauf zu. Die Stelle sieht sandig aus, wie getrockneter Matsch. Es sind keine Fußspuren zu sehen, aber jemand war hier, kein Tier, sondern ein Mensch, und zwar vermutlich vorgestern Nacht, die einzige Nacht seit Wochen, in der es richtig stark geregnet hat.

Ich denke an die verschwundene Sophie und beschließe spontan, das nähere Umfeld abzusuchen. Ich lasse meinen Blick schweifen, sehe aber nichts Besonderes. Sophie könnte überall irgendwo in diesem hohen, dichten Gras liegen. Die Lichtung hat einen Durchmesser von mindestens fünfzig, sechzig Metern, es würde zu lange dauern, alles abzusuchen.

Ich gehe zum Waldrand. Ich werde die Lichtung einmal umrunden und dann zurücklaufen und die Polizei verständigen.

Nach kaum zwei Minuten finde ich sie. Sie hängt an dem Ast einer Rotbuche am Rand der Lichtung und ist eindeutig tot. Sie trägt ein dünnes, flattriges kurzes Kleid in einem undefinierbaren Braunton, ihre Haare hängen dunkel und strähnig über ihr fleckiges Gesicht, dessen Züge fast nicht mehr zu erkennen sind. Eigentlich bin ich nicht leicht zu schockieren, aber dieser Anblick in seiner trostlosen Endgültigkeit brennt sich in meine Netzhaut. Neben der Buche liegt ein umgefallener Schemel aus dunkel gebeiztem Holz. Ich weiche zurück. Ich bin plötzlich zu Tode erschöpft, mir ist kalt, und meine schweißverklebte Kleidung fühlt sich so unangenehm an, dass ich sie mir am liebsten vom Leib reißen würde.

Ich ziehe mein Telefon aus der Tasche meiner Jogginghose.

Ich will den Notruf der Polizei wählen und überlege es mir im letzten Moment wieder anders. Sollte es sich hier nicht um Selbstmord, sondern um Mord handeln, wäre ich ein offizieller Zeuge. Aus der Nummer käme ich nicht mehr raus, und damit wäre meine Tarnung aufgeflogen.

Das kann mir eigentlich egal sein, das Ganze wäre Sina Rastegars Problem.

Ich wähle ihre Handynummer. Ihre Stimme klingt hell und ausgeschlafen und hallt ein bisschen, als sie sich meldet. Wahrscheinlich ist sie gerade im Bad. Es wäre typisch für sie, wenn sie ihr Telefon mit ins Bad nehmen würde, um nur ja keinen beruflichen Anruf zu verpassen.

Ich berichte kurz, was passiert ist. Sie unterbricht mich nicht, hört sich alles ganz ruhig an. Es ist fast so, als hätte sie so etwas erwartet.

»Was soll ich jetzt machen?«, frage ich zum Schluss.

Sie überlegt. In der Leitung rauscht es, der Empfang ist miserabel mitten im Wald. Ich weiß, was sie jetzt denkt. Alles ist so ungünstig verlaufen wie nur irgend möglich. Ich hätte die Leiche niemals finden dürfen, jeder andere, aber nicht ausgerechnet ich. Wenn ich jetzt die Polizei benachrichtige, stehe ich im Mittelpunkt der Ermittlungen. Lukas Larache, alias Lukas Salfeld. Ehemaliger Mädchenmörder ist Zeuge eines neuen Mordes. An einem Mädchen.

Ich drehe mich um und schaue auf die Leiche des Mädchens, zwinge mich, diesen Anblick auszuhalten.

Selbstmord oder Mord?

Rastegar sagt etwas, aber ihre Stimme geht im Rauschen unter. Ich gehe ein paar Schritte, auf der Suche nach einem Netz. Schließlich höre ich sie wieder lauter und klarer.

»... ist die einzige Möglichkeit.«

»Tut mir leid, ich hab kein Wort verstanden.«

»Okay. Ist auch egal.« Sie seufzt. »Können Sie diese Kunstlehrerin benachrichtigen?«

»Ja. Und dann?«

»Sie soll zu Ihnen kommen. Gibt es in der Nähe eine Straße?«

»Ja, einen halben Kilometer von hier aus. Da ist auch ein großer Parkplatz für Spaziergänger.«

»Dann bestellen Sie sie dahin und holen sie dort ab. Sagen Sie ihr nichts am Telefon. Geben Sie sich entsetzt und hilflos. Wenn sie nachfragt, hängen Sie sie ab und begründen das später mit dem schlechten Empfang.«

»Na schön. Und was soll das bringen?«

»Sie soll aktiv werden.«

»An meiner Stelle?«

»Ja.« Sie klingt ungeduldig. »Was denken Sie, was ist sie für ein Typ? Ängstlich oder entschlossen?«

Ich denke kurz nach. »Entschlossen«, sage ich.

»Das ist gut.«

»So, wirklich?«

»Ja. Dann wird sie diejenige sein, die handelt. Sie müssen sie nur dazu bringen, aktiv zu werden. Und den Rest überlassen Sie mir.«

Sie verabschiedet sich, und ich wähle Verenas Nummer. Mein Akku ist fast leer, ich bete, dass er noch so lange hält, bis ich ihr unseren Treffpunkt durchgegeben habe.

7

Verena geht nicht an ihr Festnetztelefon. Ihre Handynummer habe ich nicht. Wir haben noch nie mobil telefoniert, warum auch; wir sehen uns ja ohnehin jeden Tag.

Mein Akku ist fast leer. Ich beschließe, zum Parkplatz zu laufen und sie von dort aus anzurufen, in der Hoffnung auf ein besseres Netz.

Der Pfad dahin ist ausgeschildert, ich brauche nur knappe fünf Minuten. Der Parkplatz ist leer, bis auf einen einzigen Wagen, einen blitzsauberen silbernen Mercedes SLK mit offenem Verdeck. Es sitzt niemand darin, möglicherweise dreht der Fahrer eine Joggingrunde. Ich ziehe mein Handy aus der Tasche und stelle fest, dass das Display erloschen ist – der Akku hat sich verabschiedet.

Ich fluche leise.

Stöbere sinnlos in den Taschen meines T-Shirts und meiner Jogginghose und stoße dabei auf einen vielleicht zwei Zentimeter langen Bleistiftstummel, der sich möglicherweise schon ewig darin befindet.

Jetzt brauche ich nur noch ein Stück Papier. Dann könnte ich meine Nachricht an die Windschutzscheibe des mutmaßlichen Joggers klemmen und wäre aus dem Schneider. Ich suche den Parkplatz ab, mindestens zehn Minuten lang, aber ich finde kein einziges Stück Papier. Der einzige Abfallkorb ist jungfräulich leer.

Ich beschließe, den ganzen Weg wieder zurückzulaufen, was mich mindestens eine halbe Stunde kosten wird. Auf der Straße könnte mich jemand mitnehmen, aber ich will in dieser Gegend nicht gesehen werden. Ich schicke mich also an, wieder in den Wald zu laufen, überquere in langsamem Laufschritt mit bleischweren Beinen den Parkplatz und höre jemanden schluchzen.

Ich verlangsame meine Schritte, da bricht ein Mann aus dem Wald, ebenfalls in Sportkleidung.

Ich bleibe sofort regungslos stehen. Er bemerkt mich nicht, obwohl ich höchstens zehn Meter von ihm entfernt bin, vielleicht weil seine Augen tränenblind sind. Ich sehe ihn zu seinem Auto stolpern, weiche vorsichtig und langsam zurück und ducke mich schließlich hinter einen Baumstumpf. Der Mann öffnet die Fahrertür, kramt hektisch in der Ablage und setzt sich schließlich in sein Auto, sein Handy am Ohr.

»Ja? Ist da ... ja hier ist ...« Er nennt einen Namen, den ich nicht verstehen kann, jedenfalls kurz und zweisilbig.

Ich höre dann, wie er, immer noch schluchzend, angibt, ein erhängtes Kind gesehen zu haben. »Ja, tot!«

»Nein, hab ich nicht! Die ist ganz sicher tot! Die ist ...«

»Ja, ein Mädchen! Sie trägt ein ... ich weiß nicht, irgendein Kleid. Es ist auf jeden Fall ein Mädchen.« Er schreit es panisch über den Parkplatz, ein junger Typ, vielleicht dreißig, gut aussehend, mit dunklen, kurzen Haaren.

»Nein!«

»Nein, keine Ahnung, wer das ist!«

»Ja, ich warte hier. Bitte kommen Sie schnell!«

Der Mann lässt sein Handy sinken, seine Augen sind geschlossen, die Morgensonne scheint ihm direkt ins Gesicht. Er sitzt schief und krumm da, fast wie ein Behinderter; sein Körper hat jede Spannung verloren.

Er hat mich noch immer nicht gesehen. Ich nehme meine Chance wahr, laufe rückwärts, verschwinde so schnell ich kann im Wald, schlage mich durchs Dickicht, vermeide weiträumig die Lichtung und komme trotzdem so pünktlich in Thalgau an, dass ich mich vor der Morgenfeier noch waschen kann.

Wenn alles gut geht, hat mich auch sonst niemand gesehen. Wenn alles schlecht läuft, werde ich zum Verdächtigen mit meinen verdreckten und verkratzten Beinen und Armen.

In der Wohnung rufe ich Rastegar an und berichte ihr hastig die neuen Entwicklungen.

Sie schweigt ein paar Sekunden. Dann sagt sie sachlich: »Danke, ich weiß Bescheid.«

»Dann bin ich raus aus der Sache?«

»Es sieht ganz so aus. Sie können weitermachen. Sie müssen weitermachen.«

»Ja. Werde ich.«

»Immerhin können wir jetzt offiziell ermitteln. Ich zähle auf Sie. Sie sind meine Augen und Ohren. Sie hören das, was ich nicht ...«

»Ich hab Sie schon verstanden.«

»Hat Sie sonst irgendjemand gesehen?«

»Ich glaube nicht. Beschwören kann ich es nicht.«

»Sie haben die Lehrerin angerufen. Sie müssen sich eine Begründung ausdenken.«

»Die Festnetztelefone haben hier keine Rufnummernkennung. Das ist alles noch aus dem Jahre Schnee.«

»Man kann nicht sehen, wer angerufen hat?«

»Soviel ich weiß, nicht.«

Sie atmet leise in den Hörer. »Das wäre gut«, sagt sie schließlich und bricht die Verbindung ab.

In der Badewanne wasche ich Erde und Sand von mir ab. Meine Waden und meine Unterarme sehen schlimm aus, aber unter langen Hosen und einem langärmeligen Hemd wird das niemand sehen können. Ich setze mich auf den Rand der Wanne und lasse kaltes Wasser über meine Beine laufen und sehe zu, wie es im Abfluss verschwindet.

Meine Füße. Sie sind knochig und weiß. Ich höre die Glocke, die zur Morgenfeier ruft. Ich weiß, dass ich gerade heute hingehen sollte. Gerade heute sollte ich nichts tun, was auffällt und Fragen provozieren könnte.

Mir ist ein wenig schwindelig, ich senke den Kopf zwischen die Knie, atme die dampfige Luft ein. Ein Schauer läuft mir über den Rücken.

Mir wird endlich klar, dass ich zum ersten Mal seit dreieinhalb Jahrzehnten ein totes Mädchen gesehen habe.

Marion. Ich trage ihre Leiche zum Bett, weinend. Wieder sehe ich in schrecklicher Deutlichkeit den Keller ihrer Eltern vor mir, den holzgetäfelten Partyraum mit der gemauerten Bar aus roten Backsteinen, mit dem Nebenraum, wo wir unser Lager aufgeschlagen hatten. Ich stehe in der Mitte des Raumes, in dem die Eltern vor nicht einmal einem Monat ihren zwanzigsten Hochzeitstag gefeiert hatten. Ich trage Marion, ich presse ihren erkaltenden Körper an mich, ich kann sie nicht loslassen, ich WILL, dass sie wieder lebendig ist, ich will mit ihr reden, sie küssen, sie lieben.

Alles ist vorbei. Ihr Leben und meins. Darüber hatte ich mir damals überhaupt keine Gedanken gemacht: über das Danach. Wie es danach wäre, ohne sie. Wir hatten dieses melodramatische Crescendo gemeinsam geplant, und irgendwie war ich davon ausgegangen, dass ich ohne größeres Zutun ebenfalls sterben würde. Aber so war es ja nicht. Nur Marion starb. Und ich war der Mörder und musste weiterleben.

War ich wirklich ein Mörder? Tötung auf Verlangen, das war mein Vergehen gewesen, auch wenn ich als Mörder verurteilt wurde und das niemals angefochten habe. Denn das war sicher, das stand nicht nur in ihrem Tagebuch, das hat sie mir gesagt, wieder und wieder: Sie WOLLTE sterben, sie WOLLTE UNBEDINGT sterben, ich war nur der Handlanger ihres im Grunde genommen SELBSTBESTIMMTEN Todes, aber was hilft das, wenn jeder und auch ich weiß, dass ich dabei Lust empfunden habe, nicht Schmerz, sondern LUST und das ist nicht nur HASSENSWERT, das ist OBSZÖN.

Und dann hatte ich nicht einmal den Mut, mich ebenfalls umzubringen.

Es gibt für so eine Entscheidung ein Zeitfenster. Ich hatte zu lange nachgedacht, und dann war es geschlossen.

Die Glocke klingelt ein zweites und letztes Mal, während ich mich hastig anziehe. Meine Haare sind noch feucht, aber das wird kaum jemandem auffallen. Meine Hände? Ich begutachte sie rasch, aber sie sind weitgehend frei von Kratzern. Dann gehe ich nach draußen, reihe mich ein in den Strom der Schüler, die mir nichts anmerken, weil sie wie üblich nur mit sich selbst beschäftigt sind.

Lukas Larache ... Ein schöner Name. Ich mag ihn. Ich sage ihn leise vor mich hin, wenn ich mich einsam fühle und mich nach einem Gefährten sehne, der mich versteht. Während ich das schreibe, sitze ich in einem Café, in dem sich die Jeunesse doré der Stadt trifft. Es ist kurz vor sieben, die ersten Drinks werden ausgeschenkt. Ich sehe eine Gruppe von Schulmädchen in Minikleidern, die fast nichts mehr bedecken, und frage mich, ob sie wissen, was sie da tun, und ob sie das Spiel durchschauen. Wirklich durchschauen. Ob ihre Ausstrahlung heiterer Abgebrühtheit echt ist oder nur eine Pose, von der sie wissen, dass ältere Männer sie unwiderstehlich finden. Ohne zu ahnen, warum.
Wissen Mädchen, was sie Männern antun, und setzen sie dieses Wissen gezielt ein?
Ich bin wieder einmal verliebt, Lukas. Sie sieht aus wie sechzehn, ist angeblich neunzehn und nennt sich Lolita. Natürlich weiß sie, welche Assoziationen das weckt, sie hat das Buch sogar gelesen. Also richtig gelesen, sie zitiert ganze Passagen daraus. Sie behauptet, dass Lolita es von Anfang an darauf anlegte, Humbert Humbert zu verführen. Nicht sie sei das Opfer,

sondern Humbert Humbert. Sie will das glauben. Sie will glauben, dass sie die Fäden in der Hand hält und Männer wie ich die Marionetten sind. Wir treffen uns in Bars für Erwachsene und diskutieren darüber, während ich sie zum Gin Tonic einlade und hoffe, dass mich niemand wegen Verführung Minderjähriger anzeigt.

Wie du weißt, könnte ich mich ganz leicht so präsentieren, als wäre ich nur ein paar Jahre älter als sie. Dann würden wir natürlich ganz andere Lokale besuchen. Alles wäre vollkommen anders, meine Strategie würde darauf abzielen, romantische Mädchengefühle in ihr zu wecken, so wie damals bei Teresa, deiner Tochter, meiner Halbschwester. Nein, reg dich nicht auf (ich kann fühlen, wie du dich aufregst, ohne dabei zu sein, so gut kenne ich dich, so nah sind wir uns), das ist die Sache nicht wert. Es ist ja gar nichts passiert außer ein paar Zungenküssen.

Schon gut.

Wie auch immer, das ist es nicht, was Lolita sucht. Sie will keine romantische Lovestory mit einem Gleichaltrigen, sie möchte das coole Abenteuer mit einem viel älteren Mann. Sie möchte als Femme fatale behandelt werden.

Mir ist das recht so, es ist eine Abwechslung. Wir treffen uns heimlich, das heißt, ihre Eltern und ihre Freunde wissen nichts von mir, und das ist sehr günstig für mich, denn dadurch kann ich das alles auskosten, ohne mich beeilen zu müssen. Wir spielen ein sündiges Paar, und ich kann auf ihre Verschwiegenheit zählen, ohne sie einfordern zu müssen.

Ich registriere diese einmalige Chance und taste mich ganz langsam heran. Es ist eine süße, bittere, delikate Qual, nicht sofort bis zum Ende zu gehen, und ich begreife, dass ich die ganzen letzten Monate Fastfood konsumiert habe und mir jetzt ein Drei-Sterne-Menü bevorsteht.

Gestern wollten wir das erste Mal miteinander schlafen. Ich nahm sie mit in mein neues Apartment. Es befindet sich in der

108. Etage und bietet einen fantastischen Blick auf ... nein, es ist besser, du weißt nicht, worauf. Jedenfalls dämmerte es nach einem spektakulären Sonnenuntergang – ich hatte das gut getimt –, und sie zog sich aus.
Ich hatte relaxte Lounge-Musik mit orientalischen Rhythmen eingelegt. Die Sonne verschwand hinter ihrem Körper und schuf eine Symphonie aus Orange, Grau, Blau und Schwarz. Man kann es jeden Abend sehen, und es ist trotzdem nie das Gleiche. Dieses Mal war es etwas Besonderes, denn Lolita war da. Sie stand nackt vor mir, und zum ersten Mal – du wirst es nicht glauben – verschlug es mir für ein paar Momente die Sprache, war ich sekundenlang nicht mehr Herr, sondern Knecht.
»Ich will dein böses Mädchen sein«, sagte sie, und selbst dieser auswendig gelernte Stripperinnen-Blödsinn bezauberte mich. Und nun, Lukas Wer-auch-immer, bin ich ratlos. Ich will sie immer noch töten, aber ich könnte sie auch lieben. Was rätst du mir?
»Wie heißt du wirklich?«, fragte ich.
Ich wollte sie, wirklich sie, nicht den Abklatsch einer ranzig gewordenen Männerfantasie. Sie schüttelte den Kopf, ganz langsam. Auch das hatte sie sich irgendwo abgeschaut. Sie lehnte sich gegen die Wand, das rechte Bein angewinkelt. Ich sah sie mir in aller Ruhe an. Ihre leicht schräg gestellten braunen Augen mit den langen Wimpern, die perfekt in Form gezupften Brauen, die kleine, gerade Nase, die schmalen, geschwungenen Lippen. Die blasse Haut (sie geht nie in die Sonne, hat sie mir anvertraut), die dicken blonden Haare, die ihr Gesicht kinnlang einrahmen, die weißen Zähne.
Sie ist ein Kunstwerk, und ich bin dabei, es zu zerstören. Ich stehe vor einem Modigliani mit der Schere in der Hand, bereit, die Leinwand zu zerschneiden. So viele Zufälle genetischer und sozialer Natur mussten zusammentreffen, um ein kostbares Geschöpf von einmaliger Schönheit wie sie zu erschaffen, und

ich kann es innerhalb von Minuten vernichten. Das ist nicht richtig. Es sollte länger dauern, schwieriger sein. Ich zerstöre ja nicht nur ein Leben, sondern auch eine Hoffnung, ein Potenzial. Vielleicht steckt in ihr ein weiblicher Steve Jobs. Oder sie erfindet ein Mittel gegen Krebs oder eine praktikable Methode, Wind- und Solarenergie zu speichern oder sie wird eine weltberühmte Schauspielerin. Es liegt in meiner Hand, das zu verhindern.

Ich ging auf sie zu. Heute würde sie überleben, das hatte ich mir fest vorgenommen. Es würde weitere Gelegenheiten geben. Ich musste nicht die erstbeste nutzen.

Ich ging auf sie zu, umarmte sie und spürte verblüfft, wie ihr Körper sich versteifte. Was hatte das jetzt zu bedeuten? Ich wich einen Schritt zurück, sah sie an.

»Was ist?«, fragte ich erstaunt.

»Nichts«, antwortete sie und sah dabei auf den Boden. Sie roch kaum merkbar nach Schweiß. Sie war nervös. Damit hatte ich nicht gerechnet: Sie hatte mir etwas vorgespielt, ihre Selbstsicherheit war die Fassade eines verschüchterten Mädchens.

Das rührte und alarmierte mich gleichzeitig. Vielleicht würde ich gerade deshalb anfangen, sie zu mögen.

»Möchtest du was trinken?«, fragte ich.

»Ja, gern.« Sie versuchte zu lächeln und zitterte dabei ganz leicht; ihr Kinn verzog sich, als wollte sie weinen. Ich sah Gänsehaut auf ihren Oberarmen. Ich hob ihr Kleid vom Boden auf und reichte es ihr mit einem Lächeln. »Die Klimaanlage ist zu kühl eingestellt, tut mir leid. Ich schalte sie gleich runter.«

»Danke.« Sie nahm das Kleid und zog es sich hastig über. Ich beschloss in diesem Moment, sie nicht mehr wiederzusehen. Sie war nicht die Richtige. Etwas war schiefgegangen. Wir tranken etwas, dann verabschiedete sie sich.

Nun bin ich allein und denke an sie. Ich sollte das nicht tun, es könnte mir gefährlich werden, aber meine Fantasien zügelt das nicht. Ich setze das Messer an ihrer linken Brust an und ziehe es mit einer schnellen, fließenden Bewegung bis hinunter in ihren rasierten Schoß. Ich sehe die auseinanderklaffende Haut und genieße die Millisekunde, in der das Blut noch nicht fließt. Haha, Lukas. Sei nicht neidisch, dass ich das lebe, was du dich nicht mehr traust. Ich melde mich sehr bald mit neuen Einzelheiten. Sag deiner Freundin Rastegar viele Grüße. Richte ihr aus, dass ich mich sehr über mein Interpol-Profil amüsiert habe, über das ich neulich gestolpert bin. Das Foto ist wirklich ein Witz. Wer soll das denn sein? Kann mich nicht erinnern, jemals so ausgesehen zu haben.

8

»Massive Verletzungen von Kehlkopf und Zungenbein«, sagt Leo, und Sina überlegt, wie oft sie das schon gehört hat – eine Strophe in der Melodie gewaltsamer Tode –, und ihre Gedanken wandern ab. Weg von der Leiche, die jetzt in einer der flachen Obduktionswannen in der Rechtsmedizin liegt, nackt und schutzlos, hässlich und traurig, hin zu dem lebendigen Mädchen, dessen frühen Tod sie nun rekonstruieren muss.

Das ist der schlimmste Moment am Anfang einer Ermittlung. Sich den Beginn einer Geschichte vorzustellen, deren grässliches Ende man schon kennt. Zu wissen, dass es Möglichkeiten gegeben hätte, das Ende zu verhindern. Es gibt IMMER Möglichkeiten, Chancen, die nicht ergriffen werden, Zufälle, die die Rettung verhindern, ein boshaftes Schicksal, das alles tut, um die Sache fatal ausgehen zu lassen.

»Keine punktförmigen Blutungen in den Augenbindehäuten und in der Gesichtshaut«, sagt Leo, aber nicht zu ihr, er spricht gedämpft in das Mikrofon seines Headsets. Sina weiß, dass punktförmige Läsionen ein wichtiges Merkmal sind, wenn es um die Todesursache geht. Es bedeutet, dass der Drosselvorgang tatsächlich stattgefunden hat, die Leiche also erst nach ihrem Tod aufgehängt wurde, um einen Selbstmord zu simulieren. Andere Indize wären ein gedunsenes Gesicht der Toten und weitere Schwellungen im Halsbereich. Sophies Gesicht ist nicht gedunsen. Sina schöpft Hoffnung.

»Keine Läsionen, kein gedunsenes Gesicht, kann das nicht bedeuten …«

»Das bedeutet für sich genommen gar nichts. Läsionen können fehlen, wenn durch den Erhängungsvorgang sowohl der Blutfluss zum Kopf als auch der Blutabfluss sofort und vollständig unterbrochen werden. Dann ist sie daran gestorben und nicht erstickt. Zum Ersticken war dann keine Zeit mehr.«

»Aber das ist selten, stimmt's?«

»Ja, aber nicht so selten, wie man meinen könnte. Es geht eigentlich darum ... Ich würde sagen, dass sie vermutlich gesprungen ist. Sie hat ihren Tod nicht ausprobiert. Sie war nicht vorsichtig. Sie wollte ihn wirklich. Sie ist gesprungen.«

»Okay.«

»Sie war fest entschlossen, zu sterben.«

»Das meinst du?«

»Alle anderen Verletzungen weisen darauf hin. Es gibt keine Anzeichen eines Kampfes.«

»Jemand könnte sie an den Füßen gezogen haben.«

»Das ist sehr unwahrscheinlich.«

»Aber nicht unmöglich.«

»Nein.« Leo spricht wieder in sein Mikro. »Zerrungsblutungen an Brustbein und Schlüsselbein. Blutungen in den Zwischenwirbelscheiben im Bereich der Lendenwirbelsäule. Vitale bandförmige Abschürfungen und Blutungen um den Hals. Im Nackenbereich sehen wir eine Aussparung.«

Die Abschürfungen kommen vom Strick. Er liegt auf einem Tisch neben dem flattrigen Sommerkleid, der Unterwäsche und den schwarzen Adidas-Turnschuhen der Toten, und Leo wird noch untersuchen, ob die Spuren genau mit der Wunde übereinstimmen. Die Schlinge sieht feucht und schmutzig aus, verklebt mit dunkelbraunem getrocknetem Blut, wahrscheinlich von den Abschürfungen am Hals.

»Kräftige Blutungen im Weichgewebe um Zungenbein und Kehlkopf.«

In Sophies Zimmer haben sie eine ausgedruckte Anleitung gefunden, wie man den Strick so knüpft, dass der Plan auch gelingt. Die entsprechende Google-Seite hatte Sophie tatsächlich selbst aufgerufen, das konnte man auf ihrem Laptop problemlos nachverfolgen. Es gibt sogar einen kurzen handschriftlichen Abschiedsbrief. Mit ihren Fingerabdrücken. Nur ihre, sonst keine.

»Was ist mit den Fingernägeln?«, fragt Sina. »Hautfetzen, fremdes Blut?«

»Das ist ein Problem, die Nägel sind bis auf die Haut abgekaut«, sagt Leo. Er hebt die rechte Hand der Leiche und zeigt sie Sina. Die Nägel sind gerötet und verdreckt und tatsächlich extrem kurz. »Ich werde sie noch gesondert untersuchen, aber das ist natürlich ein Umstand, der das Ganze erschweren könnte. Ansonsten kann ich keine Abwehrverletzungen feststellen. Wie gesagt. Aber das muss nichts heißen. Wir sind noch am Anfang. Gib mir etwas Zeit.«

»Die Arme sind zerkratzt«, wendet Sina ein.

»Das sind wahrscheinlich Zweige oder Dornen. Sie war im Wald unterwegs.«

»Sicher. Kann es sein, dass ein eventueller Täter ihr die Fingernägel nachträglich abgeschnitten hat?«

»Abgeschnittene Nägel sehen ganz anders aus. Die hier sind eingerissen. Aber ich untersuche das, Sina, okay?«

»Natürlich.«

Sie weiß, dass Leo eigentlich lieber allein, beziehungsweise mit Kollegen aus seinem Bereich arbeitet. Er lässt sich nicht gern von Polizisten oder Staatsanwälten über die Schulter schauen, obwohl das eigentlich seine Pflicht ist. Bei ihm macht man trotzdem meistens eine Ausnahme. Er gilt als einer der besten Rechtsmediziner des gesamten Bezirks und wird auch aus anderen Gemeinden häufig angefordert. Aber er ist eben nur dann schnell, gründlich und entspannt, wenn man ihn vollkommen in Ruhe lässt.

»Meldest du dich, sobald du irgendwas weißt?«, fragt sie.

»Du gehst?«

»Ja.«

»Ich ruf dich an.«

»Dann sehen wir uns nachher.«

»Bis später.«

Sina geht hinaus, langsam, widerwillig. Ihre Schuhe machen quietschende Geräusche auf dem grauweiß geflammten Linoleum. Sie läuft durch den langen Gang. Eine der Neonröhren flackert. Es ist immer dieselbe, seit Jahren. Keiner kümmert sich darum, dass sie repariert wird.

Man gewöhnt sich daran. Man gewöhnt sich an alles.

Sina nimmt nicht den mit einer schweren Metalltür gesicherten Lift, für den sie einen Schlüssel besitzt. Er steht vor ihr wie ein großer, schimmernder Sarkophag. Innen, wenn sich die Türen schließen, bekommt man keine Luft oder bildet es sich zumindest ein: Sie hasst diesen Lift. Sie läuft wie immer die alte, abgetretene Holztreppe hinauf ins Erdgeschoss. Oben zeigt sie dem Portier ihren Ausweis. Der alte Mann nickt und lässt sie durch die Drehtür passieren.

Sophie Obernitz war, das zumindest ist jetzt schon sicher, ein sehr armes Mädchen. Sie litt unter Depressionen und Angstzuständen. Sie trieb sich in Chatrooms für Selbstmörder in spe herum. Sie googelte Vokabeln wie Schizophrenie, paranoide Schizophrenie, Hebephrenie, Halluzinationen, und offenbar suchte sie auch nach den entsprechenden Medikamenten dagegen.

Der Abschiedsbrief ist kurz, nur ein paar Zeilen. Eine krakelige, chaotische Schrift, die Schrift einer Kranken, das ist sogar für Laien ersichtlich. Der Brief wird zurzeit von einer Handschriftenspezialistin untersucht, zusammen mit Schriftproben aus Sophies Schulheften.

Ich halte es nicht mehr aus. Seid mir nicht böse.

Man kann wenig mehr daraus entnehmen. Keine Erklärungen.

Das Leben ist nicht gut zu mir.

Nichts, was weiterhelfen würde. Aber Sina bleibt dieser Satz im Gedächtnis, sie wälzt ihn hin und her, ohne Ergebnis.

Das Leben ist nicht gut zu mir.

Sie war irgendwie komisch, das sagten alle aus, die bisher befragt wurden, Schüler wie Lehrer. Sophie hatte keine Freunde, weil sie unnahbar wirkte. Sie sah schlampig aus, und sie wusch sich nicht. Sie hat gestunken, sagte eine ihrer beiden Mitbewohnerinnen, ein hübsches, sehr gepflegtes Mädchen mit langen braunen Haaren, der man ihren Ekel ansieht.

Wir haben ihr gesagt, dass sie duschen soll, aber sie hat's nicht getan.

Interessant daran ist, dass diese Entwicklung vollkommen neu war. Als Sophie im vergangenen Jahr nach Thalgau kam, war sie ein hübsches, etwas pummeliges Mädchen mit einer unkleidsamen Frisur. Dann trug sie ihre Haare anders, nahm ein paar Kilo ab, und innerhalb kurzer Zeit wurde sie recht beliebt.

Da wirkte sie noch vollkommen normal.

Dann – irgendwann – nicht mehr.

Wann nicht mehr? Wann hat sie sich verändert?

Phhh. Weiß ich auch nicht genau.

Denk doch noch mal nach.

Keine Ahnung, ehrlich.

Im Frühling? Noch im Winter?

Phhh. Eher Frühling.

Frühling. Das ist ja schon ein paar Wochen her. Mindestens einen Monat.

Mhm.

Mehr als einen Monat?

Glaub schon. Ja, doch. Zwei – zwei Monate oder so.

Gab es einen besonderen Vorfall?

Hmm. Keine Ahnung.

Und niemand hat mit ihr gesprochen?

Wie, gesprochen?

Also sie zum Beispiel mal gefragt, was plötzlich mit ihr los ist? Du, zum Beispiel.

Was?

Du hättest das tun können. Sie fragen.

Natürlich hab ich das! Ich meine, ich bin ihre Mitbewohnerin!

Und?

Sie hat gesagt, es wäre nichts.

Habt ihr mal mit eurer Hausmutter gesprochen?

Ja.

Und?

Sie hat auch mit Sophie gesprochen. Glaub ich.

Du weißt es aber nicht.

Nein.

Sophie hat nichts erzählt?

Die hat doch nie irgendwas erzählt. Die war gar nicht mehr richtig da.

Was heißt das genau?

Die war doch verrückt. Die hat überhaupt nichts mehr gecheckt.

Es gibt bisher keine Anzeichen für Fremdverschulden. Leo hat seine Untersuchung noch nicht abgeschlossen, aber Sina ist nicht sonderlich optimistisch, dass sich an seiner Einschätzung noch etwas ändern könnte.

Sie fährt von Leyden nach Thalgau. Ein Kollege der dortigen Polizeidienststelle hat sie angerufen, weil die Eltern der Toten eingetroffen sind.

Sie wollen die Leiche sehen. Sofort.

Das geht jetzt nicht, sie ist in der Rechtsmedizin.

Könnten Sie dann mal herkommen? Ich kann die nicht länger vertrösten.

Bin auf dem Weg. Lassen Sie sie nicht weg. Ich bin in zwanzig Minuten da.

Die sind ganz schön ungeduldig.

Sagen Sie ihnen, die leitende Ermittlerin ist auf dem Weg. Das wirkt bestimmt.

Wenn Sie das sagen.

Das funktioniert ganz sicher. Und ich bin gleich da.

Das wäre gut.

Aber sie ist nicht gleich da. Es gibt einen Stau wegen einer Autopanne auf der Straße stadtauswärts. Erst eine Stunde später parkt sie vor der Dienststelle.

Die Nachricht von Sophies Tod kommt am Ende in der zweiten Schulstunde, in der kleinen Pause um halb zehn. Ich befinde mich ausnahmsweise im Lehrerzimmer, Aktivität vortäuschend, indem ich eine angeblich defekte Steckdose »repariere«, um alles mitzubekommen, was eventuell passieren wird. Ich bin in einer vibrierend wachen Stimmung, erregt, aber nicht nervös, als Frau Menzel hereinkommt, die Schulsekretärin. Sie bleibt in der Tür stehen, schnaufend, als hätte sie sich ausnahmsweise beeilt. »Es ist etwas Furchtbares passiert.« Ihre Stimme klingt schrill, sie hustet und setzt noch einmal an. »Es ist ... äh ... Sophie Obernitz ist ... äh ... gestorben.«

Es sind fast alle Lehrer anwesend, soweit ich das beurteilen kann; einige springen auf. Ein Stuhl fällt krachend um, und es ertönt ein kollektives Stöhnen. Dann wird es ganz still. Ich setze eine angemessen betroffene Miene auf und versuche währenddessen, in den anderen Gesichtern zu lesen. Ich sehe Entsetzen, gemischt mit schlechtem Gewissen.

Sie haben nicht nach ihr gesucht. Sie haben sich darauf verlassen, dass sie von selbst wieder auftaucht. Ein tödlicher Fehler, dessen Quittung ihnen jetzt präsentiert wird.

Schließlich sagt Verena: »Wo ist sie? Was ist passiert?« Ihre Stimme zittert, ich sehe, wie sie bleich wird und anfängt, zu weinen. »Oh Gott«, flüstert sie, und sie tut mir tatsächlich leid, und daran merke ich, dass mir mehr an ihr liegt, als ich gedacht hätte.

Was mich nicht daran hindert, die Situation im Auge zu behalten.

Frau Menzel weint jetzt ebenfalls, überhaupt weinen plötzlich fast alle Frauen oder tun zumindest so. Frau Menzel setzt sich auf einen leeren Stuhl und lässt ihren Gefühlen freien Lauf. Das heißt, sie heult ziemlich laut.

Christian Jensen fragt derweil mit trockener Stimme: »Woran ist sie denn überhaupt gestorben?« Jensen, genannt Tick, unterrichtet Mathematik und Chemie und hält alle Schüler für Vollidioten, die mit seinen Fächern nichts anfangen können, also mindestens ein Drittel. Er trägt fast immer das Gleiche: ein offenes weißes Hemd, eine anthrazitfarbene Anzughose. Menschen hält er sich mit Ironie vom Leib. Bis vor ein paar Jahren war er laut Verena mit einer Kollegin liiert, die Thalgau verlassen hat, nachdem die Beziehung in die Brüche gegangen war.

Ich mag Tick aus irgendeinem Grund. Mir gefällt seine distanzierte, sarkastische Art. Er redet wenig, aber wenn er etwas sagt, sind seine Bemerkungen äußerst treffend. Er erinnert mich an einen Heckenschützen. Wenn niemand mit ihm rechnet, fällt ein Schuss aus dem Hinterhalt. Deswegen ist er bei den meisten anderen unbeliebt.

Frau Menzel schluchzt, schnäuzt sich ausgiebig und sagt schließlich mit gravitätisch heiserer Stimme, dass Sophie sich erhängt hat.

»Komisch, dass mich das nicht überrascht.«

Jetzt starren alle Tick an. Er lehnt mit verschränkten Armen am Fensterbrett und wirkt völlig ungerührt.

»Was redest du denn da!«, sagt Verena zornig.

»Sie war verrückt«, sagt Tick. »Verrückt und einsam. Du hättest längst was unternehmen müssen.«

»Ich?«

»Wer denn sonst? Du warst ihre Hausmutter.«

An Unterricht denkt niemand mehr.

Stattdessen werden die Schüler zusammengerufen, wir treffen uns alle zum zweiten Mal an diesem Tag im Vortragssaal. Mergentheimer erklimmt das Podium und verkündet die Nachricht. Er sieht blass aus, seine grauen Haare sind noch struppiger als sonst, seine Hände zittern. Noch nie war es in der Aula so ruhig. Kein Schnaufen, kein Füßescharren, kein Husten. Es ist, als würden alle den Atem anhalten.

Da Sophie von einem fremden Jogger im Wald gefunden wurde und dieser die Polizei verständigt hat, wird jetzt ermittelt. Mergentheimer erklärt, dass es sich um eine Routineuntersuchung handelt und hört sich dabei an, als hätte er das Wort auswendig gelernt.

Routineuntersuchung. Ganz normal. Kein Problem.

Alle Anzeichen weisen darauf hin, dass Sophie Obernitz sich das Leben genommen hat, sagt Mergentheimer, und niemand widerspricht ihm.

Die Stille vertieft sich. Ich sehe gesenkte Köpfe. Ich suche nach *dem Mädchen* wie mittlerweile jeden Morgen, und obwohl ich weiß, dass das ein Fehler ist. Ich entdecke sie auf der anderen Seite des Raums; sie sitzt auf einem der breiten Fensterbretter. Sie trägt Röhrenjeans und ein dunkles T-Shirt, ihr weißes Gesicht scheint zu leuchten. Ich bewundere ihre gerade und gleichzeitig vollkommen ungezwungene Haltung. Sie wirkt aufmerksam, aber nicht schockiert. Ich wende meinen Blick ab; für den Moment reicht es mir, zu wissen, wo sie ist.

Dass sie im selben Raum ist wie ich.

»Was haben wir falsch gemacht?«, fragt Mergentheimer auf seine salbungsvolle Art in die Runde und antwortet sich selbst: »Wir haben uns nicht genug bemüht.«

Und das, denke ich, ist zweifellos korrekt.

Nach dem Mittagessen kommt die Polizei mit vier Mannschaftswagen, die alle auf dem gekiesten Vorplatz parken. Sophies Zimmer wird durchsucht, ihre Zimmerkameradinnen werden befragt, Verena wird von Rastegar verhört. Ich halte mich im Hintergrund und versuche Rastegar und ihren Kollegen – vor allem Gronberg, der ebenfalls anwesend ist – aus dem Weg zu gehen.

Ich verbringe ein paar Stunden allein in meiner Wohnung, auf dem Bett liegend, nachdenkend. Ich überlege, ob ich Verena anrufen soll, aber sie wird sich voraussichtlich selbst melden, sobald ihre Befragung vorüber ist.

Schließlich nicke ich ein. Als ich aufwache, dämmert es bereits, und mir wird klar, dass ich das Abendessen verschlafen habe. Ich richte mich auf, meine Glieder schmerzen, und ich merke, wie erschöpft ich bin. Auf meinem Handy sehe ich, dass es fünf nach neun ist. Verena hat nicht angerufen oder ich habe das Festnetztelefon nicht gehört. Auch Rastegar hat sich nicht gemeldet. Das überrascht mich etwas, aber eigentlich ist es mir egal.

Ich gehe ins Bad, schütte mir kaltes Wasser ins Gesicht und trockne mich ab, immer noch mit dem seltsamen Gefühl, nicht ganz da zu sein, neben mir zu stehen. Ich bin mir nicht mal sicher, ob ich überhaupt wach bin.

Ich gehe nach draußen, in die Dunkelheit, ohne zu wissen, wo ich hin will. Beziehungsweise weiß ich es eigentlich ganz genau. Ich laufe an der Meierei vorbei, melde mich nicht bei Verena, sondern biege ab, Richtung Waldhaus. Dort wohnt *das Mädchen*. Ich weiß jetzt, dass sie sich Juli nennt. Ihr Nachname ist Kayser. Juli Kayser. Ich habe vorhin von ihr geträumt, das ist mir jetzt klar, und auch, dass es nicht zum ersten Mal war. Sie hat sich in meine Gedanken geschlichen, meine Aufmerksamkeit gekapert, meine Gefühle gefesselt. Es gibt nur noch ein Ziel, und das ist sie.

Ich will sie, ich will sie besitzen und ihr wehtun. Ich will in sie hineinschauen. Wissen, wie sie funktioniert. Ich will in ihr Geheimnis eintauchen. Ich will sie lieben und dann vernichten, weil sie mich nicht zurück liebt.

Ich finde mich wieder vor dem Waldhaus, einem Holzhaus mit knarzenden dunklen Dielen. Drinnen riecht es meistens nach Harz und Resten von kaltem Rauch, weil die Schülerinnen hier manchmal heimlich rauchen. Aber diesmal gehe ich nicht hinein, das wäre zu gefährlich. Ich stelle mich stattdessen draußen vor eins der Fenster. Ich sehe, dass es geöffnet ist. Das Zimmer ist dunkel, vielleicht ist die Bewohnerin da, vielleicht nicht, vielleicht schläft sie mit einem Jungen.

Ich horche, aber aus dem Zimmer kommt kein Geräusch. Ich denke nicht, dass sie da ist. Juli geht in die elfte Klasse, und das bedeutet, dass sie erst um elf in ihrem Zimmer sein muss. Es gibt eine Feuerleiter, die direkt neben dem Fenster zu ihrem Zimmer verläuft. Ich könnte ganz leicht durch das offene Fenster einsteigen. Ich schließe die Augen und stelle mir vor, dass ich durch ihr Fenster einsteige, mich auf ihr Bett lege.

Vor meinem inneren Auge sehe ich, wie sie hereinkommt, das Licht nicht anmacht, sich neben mich legt, mich umarmt, wie jemanden, den sie lange erwartet hat. Ich spüre die Verbindung zwischen uns, die jenseits aller Worte und Konventionen besteht. Sie ist da, seitdem ich sie beim Werfen angefasst habe, ihren Schweiß gerochen habe, ihren geschmeidigen Tänzerinnenkörper spürte, der sich in meine Hände schmiegte, als gehörte er genau da hin.

Als wäre er nach Hause gekommen.

Die Zeit vergeht, ich beachte sie nicht. Ich lehne mich an die Wand unter Julis Fenster und schaue in die Dunkelheit. Und warte.

Dann, vielleicht eine halbe Stunde später, höre ich Geräusche. Schritte und Reden – eine hohe und eine tiefe Stimme –

und unterdrücktes Lachen. Ein Mann lacht. Ich versuche, seine Stimme zu erkennen, sie klingt heiser, es könnte Tick sein, aber ich bin mir nicht sicher, ich kann sie nicht mal richtig orten. In diesem Moment geht das Licht in Julis Fenster an, wirft seinen warmen Schein auf die Bäume gegenüber. Und natürlich auch auf mich, den Hausmeister, der sich ein Stockwerk tiefer unter ihrem Fenster befindet, wo er absolut nichts verloren hat. Auf die Frage, was ich hier mache, gäbe es keine einzige harmlose Antwort.

Ich stehe regungslos. Womöglich wird sie sich gleich aus dem offenen Fenster beugen, vielleicht noch eine rauchen, und dabei würde sie mich todsicher entdecken. Ich bin gelähmt vor Entsetzen, sämtliche Instinkte sind stillgelegt. Schließlich schaffe ich es, mich in den Wald zurückzuziehen, ganz langsam, Schritt für Schritt, während ich ihr Fenster im Auge behalte, hinter dem ich ihren Schatten sehe, der sich hin und her bewegt.

Es dauert mindestens drei, vier Minuten, bis ich aus der Schusslinie bin. Endlich erreiche ich den Weg, der vom Waldhaus zur Grenze des Internatsgeländes führt. Er endet an einem Gartentürchen, das nie verschlossen ist. Ich gehe darauf zu, in der Absicht, noch einen Spaziergang zu machen und dann ins Bett zu gehen.

Juli wird mich heute Nacht um den Schlaf bringen. Ich hasse, hasse, hasse die Erkenntnis, dass sich nichts geändert hat. Ich verabscheue mich und meine abstoßenden Begierden mit einer Intensität, die mich zum Weinen bringen würde, wenn ich noch weinen könnte.

Stattdessen laufe ich wie ein Automat. Glücklicherweise begegne ich niemandem. Ich erreiche das Gartentürchen und öffne es. Danach kommt eine schmale, gewundene Straße. Wenn man nach links geht, endet sie nach ein, zwei Kilometern am Waldrand, und von dort aus führt ein Feldweg in einem Halbkreis über eine Wiese zurück ins Internat. Ich wende mich nach links, hinein in die Dunkelheit. Ich bin in Versuchung, zu joggen, so wie immer, aber ich zwinge mich, langsam zu gehen. Ruhig zu atmen.

Ein und aus.

Ein und aus.

Ich zwinge mich, meine Umgebung wahrzunehmen. Mich selbst wahrzunehmen. Denn: Ich kann nicht immer davonlaufen. Ich kann mich nicht für den Rest meines Lebens mit exzessivem Sport betäuben. Ich muss ... hinsehen. Wenigstens einmal ganz genau hinsehen. Ich muss wissen, was mich zum Monster macht, um es bekämpfen zu können.

Ich muss ... zurückkehren. Zum Ursprung.

Meine Augen werden nass, und ich hasse mich noch mehr. Ich, ausgerechnet ich tue mir selber leid.

Das ist das Letzte. Ich bin ...

Abschaum!

Die Tränen fließen jetzt ungehemmt, insofern ist die Dunkelheit mein einziger Freund. Und natürlich die Tatsache, dass die Straße menschenleer ist. Ich wische mir hastig über das Gesicht, schnäuze mich in mein T-Shirt, während ich immer langsamer gehe, einen Fuß vor den anderen setze, mich am liebsten hinsetzen, hinlegen würde, so schwach fühle ich mich.

Die geteerte Straße endet irgendwann und geht in einen Feldweg über, der am Waldrand entlangführt. Links von mir ist ein von einem blassen, abnehmenden Mond beschienenes Maisfeld, rechts herrscht totale Finsternis. Die Bäume lassen sich nur ahnen.

Ich höre ein heiseres Stöhnen und ein Rascheln wie von Papier und bleibe sofort stehen.

Die Tränen versiegen abrupt. Meine Augen fühlen sich klebrig an, sind aber nicht einmal mehr feucht. Ich vergesse in derselben Sekunde, dass ich geweint habe, und versuche, so lautlos wie möglich zu atmen.

Ich höre die klagende, nörgelnde Stimme eines Jungen, der gerade im Stimmbruch ist.

»Das tut weh!«

Ich ducke mich instinktiv. Das Rascheln verstärkt sich, es scheint direkt neben mir zu sein. Ich richte mich vorsichtig wieder auf, stelle mich auf die Zehenspitzen. Die Pflanzen stehen bereits fast mannshoch, ich kann nicht über sie hinwegsehen.

Nichts.

Dann die gedämpfte Stimme eines Mannes, getragen von der milden, unbewegten Luft.

»Entspann dich, Idiot.«

»Das tut weh!«

»Sei still!«

»Nein. Bitte!«

Ich drehe mich um, sehe hinter mir etwas, das der mit Moos bedeckte Stamm eines gefällten Baums sein könnte. Ich weiche langsam zurück und besteige den Stamm. Er fühlt sich rutschig an, ich stürze fast, halte schließlich mühsam die Balance. Ich richte mich vorsichtig auf, sehe jetzt über das Maisfeld, einen reglosen Zauberwald im Mondlicht, und entdecke dann zwanzig bis dreißig Meter von mir entfernt ein Loch, eine freie Stelle. Ich vermute eine Insel aus niedergetrampelten Pflanzen. Von hier aus kann ich niemanden sehen.

Ein Blitz und noch einer. Mehrere, in rascher, regelmäßiger Abfolge

Blitze ohne Gewitter. Sie kommen aus der Insel im Maisfeld. Gleißende Helligkeit, sekundenlang.

Ich höre jetzt wieder ein Stöhnen, diesmal stammt es eindeutig von dem Mann, es wird schneller und schneller, und ich merke – spüre –, dass er leise sein möchte, sich der Gefahr bewusst ist, aber nicht mehr in der Verfassung, sich zu beherrschen. Seine Gier wird zu meiner Gier, es ist, als ob ich selbst dort wäre, ich krieche unter seine Haut und werde …

Ein Mensch, der niemanden liebt.

Ein Mensch, der kein Mitgefühl kennt, auch nicht mit sich selbst.

Ich schließe die Augen und sehe, was er sieht. Haut, die sich in seinen Händen verwandelt wie Knetmasse und zu etwas Neuem wird: sein Geschöpf, das er geschaffen hat. Ein schönes, angstvolles Gesicht, dessen Liebreiz er zerstören kann. Wenn er nur will.

Er kann es.

Er kann alles.

Er ist Gott, der Ungerechte, gnadenloser Herrscher über diese Welt, die ihm gehört.

Ich mache die Augen auf und weiß, was ich zu tun habe. Ihn vernichten.

Dann höre ich ein Wimmern, ein verzweifeltes Schluchzen mit panischen Kieksern, und ich bin gelähmt vor Entsetzen. Denn plötzlich sehe ich das Kind, nicht dieses Kind, sondern ein anderes – viele Jahre früher …

Dann ist alles um mich herum schwarz, schwärzer als der Tod. Ich stürze rücklings auf den harten Waldboden, ein Ast bohrt sich in meinen Rücken, aber ich spüre nichts. Ich liege regungslos. Flach und leicht wie ein Blatt Papier. Tonnenschwer wie ein herabgefallener Meteorit.

Tot. Ich bin tot.

Endlich.

9

»Es gibt keinen Hinweis auf Fremdeinwirkung«, sagt Leo. «Keinen einzigen bislang«, bekräftigt er.

Und das klingt wie eine Einschränkung, aber Sina weiß, dass es keine ist.

Im Obduktionssaal ist es so hell, dass Sina jede Pore seiner Haut sehen kann, obwohl sie mindestens einen Meter von ihm entfernt auf einem Stuhl neben der frisch gereinigten Obduktionswanne sitzt. Der Geruch nach Desinfektionsmittel ist mindestens so schlimm, wie es der Geruch der Toten war. Der Staatsanwalt war da und ist wieder gegangen, und jetzt sitzt ihr Leo gegenüber, mit eingesunkenen Schultern, die Hände zwischen den Knien, erschöpft. Er hat seinen Kittel geöffnet, das Hemd darunter sieht schweißnass aus, obwohl der Raum klimatisiert ist.

Die Leiche des Mädchens befindet sich jetzt in einem Kühlfach. Die Ergebnisse der Blutuntersuchung stehen noch aus. Aber selbst wenn Sophie Obernitz unter Medikamenten oder Drogen gestanden hätte – was würde das ändern? Nichts. Gar nichts, solange es keine Hinweise gibt, dass jemand ihr diese Substanzen gegen ihren Willen eingeflößt hat. Und keine einzige Zeugenaussage liefert darauf auch nur den geringsten Hinweis.

»Ja«, sagt Sina mit einem kleinen Fragezeichen, als würde sie hoffen, dass noch etwas kommt. Aber es kommt nichts.

»Bist du sicher?«, fragt sie, obwohl sie weiß, dass sich Leo über diese Frage ärgern wird: Natürlich ist er sich sicher, sonst hätte er es nicht gesagt.

Er antwortet nicht, aber sie sieht, dass er sich zusammennimmt, um nicht laut zu werden.

»Lass uns heimgehen«, sagt sie besänftigend. »Okay?«

Leo hebt den Blick und sieht sie an. Seine braunen Augen haben einen schmalen grünlichen Ring direkt um die Pupille. Diesen Ring sieht man sonst nur, wenn er direkt in die Sonne schaut. Sina muss lächeln, und Leo lächelt zurück, überrascht über den plötzlichen Sinneswandel. Er lehnt sich zurück, dehnt sich, streckt sich und seufzt. «Ja, lass uns gehen«, sagt er.

»Armes Mädchen«, sagt Sina, als wollte sie etwas abschließen – und das will sie auch, sie will diesen Fall abschließen und vergessen –, und steht auf, obwohl sie am liebsten auf diesem Stuhl einschlafen würde. Sie werden sich eine Pizza holen und es sich im Bett vor dem Fernseher gemütlich machen und irgendeinen verrückten Spätfilm anschauen, und währenddessen werden sie Sex haben, schnellen, heißen Sex, und Leo wird sofort danach einschlafen.

Während Sina wach sein wird und grübeln wird.

Über alles Mögliche, nicht nur über diesen Fall.

Über Leo, über ihr Leben mit ihm und die Frage, ob sie eine Chance haben, obwohl er immer noch mit Isabella verheiratet ist und es Isabella schlecht geht, was Leo unter Druck setzt. Auch wenn er es nicht zugibt.

Am nächsten Morgen gibt es um sieben Uhr dreißig eine Konferenz, in der unter anderem Leo seine Ergebnisse mitteilt. Sie sind zu acht: Sina, Leo, Polizeipräsident Matthias, Gronberg, der Staatsanwalt und die drei Polizisten aus Thalgau, die bei der Zeugenbefragung geholfen haben. Leo wirft die auf seinem Notebook gespeicherten Detailfotos an die Leinwand im Konferenzraum. Alle können die Leiche Sophies jetzt in Überlebensgröße sehen. Jede Einzelheit von ihr. Die Totenflecken, die graue Haut, die strähnigen Haare, den leeren Blick, den verzerrten Mund, das gebrochene Zungenbein.

»Keine Leichenstarre, auch nicht in den Gesichtsmuskeln«, erklärt Leo. »Das bedeutet, dass wir den Todeszeitpunkt um circa 28 bis 36 Stunden vor Auffindung der Leiche zurückdatieren müssen. Meinen Berechnungen nach wäre das etwa zwischen 21 Uhr und Mitternacht des vorvergangenen Tages.«

»Das entspricht den Zeugenaussagen«, sagt Sina. »Niemand hat Sophie Obernitz nach 21 Uhr gesehen oder mit ihr gesprochen.«

Die Konferenz dauert über drei Stunden, und das Ergebnis ist klar. Sehr viele Indizien weisen auf Selbstmord hin, null Indizien auf Fremdeinwirkung, resümiert Matthias. »Tragisch«, sagt Matthias. »Ein tragischer Fall, ein bedauernswertes junges Mädchen.«

Besonders betroffen wirkt er nicht. Ohne Indizien muss der Fall eingestellt werden, und genau das liegt in seinem Interesse.

»Ihr Handy ist nicht gefunden worden«, sagt Sina. Sie weiß, dass auch das kein belastbarer Hinweis ist, aber es ist zumindest merkwürdig. Man kann es nicht auf Anhieb erklären.

»Und?«, sagt Matthias. Er wirkt verärgert. Drei Stunden können sehr, sehr lang sein. Leo hat ausgesprochen unschöne Bilder präsentiert und war wie immer sehr gründlich und vielleicht etwas zu ausführlich beim Erklären seiner Ergebnisse. Die drei Polizisten haben ihrerseits die seltene Gelegenheit ergriffen, sich ausgiebig zu präsentieren, indem sie jede einzelne noch so belanglose Zeugenaussage lang und breit dokumentierten.

»Ich meine nur, dass es seltsam ist«, sagt Sina trotzdem. »Wir haben überall nach dem Handy gesucht. Es ist so, als ob sie nie eins gehabt hätte.«

»Vielleicht war das so«, sagt Matthias.

»Eben nicht. Ihre Mutter hat am Abend, an dem Sophie zu Tode gekommen ist, mit ihr telefoniert. Auf ihrem Handy.«

»Dann hat sie es eben weggeworfen, bevor sie es getan hat. Herrgott, Sina, das Mädchen war vollkommen verrückt.«

»Wenn sie es einfach nur weggeworfen oder verloren hätte, hätte wir es orten können. Wir hatten ihre Nummer, ihren Anbieter, die Marke, alles. Es war ein teures Smartphone. Sie hat es um 19 Uhr 13 an ihrem Notebook aufgeladen, also kann auch der Akku nicht leer sein. Sie muss es anschließend vernichtet haben. Beziehungsweise die Simcard herausgenommen und die dann vernichtet haben. Aber warum macht sie sich die Mühe? Wofür?«

»Warum nicht?«, fragt Matthias zurück. Er lehnt sich in seinem Stuhl zurück, bis der gefährlich kippelt.

»Weil ... Warum hat sie dann nicht auch die Festplatte von ihrem Notebook zerstört? Warum nur das Telefon? Es ist einfach nicht logisch. Wenn sie irgendwas zu verbergen gehabt hätte, hätte sie die Festplatte ihres Notebooks kaputtmachen können. Aber das hat sie nicht getan.«

»Vielleicht gab es Informationen auf dem Handy, von denen sie nicht wollte, dass sie jemand erfährt. Fiese SMS, etwas in der Art.«

»Das Handy hat sie am selben Abend beim Aufladen mit dem Notebook synchronisiert. Sämtliche Daten des Handys müssten demnach auf dem Notebook sein.«

Matthias will etwas sagen, aber überraschenderweise wird er von einem der drei Polizeiobermeister unterbrochen. Er heißt, wenn Sina sich richtig erinnert, PO Peter Kausch. Jedenfalls sagt PO Kausch: »Also, wenn das so ist, finde ich das auch irgendwie komisch.«

»Komisch?«, fragt Matthias nach, und seine Stimme klingt wie Eiswasser.

»Ja«, sagt PO Kausch ohne Umschweife. Er hat dicke

blonde Haare und ein junges rundes Gesicht mit vollen Lippen und blauen Augen. Sina mag seine Unbeirrtheit; am liebsten würde sie ihn anlächeln. »Mir fällt auch kein Grund ein, warum sie ihr Handy vernichten sollte. Es ist kompliziert und überflüssig. Leuchtet mir nicht ein.«

»Es ist nicht kompliziert, eine Simcard aus einem Telefon herauszunehmen.«

»Nein«, sagt Sina. »Aber welchen Grund sollte sie gehabt haben?«

»Den, dass sie verrückt war?«

»Wir müssen einen Psychologen befragen«, sagt Leo. »Das sollten wir sowieso tun. Das müssen wir tun.«

»Natürlich«, sagt Matthias nach einer Pause. »Eigentlich hätte das längst passiert sein müssen.« Ein Seitenhieb auf Sina, aber sie ignoriert das.

Wieder an ihrem Arbeitsplatz, ruft sie Salberg/Larache an, aber sein Telefon ist ausgeschaltet, und über eine Mailbox verfügt er nicht.

Sie seufzt vor Ungeduld.

Mittags telefoniert sie mit einem Polizeipsychologen und Gerichtsgutachter aus Frankfurt, einem älteren Herrn namens Karl Sendermann, der mehrere Bücher veröffentlicht hat, von denen eins ›Die Phänomenologie des Verbrechens‹ heißt und ein Bestseller wurde. Sina hat Sendermann noch nie getroffen, aber sie mag seine leise Stimme und seine höfliche, bedächtige Art.

Sie schildert ihm den Fall. Und merkt währenddessen, wie wenig sie über Sophie in Erfahrung bringen konnten.

»Das sind nicht gerade üppige Informationen«, kommentiert Sendermann, nachdem sie fertig ist.

»Nein«, gibt Sina zu.

»War Sophie jemals in psychologischer Behandlung?«

»Die Eltern sagen Nein. Das sei nie nötig gewesen.«

»War sie auf eigene Faust bei einem Arzt?«

»Nichts weist darauf hin.«

»Was hatten Sie für einen Eindruck? Von den Eltern.«

»Von den Eltern?« Sina überlegt. Ruft sie sich noch einmal ins Gedächtnis – ein großer, schlanker Mann mit Glatze und eine Frau mit hagerem Gesicht und kleinem, rosa geschminktem Herzmund, die älter aussah als ihr Mann. Beide weinten während der gesamten Vernehmung.

»Offenbar haben sie wirklich nicht erkannt, wie schlecht es Sophie ging. Sie hat nur sehr wenig erzählt. Sagen die Eltern.«

»Was genau haben sie gesagt?«

»Dass man ihr schon immer jedes Wort aus der Nase ziehen musste.«

»Und das hat sie nicht gewundert?«

»Sie haben es auf die Pubertät geschoben.« Sina blättert im abgetippten Protokoll. Sie zitiert: »Sophie war immer schon eher zurückhaltend. Wir haben das nicht so ernst genommen.«

»Ich verstehe.« Es klingt nachdenklich.

»Ich glaube, sie hatten ein schlechtes Gewissen«, sagt Sina.

»Nun, das haben sie natürlich als Eltern eines suizidierten Kindes, das ist normal«, sagt Sendenmann. »Das kommt zur Verlusterfahrung noch dazu und verschärft den Konflikt. Wie haben sie sonst auf Sie gewirkt?«

»Verzweifelt. Außer sich, um genau zu sein. Wir haben die Vernehmung mehrmals unterbrechen müssen. Wir haben einen Arzt geholt, der ihnen ein Beruhigungsmittel gegeben hat, und wir haben ihnen nach der Vernehmung psychologische Hilfe angeboten. Aber sie wollten nichts annehmen.«

»Nichts?«

»Nein. Sie wollten ihre Tochter nur sehen.«

»Ich verstehe.«

Sophies Mutter, Saskia Obernitz, fährt mit dem Finger die dicke bräunliche Linie am Hals ihrer Tochter nach, legt die Hand an die Wange der Toten, verharrt sekundenlang und küsst Sophie schließlich auf den Mund.

Sina erschauert bei der Erinnerung. Sophie kam direkt aus der Kühlkammer. Ihre Lippen müssen eiskalt gewesen sein.

»Und dann?«, fragt Sendermann in ihr Ohr.

»Danach sind sie gefahren.«

»Wo sind sie jetzt?«

»Das weiß ich nicht. Zu Hause, nehme ich an. Wir haben sie gehen lassen, sie haben beide ein Alibi.«

»Standen sie denn unter Verdacht?«

»Nein. Sie wohnen 300 Kilometer weit weg. Sie sind beide ganztags berufstätig und waren beide am angenommenen Tatzeitpunkt auf einer Versammlung ihres örtlichen Gemeinderats. Das haben wir überprüft, das ging ganz schnell.«

»Geben sie dem Internat die Schuld?«

Sina blättert im Protokoll, aber eigentlich weiß sie die Antwort auch so. Und sie erinnert sich auch daran, dass es sie gestern bereits irritiert hat: die Verzweiflung, das Außersichsein, und trotzdem gab es keinen Versuch, jemand anderem die Schuld zu geben. Das ist selten.

»Bisher nicht. Im Gegenteil, sie haben nur Gutes über die Schule gesagt.«

»Das ist merkwürdig.«

Sina lauscht ins Telefon, aber es kommt eine Weile nichts. Sie kennt Sendermann gut genug, um ihn nicht zu drängen.

Es vergeht fast eine Minute.

Dann sagt Sendermann: »Es ist natürlich schwierig, eine Ferndiagnose zu stellen.«

»Aber?«

»Sophie war die einzige Tochter?«

»Nein, sie hat noch eine Schwester.«

»Das ist gut. Aber trotzdem. Hören Sie ... Die Eltern sind meiner Ansicht nach akut suizidgefährdet. Gibt es eine Möglichkeit ... Jemanden, der nach ihnen sehen kann? Ein Verwandter? Ein Nachbar?«

»Keine Ahnung. Wie gesagt ...«

»Sie sollten sich darum kümmern.«

Sina seufzt. Sie weiß, dass er recht hat. Aber wie soll sie das anstellen? Einfach auf Verdacht jemanden vorbeischicken?

»Ich habe noch eine Frage«, sagt sie.

»Ja? Es kommt gleich ein Klient, also wäre es gut ...«

»Ich bin gleich fertig. Es geht darum – es ist so, wir finden das Handy der Toten nicht. Es ist verschwunden und wir können es nicht orten. Wir wissen, dass sie Stunden vor ihrem Tod mit ihren Eltern telefoniert hat. Aber wir finden das Endgerät nicht.«

»Wollen Sie wissen, ob sie es vor ihrem Suizid zerstört haben könnte? Ob das in psychologischer Hinsicht Sinn machen würde? Aus ihrer Sicht?«

»So ungefähr«, sagt Sina und hält den Atem an.

Wieder lässt sich Sendermann Zeit. Das mag sie an ihm: Er redet nie unbedacht drauflos. Sie drückt den Hörer ans Ohr.

Was Sendermann jetzt sagt, entscheidet, ob sie einen Fall haben werden oder nicht.

»Kann es sein, dass ich das Zünglein an der Waage bin?«, fragt Sendermann schließlich so staubtrocken, wie es manchmal seine Art ist, und Sina muss lachen, ziemlich laut und heftig sogar. Daran merkt sie die Anspannung der letzten Stunden und Tage. Daran, und dass ihr fast die Tränen kommen. Sie wischt sich hastig mit den Handballen über die Augen, schnäuzt sich mit einer zerknüllten Serviette, die sie aus dem Papierkorb gefischt hat, und sieht sich dann vorsichtig um. Erleichtert stellt sie fest, dass sie im Moment allein ist.

Allein in ihrem stickig heißen Büro.

»Alles in Ordnung mit Ihnen?« Sendermanns Stimme quäkt aus dem Hörer auf dem Schreibtisch.

»Ja.« Sie räuspert sich und nimmt den Hörer wieder in die Hand. »Ja. Alles klar. Entschuldigung.«

»So witzig war das nun auch wieder nicht, Frau Hauptkommissarin.«

»Sie haben recht. Es ist nur ...«

»Sie wollen wissen, ob Sie ermitteln dürfen.« Sie hört das Lächeln in seiner Stimme. Und dann gibt er ihr die Antwort.

Ich schwebe in einer weißen Welt. Alles ist so hell und schimmernd, dass es meinen Augen wehtut. Es ist, als würde ich mitten in die Sonne schauen, und dabei friere ich, denn es fühlt sich bitterkalt an. Ich weiß mit einem Mal, dass ich tot bin – endlich, endlich! –, und die Erkenntnis erfüllt mich mit tiefer Freude. Die Kälte verschwindet, denn die Freude wärmt mich von innen, bis ich fast in Flammen stehe.

Ich rieche: Schnee. Ich sehe: ein endloses, verschneites Plateau, glatt und gleichmäßig, kein Baum, kein Strauch, der die strahlende Einöde unterbricht. Am Horizont befindet sich ein dunkler Punkt, aber er ist weit weg. Langsam kommt er näher, wird größer, eine kreisrunde Fläche, verdrängt das gleißende Leuchten, wirft Schwärze wie ein Tuch um mich,

und

ich wache

auf.

Ich bin nicht tot. Es hat wieder nicht geklappt.

Verdammt.

Ich hätte es in der Hand, zu tun, was notwendig wäre, um die Welt von meiner Existenz zu befreien. Ich gehöre in ein Grab mit meterdicker Stahlplatte darüber, damit mein kranker Geist niemanden heimsuchen kann.

Warum bin ich immer noch hier?

Ich starre an eine frisch getünchte Decke in einem Raum, der penetrant nach Wandfarbe riecht. Die Farbe – ein sanftes Lindgrün – sieht noch feucht aus. Meine Augen tränen. Ich bewege mich vorsichtig, Beine, Arme, Hände, Finger, Schultern, Zehen. Es fühlt sich nicht so an, als wäre ich schwer verletzt. Keine Schmerzen, außer im Kopf. Dort allerdings sehr starke Schmerzen, die sich vom Nacken über den Hinterkopf bis zum rechten Auge ziehen.

Mir ist schwindelig.

Langsam taste ich mit der Hand nach meinem Kopf und spüre auf der rechten Wange und an einer Stelle zwischen Nacken und Hinterkopf eine Art Gaze, die mit festen Pflasterstreifen verklebt ist. Zwei Wunden. Die im Gesicht schmerzt kaum, aber die am Hinterkopf ist tief und brennt. Ich spüre das Blut, das die Gaze durchnässt. Ich berühre mein Kinn. Es ist glatt, jemand hat mich rasiert. Wahrscheinlich wegen der Wunde auf der Wange.

Ich möchte mich aufrichten, aber sobald ich das versuche, verstärkt sich das Gefühl von Schwäche und Übelkeit. Also bleibe ich liegen. Ich höre das Geräusch von zwitschernden Vögeln und muss lächeln. Dann schlafe ich wieder ein.

10

Ich wache auf, es ist dunkel. Ich höre ein leises Summen und konzentriere mich auf dieses Geräusch, denn ich will nicht wieder einschlafen. Ich möchte wissen, wo ich bin.

Ein kühler Hauch. Vielleicht eine Klimaanlage. Ich richte mich auf. Die Kopfschmerzen sind immer noch da, aber weniger schlimm. Trotzdem fühle ich mich schwach. Langsam lösen sich aus der Dunkelheit ein paar Gegenstände. Ich sehe schemenhaft einen Stuhl und einen Tisch. Neben mir ist eine Lampe, über mir hängt etwas, das ich als Klingel identifiziere.

Ich bin in einem Krankenzimmer. Ich kenne Krankenzimmer zwar nur aus Filmen, aber in diesen Filmen hängt immer eine Klingel über dem Bett. Meistens funktioniert sie nicht.

Die Bettwäsche duftet blumig nach einem Waschmittel, das ich nicht mag. Ich lange nach oben und drücke mehrmals auf den Knopf. Diese Klingel hier funktioniert jedenfalls, denn nach ein oder zwei Minuten höre ich Schritte. Ein Lichtstreifen fällt durch den unteren Rand der Tür, dann geht sie auf, und plötzlich wird es strahlend hell.

Sofort sind die Kopfschmerzen wieder da. Ich lege meine Hand über die Augen.

»Entschuldigung«, sagt eine Stimme.

Das Licht ist jetzt gedimmt, die Helligkeit erträglich.

Jemand hält meine Hand.

Jemand misst meinen Puls, aber ich kann das Gesicht nicht erkennen.

Jemand legt die Hand auf meine Stirn.

Schon wieder bin ich müde, aber ich zwinge mich dazu, wach zu bleiben.

»Wie geht es Ihnen?«, fragt jemand. Langsam erkenne ich, dass es sich um einen Mann handelt, der einen weißen Kittel trägt. Er sitzt auf einem Stuhl neben meinem Bett.

»Es geht«, sage ich. Mein Mund fühlt sich pelzig an. Ich habe Durst. »Was ist passiert?«

»Sie sind gestürzt. Rücklings von einem Baumstamm. Glücklicherweise hat Sie jemand gefunden und uns benachrichtigt.«

»Uns?« Langsam fokussiere ich meinen Blick auf das Gesicht. Es ist rund und jung, vielleicht Mitte dreißig. Es lächelt.

»Sie sind hier auf der Krankenstation. Sie haben eine ziemlich schwere Gehirnerschütterung. Wir hatten schon überlegt, Sie in ein richtiges Krankenhaus zu bringen. Aber ich denke, wir kriegen das auch hier ganz gut hin.«

»Ja«, sage ich, weil mir nichts Besseres einfällt. »Sind Sie Arzt?«, frage ich dann.

Das Gesicht lächelt weiter. Es kommt mir vor, als würde es wie ein Mond über dem weiß bekittelten Körper schweben. »Dr. Braun, Internist. Ich habe meine Praxis in Thalgau«, erklärt das Gesicht. »Wenn was ist, werde ich gerufen. Es gibt hier noch eine Krankenschwester, aber heute habe ich ausnahmsweise den Nachtdienst übernommen. Sie waren doch in einem recht angegriffenen Zustand.«

»Wann hat man mich gefunden?«

»Heute Morgen. Ein Schüler beim Joggen. Er hat Sie stöhnen gehört. Können Sie sich erinnern?«

»Nein.« Schon der Versuch bringt meinen Kopf schier zum Platzen.

»An gar nichts? Auch nicht, wie es passiert ist?«

»Nein.«

Dr. Braun steht auf, und ich sehe, dass er ein recht großer, schwerer Mann ist. Stehend wirkt er plötzlich älter.

»Kann ich sonst noch etwas für Sie tun? Brauchen Sie etwas gegen die Kopfschmerzen?«

»Ja, das wäre gut«, sage ich. Ich bemerke erst jetzt die Nadel in meinem Handrücken, verbunden mit einem durchsichtigen Schlauch. Er führt in einen Plastikbehälter, der an einem etwa mannshohen Metallgestell neben meinem Bett angebracht ist.

Ich hänge am Tropf.

Aus irgendeinem Grund amüsiert mich die Vorstellung. Dr. Braun zieht währenddessen eine Spritze auf und drückt die Nadel in den Plastikbehälter. Ich beobachte, wie sich die beiden farblosen Flüssigkeiten in einer kleinen transparenten Wolke vermischen.

»In ein paar Minuten werden die Schmerzen nachlassen«, sagt Dr. Braun. »Ist Ihnen übel?«

»Es geht.«

»Ich kann Ihnen auch dagegen was geben, wenn Sie möchten.«

»Ja, das wäre schön.«

Am nächsten Morgen weckt mich die Krankenschwester, indem sie mit Schwung die Rollos am Fenster hochzieht. Ich kenne sie aus dem Speisesaal des Internats, eine kleine, untersetzte Frau mit lauter Stimme. Wir haben uns schon mehrmals unterhalten und duzen uns sogar, weil sie ein Typ ist, der sofort duzt. Das hat sie mir bereits am ersten oder zweiten Abend eröffnet.

Siezen ist mir zu kompliziert und zu distanziert. Das Leben ist zu kurz, um distanziert zu sein.

Kein Problem. Ich bin Lukas.

Heike.

Ich mag Distanz, aber nach einer derartig nachdrücklichen Ansage kann man so eine Auffassung schlecht vertreten. Außerdem ist Heike glücklicherweise überhaupt nicht neugierig. Sie fragt fast so gut wie nie etwas. Viel lieber berichtet sie aus ihrem offenbar recht bewegten Privatleben, mehr oder weniger komische Anekdoten über diverse Freunde und ihren Hund, den sie Mops nennt, und dabei lacht sie normalerweise nach fast jedem zweiten Satz, egal ob er lustig ist oder nicht.

»Lukas«, sagt sie und dreht sich um, »du machst ja vielleicht Sachen.«

Gelächter.

Sie öffnet das Fenster. Vogelgezwitscher dringt herein und frische Luft. Ein kühler Morgen. Ich lächle vorsichtig. Die Kopfschmerzen sind fast weg, aber ich möchte nichts riskieren.

Heike kommt zum Bett und schüttelt mit schnellen, professionellen Bewegungen mein Kopfkissen aus, während ich aufrecht sitze und versuche, das Schwindelgefühl in Schach zu halten.

»Oh je, du bist noch ganz schön blass. Hast du Hunger?«

»Es geht.« Ich rieche frische Brötchen und Butter, und mein Magen ist sich nicht sicher, wie er das findet.

»Wir probieren es einfach mal aus. In Ordnung?«

»Ja«, sage ich brav wie ein Kind.

Mit ein paar Bewegungen hat sie aus dem Nachttisch eine Art Tablett hervorgezaubert, das nun über meinen Schoß ragt. Sie betätigt etwas am Bett, und mit einem leisen Brummen werde ich in eine sitzende Position befördert.

Schwindel, Übelkeit.

Blitzschnell hält sie mir eine Nierenschale unter meinen Mund, in die ich mich prompt übergebe. Viel ist es nicht, ich habe ja seit mindestens 40 Stunden nichts mehr zu mir genommen.

»Oh, oh«, sagt Heike munter. »Kommt noch was?«

Ich fühle in mich hinein und schüttle dann den Kopf. Sie lässt das Bett wieder in eine halb liegende Position zurückfahren, baut das Tablett ab.

»Das vergeht«, sagt sie tröstend. »Das ist die Gehirnerschütterung, die schlägt dir auf den Magen. Sonst fehlt dir nichts, keine Sorge. Das sind alles ganz normale Symptome.«

»Wann vergeht das denn? Ich fühle mich immer noch ziemlich schrecklich.«

»Heute Abend wird es dir schon viel besser gehen. Dann wirst du auch essen können. Am besten schläfst du jetzt noch mal eine Runde.« Sie sticht eine Spritze in den Klarsichtbeutel, und wenig später bin ich wieder eingeschlafen.

Ich wache auf und schlafe ein. Erst ist das Zimmer sonnendurchflutet, dann schattig, dann rot glühend, zum Schluss dunkel. Schwarz.

Als ich zum letzten Mal aufwache, taste ich nach der Klingel über mir. Ich will nicht wieder einschlafen. Ich höre nichts, aber dann tapsen Schritte über den Gang, und die Tür geht auf. Ich sehe den Schatten einer Frau.

»Heike?«, frage ich.

»Ja. Kann ich das Licht anmachen?«

»Ja.«

Sie betätigt einen Schalter an der Tür, und ich schließe vorsichtshalber die Augen. Als ich sie wieder aufmache, steht Heike neben meinem Bett und grinst. Ich grinse zurück, denn es geht mir definitiv besser. Die Kopfschmerzen sind weg, und ich habe Hunger.

»Besser?«, fragt sie.

»Ja. Könnte ich hier vielleicht irgendwo was zu essen bekommen?«

»Aber sicher. Was darf ich servieren?«

»Argentinisches Rindersteak, medium rare?«

»Kommt sofort, der Herr.« Sie dreht sich um und tänzelt aus dem Zimmer. Ich taste nach dem Schalter, der das Bett aufrichtet. Als sie zurückkommt, sitze ich bereits und habe auch schon die Betttischplatte vor dem Bauch. Mir ist nicht mehr schwindelig, ich bin nur noch ziemlich müde. Und richtig hungrig.

»Ihr Steak, der Herr, allerdings well done. Ich fürchte, mit medium rare ist unsere Küche noch etwas überfordert.«

Sie stellt mit einer imitierten Kellnerverbeugung das abgedeckte Tablett vor mich hin. Ich hebe den beigefarbenen Plastikdeckel hoch und entdecke – nicht wirklich überrascht – ein paar Salamischeiben, einen halben Camembert, zwei Stück abgepackte Butter und mehrere Scheiben getoastetes Weißbrot. Nebendran steht eine Metallkanne, aus der es nach Malven- oder Hagebuttentee riecht.

»In Ordnung?«, fragt Heike fast schüchtern. »Es ist schon zehn, was anderes hab ich leider nicht da.«

»Ja, wunderbar.« Ich schmiere mir Butter auf den Toast und belege ihn sorgfältig mit Käse und Salami. Heike nimmt sich einen Stuhl und schaut mir beifällig lächelnd beim Essen zu. Selten hat mir etwas so gut geschmeckt.

»Du solltest auch was trinken.« Sie schenkt mir Tee ein. Ich mag Tee nicht besonders, schon gar nicht Malven- oder Hagebuttentee, aber ich habe Durst, also trinke ich die Tasse in einem Zug leer und schenke mir sogar noch mal nach.

»Ich würde gern telefonieren«, sage ich dann, satt und zutiefst befriedigt, wenn auch immer noch müde.

»Leider haben wir hier kein Zimmertelefon. Willst du von meinem Büro aus anrufen?«

»Eigentlich hätte ich lieber mein Handy.« Einen Moment lang erschrecke ich; vielleicht ist es mir beim Sturz aus der Tasche gefallen. Vielleicht ist es weg.

»Handys sind auf der Krankenstation nicht erlaubt.« Aber ich sehe, dass sie zögert. Schließlich zuckt sie die Schultern; wir sind allein, und hier finden ja ohnehin keine komplizierten OPs statt. »Dein Telefon ist im Nachttisch.«

Ich seufze vor Erleichterung, mache aber keine Anstalten, es herauszuholen.

»Ist es privat?«, fragt Heike schließlich.

Ich nicke und bemühe mich, ein wenig verschämt zu schauen. Sie lächelt, räumt das Tablett ab und sagt, dass sie in einer Stunde noch mal nach mir sehen wird.

»Danke«, sage ich und warte, bis sie die Tür hinter sich zugemacht hat.

Dann öffne ich die Schublade von dem Nachttisch und finde mein Telefon. Es ist ausgeschaltet, und ich befürchte ein paar Sekunden lang, dass der Akku leer ist. Dann müsste ich Heike wieder rufen und sie um einen Akku bitten, und möglicherweise hätte sie keinen …

Ich könnte allerdings auch aufstehen, die Krankenstation verlassen. Andererseits fühle ich mich immer noch so, als hätte ich einen dreitägigen Gewaltmarsch auf den Mount Everest hinter mir und wäre anschließend mindestens eine Nacht lang mit mehreren Zombie-Cocktails in einer finsteren Absteige versumpft.

Schwach. Erschöpft.

Ich schalte das Handy ein und sehe erleichtert, dass es nicht nur heil, sondern fast komplett aufgeladen ist.

Keine Nachrichten von Rastegar. Sie hat nicht einmal versucht, mich zu erreichen; es ist kein einziger Anruf verzeichnet und auch keine SMS. Ich warte ein paar Minuten. Aber nichts. Ich tippe auf ihre gespeicherte Mobilnummer. Besetzt. Auch beim zweiten und dritten Versuch.

Ich bin wieder sehr müde, meine Gedanken driften ab. Ich sehne mich nach Schlaf. Meine Hand sinkt auf die Decke, öffnet sich. Ich merke, wie das Telefon aufprallt. Ein dumpfes Geräusch. Vielleicht geht es kaputt.

Es ist mir plötzlich sehr egal.

Schlafen ist so wunderbar. Ich mache die Augen zu und merke, wie gut das tut.

Nicht zu denken, nicht zu fühlen, nicht zu sein.

»Das Prinzip des Bösen«, sagt Sina zu Leo, nachdem sie zum x-ten Mal vergeblich versucht hat, Lukas zu erreichen. Dieser Anschluss ist vorübergehend nicht erreichbar. Bitte versuchen Sie es zu einem späteren Zeitpunkt noch einmal. SMS gehen ebenfalls nicht durch.

Sie sitzen in einem Lokal, ihrem Stammlokal in einer kleinen Seitenstraße des Kaiserdamms. So weit ist es mit ihnen gekommen, dass sie ein Stammlokal haben, eine Pizzeria, deren Pizzen einen ganz dünnen, knusprigen Boden haben. Den Belag kann man sich selbst zusammenstellen. Es ist gut, ein gemeinsames Stammlokal zu haben, oder nicht?

Spricht das nicht für ihre Beziehung?

»Das Prinzip des was?«, sagt Leo, obwohl er zu erledigt zum Reden ist und eigentlich nur was essen will und dann ins Bett.

»Das Prinzip des Bösen«, wiederholt Sina.

Seit dem Gespräch mit Sendermann ist sie – wie soll man es nennen – alarmiert? Vielleicht ist es nicht ganz so schlimm, aber es geht ihr nicht gut seitdem. Das Gefühl der Bedrohung lässt nicht nach.

Ich glaube, ich brauche Ihren Rat.

Als Fachmann?

Ja. Nicht nur.

Ich verstehe. Warten Sie einen Moment.

Ich will Sie nicht aufhalten, Sie haben Ihre Patienten …

Klienten.

Was immer. Sie haben keine Zeit.

Ich habe meiner Sekretärin eben eine Mail geschrieben, sie wird diesen Termin verschieben. Machen Sie sich deshalb keine Gedanken. Sprechen Sie, ich höre Ihnen zu.

Und dann hat sie ihm tatsächlich alles erzählt. Als Klientin, damit er der Schweigepflicht unterliegt, eine Möglichkeit, auf die er sie aufmerksam gemacht hat. Sendermann hat sich alles ruhig angehört, an den richtigen Stellen nachgefragt, sie aber oft auch einfach reden lassen. So lange, bis sie leer war und sich erleichtert fühlte. Leider nicht lange.

Was raten Sie mir?

Sehen Sie, ich würde Ihnen gern helfen ...

Das könnten Sie.

Nicht so, wie Sie sich das vorstellen.

Kommen wir noch einmal auf das Mobiltelefon zurück.

Das ist das Problem. Es ist denkbar und auch schon vorgekommen, dass ein Selbstmörder sein Mobiltelefon vernichtet hat. Als Teil seiner Persönlichkeit. Verstehen Sie, was ich damit sagen will?

Dass Sie mir nicht helfen können?

Dass es nicht unnormal wäre. Viele Menschen empfinden ihr mobiles Telefon als zu ihnen gehörig. Wie eine Art verlängertes Bewusstsein. Löschen sie sich selbst aus ...

Ich glaube, ich weiß, was Sie meinen.

Es ist wie ein Ritual. Wenn sie ihr Mobiltelefon zerstören, kann man das als eine Art ersten Schritt interpretieren. Es gibt dokumentierte Fälle von Selbstmördern, die nach der Zerstörung ihres Handys von ihrem Plan abgelassen haben.

Sie haben sich dann doch nicht umgebracht?

Sie haben sich ein neues Handy besorgt und weitergelebt. Anscheinend wirkte die Zerstörung wie eine Art Weckruf. Die Erkenntnis, dass sie doch nicht bis zum Ende gehen wollten.

Seltsam.

Wie auch immer – es tut mir sehr leid, aber fest steht, dass die Zerstörung ihres Handys in psychologischer Hinsicht Sinn machen könnte. Etwas anderes kann ich Ihnen nicht sagen. Das wäre nicht ehrlich. Dazu könnte ich nicht stehen.

Ist schon gut.

Das bedeutet nicht zwangsläufig, dass es keinen Fall gibt. Es heißt nur, dass dieses Indiz nicht funktioniert.

Ich weiß.

Ich hätte gern geholfen.

Ich habe noch eine andere Frage.

Ja?

Das Prinzip des Bösen. Was ist das? Worauf beruht es?

Eine schwierige Frage.

Sie haben darüber ein Buch geschrieben.

Es gibt viele Aspekte des Bösen. Das Böse ist auch eine Frage der Definition.

Und einer davon? Der wichtigste?

Ein wichtiger Aspekt ist die Abwesenheit von Licht.

Das ist mir zu …

Abstrakt? Es ist sehr konkret. Denken Sie darüber nach. An einen Raum ohne Fenster. Man kann nicht nach außen sehen.

Ich weiß nicht, was Sie damit meinen.

Man ist ganz allein mit sich. Und seinen Gefühlen. Andere Menschen, andere Gefühle sind ganz weit weg.

»Das Prinzip des Bösen ist ein Raum ohne Fenster. Kannst du damit was anfangen?«, fragt Sina Leo. Vor ihr liegt die knusprige Hälfte einer Pizza, die mit scharfer Salsiccia, Gorgonzola und Spinat belegt ist, genau so, wie sie es wollte.

Sie schiebt den Teller weg, es ist zu warm zum Essen.

Wo ist Salfeld? Was hat er mit seinem Telefon angestellt? Warum ist er auch auf dem Festnetz in Thalgau nicht erreichbar? Sie kann niemanden fragen, ohne sich verdächtig zu machen. Sie muss warten, bis Salfeld sich meldet.

Was, wenn er sich nicht meldet?

Sie schaut Leo an, seinen gesenkten Kopf mit der gerunzelten Stirn, die dunklen Augenbrauen, die jetzt, zusammengezogen und mit der scharfen vertikalen Falte zwischen den Augen, aussehen wie ausgebreitete Rabenflügel. Er hat die Hände auf dem Tisch gefaltet und sieht aus, als ob er überlegt. Aber vielleicht stimmt das gar nicht, vielleicht überfordert ihn das jetzt einfach nur.

Das Prinzip des Bösen.

Er sieht müde aus. Richtig schlapp. Sein Teller ist leer, sein Glas Wein ist ausgetrunken. Er sieht aus, als wollte er nur noch nach Hause und sich hinlegen.

Aber dann sagt er plötzlich doch etwas.

Er sagt: »Manchmal bist du ein Raum ohne Fenster. Man kann nicht hineinschauen, aber du kannst auch nicht hinaussehen. Du siehst nur dich. Oder vielleicht nicht einmal das. Vielleicht siehst du nur weiße Wände.«

»Warum sagst du so was?«

Leo ist zurzeit der einzige Mensch auf der Welt, der sie verletzen kann, und manchmal tut er das, ohne dass sie damit rechnet, und dann ist das so, als würde ihr etwas auf den Kopf fallen, und sie fühlt sich dann ganz dumpf und leer. Und taub und blind, und als könnte sie nicht mehr klar denken. Als wäre ihr komplettes System lahmgelegt. Nur durch eine einzige Bemerkung.

Leo schüttelt den Kopf, langsam, als wäre er über sich selbst erstaunt. »Ich weiß nicht genau. Es war nicht so gemeint. Nicht so, wie es sich anhört.«

»Natürlich war es so gemeint. Niemand sagt so etwas, wenn er es nicht meint. Sag mir bitte ...«

»Lass uns zahlen.«

»Wieso? Bitte!«

»Ich muss nachdenken. Lass uns zahlen.«

Sina zögert. Dann ruft sie den Kellner, der an der Bar lehnt und mit der jungen Frau flirtet, die die Getränke ausschenkt. Es dauert, bis er Sinas Winken sieht, und noch ein paar weitere Sekunden, bis er reagiert. Schließlich stößt er sich widerwillig vom Tresen ab und schlendert extra langsam zu ihrem Tisch, als wäre es eine Zumutung, ihn ausgerechnet jetzt zu belästigen.

11

Meine Beine sind schlaff, wie ausgeblutet. Ich spüre sie nicht mehr, sie sind Fremdkörper. Sie liegen vor mir, kraftlos, nutzlos. Ich hebe das rechte Bein mit beiden Händen am Oberschenkel an, es ist tonnenschwer, ich wuchte es mit aller Kraft auf den Boden. Das Bein hängt, der Fuß knickt am Knöchel ab wie bei einer Gliederpuppe.

Das bin nicht ich. Ich will nicht glauben, dass ich das bin, es kann nicht sein, ich bilde mir das ein, eine Panikattacke, nichts weiter. Ich versuche also, das Bein zu belasten, und prompt kommt mir der Boden entgegen.

Ein Knall wie eine heftige Ohrfeige.

Totenstille.

Ich versuche, mich aufzurichten. Mein rechtes Ohr und meine rechte Schulter tun höllisch weh, der Schmerz breitet sich wie eine Welle aus und überspült in wenigen Sekunden die letzten Winkel meines Körpers. Ich stöhne. Vielleicht ist die Schulter ausgekugelt oder sogar gebrochen. Ich wälze mich auf den Bauch und versuche, auf Ellbogen und Unterarmen über das Linoleum zu robben. Ich ignoriere den vernichtenden Schmerz und das Schwächegefühl in der Schulter.

Ich rieche etwas, das ich für Bohnerwachs halte.

Gibt es Bohnerwachs noch?

Keine Ahnung.

Eine Erinnerung springt mich an.

Tante Grete. Sie macht sich schön. Nicht im Bad, wie sonst immer, sondern in der Küche, vielleicht weil es hier Tageslicht gibt. Sie hat sich jedenfalls einen Spiegel an den Fenstergriff gehängt und schminkt sich in leicht gebeugter Haltung, weil der Spiegel zu niedrig hängt und sie eine große Frau ist. Ich weiß nicht, wo genau ich mich in dieser Szene befinde, vielleicht sitze ich auf dem Küchenboden, vielleicht stehe ich auch direkt hinter ihr, ohne dass sie es merkt, aber auf jeden Fall kann ich von unten ihr Gesicht im Spiegel sehen, besonders die großen Lippen, die sie über die Zähne spannt, um den Lippenstift perfekt und formvollendet aufzutragen. Der Lippenstift ist sehr rot und glänzend. Sie kneift den Mund zusammen und zupft dann ein Kleenex aus einer Schachtel, die sie auf dem Fensterbrett deponiert hat, und tupft den Überschuss sorgfältig weg. Dann malt sie eine neue Schicht auf, tupft sie ab, dann eine dritte. Dann trägt sie Lidschatten auf und Wimperntusche. Obwohl ihre Bewegungen ruhig und sicher sind, spüre ich, dass sie aufgeregt ist.

Nein, nicht sie. Die ganze Situation ist aufgeladen. Etwas wird passieren, aber ich weiß nicht, was es sein könnte, es liegt außerhalb der Ereignisse, die ich mir vorstellen kann.

Tante Grete trägt ein enges gelbes Kleid, das wegen ihrer gebückten Haltung über ihrem Hintern spannt. Es sieht hübsch, aber auch beängstigend aus. Das Gelb ist leuchtend, fast phosphoreszierend, es blendet mich. Ihre Haare sind zurückgesteckt, aber nicht wie sonst als eine Art Pferdeschwanz, dessen Enden sie eingeschlagen hat, so dass die Frisur von der Seite aussieht wie eine Affenschaukel. Jetzt trägt sie vielmehr eine elegant toupierte Hochfrisur, die ihren langen, dünnen Hals betont.

Sie sieht aus wie jemand, der in einen Kampf zieht.

Ich weiß nicht, warum ich das denke. Ich traue mich nicht, mich bemerkbar zu machen. Ich weiß aber ganz sicher, dass sie mich anschreien und schlagen wird, wenn sie sieht, dass ich sie beobachte.

Ich wache auf und befinde mich in meinem Bett. Tageslicht fällt ins Krankenzimmer, eine Fliege brummt über meinem Kopf. Einen Moment lang glaube ich an einen schlechten Traum, dann spüre ich die schmerzende Schulter und das brennende Ohr. Ich betaste meine Beine. Sie liegen weiterhin leblos unter der Decke. Als wäre ich nie mit ihnen gelaufen: als wären sie nie da gewesen.

Ich schluchze. Mein Schluchzen steigert sich zu einem schrecklichen Geheul, ich werfe meinen Kopf hin und her wie ein Kind, das sich, allein in seinem Bett, zu Tode fürchtet. Ich taste nach oben zu der Klingel.

Sie ist weg.

Ich schreie jetzt. Heule unartikuliert. Ich werde hier sterben, das ist sicher. Man wird mich hier sterben lassen, niemand ist da, um mir zu helfen. Übelkeit überkommt mich, ich schnelle hoch und übergebe mich in einem Schwall. Ich lasse mich wieder zurückfallen. Ich kann mich nicht erinnern, je in meinem Leben so verzweifelt gewesen zu sein. So vollkommen wehrlos.

Ich wische meinen Mund ab. Das Erbrochene stinkt und sickert langsam in die Decke ein. Ich weine und schluchze.

Jemand kommt. Ich lasse die Augen geschlossen, so viel Angst habe ich, so groß ist die Scham.

Jemand gibt mir eine Spritze in die Armbeuge.

Ich versinke in den Schlaf wie in einem Kissen, so weich wie eine Wolke aus Watte, glücklich, dass ich aufhören kann, mich zu spüren, denn wenn ich mich nicht mehr spüre, kann mir auch nichts wehtun, und auch die Angst muss dann verschwinden.

Und das tut sie.

Ich sehne mich nach der Schwärze, heiße sie willkommen, gebe mich ihr hin.

Alles wird gut.

ALLES … WIRD … GUT …

Ich atme. Das Universum atmet mich, eine Welle, die mich durchströmt, Frieden, der mich erlöst. Ein ewig gleicher, beruhigender Rhythmus. Der Atem dehnt mich aus und zieht mich zusammen, ich wachse und schrumpfe und wachse und schrumpfe. Ich bin nicht mehr ich, sondern Teil einer umfassenden Seele von unglaublicher Schönheit und Sanftmut. Riesenhaft wie das Weltall und klein wie ein Atom.

Ich bin die Erde und der Kosmos. Ich kenne jetzt die Geheimnisse des Seins und des Nichts, ohne dass ich Worte dafür finden müsste.

Ein Wunder.

Ich höre ein Flüstern und schlage die Augen auf, ganz entspannt. Es ist immer noch oder schon wieder: Tag. Ein sonniger, wunderbarer, sensationeller Tag. Das Fenster ist offen, eine warme Brise zieht über mein Gesicht. Die Übelkeit ist weg, und ich spüre meine Beine. Sie kribbeln unangenehm, aber das ist egal. Das ist sogar gut. Es heißt, dass ich sie bald wieder bewegen kann. Denn das wird so sein, das weiß ich jetzt: Ich werde wieder gesund. Ich werde wieder laufen können, so wie alle anderen auch. Meine Ängste sind verschwunden. Ich lächle über mich und meine absurden Befürchtungen und heiße den neuen Tag willkommen, und dann wende ich mich der Person zu, deren Anwesenheit ich fühlen kann wie eine Liebkosung.

Es ist Juli. Sie sitzt neben meinem Bett in einem orangefarbenen Sommerkleid. Ich sehe ihre glatten, blassen Beine unter dem dünnen Rock, der sich an ihre Oberschenkel schmiegt. Sie hat ein Blumensträußchen dabei, das sie mit beiden Händen auf ihrem Schoß festhält. Natürlich ist das nicht wahr, solche geheimen, heftigen Wünsche erfüllen sich in der Realität niemals, woraus folgt, dass ich immer noch träume. Aber das macht nichts, ich bin vollkommen einverstanden damit. Dieser Traum ist zu schön, um ihn nicht verlängern zu wollen. Sollte ich sterben müssen, um diesen

Traum leben zu können, ich wäre sofort mit diesem Handel einverstanden.

»Hallo«, sage ich und räuspere mich, weil meine Stimme krächzend klingt, wie bei jemandem, der seit Wochen nicht mehr gesprochen hat.

Und vielleicht stimmt das ja. Vielleicht bin ich hier schon viel länger, als es mir vorkommt.

»Hallo«, antwortet Juli. Ihre Stimme klingt sanft und voll, gleichzeitig hoch und jung. Frisch wie ihre strahlend weiße Haut, die sich über den Wangenknochen spannt. Ich bemühe mich, sie nicht anzustarren, ich will sie nicht in Verlegenheit bringen. Trotzdem habe ich das Gefühl, ihr Gesicht schon in- und auswendig zu kennen. Ihre leicht verschatteten dunkelblauen Augen, die langen, blassen Wimpern, die zarte Schläfenpartie, die pochende Ader an ihrem schlanken Hals.

»Wie nett, dass du mich besuchst«, sage ich. Währenddessen bewege ich meine Zehen, merke, dass das Kribbeln nachlässt und allmählich das Leben in meine Beine zurückkehrt.

»Wie geht es Ihnen?«, fragt Juli. Sie lächelt ganz leicht, und in mir geht die Sonne auf, taucht meine Seele in goldenes Licht. Ich habe das Gefühl, von innen zu leuchten.

Alles, alles ist erleuchtet.

Ich lächle zurück. »Ganz gut«, sage ich behutsam. Ich fasse unauffällig nach unten zu dem Hebel, der das Bett aufrichtet. Ich möchte nicht vor ihr liegen wie ein alter, kranker Mann. Junge Leute hassen Alter und Krankheit.

Das Bett fährt in die richtige Position. Ich winkle mein rechtes Bein an und strecke es wieder aus; es funktioniert fast tadellos. Mir kommen fast die Tränen vor Erleichterung. Am liebsten würde ich Juli von meiner nun überwundenen Verzweiflung erzählen, aber das lasse ich natürlich bleiben, ich will sie nicht abschrecken, sondern für mich einnehmen. Junge Männer dürfen stürmische Eroberer sein, ich muss erst ihr Vertrauen verdienen.

»Brauchst du eine Vase?«, frage ich und deute auf die Blumen in ihrer Hand, die schon ein wenig schlapp aussehen.

Sie sieht auf ihre Hände, den Strauß, zuckt zusammen. Ich sehe ihre Befangenheit und muss erneut lächeln. »Auf dem Tisch steht eine«, sage ich. Ich fasse mir ans Kinn, dann an die Wange. Das Pflaster ist erheblich kleiner. Ich stelle fest, dass ich einen sauberen Schlafanzug trage, und das Bettzeug frisch bezogen riecht.

Das ist gut.

Meine Schulter schmerzt, wenn ich sie bewege. Ich betaste mein Ohr; es ist geschwollen, und auf dem Ohrläppchen klebt ein weiteres Pflaster. Ich würde gern in einen Spiegel schauen, aber nicht in Julis Anwesenheit.

Juli steht auf, nimmt die Vase mit ins Bad und ich höre, wie sie Wasser einlässt. Sie kommt wieder heraus und stellt die Vase mit den Blumen auf den Tisch. Dann setzt sie sich wieder hin. Faltet die Hände in ihrem Schoß, die Beine sittsam nebeneinandergestellt.

»Alle lassen Sie grüßen und wünschen Ihnen gute Besserung«, sagt sie.

Es ist ein Zeichen, dass sie hier ist. Es muss so sein. Sie will mich so, wie ich sie will.

»Das ist wirklich sehr nett von euch allen«, sage ich, ohne nachzufragen, wer »alle« sein soll. Ich bin sicher, den meisten ist es vollkommen egal, wo ich bin und wie es mir geht. Aber das hat jetzt keine Bedeutung, was zählt, ist die Geste. Ich würde ihr gern etwas anbieten, aber es ist nichts da. Ich muss jetzt versuchen, ihr die Befangenheit zu nehmen, sonst geht sie wieder. Sobald ich wieder gesund bin, werden wir nie wieder diese Art von Kontakt haben können.

Ich muss die Chance nutzen.

Sie sieht mich erwartungsvoll an.

Wir beginnen zaghaft, uns zu unterhalten. Ich frage, sie

antwortet, und ich versuche, zuzuhören. Ihre Stimme, ihre Aura, ihre Grazie, alles verwirrt mich.

Ich erkundige mich nach Sophie. Julis Gesicht wird sofort ernst und bedrückt, aber ich spüre die Lust am Drama, die Faszination an der Tragödie, und muss schon wieder breit lächeln. Mein Gesicht tut bereits weh davon.

»Es ist so krass«, sagt sie und macht runde Augen. »Wir sind alle so fertig.«

»Verständlich«, sage ich. »Ist die Polizei noch da?«

»Nein, die sind schon lange wieder weg. Es war ja Selbstmord.«

»Ach, steht das schon fest?«

»Sie tut mir so leid. Es ist so schrecklich.«

»Das stimmt«, sage ich, ohne zu erwähnen, dass das Mitleid reichlich spät kommt und Sophie zu Lebzeiten möglicherweise mehr davon gehabt hätte.

»Haben Sie was gemerkt?«, fragt sie mich neugierig.

»Ich? Nein, leider nicht.« Sophie war mir nie aufgefallen.

»Das ist ja auch kein Wunder, sie war ...«

»Ja?«

»Komisch.« Sie schlägt die Augen nieder.

»Oh, wirklich?«

»Mir ist sie schon aufgefallen«, sagt Juli zögernd.

»Wirklich? Inwiefern?«

»Na ja, sie hat in der Morgenfeier mal neben mir gesessen. Sie hat ganz schlecht gerochen. Einmal haben wir mit ihr darüber geredet.«

»Darüber, dass sie schlecht riecht?«

»Ja.«

»Wie hat sie reagiert?«

»Sie hat komisch geguckt. Dann hat sie gesagt, dass sie Angst vor Wasser hat, weil es vergiftet sein könnte, und dann ist sie aufgestanden und weggegangen. Sie hat ausgesehen wie eine Verrückte.«

»Wirklich?«

Ich sage nicht, dass es bestimmt sinnvoller gewesen wäre, Sophie zu fragen, wie es ihr geht, was los mit ihr ist, anstatt sie gleich mit so einem harten Vorwurf zu beschämen. Ich bin korrumpiert von Julis Gegenwart, ich würde nie etwas tun, das sie vertreiben könnte. Stattdessen frage ich noch einmal, woher man denn wisse, dass es sich um Selbstmord handle, und ob das eine Information von der Polizei sei.

Juli schüttelt den Kopf. »Das hat uns Mergentheimer gesagt.«

Sie nickt daraufhin mehrmals bekräftigend, wie es Jugend liche tun, wenn ihnen zu einem bestimmten Thema nichts mehr einfällt.

Ich fasse mir noch einmal ins Gesicht, so unauffällig wie möglich.

Ich wurde wieder rasiert. Alles ist vollkommen glatt, die Haut brennt und spannt ganz leicht, und ich rieche einen Hauch Rasierwasser. Etwas Billiges, vielleicht Old Spice. Die Rasur kann nicht viel länger als zwei Stunden her sein.

Wie sehe ich ohne Bart aus? Älter, jünger?

Um nicht weiter darüber nachzudenken, versuche ich, mehr von Julis Leben zu erfahren. Das ist ihr offenbar unangenehm; anfangs läuft es zäh, ich muss oft nachfragen und erhalte nur winzige Informationsschnipsel. Auf diese mühselige Weise bekomme ich aber immerhin heraus, dass ihr Vater im diplomatischen Dienst arbeitet, dass ihre Eltern derzeit in Ecuador leben und Juli eine zehn Jahre ältere Schwester hat, die in New York Wirtschaftswissenschaften studiert und gerne bei der UN arbeiten würde.

»Cool«, resümiert Juli und sieht mich dabei an, als würde sie einen ähnlichen Kommentar erwarten, aber mir fällt dazu nichts ein. Ich möchte über sie sprechen, nicht über ihre Schwester.

»Was willst du denn später mal machen?«, frage ich.

»Ich weiß nicht. Jedenfalls nichts mit Wirtschaft.« Sie lacht und rutscht auf ihrem Stuhl herum.

»Was hast du gegen Wirtschaft?«

»Ach ...« Ihr Blick wandert zur Decke, sie zupft gedankenverloren an ihrem linken Daumennagel. »Langweilig«, sagt sie schließlich. »Zahlen sind langweilig. Ich will etwas machen, das ... cool ist.«

»Cool?«

»Ja ...« Sie lächelt unsicher. »Ich weiß auch nicht.«

»Das etwas bewirkt?«, rate ich und glaube im selben Moment, dass ich ins Schwarze getroffen habe. Ich sehe Juli als engagierte Entwicklungshelferin, als Ärztin in Krisengebieten, als unerschrockene Kriegsreporterin.

»Ich weiß auch nicht«, sagt sie wieder. Einen Moment lang wirkt sie ratlos, fast entmutigt.

»Das glaube ich dir nicht.« Ich lächle, und sie strahlt zurück, vollkommen überraschend, schwindelerregend.

Sie beugt sich vor und legt eine Hand auf den Bettrand, nur knapp zehn Zentimeter von meinem linken Oberschenkel entfernt.

»Wieso glauben Sie das nicht?«, fragt sie kokett.

»Du bist jemand, der sich Gedanken macht.«

»Woher wissen Sie das?« Die Hand verschwindet vom Bettrand, sie lehnt sich zurück und verschränkt die Arme.

»Das sehe ich.«

Sie sieht jetzt mich prüfend an, wieder ganz ernst. Dann sagt sie: »In meiner Klasse wissen alle schon, was sie werden wollen. Mich nervt das.«

»Das verstehe ich sehr gut.«

»Weil es doch sowieso ganz anders kommt.«

»Da hast du bestimmt recht. Man soll nicht zu viel planen.«

Wir schweigen ein paar Sekunden lang. Dann frage ich sie, ob sie gern hier ist.

»Warum wollen Sie das wissen?«

»Es interessiert mich eben.«

»Ja. Es ist cool.«

»Vermisst du manchmal deine Familie?«

»Es geht. Sie sind weit weg.«

Ihr Gesicht verschließt sich; sie will nicht darüber reden, und ich ärgere mich über mich selber. Warum sollte sie ausgerechnet mir gestehen, dass sie manchmal Heimweh hat?

»Heimweh ist nicht cool«, sagt sie plötzlich so leise, dass ich sie fast nicht verstanden hätte.

»Blödsinn«, sage ich spontan. Ich strecke meine Hand aus, und sie legt ihre hinein. Dann beginnt sie zu weinen, ihre Stirn fällt auf den Bettrand, ihre Schultern zucken. Ich halte ihre Hand, spüre, wie sie langsam feucht wird. Ich sehe ihre zarten Knochen unter dem dünnen Kleid, ihren dunklen Haaransatz unter dem Pferdeschwanz, feine Härchen auf dem weißen Nacken.

Ich rieche sie. Süßliches Parfum und ihren eigenen, unverwechselbaren Duft nach Schweiß und Sonne.

Ich triumphiere.

Sie könnte meine Tochter sein.

Ist sie aber nicht.

»Frank?«

»Sina? Was ist denn los?«

»Du musst mir einen Gefallen tun. Du musst …«

»Ich bin nicht hier.«

»Wo bist du denn?«

»Ich bin in Südfrankreich. Ist was passiert?«

»Was? Wo bist du?«

»Was? Sina, der Empfang ist ganz schlecht. Kann ich dich heute Abend vom Haus aus anrufen?«

»Welches Haus?«

»Was?«

»Wann kommst du wieder nach Hause? Wo bist du jetzt?«
»Südfrankreich, in der Nähe von Nizza. Meine Mutter …«
»Was?«
»… lebt hier. Sie hat sich das Bein gebrochen. Oberschenkelhals. Ich muss mich um sie kümmern, sie hat sonst niemanden hier. Ist was passiert?«
»Verdammt.«
»Was?«
»Egal. Ruf mich heute Abend an. Es ist wichtig.«
»Alles in Ordnung? Was ist mit …«
»Melde dich, sobald du telefonieren kannst.«

12

Jung sein ist anstrengend, alt sein ist langweilig. Das erzählt Margarete Johansson dem Metzger, wenn er sie fragt, wie es ihr geht. Der Metzger ist ein dicker freundlicher Mann zwischen dreißig und vierzig, bei dem sie ihr Fleisch einkauft, weil das Fleisch im Supermarkt nicht die Qualität hat, die sie sich vorstellt. Langweilig, sagt dann der Metzger, das glaube er ihr nicht, sie sei doch eine interessierte Frau. Sie könne reisen.

Dafür habe ich kein Geld, sagt Margarete Johansson dann, aber sie merkt, dass der Metzger ihr nicht glaubt, denn sie kauft nicht ein wie eine arme Frau.

Und es stimmt ja auch nicht, sie hat Geld auf dem Konto, sie könnte reisen. Worauf wartet sie? Sie ist gesund und gut zu Fuß. Warum tut sie es nicht?

Das fragt sie sich manchmal selbst. Früher ist sie gern gereist, mal mit ihren diversen Liebhabern, mal allein. Das erzählt sie dem Metzger, wenn sie allein in seinem Geschäft sind. Der Metzger sagt dann, dass er sich das gut vorstellen könne, eine Frau wie sie sei bestimmt kein Kind von Traurigkeit gewesen. Er zwinkert ihr zu, und sie lächelt dann geschmeichelt und fühlt sich tatsächlich um Jahre jünger, obwohl sie weiß, dass der Metzger nur Kundenpflege betreibt.

Was soll's. Es tut gut. Und sie hat ohnehin niemanden außer ihm zum Reden.

Ich war das, was man einen heißen Feger nennt, glauben Sie es oder nicht.

Glauben, Frau Johansson? Das sieht man doch!

Sie sind ein Charmeur!

Ich bin nur ehrlich.

Manchmal schäkern sie auf diese Weise ein paar Minuten lang, und Margarete Johansson kommt ins Erzählen. Die Vergangenheit scheint dann gar nicht mehr vergangen, sondern kommt ihr sehr nah vor und präsentiert sich in leuchtenden Farben, so verführerisch, als wollte sie Margarete zurücklocken. Sie befindet sich dann wieder im peruanischen Dschungel oder in den bolivianischen Anden, sieht den glitzernden Titicacasee oder spürt den kalten Nebel aus Millionen Wassertröpfchen an den Victoriafällen, oder nimmt einen Drink in der Bar in Buenos Aires im 17. Stock mit Blick auf die brodelnde Stadt unter ihr.

Oder tanzt Tango Argentino mit einem Mann, dessen Namen sie vergessen hat. Aber sie spürt immer noch sein Bein an ihrer Scham, seine Brust an ihrer Brust, seine starken Arme, die sie vollkommen im Griff haben. Atmet sein Aftershave.

So eng. So heiß.

Zeit ist relativ. Sie seufzt.

Da sagen Sie was, Frau Johansson. Haben Sie schon einmal unsere Pata Negra probiert? Haben wir ganz neu im Angebot.

Pata Negra? Schwarzfuß?

Spanische Schweine. Sie werden im Freien gehalten und mit Eicheln genährt. Der beste Schinken der Welt.

Geben Sie mir ... hundert Gramm. Nicht zu fein geschnitten.

Für eine Frau wie Sie nur das Beste.

Ich habe einige Jahre in Südamerika gelebt, wissen Sie.

Wirklich? Sie sind rumgekommen, ich sag's ja immer.

Kennen Sie Südamerika?

Bedaure, leider nicht. Sind etwas mehr als hundert Gramm, ist das in Ordnung?

Natürlich.

So, ich pack's Ihnen nur noch ein. Wäre das dann alles?

Eine weitere Kundin kommt in den Laden, das ist immer ein Zeichen, sich zu verabschieden. Margarete stößt die Ladentür aus schmutzigem Verbundglas auf, geht hinaus in die Sonne, in die warme, trockene Luft. Ein Auto, eines dieser panzerartigen Gefährte, die jetzt Mode sind, rast mit überhöhter Geschwindigkeit sehr nah an ihr vorbei, der Lärm und der aufgewirbelte Staub wecken ihren Zorn, und sie möchte die Faust schütteln. Sie liebt ihren Zorn, er ist alles, was ihr geblieben ist, ohne ihn fühlt sie sich schwach und alt. Der Zorn hebt ihren Blutdruck, der normalerweise so niedrig ist, dass sie morgens kaum aus dem Bett kommt. Er rötet ihre Wangen, strafft ihre Haut, hält ihr den Tod vom Leib, der ihr fast jede schlaflose Nacht ins Gesicht grinst.

Sie wendet sich nach rechts und überquert die Straße.

Ihre Tüten hat sie beim Metzger gelassen und wird sie später abholen. Sie macht sich auf den Weg in den Park.

Ihr täglicher Spaziergang ist ihr heilig, schon weil er ihren Zorn immer wieder aufs Neue anfacht. Sie hasst alles mit genussvoller Leidenschaft: die weggeworfenen Coladosen neben den überfüllten Abfallkörben, die ausgetretenen Zigarettenstummel vor den Bänken, die Trinker mit den hängenden Augenlidern, die Junkies mit der unreinen Haut, die flüsternden Dealer aus allen Herren Länder, die Insignien der fortschreitenden Verelendung, die zeigen, dass Leyden wie so viele andere Städte seit Jahren auf dem absteigenden Ast ist.

Einer der Kretins, eine weitere Pestbeule aus dem Bodensatz der Gesellschaft, kommt Margarete jetzt entgegen. Er ist jung und braun gebrannt, seine Wangen sind gerötet, was gesund wirken könnte, es aber nicht tut, weil sein Gesicht verquollen ist und seine fleckige Kleidung mit ekelerregender Offensichtlichkeit seit Wochen keine Waschmaschine gesehen hat. Alkohol, denkt sie. Vielleicht noch die ein oder andere Droge, aber hauptsächlich Alkohol. Schnaps oder Bier oder beides. Sie fasst ihn scharf ins Auge, erkennt die Schmutzrillen, die sich auf seiner Haut festgefressen haben, registriert den schlurfenden Gang, den gesenkten Kopf, den abwesenden Blick, die dünnen, fettigen Haare, die ihm kraftlos in die picklige Stirn hängen.

Zu ... spät ...

Sie kann seine Gedanken hören.

Das konnte sie schon immer, in allen Situationen, in denen es notwendig war. Das war ihr Erfolgsgeheimnis: Sie wusste, was jemand tun wollte, bevor er es tat.

Ist ... schlecht.

Neuer Hass erfasst sie wie eine Welle, aber sie ist zu alt, um diesem angenehm anstrengenden Gefühl nachzugeben. Selbst dieses verabscheuungswürdige Wrack von einem Menschen ist stärker als sie, seine Jugend ist sein Trumpf, sie macht sich nichts vor. Die Tage leichter Siege sind vorbei.

Aber sie wird ihm nicht ausweichen. Das nicht, das niemals, auf keinen Fall. Sie wird es notfalls darauf ankommen lassen. Sie hat noch nie, nie, nie einen Kampf gescheut, und sie wird heute nicht damit anfangen. Der Junge hebt seinen Blick, als würde er sie spüren. Ihre dunkle, saugende Energie, wie ein Strudel, der ihn hinabzieht und in der Hölle wieder ausspuckt. Margarete geht direkt auf ihn zu, schnell, aufrecht und entschlossen, ihre Augen sind auf einen Punkt zwischen seinen Brauen gerichtet. Sie sieht ihn an und sieht gleichzeitig auf ihn herab. Der Junge bleibt stehen, leicht schwankend, und bewegt sich schließlich seitwärts wie ein Krebs auf den Rasenstreifen neben dem Weg.

Er starrt ihr nach, als Margarete an ihm vorbeigeht, kerzengerade, *la reina del dolor*, die Königin der Schmerzen. Sie vergisst ihn in der derselben Sekunde. Sie erinnert sich nur an Menschen, die es wert sind.

Eine Stunde später hat sie ihr Pensum absolviert, ja sogar übererfüllt. Es ist halb drei Uhr nachmittags, der Park ist jetzt fast leer. Sie durchquert ihn und geht zurück auf die Straße, der Verkehr kommt ihr lauter vor als sonst, aber vielleicht ist sie auch nur erschöpft von der Hitze. Sie holt ihre Tüten vom Metzger und läuft langsam Richtung Stargarder Straße. Wie immer wirft sie einen angeekelten Blick auf die Pilsbar neben ihrem Haus. Einer der Penner steht an die Tür gelehnt und raucht in tiefen Zügen.

Als sie die Tür zu ihrer Wohnung aufsperrt, weiß sie bereits, dass etwas nicht stimmt. Sie zögert, den Schlüssel noch im Schloss. Und dieses eine, einzige Mal hört sie nicht auf ihren Instinkt, zieht stattdessen den Schlüssel heraus und stößt die Tür auf, hebt ihre beiden Tüten hoch, zögert wieder, horcht und geht schließlich hinein. Der lange Gang, von dem zwei Zimmer, die Küche und das Bad abgehen, ist so dunkel wie immer. Sie stellt die Tüten mit ihren Einkäufen ab und macht die Tür hinter sich zu. Sperrt sie zweimal ab und schiebt den Riegel vor. Wie immer.

Aber etwas ist eben gerade nicht wie immer, und sie merkt zu spät, was diesmal anders ist.

Die Tür zu ihrem Wohnzimmer ist geschlossen, und sie weiß jetzt wieder, dass sie das nicht war, als sie gegangen ist. Sie steht zwischen ihren Tüten, unschlüssig. Dreht sich schließlich auf Zehenspitzen um und schiebt den Riegel vorsichtig wieder zurück. Steckt den Schlüssel ins Schloss zurück, dreht ihn ganz langsam, bis sie erleichtert das Knacken hört, das die Stille durchbricht. Sie ist so gut wie draußen.

Da wird ihr etwas über ihren Kopf gestülpt. Ein Sack, weich und filzig. Ein Schuhbeutel? Etwas dringt ihr von unten in die Nase, ein scharfer, metallischer Geruch, der sie benommen und schlaff macht. Im nächsten Moment fühlt sie sich ganz leicht, als wäre ihr Körper nicht mehr da, als wäre sie Luft.

Es gefällt ihr, Luft zu sein, davonzuschweben.

»Lass es geschehen«, sagt eine Männerstimme.

Dann sitzt sie plötzlich und kann sich nicht mehr rühren.

Verrückt.

Sie ist unbeweglich wie eine Statue.

»Was ist?«, fragt sie. Der Nebel in ihrem Kopf lichtet sich allmählich, und nun sieht sie auch wieder etwas, denn der muffige Sack wird gelüftet.

Es ist er. Er trägt eine alberne schwarze Maske mit einem Vogelgesicht, aber sie erkennt ihn trotzdem, weil es niemand anders sein kann. Dieser Hang zur absurden Camouflage: So war er schon als Kind. Trotzig, rotzig, gemein und hinterhältig. Es war eine Lust, ihn zu bestrafen, ihm wieder und wieder zu zeigen, wer die Stärkere war.

»Woher hast du den Schlüssel, du Aas«, sagt sie, voller Ärger, dass sie in seine Falle getappt ist wie eine Anfängerin.

»Ich brauche keinen Schlüssel. Ein Dietrich tut's auch«, sagt die Maske. »Ich komme überall hinein.«

Ihre Füße haften an ... Stuhlbeinen? Ja, es müssen Stuhlbeine sein! Als wären sie mit ihnen verwachsen. Ihre Hände sind hinter etwas fixiert, das eine Lehne sein muss, und sie kann ihren Kopf nicht bewegen, ohne sich die Haare auszureißen. Er fühlt sich komisch an, als wäre er verklebt. Sie klebt ... an der Tapete? Absurd, denkt sie. Sie zerrt an ihren Fesseln und merkt, dass sie sich diese Mühe sparen kann.

Er setzt sich vor sie hin, auf einen anderen Stuhl, dessen Lehne er zwischen die Beine klemmt. Sie kennt den Stuhl nicht, er gehört ihr nicht, er muss ihn mitgebracht haben. Er sitzt jetzt vor ihr mit breiten Beinen. Ein riesiger schwarzer Menschenvogel, dessen Schnabel blutrot eingefärbt ist. Seine Kleidung ist aus einem glatten schimmernden Nylonmaterial, das vermutlich kaum Spuren hinterlassen wird.

Denn darum geht es, das ist ihr immerhin klar. Sie lässt die Blicke schweifen – gut, dass man Augen nicht fesseln kann. Er könnte sie natürlich verbinden, aber das wäre nur der halbe Spaß, nicht wahr? Sie durchschaut auch ihn. Nur hilft es ihr nicht mehr.

Sie könnte schreien. Laut wie eine Kreissäge. Ihr Stimmvolumen ist beachtlich. Dumm nur, dass das Haus über diese perfekte Trittschalldämmung verfügt. Sie könnte sich die Seele aus dem Leib brüllen und es würde höchstens eine Fliege von der Wand fallen.

Das Schlimmste ist, sich nicht bewegen zu können. Keinen Millimeter. Oder vielleicht ein, zwei Millimeter, aber das macht es nicht besser. Das Zweitschlimmste sind die Schmerzen, verursacht durch die Fesseln und die unnatürlich nach hinten verbogenen Arme. Das Blut staut sich in Füßen und Händen, ihre Glieder fühlen sich gleichzeitig heiß und eiskalt an. Es ist, als ob ihre Zehen und Finger kurz vor dem Platzen stünden.

Vielleicht ist jetzt die Zeit, ernsthaft zu verhandeln. Ihre Position ist nicht besonders gut, sogar ziemlich schwach, um genau zu sein, aber einen Versuch ist es wert. Margarete findet ihr Leben keineswegs mehr besonders interessant, sie erwartet sich nicht mehr viel davon, aber den Zeitpunkt ihres Todes möchte sie nun doch selber bestimmen, wenn es recht ist. Sie hat die entsprechenden Medikamente in einem Versteck im Bad gebunkert, ein bolivianischer Arzt hat sie ihr vor vielen Jahren besorgt. Sie hat gut vorgesorgt für den Fall einer schweren Krankheit oder einer drohenden Gefängnisstrafe. Sie lässt sich von nichts und niemandem zu irgendetwas zwingen.

Und jetzt das. Jemand – ausgerechnet er! – nimmt ihr die Entscheidung aus der Hand.

Das kann sie nicht dulden.

Sie ist ein bisschen außer Übung, aber früher hat sie sich

schon aus ganz anderen Gefahren herausgeredet. Sie hat Mörder erfolgreich überredet, sie zu verschonen, und Vergewaltiger davon abgehalten, sie zu schänden.

Wichtig ist es in jedem Fall, ruhig zu bleiben. Ruhe ist eine Waffe. Wer Angst hat, kann nicht ruhig sein.

Sie hat nie Angst.

Außer vielleicht jetzt. Sie weiß es nicht, dieses Gefühl ist ihr neu. Es irritiert sie wie ein Juckreiz an einer Stelle, an die sie nicht herankommt.

»Ich habe Geld«, sagt sie. Sie stellt erst jetzt fest, dass ihr Wohnzimmer mit dicken Plastikplanen ausgelegt ist, die vom Fußboden bis über die Wände reichen und sorgfältig knapp unterhalb der Decke mit einem gelben Klebeband befestigt sind.

»Wirklich?«, sagt die Maske, und es klingt dumpf, aber amüsiert. Der Schnabel bewegt sich beim Sprechen, als wollte er nach ihr hacken.

»Mein Sparbuch liegt dort drüben. 128 433 Euro. Du kannst es dir nehmen. Ich gehe mit dir zur Bank und hebe es für dich ab.«

»Das ist wirklich sehr großzügig.«

»Alles. Du kannst alles haben.«

»Vielen Dank.«

»Wenn ich tot bin, kommst du an das Geld nicht heran.«

»Wie schade. Du meinst, ich sollte dich losbinden, mit dir zur Bank gehen, dein Geld nehmen und dich laufen lassen?«

»Du könntest ein neues Leben anfangen.«

»Danke, mein Leben gefällt mir so, wie es ist.«

Sie sieht, dass er ein Messer herausholt. Die Klinge ist lang, blinkend, frisch poliert und leicht gebogen. Jetzt bekommt sie richtig Angst (und weiß nun auch, dass sie genau das hat – Angst. Kein Gefühl, das man mit einem anderen verwechseln könnte). Der Tod scheint nun nicht mehr das Schlimmste zu sein, das Schlimmste ist der schmerzvolle Weg dahin.

La reina del dolor, Königin der Schmerzen, wurde sie genannt. Damals. Damals saß sie vor den Gefangenen der Junta, schön und gnadenlos, und verkündete ihre Entscheidungen. Leiden oder leben. Schnell oder qualvoll sterben.

Du willst uns nicht helfen, die verbrecherischen Elemente zu eliminieren? Du willst unserem Staat nicht einmal jetzt zu Diensten sein? Du nimmst deine Chance, die wir dir großmütig bieten, nicht wahr? Wie enttäuschend. Wie schade, Querido, für uns und für dich!

Ein Wink von ihr reichte. Ein Streichholz wurde entzündet und an die Fußsohlen gehalten.

Nur ein Streichholz und nur so lange, bis es abgebrannt war. Der stechende Geruch des verkohlten Fleisches war unappetitlich, das Geschrei gellte einem in den Ohren, aber das üppige Honorar für solche Dienste wog das wieder auf. Nur ein Streichholz. Es war so einfach und so effektiv. Ebenfalls simpel und wirksam: Zigaretten, die auf Händen ausgedrückt wurden. Schon wesentlich aufwändiger: Stromstöße. Letztere mochte sie nicht besonders; viele Gefangene erbrachen sich währenddessen oder anschließend oder machten sich in die Hosen, es roch nach Urin, Exkrementen und verbrannten Haaren, und der Gestank war nicht nur unangenehm, er brachte auch manchmal einen Hauch von Zweifel mit sich: Wie sinnvoll waren derartige Anstrengungen bei Leuten, die schon nach wenigen Tagen in einer schmutzigen, fensterlosen Gefängniszelle selber nicht mehr auseinanderhalten konnten, was wahr und was falsch war?

Was sie mochte, war ihre Rolle als Todesengel, der sich sekundenschnell in eine barmherzige Samariterin verwandeln konnte. Ihre Arbeitskleidung war stets glamourös und sinnlich. Sie war sorgfältig geschminkt und hübsch frisiert. Die Gefangenen fürchteten sie und beteten sie an. Sie war, erfuhr sie, eine Legende im Todestrakt. Wenn die Delinquenten gestanden (also endlich zu Verrätern an ihrer eigenen

Sache wurden), durfte sie mit einem Fingerschnipsen dafür sorgen, dass sie in einen anderen Raum gebracht wurden, eine Zimmerflucht, die eingerichtet war wie die Suite eines Luxushotels. Sie konnten dort baden und sich frisch machen und gepflegt speisen. Es gab ein weiches Bett und neue Kleidung. Jeder Wunsch wurde sofort erfüllt, und wenn *la reina del dolor* ihnen dabei Gesellschaft leisten sollte, war auch das gewährleistet.

In der Zwischenzeit wurden die Angaben der Häftlinge überprüft. Stimmten sie nicht, nahm die Folter kein Ende mehr.

Sie hatten die Wahl zwischen Himmel und Inferno.

Erstaunlich viele, erinnert sich Margarete, wählten das Inferno. Bald konnte sie sehen, wer es tun würde, und sie irrte sich nur selten. Aber sie verstand nie, warum.

Manchmal sah sie viele Jahre später in ihren Träumen große, braune Augen mit langen Wimpern und angesengten Augenbrauen in einem von Schlägen zerstörten Gesicht mit gebrochenem Kiefer und ausgeschlagenen Zähnen, voller stummer Verzweiflung, aber ungebrochen. Halb tot und trotzdem nicht willens, zu kooperieren. In ihren Träumen saß sie vor einem Gericht, angeklagt wegen Unbarmherzigkeit. Kälte, Härte und Mordlust kamen dazu. Ihr Urteil lautete Tod durch Folter.

Manchmal wachte sie dann auf, machte sich einen Kräutertee, sah aus dem dunklen Schlafzimmer hinaus auf die Straße.

Wo er manchmal stand und zu ihr hochblickte.

Ihre Träume sind wahr geworden, der Rächer ist gekommen.

Die Polizei, dein Freund und Helfer, denkt sie verbittert. Niemand hat ihr geholfen.

»Was willst du?«, fragt sie. Ihre Stimme ist jetzt sanft und weich, und sie bemüht sich, zu lächeln.

»Dich vernichten«, antwortet die Maske, prompt, als hätte sie die Frage erwartet und sich darauf vorbereitet. Die Messerspitze berührt jetzt Margaretes Kinn, bewegt sich ein bisschen hin und her. Sie kann den Gummigeruch der Chirurgenhandschuhe riechen. Er wird keine brauchbaren Spuren hinterlassen.

»Warum? Was hast du davon? Sie werden dich suchen und finden, und dann wirst du nie wieder Ruhe haben. Ist es das wert?«

Sie hört ein Geräusch, vielleicht ein verächtliches, leises Lachen. Der Schnabel bewegt sich sachte. Dann spürt sie den Stich des Messers unter ihrem Kinn, spürt, wie das Blut fließt, in einem pochenden Rhythmus, und weiß im selben Moment, dass es vorbei ist. Ein hoher spitzer Schrei, der ihr in den Ohren gellt, ein tiefes Raunen, das ihren Körper vibrieren lässt. Ihr Leben zieht an ihr vorbei, so wie man es immer von Sterbenden liest, rasend schnell, unendlich langsam, es bläht sich auf, zerspringt in Tausende von Bildern, sie kann sich für keins entscheiden, alles fällt in sich zusammen, schrumpft zu einem Tunnel mitten in ein schwarzes Loch.

Sie keucht. Gurgelt. Der rostige Geschmack von Blut füllt ihren Mund. Alles begann mit …

Lukas

Aas

Kalden

Nein, nein.

Viel früher. Noch bevor sie auf der Welt war.

Die Maske öffnet jetzt mit dem Messer ihre Bluse von unten nach oben. Die Knöpfe springen ab. Darunter schützten sie nur noch ihr Unterhemd und ihr BH. Die Maske nimmt mit der linken Hand den gerippten Stoff in die Hand und schneidet mit der rechten das Hemd entzwei.

Ein ratschendes Geräusch.

Dann der BH. Er springt auf. Sie spürt eine kühle Brise an

Brustwarzen und Bauch. Schweiß und Blut. Und Scham und Hass, dass er ihren Körper so sieht – alt, faltig, fleckig. Sie macht die Augen zu. Sie schwitzt und riecht ihren eigenen Schweiß.

Ekelhaft.

Das ist nicht sie. Das ist eine dumme, schwache, hässliche Frau. Nicht wert, zu überleben. Sie hasst diese Frau. Es ist gut, dass sie stirbt.

Als hätte er das gehört, schneidet er mit einer einzigen, fließenden Bewegung – von oben nach unten – ihre Bauchdecke auf. Der Schmerz ist unfassbar, Universen explodieren in ihr, und diese schiere Kraft jenseits aller Worte gibt ihr ihre Würde wieder zurück. Sie wird sich dieser Macht willig beugen, nicht mehr schreien und sich nicht mehr wehren. Sie dreht ihre Augen zur Decke und katapultiert sich mit einer letzten Kraftanstrengung heraus aus diesem Körper, der ihr schon längst eine Last ist.

Weg. Weit weg.

Sie grinst triumphierend, während ihr Geist sich erhebt und die leere Hülle unter sich lässt. Sie schaut herunter, sieht ihn an der leeren Hülle herumhantieren – all das Blut! – und versteht auf einmal alles. Sie fühlt etwas – Mitleid? Mit sich, mit ihm? Trauer über das, was sie versäumt hat? Sie würde ihm gern sagen, dass das, was er tut, zu nichts führt, dass es besser wäre, zu vergeben, aber sie hat keinen Mund mehr, um zu sprechen.

Dafür sind ihre Gedanken klar wie Glas, unirdisch schön und so sanft wie noch nie.

»Sophie Obernitz. Sagt dir der Name was?«

»Ja, natürlich. Was ist mit ihr?«

»Sie ist tot, Frank.«

»Fuck. Wer …«

»Es war wahrscheinlich Selbstmord. Sie hat sich erhängt.

Es gibt einen Abschiedsbrief und keine Indizien, die auf Fremdeinwirkung hinweisen.«

»Du glaubst das doch nicht etwa?«

»Der Abschiedsbrief ist authentisch. Es gibt nur ihre Fingerabdrücke darauf. Die Schrift ist ihre Schrift. Zwei Graphologen haben das bestätigt.«

»Blödsinn. Verstehst du? Das kann nicht sein!«

»Das ist noch nicht alles. Ich kann Larache nicht erreichen, Frank. Du musst unbedingt herkommen. Er ist wie vom Erdboden verschluckt.«

»Hast du in der Schule gefragt?«

»Sie sagen, er hätte sich krankgemeldet.«

»Was?«

»Sie sagen, dass sie nicht wissen, wo er ist.«

»Das ist …«

»Ich brauche dich jetzt hier. Verstehst du?«

»Ich kann aber nicht kommen, Sina. Meine Mutter ist hier ganz allein. Jemand muss sich um sie kümmern, und sie ist nicht transportfähig. Ich kann sie in ihrem Zustand nicht in ein Auto oder ein Flugzeug packen.«

»Verdammt.«

»Es tut mir leid.«

»Ja.«

»Warum fährst du nicht einfach hin? Mit so einem Durchsuchungsbefehl oder wie das heißt«

»Das kann ich nicht einfach so machen. Ohne hinreichenden Tatverdacht.«

»Scheiße. Kann ich von hier aus irgendwas tun?«

»Nein. Ich melde mich.«

Seelenmord

I

Manchmal stellt sich Sina Leyden als einen Organismus vor. Die Guten, die Schlechten, die Gleichgültigen halten ihn am Leben. Wer sich gegen den Organismus Leyden stellt, wird von der Immunabwehr erkannt, umstellt, vernichtet und ausgeschieden.

Wie ein Virus.

Sina ist der Virus, der die Existenz Leydens bedroht.

Wenn sie so weitermacht, wird entweder die Stadt sterben oder sie, und was wäre damit gewonnen?

Sie kann mit niemandem darüber reden, schon gar nicht mit Leo. Er wäre verstört, wenn sie ihm erzählen würde, dass ihr Leyden in schlaflosen Nächten als atmendes Monster erscheint, als pulsierender schwarzer Krake mit Augen wie glühende Kohlen.

Sie dreht sich zu Leo um und umarmt ihn von hinten. Sie streichelt seinen Bauch und seinen Schwanz, presst sich an ihn, hofft, dass es okay für ihn ist, dass sie ihn aufweckt.

Es ist okay. Es ist sogar gut. Und es hilft. Sie sind sich wieder nah. Die Lust trägt sie an einen anderen Ort, sonnig und klar, und sie explodiert in einer Quelle aus Gold.

»Was ist los?«

Sina hört sein Flüstern, danach, als sie endlich müde ist. Sie kuschelt sich in seine Arme, drückt ihren Po gegen seinen Bauch und hofft, dass er aufhört. Die Frage vergisst.

»Sina?«

»Hm?«

»Was ist los mit dir?«

»Hmm.«

Sie schläft ein, und der Krake kommt zurück, greift sie sich mit seinen Fangarmen. Es gibt kein Entkommen.

Sie wacht auf, weil Leo sie an der Schulter fasst.

»Was«, sagt sie unwillig, versucht, seine Hand abzuschütteln.

Warum lässt er sie nicht in Ruhe? Manchmal will sie nicht denken, nicht fühlen. Nur ganz normale Dinge tun. Sex haben, zum Beispiel. Und danach schlafen. Ohne dass jemand sie fragt, was mit ihr los ist.

»Wir müssen aufstehen.«

»Was?«

Sie macht widerwillig die Augen auf. Es ist noch dunkel. Also wahnsinnig früh.

»Eine Leiche«, sagt Leo.

»Verdammt.«

Ein Nachbar hat die Polizei um vier Uhr morgens alarmiert, weil Margarete Johanssons Tür einen Spaltbreit offen stand. Er war ziemlich betrunken, als er die Leiche fand, und wird nun wegen eines Schocks ärztlich behandelt.

Jemand hat alle Fenster von Margarete Johanssons Wohnung geöffnet, nachdem die Spurensicherung wieder gegangen ist. Der Himmel ist sehr hoch und von einem zarten Blau mit orangenen Einsprengseln auf faserigen Wölkchen. Vögel zwitschern von der einen Seite, die auf einen begrünten Innenhof hinausgeht. Von der anderen Seite hört man den beginnenden Berufsverkehr auf der Stargarder Straße. Das Wohnzimmer liegt auf der lauten Seite. Trotzdem bleiben die Fenster offen. Nicht wegen des Geruchs, die Leiche ist frisch. Weißliche, kaum millimeterlange Maden haben sich in den geöffneten Augen abgesetzt, sonst gibt es keine sichtbaren Anzeichen der Verwesung.

Es ist nicht der Geruch, es ist der Anblick.

Margarete Johansson sitzt aufrecht auf einem schmalen Stuhl, der erkennbar nicht zu ihrem Haushalt gehört, weil er überhaupt nicht in die im Biedermeierstil eingerichtete Wohnung passt. Sein Gestell ist aus grau gestrichenem Metall, das Polster ist schwarz, die Form modern minimalistisch. Der Stuhl lehnt an der Wand. Johanssons Hände sind auf ihrem Schoß gefaltet, ihre Füße und ihre Waden sind mit Klebeband an jeweils einem Stuhlbein fixiert.

Sie ist außerdem vollkommen nackt. Der Täter muss ihre Kleider mitgenommen haben, in der Wohnung sind sie jedenfalls nicht zu finden. Ein langer, tiefer Schnitt verläuft von ihrem Kinn herab bis zu ihrem Unterleib. Die faltige Haut ist zurückgeschlagen wie ein zerschnittenes Stück Leder, dahinter sieht man das Brustbein mit den abgehenden Rippen. Dahinter und darunter, säuberlich angeordnet wie in einem medizinischen Lehrbuch, blasse, unverletzte Organe. Darm, Magen und Leber.

»Sie ist ausgeblutet«, sagt Leo sachlich.

»Ausgeblutet?«

»Komplett. Wie ein geschächtetes Tier.« Er zeigt ihr die Wunde an der Halsschlagader und eine weitere an der Innenseite des Oberschenkels.

»Wie lange dauert so etwas?«, fragt ihn Sina.

»Das Ausbluten? Das geht relativ schnell. Er wusste, was er tat, er hat an genau den richtigen Stellen geschnitten.«

»Hat sie das mitbekommen?«

»Das Ausbluten wahrscheinlich nicht, vermutlich war sie schon vorher bewusstlos.«

»Und das andere?«

»Ich weiß nicht. Es könnte schon sein. Die Schnitte sind ihr jedenfalls nicht post mortem beigebracht worden. An den Schnittstellen hat sie stark geblutet, das sieht man hier.« Er zeigt ihr die Stelle. Sie ist sorgfältig gesäubert worden, aber immer noch gerötet.

»Da war Blut, eindeutig.«

Leos Stimme klingt leicht verwaschen, weil er einen Mundschutz trägt. Er kniet vor der Leiche und begutachtet sie vorsichtig. Er berührt ihre Arme und Beine, um deren Beweglichkeit zu untersuchen.

»Rigor mortis ist ausgeprägt. Sie ist seit mindestens zwölf Stunden tot. Aber sicher nicht länger als 24 Stunden.«

»Ja«, sagt Sina. Sie steht neben Leo und versucht, die Fassung zu bewahren. Margarete Johanssons Gesicht ist grauweiß, ihre dünnen Lippen sind gefletscht wie bei einem Tier. Oder einer Mumie. Sie wirkt nicht mehr menschlich, und vielleicht war genau das die Intention des Täters.

Ich hätte sie überwachen lassen sollen.

»Warum sitzt sie so aufrecht?«, fragt sie.

»Deshalb.« Leo deutet auf einen dunklen Kreis, gut sichtbar auf der weißen Halswirbelsäule hinter den klaffenden Hautlappen und den durchgeschnittenen Sehnen. Sina beugt sich vor. Es ist der Kopf eines Nagels. Oder einer Schraube.

Sie könnte noch am Leben sein.

»Er hat sie an die Wand genagelt. Oder angeschraubt. Das werden wir aber erst wissen, wenn wir die Leiche entfernt haben. Ich denke, es ist eine Schraube. Und wahrscheinlich nicht die einzige, sonst könnte sie nicht so aufrecht sitzen. Natürlich ist es auch möglich, dass er sechs Stunden oder noch länger auf die Leichenstarre gewartet hat. Dann hätte diese eine Schraube vermutlich sogar ausgereicht.«

»Ihre Haare«, sagt Sina. Sie betastet den Kopf der Toten, das trockene Gestrüpp darauf.

»Was ist damit?«

Die Haare sind mit der Tapete an der Wand verklebt. Ein extrem starker Klebstoff. Wenn sie den Kopf abziehen werden, wird die halbe Tapete mitkommen.

Sina macht kurz die Augen zu.

Scheiße. Scheiße. Scheiße.

»Wahnsinn«, sagt Leo währenddessen. Er steht jetzt neben ihr, sie spürt seine Aura, seine starke körperliche Präsenz, obwohl sie sich nicht berühren. Es wäre tröstlich, wenn nicht alles so schlimm wäre.

»Warum hat er das so gemacht, Sina?«

»Ich schätze, er wollte, dass ihr Kopf so aufrecht bleibt wie ihr Körper. Er wollte, dass sie so gefunden wird.«

Sina muss laut reden, um den Straßenlärm zu übertönen, der von Minute zu Minute stärker wird. Sie geht zu den beiden Fenstern und schließt sie sorgfältig.

Die Stille danach ist überwältigend.

Leo schiebt sich den Mundschutz unter das Kinn. Stemmt die Hände in die Seiten und sieht sich um, als könnte der Mörder noch irgendwo hier sein.

»Krank«, sagt er schließlich.

»Ja«, sagt Sina. Sie lehnt sich mit verschränkten Armen an das Fensterbrett. Grübelt.

»Warum tut jemand so was?«, fragt Leo in den Raum hinein.

»Keine Ahnung«, sagt Sina automatisch.

Sie hat gelogen. Alles hier weist auf Salfeld hin, jedes einzelne der spärlichen Indizien. Dazu gehört vor allem der Stuhl. Salfeld hat solche Stühle in seinem Esszimmer. Sina hat auf ihnen gesessen. Sie sind stylish und unbequem. Sie passen sehr gut in Salfelds ungastliches Haus.

Aber daran will sie noch nicht denken. Nicht jetzt schon.

»Wo ist das ganze Blut hin? Wie hat er das gemacht?«, fragt sie Leo. Der Boden ist sauber, wie frisch geschrubbt. Die Spurensicherung hat nur sehr wenige Blutspuren ausgemacht.

»Er wird einen Eimer gehabt haben, ganz einfach. Fünf bis sechs Liter Blut sind weniger als man denkt. Er wird das Blut mit einem Eimer aufgefangen haben. Das lässt sich schon machen, wenn man sich geschickt anstellt.«

Sina reißt den Blick von der Leiche los – eine Skulptur, denkt sie, ein perverses Kunstwerk – und sieht sich im Wohnzimmer um.

Schließlich holt sie sich einen Stuhl aus dem Esszimmer und steigt darauf. Unterhalb der Decke ist die blauweiß gemusterte Tapete an vielen Stellen leicht beschädigt.

»Klebeband«, sagt sie. »Er hat das ganze Zimmer mit Plastikplanen ausgelegt und die Ränder unter die Decke geklebt. Deshalb gibt es so wenige Blutspuren. Wic in dieser Serie.«

»Was für eine Serie?«

»Sie handelt von einem Mann, der bei der Polizei arbeitet, aber eigentlich Serienmörder ist. Sein Modus Operandi: Er verklebt alles mit Plastikplanen, um keine Spuren zu hinterlassen.«

»So was guckst du dir an?«

Sina zuckt die Schultern und steigt vom Stuhl. »Die Idee fand ich interessant.«

Es klingelt an der Tür. Sina macht auf. Es sind Polizeichef Matthias und der Staatsanwalt im Gefolge von den beiden Polizisten, die in den letzten anderthalb Stunden die Hausbewohner vernommen haben. Sina lässt das Grüppchen herein. Am liebsten würde sie sie auf den grauenhaften Anblick vorbereiten. Umso schrecklicher, weil das Opfer alt und weiblich ist. Alte Frauen sind sehr selten Mordopfer und so gut wie nie Opfer von Ritualtätern. Ritualtäter lieben junge Mädchen oder kleine Jungen. Alte Menschen regen ihre Fantasie nicht an.

Das hier ist ein Pseudoritual.

Sie weiß das, und sie muss das Matthias klarmachen, bevor er allein wegen des Modus Operandi auf Salfeld schließt.

Jemand will Salfeld die Tat unterschieben.

Aber wer? Sein Sohn? Und warum sollte er das tun?

Es gibt keinen Grund.

Kein denkbares Motiv.

René R. Kalden, alias Leander Kern – ein Anagramm aus seinem Geburtsnamen –, alias Weiß-der-Teufel, wird gesucht. Warum sollte er das völlig überflüssige Wagnis eingehen, wieder in seine Heimatstadt zurückzukehren?

Er kennt Margarete Johansson nicht einmal.

Aber Salfeld kennt sie. Und er hat ein starkes Motiv: Rache.

Sie stehen alle ein paar Sekunden lang unschlüssig im dämmerigen Flur, dann geht Sina voraus ins Wohnzimmer und die Männer folgen ihr im Gänsemarsch.

»Das ist grauenvoll«, sagt Matthias.

»Ja«, sagt Sina.

»Wieso ... äh ... Wieso sitzt sie so gerade?«

Leo und Sina erklären es ihm. Die Sache mit dem Nagel oder der Schraube. Matthias wird bleich, kommentiert das aber nicht weiter.

Sie stehen zu sechst im Halbkreis vor der Leiche. Margarete Johansson starrt aus milchig leeren Augen an ihnen vorbei. Gesicht und Körper sind starr wie aus Holz geschnitzt. Weil die Fenster geschlossen sind, ist der Geruch kaum noch zu ertragen. Zum großen Teil liegt das am freiliegenden Darm. Beziehungsweise dessen Inhalt.

»Ich denke, ich habe erst mal genug gesehen«, sagt der Staatsanwalt, ein beleibter Mann, den Sina nicht mag, weil er keine Gelegenheit auslässt, zu zeigen, dass er von Frauen bei der Polizei nichts hält. Jedenfalls nicht, wenn sie mager und ehrgeizig sind wie Sina.

»Seid ihr fürs Erste hier fertig?«, fragt Matthias.

Sina sieht Leo an. »Was ist mit dir?«

»Ich würde gern warten, bis die Leichenstarre nachlässt«, sagt Leo. »Vorher wird das auch mit dem Transport schwierig.«

»Wie lange wird das dauern?«, fragt Matthias.

»Ein paar Stunden. Aber das macht eigentlich nichts, im Gegenteil. Ich würde sie mir sowieso gern noch mal genauer ansehen. So wie sie jetzt hier sitzt. Ist das in Ordnung?«

»Sicher«, sagt Matthias. Er ist noch blasser als vorhin, wahrscheinlich macht ihm der Gestank zu schaffen. Er sieht Leo an, als wollte er noch etwas sagen, lässt es aber dann bleiben und wendet sich ab.

»Ich veranlasse dann den Abtransport«, sagt Leo.

»In Ordnung«, sagt Matthias. Und zu Sina gewandt: »Konferenz in einer Stunde. Kommst du mit?«

»Ich muss mich noch ein bisschen umschauen. Sagen wir in anderthalb?«

»Neun Uhr dreißig. Brauchst du jemanden? Sollen die beiden hierbleiben und dir helfen?« Er deutet auf die Polizisten.

»Nein, danke. Ich mach das erst mal allein. Wenn ich Hilfe brauche, gebe ich Bescheid.«

2

Johanssons Schreibtisch steht in ihrem Schlafzimmer, neben einem monströsen braunen Kleiderschrank. Auf dem schmalen Bett liegt eine Überdecke aus hellgrauer Wolle, braune, abgetretene Hausschuhe stehen ordentlich davor. Auch der Schreibtisch, ein verschnörkeltes Möbel mit verschlungenen hellen Intarsien, sieht aufgeräumt aus. Die Arbeitsplatte ist vollkommen leer, bis auf eine alte elektrische Schreibmaschine unter einer verstaubten Schutzhülle.

Keine Aktenordner, nirgendwo. Sina öffnet die beiden Schubladen.

Leer.

Keine Kontoauszüge, keine Versicherungsunterlagen, keine Rentenbescheide. Kein Personalausweis, kein Reisepass, keine Geburtsurkunde. Nichts, das darauf hinweist, dass Margarete Johansson jemals existiert hat.

Leer. Und staubfrei. Es war also bis vor kurzem etwas drin.

Unter dem Schreibtisch befindet sich eine Hängeregistratur auf Rollen mit etwa zwanzig Hängetaschen. Sina zieht sie heraus. Auch die Taschen sind leer. Aber das waren sie ebenfalls nicht immer, es gibt jede Menge Kratzer und andere Gebrauchsspuren.

Der Täter muss alles mitgenommen haben, sämtliche Beweise ihrer Identität.

Warum?

Sina ruft bei der Spurensicherung an und erreicht nur den AB.

Sie bittet um Rückruf und sucht weiter.

Sie öffnet den Schrank.

Er riecht so muffig wie das ganze Zimmer. Sina muss sich überwinden, die Kleidungsstücke anzufassen. Beige und weiße Unterwäsche, beige Nylonstrumpfhosen, weiße, gerippte Unterhemden, beige und weiße BHs, alles ordentlich zusammengelegt. Darunter und dahinter befindet sich nichts.

Die Farbpalette der Kleider, die an einfachen Metallbügeln hängen, reicht von trübseligem Dunkelbeige bis zu tristem Dunkelbraun. Dazwischen einige fusselige Wolljacken und ein dicker blauer Anorak. Nichts davon ist neu, und alle Kleidungsstücke, bis auf die Unterwäsche, sind zu weit geschnitten für eine magere Frau wie Margarete Johansson.

Eitel war sie nicht, denkt Sina.

Als Letztes entdeckt sie einen geschlossenen Kleidersack, der sich prall anfühlt. Sie zieht den Reißverschluss an der Seite auf.

Fünf eng geschnittene, tief dekolletierte Minikleider quellen ihr entgegen, zwei mit, zwei ohne Ärmel und eins mit Spaghettiträgern. Das mit den Spaghettiträgern ist aus blau schimmernder Rohseide. Sie streicht mit den Fingern über den festen, glänzenden Stoff. Scharf, aber elegant. Sie liest die Labels im Nackenausschnitt. Eines sagt ihr etwas. Courrèges. Courrèges war teuer, das weiß sie. Ihre Mutter hat immer von Courrèges geschwärmt – eins von den Sachen, die man nicht haben konnte, wenn man über keinen reichen, großzügigen Liebhaber verfügte, was Carlotta Rastegar in ihrem Leben nie hinbekommen hatte. Ihre Liebhaber waren allesamt armselige Idioten.

Sina fotografiert die Kleider, eins nach dem anderen. Margarete Johansson war einmal eine junge, elegante Frau gewesen. Sexy und lebenslustig. Das ist kaum zu glauben. Oder gehören die Kleider ihr vielleicht gar nicht?

Sina stellt sich auf einen Stuhl und schaut auf den Schrank. Die Holzplatte oben ist verstaubt und leer. Sina steigt wieder runter, kniet sich hin und tastet den Boden des Schranks ab. Sie nimmt schließlich alle Kleidungsstücke heraus und legt sie aufs Bett. Mit der Taschenlampe leuchtet sie den Innenraum aus. Sie klopft das dunkle Holz ab.

Nichts.

Im Bett: nichts, außer einem zusammengelegten bodenlangen Frotteenachthemd. Unter der Matratze: nichts. Unter dem Bett liegt ein alter, verstaubter Koffer, der bis auf ein kariertes Taschentuch leer ist. Sie tastet ihn ab. Kein doppelter Boden.

Sie hört Leo in sein Headset murmeln, als sie am Wohnzimmer vorbeigeht. Sie untersucht das blau geflieste Bad, das sich neben dem Wohnzimmer befindet. Im Badschränkchen befinden sich Pflaster, Verbandszeug, Mittel gegen Übelkeit, Mittel gegen Erkältungen und Fieber, ein Fläschchen Jod, eine Salbe gegen Mückenstiche, Zahnpasta und Kernseife. Auf dem Badewannenrand steht ein Shampoo gegen trockenes Haar.

Ein altes, lilafarbenes Frotteehandtuch hängt über der ausgeschalteten Heizung, ein weiteres an einem Haken neben dem Waschbecken. Die Armaturen sind sorgfältig geputzt.

Sinas Telefon klingelt, es ist Anton Bregenzer von der Spurensicherung.

»Hi«, sagt er. Er sagt immer Hi statt Hallo, genau wie Frank Leyerseder.

Sina stellt den Lautsprecher an und legt das Telefon auf die Glasablage über dem Waschbecken, neben den Zahnputzbecher mit der roten Zahnbürste. »Hallo«, sagt sie. »Danke, dass du zurückrufst. Ich bin in der Wohnung von Margarete Johansson.«

»Johansson? Nie gehört.«

»Was?«

Bregenzer lacht. »Schon gut«, sagt er gönnerhaft. »Was kann ich für dich tun?«

Bregenzer ist fast immer ironisch, deswegen findet Sina ihn anstrengend und kontaktiert ihn nur, wenn es sich nicht vermeiden lässt.

»Haha. Sag mal, wart ihr auch im Schlafzimmer? Und im Bad?«

»Nee, wieso?«

»Anton, also …« Was hat er davon, ihre und seine Zeit mit solchen Mätzchen zu verschwenden?

»Ja, natürlich waren wir im Schlafzimmer und im Bad, Sina.« Pause. Wieder lässt er sie warten.

»Und?«, fragt sie ungeduldig.

»Blutspuren«, sagt Bregenzer schließlich. Sie hört, wie er grinst. Sie sieht ihn vor sich, sein feistes Gesicht, die roten Äderchen auf Nase und Wange.

»Du gehst mir auf die Nerven mit dem Scheiß«, sagt sie.

»Und du gehst zum Lachen …«

»… in den Keller. Fällt dir nie was Neues ein?«

Schweigen am anderen Ende der Leitung.

Dann leiert Bregenzer endlich seinen Bericht runter.

»Blut in der Toilette und in der Badewanne, am Duschkopf, am Stöpsel und an den Armaturen. Alle Stellen wurden nachträglich sorgfältig gesäubert, wahrscheinlich mit Klopapier oder einer Küchenrolle. Wir haben Blutspuren im Eimer in der Kammer gefunden. Ebenfalls nachträglich gesäubert. Mit einem Putzmittel, das wir in der Kammer gefunden haben.«

»Alles klar.«

»Hat dir keiner was gesagt?«

»Ihr wart schon weg, als wir gekommen sind. Aber danke. Der Eimer und das Putzmittel …«

»Wir haben beides mitgenommen. *Beweisstücke*, du weißt schon.«

»Klar.«

»Im Schlafzimmer keine weiteren verwertbaren Spuren und nur Fingerabdrücke vom Opfer.«

»Ihr habt nichts aus dem Schlafzimmer mitgenommen? Keine Papiere, keine Dokumente?«

»Keine Papiere, keine Dokumente. Der Schreibtisch war leer bis auf diese uralte Schreibmaschine unter der Schutzhülle. Ach, warte. Das Farbband hat gefehlt. Vielleicht hat es der Täter mitgenommen.«

»Und ...«

»Im Flur keine verwertbaren Spuren. Im Wohnzimmer winzige transparente Plastikfetzen an den Wänden und am Boden. Der Täter hat vermutlich mit einer Plastikplane gearbeitet, wie man sie auf dem Bau verwendet. Sehr dickes Material. Die DNA-Spuren werten wir noch aus. Das dauert, du weißt ja. Aber ich denke ...«

»Da kommt nicht viel bei raus?«

»Du sagst es, Schatz. Er war sehr, sehr vorsichtig. Auf dem Eimer und dem Putzmittel haben wir nur verwischte Fingerabdrücke vom Opfer. Und dessen Blut. Auf dem Eimer, auf dem Putzmittel. Der Täter hat wahrscheinlich Handschuhe getragen.«

»Haare?«

»Nur vom Opfer, soweit wir das jetzt beurteilen können. Aber die Untersuchungen stehen noch aus. Eins steht aber schon mal fest: Diese Frau hatte so gut wie nie Besuch. In der ganzen Wohnung haben wir nur ihre Fingerabdrücke gefunden.«

»Verstehe.«

»Geht ja vielen alten Leuten so. Aber die war wirklich allein.«

»Danke. Bis nachher. Konferenz ist um neun Uhr dreißig.«

»Es wird mir eine Freude sein.«

Sina legt auf. Denkt nach. Versucht, sich das Prozedere vor Augen zu führen.

Der Täter hat die Leiche im Wohnzimmer gesäubert.

Dabei hat er sich Zeit gelassen. Er hatte keine Angst, überrascht zu werden. Margarete Johansson hatte keine engen Verwandten und keine Freunde. Offenbar wusste er das. Weil er sie lange vorher beobachtet hat.

Was Margarete Johansson mitbekommen hat. Aber Sina hat sie nicht ernst genommen.

Als Letztes nimmt sie sich die Küche vor.

Zwischen Tellern, Besteck, Schüsseln, Pfannen und Kochtöpfen: nichts von Bedeutung. Kurz davor aufzugeben, kniet sie sich auf den Linoleumboden, der vermutlich einmal weiß und mit bunten Farbspritzern verziert war, und jetzt zerkratzt und grau aussieht. Sie tastet die Holzleisten unter dem Herd und der Spüle ab. Und findet eine schmale Schublade unter dem Herd. Darin sind mehre Backbleche verstaut.

Sie räumt die Bleche aus.

Darunter liegt ein in weinrotes Leder gebundenes Buch.

Ein Fotoalbum.

Sina nimmt es vorsichtig heraus und schlägt es auf. Der Geruch nach alter Pappe steigt ihr in die Nase.

Sie sieht eine schöne Frau in einem roten Sportwagen, mit einer riesigen schwarzen Sonnenbrille auf. Sie strahlt in die Kamera.

Ein anderes Foto zeigt dieselbe Frau im Bikini auf dem Sand, im Hintergrund das Meer. Die große Sonnenbrille steckt jetzt in ihren Haaren, die Lippen sind in einem knalligen Orangeton geschminkt. Neben ihr sitzt ein dunkelhaariger Mann in Badehose, die Hand locker um ihre Schulter gelegt.

Dann ein großes Schwarz-Weiß-Foto im DIN-A4-Format, das vermutlich ein professioneller Fotograf geschossen hat. Die Frau sitzt vor einem hellgrauen Hintergrund. Lächelnd, dunkle Locken, verführerische Pose in einem weit ausgeschnittenen Kleid, vielleicht eines der Kleider, die auf dem

Bett liegen. Sina löst das Foto heraus und dreht es um. Ein verblasster Stempel, ein Name, vielleicht Ortega oder Ortuga. Darunter eine ebenfalls kaum leserliche Adresse in Buenos Aires.

Darunter eine handgeschriebene Jahreszahl.

1976.

1976 war mein Schicksalsjahr. Im Herbst sah ich Marion zum ersten Mal. Sie kam neu in unsere Klasse. Sie hatte einen blassen, klaren Teint und einen akkurat geschnittenen Pagenkopf, und sie trug keine Parkas, überweite Herrenhemden und kratzige Wollpullover wie die anderen Mädchen, sondern Poloshirts in pastelligen Farben, graue und schwarze Faltenröcke und karierte Kniestrümpfe. Ihr Hals war lang und schlank. Wenn sie den Kopf senkte, fielen ihr die Haare wie ein seidiger Vorhang ins Gesicht. Wenn sie ihn hob, konnte man ihre zarte, gerade Kinnlinie bewundern.

Ich liebte Marion vom ersten Moment an. Ihre leuchtend weiße Haut, ihre Schüchternheit, die Tatsache, dass sie mir bedingungslos vertraute. Ich war alles für sie und sie für mich. Lange Zeit wollte ich nicht wahrhaben, dass sie Begierden in mir auslöste, die ich immer weniger in den Griff bekam. Wenn ich mit ihr schlief, dachte ich an das Blut, das in ihr pulsierte, Herzschlag für Herzschlag. Es war, als würde ich es hören, seinen Rhythmus spüren. Und irgendwann wollte ich es auch sehen.

Das Blut.

Der erste Schnitt unter Marions Kinn. Der erste, hellrote Tropfen, schimmernd wie Lack. Die herrliche, entsetzliche Erregung. Das unstillbare Verlangen, noch viel, viel weiter zu gehen. Die Fantasie, Marions Körper wäre eine mit Blutflüssen durchzogene Landschaft. Der Wunsch, mich in diese Flüsse zu stürzen und darin zu ertrinken. Der Drang, ihre makellose Haut zu durchdringen, um ihr Herz schlagen zu sehen. Für mich. Nur für mich.

Ich will sie sterben sehen.

Ich will sie lieben und schützen, vor allem vor mir selbst.

Was ist los mit mir? Es ist alles wieder da, als wären die Jahrzehnte nie vergangen.

Ich bin wieder fünfzehn, jung und rein, verdorben und verloren.

Manchmal weiß ich, dass etwas nicht stimmt. Die Erinnerungen sind so heiß und klar. Außerdem müsste ich längst wieder gesund sein, stattdessen fühle ich mich immer noch so schwach wie ein Patient nach einer neunstündigen Organtransplantation. Selbst das Duschen wird zur fast unüberwindlichen Aufgabe. Heike versorgt mich in der Zwischenzeit mit Mahlzeiten, die ich fast unberührt wieder zurückgehen lasse. Sie macht mein Bett, legt mir frisch gewaschene Pyjamas hin und versichert mir, dass es mir bald besser gehen wird.

Ich glaube ihr kein Wort. Aber ich bin sehr einverstanden mit der Situation.

Denn Juli ist wiedergekommen. Sie besucht mich jeden Tag auf der Krankenstation, oft sogar zweimal täglich. Wir unterhalten uns über die Schule, über ihre Lehrer und schließlich auch über die Liebe. Sie sagt, dass es zwei Jungen gebe, die sich für sie interessierten, aber dass sie keinen von beiden attraktiv fände.

Am dritten oder vierten Tag will sie wissen, ob ich eine Frau habe. Ich sage ihr, dass ich geschieden bin.

Es ist abends, kurz vor elf. Sie muss mich bald verlassen, um elf Uhr muss auch sie auf ihrem Zimmer sein.

»Meine Eltern wollen sich scheiden lassen«, sagt sie.

»Das tut mir wirklich leid«, sage ich. Nun verstehe ich, warum sie bei ihrem ersten Besuch geweint hat.

»Mein Vater hat eine Geliebte. Die ist halb so alt wie er.«

Sie sagt das mit Abscheu in der Stimme. »Das ist so ekelhaft.«

»Das ist sicher sehr schwer für dich«, sage ich diplomatisch. Ich finde ihre Äußerung ein bisschen taktlos; schließlich dürfte ich ungefähr im gleichen Alter wie ihr Vater sein.

Findet sie mich auch ekelhaft? Würde sie mich ekelhaft finden, wenn sie wüsste, was ich fühle?

»Es ist nämlich so«, sagt sie und zögert. Diesmal weint sie nicht, und ihre Stimme klingt sachlich.

»Ja?«, helfe ich ihr.

»Ich weiß nicht, wo ich hin soll.« Sie schaut an mir vorbei, zum schwarzen Quadrat des Fensters. Das Licht der Nachttischlampe spiegelt sich in ihren silbernen Ohrringen.

»Du meinst, du weißt nicht, ob du lieber bei deiner Mutter oder deinem Vater leben würdest?«

»Nein«, sagt sie und sieht mich direkt an, ein Blick, der mir das Herz bricht und es gleichzeitig höher schlagen lässt, bis ich das Gefühl habe, zu ersticken. »Ich meine, dass keiner von beiden mich haben will. Ich weiß nicht, wo ich in den Sommerferien hin soll.«

Ich strecke die Hand aus. Vorsichtig.

»Du kannst zu mir kommen, wenn du das möchtest.«

Sie legt ihre Hand hinein und lächelt mich an. »Das ist sehr, sehr lieb«, sagt sie. »Aber das möchte ich lieber nicht.«

»Entschuldige. Das war dumm von mir.«

»Nein.« Sie drückt meine Hand, freundlich und zutraulich, ja: liebevoll. »Ich finde das so nett von Ihnen. Aber das würden meine Eltern nie erlauben.« Sie steht langsam auf, macht sich fertig zum Gehen. Ich frage sie nicht, ob und wann sie wiederkommt. Sie sagt es selbst: »Bis morgen!«

3

Tick begann, in Thalgau Chemie und Mathematik zu unterrichten, weil sich sein Vorgänger das Leben genommen hatte und die Stelle deshalb kurzfristig vakant geworden war. Schnell stellte er fest, dass der Schulalltag mit seinen festen Strukturen und klaren Regeln perfekt für ihn war. Er ließ das Domizil seiner Eltern fertig renovieren, vermietete es anschließend an ein solventes älteres Beamtenpaar und zog selbst in das frei gewordene kleine Einfamilienhaus auf dem Internatsgelände mit uneinsehbarem Gartenanteil. Dort genoss er in seiner Freizeit die Ruhe und Abgeschiedenheit. Seine Kollegen waren ein Kapitel für sich. Er fand sie entweder aufdringlich oder dumm, albern oder verknöchert, streberhaft oder undiszipliniert, Kontakte über das Berufliche hinaus vermied er geflissentlich. Tick brauchte keine Freunde und keine Liebschaften, er war sich selbst genug. Einmal probierte er eine Affäre mit der Deutschlehrerin, die in der Oberstufe unterrichtete. Das ging gründlich daneben.

Aber es gab durchaus Menschen, die er brauchte, um sich gut zu fühlen. Dummerweise waren die tabu. Jungen vor der Pubertät durfte man überhaupt nicht begehren, Jungen in der Pubertät waren halb und halb verboten, und ein Lehrer hatte sich sowieso gefälligst von jeder denkbaren sexuellen Verlockung fernzuhalten: Wer machte eigentlich neuerdings solche Regeln und warum hielten sich plötzlich alle so sklavisch daran? Wie konnte man etwas skandalisieren, das so normal war wie Hunger und Durst?

Begehren war etwas, das man sich nicht aussuchte. Man

wurde so geboren, also musste sich die Natur etwas dabei gedacht haben. Und je länger Tick in Thalgau lebte und arbeitete, Schuljahr für Schuljahr verwöhnte Kinder zu rotzfrechen, unbescheidenen Jugendlichen und diese wiederum zu arroganten Erwachsenen heranreifen sah – wie Klone ihrer ebenso selbstgefälligen Eltern –, je weniger er sich trotzdem vorstellen konnte, hier wieder wegzugehen, desto klarer wurde ihm, dass auch er, genau wie alle anderen auf dieser Insel der Seligen, ein Recht auf die Erfüllung seiner Bedürfnisse hatte. Auch wenn sie nicht in den politisch überaus korrekten Mainstream passten.

Und Thalgau schien ganz seiner Meinung zu sein. In der Außenwelt fanden hysterische Diskussionen über erlaubten und verbotenen Sex statt, machten angebliche Opfer alles und jeden außer sich selbst für ihr verpfuschtes Leben verantwortlich, gaben sich wichtigtuerische Medien als moralische Aufklärer der Nation, wurde angeklagt und vorverurteilt. In Thalgau erkannte man, ohne sich groß darüber auslassen zu müssen, dass es am besten war, manche Dinge einfach geschehen zu lassen.

Und das gilt bis heute. Eine wortlose Übereinkunft, dass etwas sein darf, weil es schon immer so war. Das Thalgau-Prinzip, nach dem Schweigen Gold und Reden Blech ist. Was in diesem Fall bedeutet, dass ein paar Jungen pro Jahrgang durchaus zuzumuten ist, ihr Privileg, eine goldene Zukunft vor sich zu haben, mit ein paar Gefälligkeiten zu honorieren, die vielleicht nicht immer angenehm sind, aber wichtig für das seelische Gleichgewicht jener Menschen, die sie auf ihrem Weg kundig begleiten. Das ist ausgleichende Gerechtigkeit, wie Tick sie versteht und Thalgau sie duldet.

Ein Junge aus der 6., ein Junge aus der 7. und manchmal auch einer aus der 8. Klasse. Höchstens drei. Pro Jahr. Und nur ein paar Mal im Monat.

Natürlich ist maximale Diskretion für Tick eine Selbstverständlichkeit. Tick erfüllt diesen Teil der schweigenden Abmachung mit der Schule, indem er penibel darauf achtet, dass seine Günstlinge nicht miteinander befreundet sind, und so die Gefahr des Informationsaustauschs auf ein Minimum reduziert werden kann. Wer glaubt, er sei allein mit einem Problem, vertraut sich niemandem an, schon gar nicht, wenn er jung ist und nichts anderes will, als genauso zu sein wie die Gleichaltrigen um ihn herum.

So hat Tick bis heute sämtliche Gefahrenstellen geschickt umschifft und ist sehr gut damit gefahren. Er ist bald 25 Jahre lang Lehrer in Thalgau und gehört damit zum Urgestein der Schule. Auf diese Weise erwirbt man sich automatisch ein paar Rechte, von denen Neuankömmlinge nur träumen können, unter anderem die, bestimmte Regeln so auszulegen, dass sie zum eigenen Leben passen. Und was seine speziellen Bedürfnisse betrifft, weiß er sich ohnehin in allerbester Gesellschaft. »Glücklich der Mann, der liebreiche Knaben und stampfende Rosse, Jagdhunde auch und dazu Freunde im Ausland besitzt«, lautet seine Lieblingsstelle aus der Elegie von Solon, einem der sieben Weisen Griechenlands. Eromenos hießen die Jünglinge, die von erwachsenen Erastes aus dem griechischen Hochadel umworben wurden, was in dieser Blütezeit der abendländischen Kultur nicht nur nicht verboten war, sondern von berühmten Dichtern besungen wurde. Der römische Kaiser Tiberius ließ sich in seinem Schwimmbad von kleinen Jungen verwöhnen, die er liebevoll Fischlein nannte. Ludwig XV., unter dem Frankreich zu nie gekannter Größe aufstieg, gab ein Mädchenbordell in Auftrag, das von Madame Pompadour bestückt und von willigen Müttern minderjähriger Töchter beliefert wurde.

Leider helfen ihm historische Fakten im Moment nicht weiter. Obwohl die Geschichte Tick stets wirkungsvoll entschuldet und ihn insofern mit lästigen Gewissensbissen verschont hat, lässt sich kaum leugnen, dass es in der Gegenwart einige Probleme gibt.

Wahrscheinlich ist es nämlich trotz Ticks extremer Umsichtigkeit diesmal doch zu Kontakten zwischen Betroffenen gekommen – eine gefährliche Entwicklung, vor allem angesichts der aufgeheizten öffentlichen Meinung. Jedenfalls haben sich seit ein paar Monaten bestimmte Selbstverständlichkeiten zu Stolpersteinen entwickelt, weswegen Tick nichts anderes übrig geblieben ist, als zum zweiten Mal zu unkonventionellen Mitteln jenseits der Legalität zu greifen.

Und warum auch nicht? Sophie hätte ihrem Leben früher oder später ohnehin selbst ein Ende gesetzt, wenn nicht an diesem, dann an einem anderen Tag. Und falls nicht, hat Tick sie mit seinem beherzten Nachhelfen vor dem grausigen Schicksal einer psychisch Kranken bewahrt.

Das sagt er sich selbst, wenn er, ganz entgegen seiner ansonsten stabilen Konstitution, unter Schlafstörungen leidet.

Was seit der Sache mit Sophie der Fall ist.

Visionen hielt Tick stets für abergläubischen Blödsinn geistesarmer Esoterikerinnen, beziehungsweise eine wohlfeile Lüge der Kirchen, um ihre einfältigen Schäfchen beisammen zu halten. Nun sieht er selbst Dinge, die es nicht gibt. In den Sekunden zwischen Müdigkeit und Halbschlaf erscheint ihm Sophie als grinsende Rächerin mit langen, strähnigen Haaren und halb verfaultem Gesicht. Es ist, als wäre sie in einem Zwischenreich gefangen, das sich in seinem Kopf befindet, als hätte sie ihre Verrücktheit auf ihn übertragen. Er kann sie nicht loslassen, oder sie krallt sich an ihm fest.

Dann muss er die Augen aufreißen, woraufhin sich der sich anpirschende Schlaf wie ein erschrecktes Tier in die hinterste Zimmerecke flüchtet.

So geht das Nacht für Nacht.

Auch diesmal findet er sich nach schlaflosen Stunden erschöpft vor dem Badezimmerspiegel, bleich, übernächtigt und schwitzend. Er benetzt Gesicht und Unterarme mit kaltem Wasser, trocknet sich ab und schlurft ins dunkle Wohnzimmer. Er lässt das Licht aus und setzt sich in seinen Lieblingssessel. Der Sessel ist gemütlich gepolstert und steht direkt vor dem Panoramafenster, das ihm einen schönen Blick auf die selbst gepflanzten Rosen in seinem Garten gewährt. Tagsüber korrigiert er hier gern Schularbeiten, abends entspannt er sich bei einem Glas Single Malt.

Whisky. Eine gute Idee.

Er steht wieder auf, holt sich ein Glas mit Eiswürfeln aus der Küche und schenkt sich die goldbraune Flüssigkeit ein. Die Flasche steht neben dem Sessel, nicht ihr angestammter Platz, aber es ist auch nicht der erste Drink heute. Er nimmt einen tiefen Schluck. Das torfige Aroma beruhigt ihn vorübergehend. Dann sieht er auf, und schon wieder passiert etwas in ihm, mit ihm. Die Finsternis von draußen scheint wie eine Welle auf ihn zuzurollen, und er macht die Augen zu, weil sie plötzlich so körperlich wird, so spürbar, so organisch, als würde sie atmen, als LEBE sie.

Es ist Sophie. Sie lächelt ihn an, ihre Zähne sind lang und gelb. Warum macht sie so ein verdammtes Theater? Seine Mutter ist ihm nie irgendwann erschienen, weder im Traum noch sonst wo, sie vermoderte brav und still und zu Recht von aller Welt vergessen unter ihrem Sargdeckel.

Sophie dagegen will ihm etwas sagen, schon die ganze Zeit, aber Tick will es nicht hören.

Er reißt die Augen auf und hält sich wie ein Kind die Ohren zu.

Am nächsten Morgen ist er nach wenigen Stunden unruhigen Schlafs erschöpft und mürrisch. Nach der Morgenfeier, die er stoisch hinter sich bringt (eine Schülerin aus der achten Klasse spielt ein grausiges Anfängerstück von Béla Bartók auf der Geige – keine Ahnung, wie viele Darbietungen dieser

Art er bereits erdulden musste), trifft er Verena auf dem Weg in den Speisesaal.

»Wir müssen uns unterhalten«, raunt sie ihm verschwörerisch zu.

»Wieso denn das?«, fragt er unwirsch.

Sie sieht ihn wissend von der Seite an. »Ich glaube, das weißt du ganz genau. Wir treffen uns bei mir. Heute nach dem Abendessen.«

»Sorry, ich bin nicht in Stimmung.« Aber der Scherz zündet nicht, er merkt es selbst.

Wieder kommt ein Blick von der Seite, diesmal offen hämisch. »Als ob ich das nicht wüsste, Tick.«

Sina steht mit Gronberg in Salfelds Wohnzimmer. Sie fährt mit dem Zeigefinger über die Staubschicht auf dem Esstisch und den Stühlen.

Einer der Stühle fehlt. Selbst wenn man es nicht wüsste, würde man es sehen. Um den Esstisch passen vier, es stehen aber nur drei da. Der fehlende Stuhl hinterlässt eine sichtbare, auffallende Lücke, die keinen Zweifel mehr möglich macht. Der fehlende Stuhl stand bis vor Kurzem in Margarete Johanssons Wohnung, wo er nicht hingehörte, und befindet sich jetzt in der Asservatenkammer zusammen mit den anderen Beweisstücken. Dem Eimer, dem Reinigungsmittel, den Plastik- und Klebebandfetzchen.

Sina begibt sich in Salbergs Büro neben dem Esszimmer, einem kleinen, kahlen Raum. Sie setzt sich auf Salbergs Schreibtischstuhl, einem eleganten, mit schwarzem Stoff bezogenen Drehstuhl. Sie fährt vor und zurück, verstellt den Sitz, lässt den Stuhl um sich selbst kreiseln, denkt nach.

Salfeld hat sich seit fünf Tagen nicht gemeldet. Seine Telefonnummer ist nicht mehr gültig, sein Handy ist abgemeldet. An der Festnetznummer in Frank Leyerseders Wohnung geht nie jemand ran.

Was noch?

Kann es sein, dass Salfeld so dumm war, Margarete Johansson umzubringen?

Falsche Frage. Salfeld ist nicht dumm. Wenn er auf seine Rache nicht verzichten wollte, dann ist er jetzt irgendwo, wo man ihn nicht finden wird. Dafür spricht, dass er sein Handy abgemeldet hat. Dagegen spricht im Moment gar nichts. Außer, dass Sina sich nicht vorstellen kann, dass er sie so hintergeht. Oder will sie es einfach nicht wahrhaben?

Was sie sicher wissen: Die Leiche wurde so schnell entdeckt, weil der Mörder es so wollte. Er hat die Wohnungstür nicht nur offen stehen gelassen, er hat sogar einen Holzkeil zwischen den unteren Rand der Tür und den Teppichboden geschoben, damit sie nicht zufiel. Was sie ebenfalls wissen: Das Schloss wurde mit einem Werkzeug geöffnet, das nur Könner beherrschen. Geübte Lockpicker mit dem richtigen Werkzeug. Profieinbrecher. Und noch etwas ist sicher: Margarete Johanssons Tod war die Folge eines Schocks wegen des rapiden Blutverlusts. An dem Schnitt allein wäre sie nicht gestorben. Der Täter hatte darauf geachtet, ihre Organe nicht zu verletzen. *Er wollte, dass sie langsam stirbt,* hat Leo gesagt. *Er wollte, dass sie ihr Sterben mitbekommt. Es sollte eine Strafe sein.*

Was sie nicht wissen: wann der Täter in die Wohnung kam. Wo und wie er Johansson überwältigte. Warum es keine Kampfspuren gibt.

Und warum er es getan hat.

Sina steht auf. Verpasst dem Stuhl einen leichten Tritt. Ruft nach Gronberg, der immer noch im Schlafzimmer zugange ist, um die Kamera in der Lampe abzumontieren. Es gibt eine Kamera im Schlafzimmer, im Wohnzimmer und hier. Alle sind mit Bewegungsmeldern ausgestattet. Wenn sich nichts bewegt, nehmen sie auch nichts auf.

»Bist du fertig? Hier ist auch noch eine.«

»Gleich«, schallt es aus dem Schlafzimmer. Gronberg liebt Technik. Er hat die Kameras auch selbst montiert, winzige Geräte mit enormem Speichervolumen. Was werden sie darauf sehen?

»Sina?«

»Frank! Bist du zurück?«

»Nein, ich bin noch in Südfrankreich. Meiner Mutter geht's besser, aber ich kann sie immer noch nicht allein lassen. Morgen kommt ihre Schwester.«

»Kommst du dann zurück?«

»Mein Flug ist für übermorgen Abend gebucht. Hast du Larache inzwischen erreicht?«

»Er ist verschwunden. Seine Handynummer existiert nicht mehr. Und mittlerweile ... Egal.«

»Was?«

»Nichts. Ich bin nur ziemlich ratlos.«

»Ich hab es auch versucht. Das wollte ich dir erzählen. Erst auf seinem Handy, dann auf dem Festnetz. Und heute früh habe ich dann einfach im Sekretariat angerufen. Er hat gekündigt, Sina. Hals über Kopf. Die sind da recht verzweifelt. Er ist jedenfalls einfach weg.«

»Nein.«

»Doch. Was ist denn da los? Ich denke, der arbeitet undercover für euch. Man kann sich doch nicht einfach verdrücken. Oder ist das bei euch so üblich?«

»Ich kann's mir selber nicht erklären. Er gehört zu unseren – äh – fähigsten verdeckten Ermittlern. Wenn du wieder da bist – meldest du dich gleich bei mir?«

»Ja. Sicher. Kann ich sonst noch was tun?«

»Nein. Danke, dass du angerufen hast.«

»Hat er irgendwas rausgefunden?«

»Bisher nicht.«

»Was ist mit Sophie?«

»Selbstmord. Alle Indizien weisen darauf hin. Keine Fremdeinwirkung feststellbar.«

»Ich glaub das nicht.«

»Ja.«

»Du musst ...«

»Wir reden, wenn du hier bist.«

»Aber ...«

»Ich muss aufhören. Hier ist der Teufel los.«

4

Ich bin immer noch müde, und meine Beine sind schwer. Dennoch will mich Juli zu einem Spaziergang überreden. Ich bin überrascht über diesen Vorschlag, denn es ist bereits dunkel. Ich bin sowieso überrascht, dass sie sich immer noch mit mir abgibt. Zweimal täglich kommt sie vorbei und bleibt mindestens eine Stunde lang, manchmal länger.

Wir sind nun fast so vertraut wie ein langjähriges Freundespaar (an das Wort Liebe denke ich nicht. Natürlich nicht).

Sie hat gestern oder vorgestern darum gebeten, mich duzen zu dürfen. Ich habe gezögert und dann ja gesagt.

Du: Lukas. Das sagt sie jetzt ganz oft, seitdem sie das darf.

»Du, Lukas«, sagt sie heute, »lass uns spazieren gehen.«

»Aber es ist spät.« Ich will nicht aus diesem Zimmer heraus. Wenn wir dieses Zimmer verlassen, wird das zarte Band zwischen uns zerreißen. Eben weil es zart ist. Nicht belastbar. Juli weiß das vielleicht nicht, sie denkt nicht über solche Dinge nach, aber ich weiß das.

»Na, und? Bitte! Du musst hier unbedingt mal raus!«

Sie legt den Kopf schief, lächelt, und ich schmelze. Längst sitzt sie nicht mehr auf dem Stuhl neben meinem Bett, sondern am Fußende auf dem Bett, mir gegenüber, zwischen meinen V-förmig ausgestreckten Beinen unter der Decke, ihre Beine zu einer Art Lotussitz verknotet, die Hände locker auf den Knien oder auf abstruse Weise verschränkt: Sie ist immer in Bewegung, wie Wasser. Sie hält nie still.

»Ich bin zu müde«, sage ich, aber so einfach lässt sie mich nicht davonkommen.

»Das bist du nicht. Du bist nur faul.«

»Es ist spät. Du musst sowieso bald gehen.«

Sie schüttelt den Kopf, fasst mich an der Hand, beißt mich in den Zeigefinger, behält mich dabei immer im Auge. Blinzelt.

»Ich bin so alt und schwach«, sage ich, nur halb scherzhaft.

»Du bist nicht alt!«

Plötzlich ist sie auf Händen und Knien, keine Ahnung, wie das so schnell ging. Sie kommt mir sehr nahe und noch näher, mir stockt der Atem, als sie mit ihrem Kopf an meine Stirn stupst. Ich fasse mit der Hand in ihren Nacken, kraule ihn, streichle ihre offenen Haare, die links und rechts herunterhängen und sich anfühlen wie das Fell eines Kätzchens.

Sie hebt ihren Kopf, meine Hand immer noch in ihren Haaren, und sieht mich an. Ihre Augen wirken dunkel und voller Geheimnisse. Ich beuge mich nach vorne, um sie zu küssen, und höre ihr leises Lachen, als sie mir plötzlich rückwärts entgleitet, über das Fußende des Bettes rutscht und dann steht, ein fast akrobatischer Akt.

Sie steht vor dem Bett, Hände in die Seiten gestützt, gespielt streng: »Wenn du jetzt nicht gleich aufstehst, zieh ich dir die Decke weg.«

Ich seufze. »Du meinst es wirklich ernst, was?«

»Komm schon. Du musst dich bewegen, sonst wirst du nie gesund.«

»Machst du dir etwa Sorgen um deinen alten Hausmeister?«

Sie ist plötzlich ganz ernst. »Ja«, sagt sie nur.

»Das musst du nicht.« Wieder bin ich gerührt.

»Das muss ich sehr wohl. Alle machen sich Sorgen um dich. Du bist seit einer Woche hier drin. Warum geht's dir nicht besser?«

Und natürlich hat sie recht. Es sollte mir besser gehen. Ich sollte mehr Appetit haben und ich sollte mich nicht so wohl in diesem Zimmer fühlen. Ich sollte den Wunsch haben, es endlich zu verlassen. Mein Leben wieder aufzunehmen.

Welches Leben?

In wenigen Wochen sind Sommerferien, dann ist meine Zeit hier unwiderruflich zu Ende. Ich kehre zurück in mein einsames Haus am Waldrand, wo mich nichts und niemand erwartet.

»Bitte!«, sagt Juli.

»In Ordnung«, sage ich, obwohl etwas in mir weiß, dass es ein Fehler ist und dass es, wenn ich jetzt nachgebe, keinen Weg zurück geben wird. Ich schwinge trotzdem folgsam meine Beine aus dem Bett. Juli läuft sogleich zum Schrank, holt meine Sachen und legt den Kleiderhaufen auf dem Bett ab.

»Ich komme gleich wieder«, sagt sie. Und dann, scherzhaft: »Lauf nicht weg.«

»Wo gehst du hin?«

»Pinkeln, wenn du's genau wissen willst. Und nein, ich werde nicht dein Bad benutzen.«

Sie verlässt das Zimmer. Als sie draußen ist, ziehe ich mich an. Meine Jeans und mein Kapuzenshirt sind frisch gewaschen, sogar gebügelt. Sie riechen komisch, als würden sie gar nicht zu mir gehören.

Ich sitze auf dem Bett und warte. Mir fällt ein, dass ich in der Zwischenzeit noch einmal versuchen könnte, Rastegar zu erreichen. Ich hole mein Telefon aus der Schublade. Es ist schon wieder besetzt. Das ist doch merkwürdig. Ich sehe mir Rastegars Nummer genauer an. Sie ist kurz. Ich zähle nach. Zu kurz für eine Mobilnummer.

Eine Zahl muss fehlen. Welche? Die letzte Zahl? Das könnte das Besetztzeichen erklären: Die Nummer ist korrekt, aber nicht vollständig.

Ich wähle die Nummer noch einmal händisch und füge dann jeweils eine weitere Zahl dazu.

0. *Diese Nummer ist uns nicht bekannt.*

1. *Diese Nummer ist uns nicht bekannt*

2. *Diese Nummer ist uns nicht bekannt.*

3. *Diese Nummer ist uns nicht bekannt.* Ich höre Julis Schritte auf dem Gang.

4. *Diese Nummer ist uns nicht bekannt.*

5. *Sina Rastegar. Bitte hinterlassen Sie eine Nachricht.*

Also die 5. »Ich bin's, Rastegar«, sage ich hastig und mit gedämpfter Stimme. »Rufen Sie mich zurück, verdammt noch mal. Ich ... Hier ist etwas nicht in Ordnung. Ich ... gehe jetzt spazieren. In den Wald ... Schätze ich ...«

Juli öffnet die Tür, ich mache das Telefon aus und stecke es in die rechte Hosentasche.

»Wollen wir gehen?«, fragt sie. Ihre Wangen sind gerötet, sie wirkt ein bisschen aufgeregt.

»Ja«, sage ich. Ich drücke mich vom Bettrand ab. Juli kommt und stützt mich, und nun fühle ich mich wirklich alt, und das gefällt mir nicht, aber es geht nicht anders. Ich bin auf ihre Hilfe angewiesen. Einen Moment lang wird mir fast schwarz vor Augen, und ich erkenne sehr klar, dass mit mir tatsächlich etwas nicht stimmen kann. Ich würde gern Rastegar um Rat fragen.

Wo ist sie? Was macht sie?

Langsam bewegen wir uns zur Tür, die ich noch nie selbst geöffnet habe. Der Flur draußen ist spärlich beleuchtet und leer. Juli führt mich nach links, und wir laufen auf eine Glastür zu.

»Wie spät ist es eigentlich?«, frage ich, aber nicht, weil mich das wirklich interessiert, sondern um etwas zu sagen, um das seltsame Gefühl, von etwas Unsichtbarem bedroht zu werden, loszuwerden.

»Keine Ahnung«, sagt Juli. »Vielleicht zehn. Wir haben noch mindestens eine Stunde. Wenn du draußen bist, wird's dir gleich besser gehen.«

»Du bist sehr lieb«, sage ich. »Du bist wunderbar«, füge ich hinzu, »ein wunderbarer Mensch, eine wunderbare Frau«, bekräftige ich und glaube mich plötzlich auf einem fremden Planeten zu befinden, wo die Luft süßer ist und die Farben prächtiger sind und sich Wege auftun, von deren Existenz ich nichts geahnt habe: der Planet der Freude. Ich bin glücklich.

Als wir die Glastür erreichen, die sich mühelos aufstoßen lässt, als wir endlich im Freien sind, der Kies unter unseren Schuhen knirscht, spüre ich, wie meine Kräfte zurückkehren.

»Geht's?«, fragt Juli fürsorglich.

»Ja«, sage ich. Triumph erfüllt mich: Ich bin jemand anderes in einer anderen, besseren Welt.

In meiner linken Hosentasche befindet sich etwas Ovales, ein Gegenstand, der vorher nicht darin war und der mir nicht gehört. Ich betaste ihn unauffällig und erkenne, dass es ein Taschenmesser sein muss. Ich spüre die kleinen Vertiefungen, an denen man die einzelnen Elemente – Messer, Nagelfeile, Flaschenöffner, Korkenzieher, eine winzige Schere – mithilfe der Fingernägel aufklappen kann. Ich erinnere mich, dass ein echtes Schweizer Taschenmesser eins der wenigen Geschenke meines Vaters war, die mich wirklich gefreut haben.

Dann erinnere ich mich an den Besuch meines Vaters im Gefängnis, kurz vor meiner Entlassung.

Ich bin ein Egoist par excellence, und deine Mutter ist hysterisch und rücksichtslos. Bei dir haben sich beide Eigenschaften zu einer verheerenden Supereigenschaft gebündelt.

So siehst du das?

Was immer. Wir wollen nichts mehr mit dir zu tun haben. Ruf nicht an. Auch nicht, wenn du krank bist. Niemals.

Damals wusste ich noch nicht, dass mein Vater ein weitaus schlimmerer Verbrecher war, als ich es je sein könnte. Er wusste genau, was er tat, und es war ihm egal. Er gehörte zum Netzwerk der besten Leydener Gesellschaft, mächtige

Männer, die kleine Kinder vergewaltigten und ihre Mittäter deckten. Er hat mir seinen Trieb vererbt, aber während ich seit Jahrzehnten versuche, ihn zu beherrschen, hat er ihn lustvoll ausgelebt. Zusammen mit Marions Vater, dem damaligen Bürgermeister. Und vielen, vielen anderen. Bis heute kenne ich nicht mal ansatzweise alle Namen. Und da niemand hier in Leyden diese Vorfälle recherchiert, werden wir es voraussichtlich auch nie erfahren.

Wer alles dabei war. Wer sich schuldig gemacht hat.

Das Taschenmesser fühlt sich warm an. Vertraut. Ich weiß noch, dass meins damals rot war. Welche Farbe dieses wohl hat?

Ich lasse den Daumen über die glatte Kunststofffläche der Griffschale gleiten und bleibe an einem tiefen Kratzer hängen. Diesen Kratzer glaube ich zu kennen, ich habe ihn damals selbst mit einem Nagel hineingeritzt, damit ich das Messer aus Tausenden wiedererkenne, sollte es mir jemand stehlen. Ich habe mit diesem Messer Spinnen die Beine abgeschnitten und Regenwürmer geviertelt und Mäuse ausgeweidet. Und einmal war auch eine Katze dabei und einmal ein junger Hund. Ich habe das Messer geliebt. Es gehörte zu mir wie meine Hände und Arme.

Meine Nackenhaare stellen sich hoch.

Ich wusste nicht einmal, dass ich es noch besaß.

Warum ist es in meiner Hosentasche? Wie kam es da hinein?

Ist das wichtig?

Alles in mir wird wild und hart. Ich bin kein Mensch mehr (wollte ich je einer sein?), sondern ein Raubtier, ich denke nicht, sondern lasse mich von meinen Instinkten leiten. Ich wittere Blut. Der Hass in mir, auf mich und alle anderen, wird im kalten Feuer der Rachelust zu einer tödlichen Waffe geschmiedet. Dass Juli das Opfer sein wird, tut mir in einem sehr entfernten Winkel meiner Seele wahnsinnig leid. Aber sie ist da. Und wenn nicht sie, wäre es eine andere.

Wir werden in den Wald gehen.

Wir werden dort allein sein.

Und Juli wird mir gehören.

Ich lege meine Hand auf ihren Nacken. Nicht mehr ganz so sanft. Sie soll wissen, worauf sie sich einlässt.

Sie warten auf Tick, als er Verena Schwarz' Wohnung betritt. Es ist ganz ruhig, aber er spürt die Anwesenheit des *Tribunals*.

Früher tagte das *Tribunal* in seiner Wohnung. Seitdem die Schwarz da ist, hat sie alles an sich gerissen. Wobei gerissen es nicht ganz trifft, es war eher ein allmählicher Prozess. Sie machte das ganz geschickt. Unauffällig. Als Tick an einem der Termine wegen einer Magen-Darm-Grippe außer Gefecht gesetzt war, lud sie in ihr Domizil ein und bot bei dieser Gelegenheit an, Tick künftig etwas zu entlasten. Fortan fanden die Versammlungen abwechselnd bei ihr und bei ihm statt und in letzter Zeit hauptsächlich bei ihr.

Tick folgt Verena durch den Flur ins Wohnzimmer. Die Vorhänge sind zugezogen, die Terrassentüren und sämtliche Fenster geschlossen. Die Luft fühlt sich an wie eine Hitzeglocke, und trotzdem spürt Tick Bewegung im halb dunklen Raum: Sie sind alle da, um den großen Esstisch versammelt. Rektor Mergentheimer, Grotewohl, Deutsch- und Religion, Gernhardt, Geschichte und Erdkunde, Heerwagen, Musik, Staudacher, Englisch und Französisch, Drewitz, Griechisch. Außer Schwarz alles Kollegen, die zehn und mehr Jahre in Thalgau leben und arbeiten und denen zugetraut wird, dass sie das Prinzip Thalgau verstanden haben. Für die Aufnahme in diesen Club kann man sich nicht bewerben, man wird um seine Mitwirkung gebeten. Und es ist besser, diese Einladung nicht auszuschlagen. Außerhalb der Versammlungen ist das *Tribunal* niemals ein Thema.

Tick ist zu spät dran, aber das liegt nicht an ihm. Sie haben ihm eine falsche Zeit gesagt, halb elf, statt vermutlich zehn Uhr. An ihren halb leeren, mit Fingertapsern verunzierten Weingläsern ist unschwer zu erkennen, dass sie schon mindestens seit einer halben Stunde tagen, und da das so ist, muss es diesmal um ihn gehen. Er hat keine Angst, aber ein ungutes Gefühl. Er weiß, wie gnadenlos das *Tribunal* sein kann, wenn jemand den Statuten nicht Folge leistet.

»Setz dich«, sagt Mergentheimer. Seine Stimme klingt anders als im Schulalltag, wo er gern den sympathischen Schussel gibt. Er wirkt jetzt nüchtern und kühl. Tick sieht sich um und entdeckt schließlich einen leeren Stuhl. Er steht nicht am Esstisch bei den anderen, sondern wurde ein Stück weiter nach hinten geschoben, fast schon neben die Couch. Tick nimmt diesen Stuhl, setzt sich darauf und wie auf Kommando wenden sich ihm alle Anwesenden in einer synchronen Bewegung zu.

Menschen, die ihm gleichgültig sind oder die er nicht ausstehen kann, die aber dennoch Macht über ihn haben, weil sie in der Mehrzahl sind. Er braucht sie, um in Thalgau überleben zu können.

Also zwingt er sich ein Lächeln ab.

Niemand erwidert es.

Er lässt die Blicke schweifen. Die fette Staudacher, der glatzköpfige Gernhardt mit dem krankhaft blassen Gesicht, die arrogante Schwarz, der hässliche Grotewohl, der isst wie ein Schwein und seine Haare immer erst dann wäscht, wenn sie vor Fett triefen: Sie haben ihn jetzt im Sack. Da, wo sie ihn immer haben wollten.

»Wir müssen etwas mit dir besprechen, Tick.«

Tick möchte sagen: Muss ich da unbedingt dabei sein?, lässt es aber bleiben. Das *Tribunal* ist kein Spaß, seine Mitglieder haben nicht die geringste Spur von Humor.

»Ich verstehe«, sagt er stattdessen, so sachlich und neutral, wie es ihm möglich ist. Er versucht, seinem Gesicht einen interessierten Ausdruck zu verleihen und gleichzeitig zu vermitteln, dass er keine Ahnung hat, worum es geht. Er ist auf der Hut, auch wenn er weiß, dass es ihm wahrscheinlich nichts nützen wird. Jedes einzelne Mitglied des *Tribunals* ist kaum mehr als ein harmloser Idiot, das *Tribunal* selbst ist gemessen daran ein erstaunlich schlagkräftiger Verband, der seinen Willen problemlos durchsetzt und dabei notfalls über Leichen geht, sollte das dem Ruf der Schule nützen. Er denkt kurz darüber nach, warum manche Organisationen viel mächtiger sind als die Summe ihrer Teile, und hört mit diesen Überlegungen auf, weil sie ihn in dieser Situation nicht weiterbringen.

»Worum geht es?«, fragt er.

»Ich denke, das weißt du«, sagt die Schwarz, als hätte sie nur auf die Frage gewartet. Sie steht auf, geht mit zwei langen, schnellen Schritten auf ihn zu und wirft ihm – zack! – einen Packen Fotos auf den Schoß, eine Geste voller Verachtung. Einige der Abzüge segeln dabei auf den Boden. Tick schaut auf die Bilder auf seinen Beinen, reglos, ohne sie anzufassen, er kann sie nicht anfassen, er würde sich dabei die Finger verbrennen. Auf der zuoberst liegenden unscharfen, stark körnigen Aufnahme sieht er ein verschwommenes Kindergesicht mit großen Augen. Dahinter befindet sich der Schatten eines viel größeren Mannes.

Auch der Mann blickt direkt in die Kamera, und es handelt sich um Tick, eindeutig. Und damit erübrigt sich die Frage, ob sich diese Fotos als Beweismaterial eignen würden.

»Was wollt ihr von mir?«, fragt er schließlich. Es hat keinen Sinn, etwas zu erklären oder zu entschuldigen, es gibt weder eine Erklärung noch eine Entschuldigung für das, was er getan hat. Und wenn es ihnen um Reue und Buße gegangen wäre, hätte ihn die Polizei längst abgeführt.

Er atmet auf. Das ist seine Chance.

»Deine Kündigung«, sagt Mergentheimer. »Das ist Punkt eins. Einfach. Pünktlich zu den Sommerferien. Anschließend lässt du dich sofort krankschreiben. Punkt zwei ist etwas komplizierter. Aber für jemanden wie dich dürfte das kein Problem sein. Jemand wie du macht das mit links.«

»Was? Was soll ich tun?«

»Oh, nicht so schnell. Bleiben wir noch bei Punkt eins.«

»In Ordnung, aber ...« Sie haben es doch gewusst. Sie haben es gewusst und nie etwas gesagt. Oder manchmal etwas gesagt, aber nie wirklich ... Es klang nie wirklich dringlich.

Warum jetzt? Warum lassen sie ihn jetzt über die Klinge springen?

»Hörst du zu?« Die Stimme von Mergentheimer. Einen Moment lang war Tick abwesend. Die Stimme bohrt sich in sein Ohr wie ein Messer. Die Selbstmorde. Die Sprünge vom Glockenturm. Er ist zu weit gegangen. Er sieht es ein. Pech, einfach nur Pech.

»Ja. Ich höre zu.«

»Schön. Du bekommst ein gutes Zeugnis. Aber du wirst nie wieder in einem Internat arbeiten, und auch nicht in einem Gymnasium. Sollten wir erfahren, dass du dich dieser Vereinbarung widersetzt, werden wir diese Fotos in Umlauf bringen.«

»Ich verstehe, aber ...«

»Es gibt Berufsschulen. Gute Berufsschulen für ältere Schüler.«

»Einverstanden.« Tick senkt den Kopf, starrt auf den polierten Dielenboden, in dem sich das gedämpfte Licht spiegelt.

»Und nun zu Punkt zwei.«

»Punkt zwei?«

»Thalgau. Du musst etwas für Thalgau tun. Anschließend wirst du ein Held sein. Ist das nicht wunderbar?«

»Keine Ahnung, was du damit meinst.«
»Das wirst du gleich erfahren.«

Lukas Larache ... SOS, wo bist du? Ich fühle mich einsam ohne Ansprache. Warum meldest du dich nicht?
Ich will, dass du dich meldest!
Was ist mit dir, warum antwortest du nicht mehr?
Lolita ist wiedergekommen. Ich war glücklich, sie zu sehen. Wir gingen spazieren, und ich versuchte, mehr aus ihrem Leben zu erfahren. Ihrem echten Leben, nicht dem, was sie vorgab zu sein. Es ist mir nicht gelungen. Sie hat sich so auf ihre Scheinexistenz versteift, dass ich mich mittlerweile manchmal frage, ob das alles eine Falle sein könnte.
Ich muss vorsichtig sein. Bisher ist nichts passiert außer ein paar Küssen, die geradezu lächerlich unschuldig waren. Es ist, als wäre ich der erste Mann, der ihr wirklich nahekommt. Das wiederum hemmt mich.
Soll ich weitermachen?
Leider stellt sich diese Frage nicht wirklich. Entweder ich mache weiter oder ich verlasse die Stadt. Lolita weiß, wo ich wohne, meine Anonymität ist dahin. Ich könnte höchstens das Apartment aufgeben und woanders hinziehen. Ich fühle eine Schwäche, die ich an mir nicht kenne. Ich bin gelähmt von ihrer Art. Ihr Femme-fatale-Verhalten, hinter dem nichts steckt außer Angst, rührt mich fast zu Tränen.
Ich werde zum Schwächling, Gefühle machen mich wehrlos.
Gestern waren wir wieder in der Bar, in die ich sie schon oft ausgeführt habe. Diesmal flößte ich ihr gezielt Alkohol ein. Ich wollte, dass sie ihre Hemmungen verliert, damit ich meine verlieren kann. Nach drei Gin Tonic verließen wir die Bar und gingen in einen Klub. Dort verabreichte ich ihr einen Speedball, und endlich, endlich wurde sie locker. Wir tanzten und knutschten auf der Tanzfläche. Danach gingen wir zu mir und – nach einem zweiten Hit – schliefen miteinander. Und mehr nicht.

Was ist los mit mir?
Wir wachten erst am frühen Nachmittag auf, sie in meinen Armen. Ihr war schrecklich übel. Ich pflegte sie, bis es ihr besser ging. Dann schickte ich sie nach Hause.
Und nun frage ich dich, was ich tun soll. In der darauffolgenden Nacht nahm ich mir eine Prostituierte vom Straßenstrich und tötete sie nach allen Regeln der Kunst, und ich tat das vor allem, damit ich Lolita nichts tun musste.
So könnte es zwischen uns weitergehen. Wir könnten ein glückliches Paar werden, und ab und zu wären ein paar Ausgleichshandlungen notwendig, aber ich könnte auf diese Weise eine Familie gründen und ein Leben führen, so wunderbar farblos und langweilig wie der glückliche Rest der Welt.
Wo bist du?
Ich brauche dich – jetzt! Melde dich! Ich brauche deinen väterlichen Rat. Lach nicht, Alter, ich … Es ist mir ernst, Alter.

5

»Lukas Salfeld«, sagt Matthias und deutet mit dem Laserpointer auf das Bild. Ein roter Punkt leuchtet auf Salfelds Nase auf und erlischt wieder, als Matthias sich umdreht. Vor ihm sitzen Sina und Gronberg, Leo und Florian und fünf weitere Polizisten an dem ovalen Konferenztisch. Hinter Matthias sieht man das überlebensgroße, gestochen scharfe Porträt Salfelds auf der Leinwand. So, wie er zuletzt ausgesehen hat: mit ergrautem, sorgfältig getrimmtem Vollbart, chirurgisch begradigter Nase, kurzem grauem Haar, einer leicht getönten, braun gerahmten Brille. Ein gut aussehender Mann, der jünger wirkt als Anfang fünfzig.

Es ist halb elf Uhr nachts. Alle sind erschöpft, aber niemand macht Anstalten, nach Hause zu gehen.

Lukas Larache, vormals Salfeld, vormals Kalden. Er sieht auf das Grüppchen herunter, sein Blick ist ausdruckslos. Man kann nicht in seinen Augen lesen. Man weiß nicht, was in ihm vorgeht. Niemand wird ihn je verstehen, auch Sina nicht. Wie konnte sie sich je einbilden, dass es anders war?

»Halten Sie es für möglich, dass Salfeld sich gerächt hat?«, fragt Matthias und nimmt damit Sina aufs Korn, obwohl sie ihm bereits mehrmals gesagt hat, dass sie es für möglich, aber nicht für wahrscheinlich hält.

Sie seufzt, ohne es zu merken. »Ich glaube es nicht.«

Es fehlt etwas, ein wichtiges Puzzlestück. Sie ist nah dran, aber sie kann gerade nicht denken.

»Wirklich?«, sagt Matthias. Die bittere Ironie ist nicht zu überhören.

Sina versucht es trotzdem.

»Ja«, sagt sie knapp.

»Ich bin froh, dass Sie das so sehen«, sagt Matthias, und sie wundert sich ein bisschen über den hasserfüllten Unterton, den sie sich vielleicht nur einbildet, aber vielleicht auch nicht. Viele Menschen hassen sie in Leyden.

»Es gibt keine Indizien, die auf seine Tatbeteiligung hinweisen«, sagt sie trotzdem so ruhig wie möglich.

»Es gibt überhaupt keine Indizien, dass irgendjemand die Johansson so zugerichtet hat. Wahrscheinlich hat sie's selber gemacht.« Das ist Gronberg. Er hat Salfeld nie gemocht, auch dann nicht, als seine Unschuld erwiesen war. Er hat Salfeld als blutjunger Polizist verhaftet – damals, als Salfeld seine Freundin Marion auf die denkbar abstoßendste Weise getötet hat. Und an dieser Tat bestand nie auch nur die Spur eines Zweifels.

Salfeld ist eine Zeitbombe.

Deswegen überwachen wir ihn ja.

Was, wenn wieder etwas passiert, Sina? Was dann?

Wir können ihn nicht einfach einsperren, nur weil diese theoretische Möglichkeit besteht. Das ist dir doch klar. Du bist Polizist.

Scheiße, mir ist gar nichts klar.

Er hat damals seine Strafe abgesessen. Es gibt keine Handhabe gegen ihn. Er hat eine Chance verdient.

Du hast die Leiche von Marion nicht gesehen. Die Schnitte überall, das Blut. Der Typ ist krank und bleibt krank.

Aber er verhält sich nicht so. Er ist sauber. Seit über dreißig Jahren. Er ist in psychologischer Behandlung, er …

Ich war 23, Sina. Die Tote war sechzehn. Sie war zerschnitten wie ein verdammtes Schnitzel! Das Blut war überall, überall in diesem scheiß Hobbykeller. Sie hätte meine kleine Schwester sein können.

Ich weiß.

Meine Schwester war sechzehn. Sie hätte es sein können.

Ich weiß.

Nein. Du verstehst überhaupt nichts.

»Das ist nicht witzig«, sagt Sina zu Gronberg, ihrem Kollegen und – ja – auch ihrem Freund. Denn sie mag Gronberg, das vergisst sie nur manchmal, so wie heute, wenn er wieder den grantigen alten Mann gibt, sie mag die beinharte Schale und den Kern aus Gold. Gronberg ist ein guter Polizist, er macht nicht nur seine Arbeit, er würde für sie sterben, auch wenn man es ihm nicht immer ansieht. »Und jetzt tu doch nicht so, als wärst du nicht dabei gewesen. Keine DNA-Spuren von Salfeld in der Wohnung Johanssons, auch nicht im Treppenhaus. Kein einziger Zeuge, der Salfeld in der Nähe der Wohnung oder im Haus gesehen hat. Keine Drohbriefe, keine Ankündigungen, auch keine verschlüsselten. Wir haben nichts in der Hand gegen ihn.«

»Außer …«

»Außer Johanssons Aussage, dass sie sich von Salfeld verfolgt fühlte. Wir können das nicht ignorieren. Das weiß ich.«

»Und?«

»Nichts und. Salfeld ist nicht einmal telefonisch erreichbar. Ich weiß, dass wir das nicht auf sich beruhen lassen können. Ich weiß, dass wir ihn finden müssen.« Sinas Hand ruht auf der letzten ausgedruckten Mail von Leander Kern, die, wie üblich, automatisch an sie weitergeleitet worden ist.

Auch bei seinem Sohn hat sich Salfeld seit Tagen nicht gemeldet.

Er ist einfach so verschwunden.

»Sie haben die Aussage Johanssons seinerzeit nicht aufgenommen«, stellt Matthias fest. Auch das hört Sina nicht zum ersten Mal. Und ja: Sie bereut es. Wenn sie es rückgängig machen könnte, würde sie es tun.

»Das stimmt, ich habe sie nicht ernst genommen. Wir hatten hunderte …« Nein, hunderte stimmt nicht, es waren vielleicht vierzig. Sie nimmt einen neuen Anlauf. »Es gibt immer noch sehr viele Frauen, die Angst vor Salfeld haben und deswegen Polizeischutz wollen. Wir können einfach nicht jedem dieser Hinweise nachgehen, von Polizeischutz ganz zu schweigen. In der Regel handelt es sich sowieso um Hirngespinste.«

»Hirngespinste?«, bellt Gronberg.

»Keine belastbaren Hinweise. Ängste und Fantasien. Abgesehen davon ...«

»Das Fotoalbum. Margarete Johansson war mal in Urlaub in Argentinien. Vor Jahrzehnten. Eine fantastische Spur. Großartig. Das bringt uns wirklich weiter.«

»Die Salfeld-Spur ist noch älter, das wollen wir nicht vergessen. Johansson war insgesamt drei Jahre bei seinen Eltern als Kindermädchen beschäftigt, und das ist jetzt ein knappes halbes Jahrhundert her. Wenn Salfeld sich an Johansson rächen wollte, warum ausgerechnet jetzt?«

»Weil es einen Jahrestag gibt? Könnte doch sein. Vielleicht hat sie vor genau vierzig Jahren bei seiner Familie angefangen. Frag das doch mal deinen Freund Salfeld-Larache-Wie-auch-immer. Wenn du ihn findest. Scheint ja schwierig genug zu sein.«

»Hören Sie auf«, sagt Matthias, diesmal hörbar verärgert. »Beide«, fügt er hinzu.

Es entsteht eine Pause.

Dann sagt Sina: »In diesem Fotoalbum habe ich einen Brief auf Spanisch gefunden, der mit Emilio M. P. unterschrieben ist. Der Umschlag ist in Buenos Aires abgestempelt, die Jahreszahl ist unleserlich, und es gibt keine Absenderadresse. Wir könnten das Alter des Briefs von einem Experten bestimmen lassen. Ich habe ihn vorerst einfach nur übersetzen lassen.« Sie wartet nicht ab, bis Matthias sie stoppt, sondern steht auf und verteilt die Ausdrucke von der Datei der Übersetzerin. »Ich habe die übersetzte Datei und das Foto des

Briefs an alle weitergeleitet, aber ich bin mir nicht sicher, ob ihr sie vor der Konferenz schon lesen konntet.«

Es ist ein Überraschungsangriff. Immerhin eine Chance.

»Was ist denn das?«, fragt Matthias und wedelt mit dem Blatt Papier herum, als wäre es ein belangloser Zettel.

»Der übersetzte Brief«, sagt Sina. »Die wichtigen Stellen habe ich markiert. Es fängt an mit allgemeinem Liebesblabla, wird dann ziemlich erotisch. Alles unerheblich für uns ...«

»Das scheint mir auch so«, sagte Gronberg.

»... aber zum Schluss wird er interessant. Ich lese die markierte Passage vor, wenn ihr nichts dagegen habt.«

Meine Liebste, die Sehnsucht nach dir und deinem weichen Körper, in dem sich ein starkes, unbeugsames Herz verbirgt, vernichtet mich. Du warst die tapferste Kriegerin, die unverdienteste Heldin für ein Volk, das sich selbst vergessen hat in seinem Hass. Du warst nimmermüde in deiner Wahrheitssuche, und du hast dich nicht beirren lassen auf deinem Weg. Verräter wurden Wachs in deinen schönen, weißen Händen. Ich liebe dich, du Schöne ohne Gnade. Ohne dich ist B. A. eine tote Stadt voller Gespenster.

Stille.

»Was soll das bedeuten?«, fragt Matthias.

»Verräter«, sagt Leo. »Das ist eine interessante Formulierung.« Er sieht den Brief ebenfalls zum ersten Mal, Sina hat ihn ihm extra nicht vorher gezeigt, um ihn nicht zu beeinflussen.

»Das kann alles und jedes heißen«, sagt Matthias.

Gronberg sagt nichts.

»Ich finde, Verräter ist recht konkret«, sagt Sina. »Aber ich habe noch ein bisschen mehr als das.« Sie sieht Kommissaranwärter Florian an, und Florian zuckt zusammen, aber fasst sich schnell. »Wir haben eine Bankauskunft von Margarete Johanssons Hausbank erbeten«, sagt er. »Es war nicht so einfach – also ...«

»In Johanssons Wohnung gab es keine diesbezüglichen Unterlagen«, unterbricht ihn Sina ungeduldig. »Der Täter oder Margarete Johansson selbst haben sie außer Haus gebracht oder vernichtet. Wir haben also auf Verdacht bei mehreren in Leyden ansässigen Filialen nachgefragt. Bei der dritten Bank, der Volksbank, hatten wir Erfolg.«

Florian fährt fort: »Wir haben Kontoauszüge über Kontobewegungen aus den letzten dreißig Jahren von der Volksbank erhalten. Länger müssen Banken solche Unterlagen nicht speichern, deswegen gibt es keine älteren Belege. Der erste Kontoauszug stammt demnach aus dem Jahr 1985. 1. Januar 1985.« Florian lässt das in Plastik eingeschweißte Original herumgehen.

Es steht die einigermaßen unfassbare Summe von 2 573 342 DM darauf.

»Seit wann wisst ihr das?«, fragt Matthias.

»Seit heute Nachmittag«, sagt Sina. »Wir haben daraufhin beim zuständigen Finanzamt ermittelt. Es gibt keinen Vorgang Margarete Johansson, jedenfalls nicht aus den letzten dreißig Jahren. Sie hat nicht einmal eine Steuernummer. Möglicherweise hat sie diese Summe, wo immer sie auch herstammt und wann immer sie sie erhalten hat, ordnungsgemäß angegeben und versteuert. Aber das Finanzamt besitzt keine Unterlagen mehr darüber. Es ist einfach zu lange her.«

»Johansson hat unter anderem von diesem Geld gelebt«, fährt Florian fort. »Sie hat die komplette Summe ganz konservativ auf einem Sparkonto der Volksbank angelegt, mit damals 6 Prozent Zinsen. Sie war zu dieser Zeit offensichtlich nicht berufstätig, es sind keine Gehaltszahlungen auf ihrem Girokonto derselben Bank verzeichnet. Die einzigen Überweisungen stammen von dem Sparkonto. Sie hat von den Zinsen gelebt.«

»Was hat sie die ganze Zeit gemacht?«, fragt Leo. »Ich

meine, irgendwie muss sie sich doch beschäftigt haben. Sie war ja noch jung.«

»Sie ist viel gereist«, antwortet Florian. »1985 war sie mehrfach in Argentinien, wir haben Abbuchungen von Reiseveranstaltern, Hotels und Restaurants in Buenos Aires. In den folgenden Jahren war sie nicht mehr dort. Stattdessen gibt es Abbuchungen von Hotels, Restaurants und Boutiquen in Hamburg, Berlin, Paris, Kairo, New York.«

»Wer ist dieser Emilio Soundso?«, fragt Matthias.

»Bei Emilio M. P. könnte es sich um Emilio Massera gehandelt haben«, sagt Sina. »Emilio Massera Padula, so lautet sein voller Name. Er war ab 1976 Mitglied der argentinischen Militärregierung und unter anderem verantwortlich für eine berüchtigte Marineschule. Dort fanden Folterungen und Morde von insgesamt etwa 5000 Dissidenten statt. Der Brief könnte darauf hindeuten, dass Margarete Johansson an diesen Folterungen beteiligt war.«

»Das ist krass«, sagt Leo in das Schweigen hinein.

»Das ist absurd«, sagt Matthias. »Eine absurde Spekulation.«

»Vielleicht«, sagt Sina. »Aber viele Indizien passen. Emilio Massera wurde 1985 verhaftet. Möglicherweise hat Margarete Johansson ihn besucht, unmittelbar bevor er ins Gefängnis kam. Das würde erklären, weshalb sie in der Folgezeit nicht mehr nach Argentinien reiste.«

»Lebt er noch?«, fragt Leo.

»Nein. 1990 kam Massera im Rahmen einer Amnestie frei. 1998 wurde er angeklagt, diesmal ging es um Babys, die er von verschleppten Regimegegnern entführt haben sollte. 2005 erlitt er ein Aneurysma im Gehirn. Vor fünf Jahren ist er an einer Gehirnblutung gestorben. Wir können ihn nicht mehr befragen. Vielleicht ist das auch unnötig. Es gibt noch eine weitere komische Geschichte bezüglich dieses Kontos.«

»Ab September 1992 bis Februar 1998 blieb sowohl das Sparkonto als auch das Girokonto nahezu unberührt«, sagt Florian. »Ganz wenige Abbuchungen. Als hätte sie überhaupt kein Geld mehr gebraucht. Was natürlich unmöglich ist. Sie hatte also in dieser Phase noch eine weitere Geldquelle. Eine, die wir nicht kennen.«

»Vielleicht hat sie geheiratet«, sagt Leo.

»Nein, dann gäbe es einen entsprechenden Eintrag beim Standesamt. Margarete Johansson hat nie geheiratet. Die Anfrage an sämtliche uns bekannten Banken läuft«, sagt Sina. »Ich denke, wir bekommen morgen oder übermorgen Bescheid.«

»Und ich denke, wir lassen es für heute«, sagt Matthias. »Morgen um acht sehen wir weiter.«

Ein böser Gott lenkt meine Glieder. Er verleiht mir Kraft. Ich platze vor Energie. Wenn ich wollte, könnte ich fliegen. Meine Hand liegt auf Julis Nacken, während wir laufen, immer tiefer hinein in den Wald. Sie führt mich, ich folge ihr im Schein der Taschenlampe, die sie aus der Tasche ihres Kleides gezaubert hat. Ich frage sie nicht, warum sie die überhaupt dabeihat. Wir reden überhaupt nicht mehr, es gibt nichts mehr zu sagen. Ich bebe vor Vorfreude. Jeder Atemzug steigert meine Lust auf das Kommende.

Sex und Blut. Sex und Blut.

Es wird ein Fest. Und danach werde ich endlich sterben, durch meine eigene Hand. Diesmal werde ich es nicht versauen. Und dann werde ich Marion wiedersehen, die auf mich wartet, wo immer das sein wird.

Das ist der Plan. Er ist gut. Er ist sicher. Es kann nichts mehr passieren.

»Wir sind gleich da«, sagt Juli.

»Wo?«, frage ich, als ob es darauf ankäme.

Sie dreht den Hals unter meiner Hand und sieht zu mir

hoch. Es ist zu dunkel, um ihren Gesichtsausdruck zu deuten, aber ich glaube, ein Blitzen in ihren Augen zu erkennen.

»Es ist ein wunderschöner Platz«, sagt sie. »Er wird dir gefallen.«

»Warum?«

»Er ist das Paradies. Du wirst schon sehen.«

»Du bist das Paradies.«

Ich höre ihr Lachen.

»Und die Hölle«, sage ich.

Mit einer geschmeidigen Bewegung befreit sie ihren Nacken. »Komm schon«, sagt sie und nimmt meinen Arm, dann meine Hand. Gemeinsam arbeiten wir uns durch das immer dichter werdende Unterholz. Vor uns tanzt der Schein der Taschenlampe.

Ich hatte vergessen, wie es ist. Zu fühlen, dass man lebt, mit allen Sinnen und ohne sich zurückhalten zu müssen. Die Fesseln um meinen Brustkorb lockern sich, das enge, harte Gerüst, das mich so viele Jahre lang gehalten hat, beginnt zu schwanken, sich aufzulösen, und ich erkenne, dass ich es nicht brauche.

Ich bin der Gelähmte, der seine Krücken wegwirft und losläuft. Einfach so.

Ich bin ich. Mörder und Liebender.

»Wir sind da«, sagt Juli, und wir bleiben stehen, Hand in Hand. Juli macht die Taschenlampe aus, es ist hell genug. Vor uns liegt die Lichtung, neben der ich Sophie gefunden habe. Der abnehmende Mond sendet diffuses Licht durch Wolkenschleier.

»Komm«, sagt sie und zieht mich hinter sich her. Führt mich unter einen Baum mitten auf der Lichtung. Ich erinnere mich an den Baum, eine Eiche, ich habe sie gesehen, bevor ich Sophie entdeckte.

Darunter ist hohes, weiches Gras, in das sie sich sinken lässt. Ich bleibe stehen und schaue auf sie herab, möchte ihren Anblick genießen, unversehrt und wunderschön, bevor ich sie nehme.

Auseinandernehme. Zerstöre.

Ich knie mich neben sie, und sie richtet sich auf und wir umarmen uns. Sie ist so leicht. Ich küsse sie und ziehe sie aus. Ich möchte sie nackt sehen, bevor es passiert. Ich möchte das unvermeidliche Ende – Blut, Tränen, Tod – hinauszögern, solange es geht. Denn wir haben unendlich viel Zeit.

Äste und Blätter werfen unruhige Schatten auf ihren makellosen Körper, der jetzt vor mir liegt, bereit zu allem. Ihre Augen sind geschlossen, auf ihren Lippen liegt ein leichtes, triumphierendes Lächeln.

Ich lasse sie los, knie vor ihr nieder – meine Göttin, mein Opfer – und betrachte sie ein letztes Mal, versuche jeden Quadratzentimeter ihrer leuchtend weißen Haut zu würdigen, bevor ich die Gier in mir aufsteigen, mich vollkommen ausfüllen lasse. Als es so weit ist, genau im richtigen Moment, ziehe ich das Messer aus der Hosentasche, klappe es auf und setze einen ersten ganz, ganz zarten Schnitt in ihre Armbeuge. Die dünnen Wundränder werden blass, dann rot.

AAAH.

Wie lange habe ich das vermisst.

»AAAAAAAAH!«

Ich zucke zusammen.

»AAAAAH!! SCHEISSE!!! DU PERVERSES SCHWEIN!«

Ihr Geschrei gellt mir in den Ohren, ein Schock, sie schnellt hoch wie eine Sprungfeder, stößt mich mit aller Kraft zurück, und in diesem Moment erwache ich aus meinem süßen Traum.

Wie konnte ich so dumm sein?

WIE KONNTE ICH SO UNFASSBAR DUMM SEIN??

Erinnerungen rasen durch meinen Kopf, fügen sich zu einem Bild. Es ist unvollständig, aber die Grundzüge sind klar. Mit einem Mal wird mir klar, welche Rolle ich in dem ganzen Spiel habe.

Ich bin Thalgaus Bauernopfer.

Ich packe Juli grob am Arm und stoße sie auf den Boden zurück. Sie krümmt sich und verbirgt ihr Gesicht in den Händen. Ich springe auf. Keine Ahnung, was sie mir in den letzten Tagen alles verabreicht haben, um mich zu sedieren, mich zu schwächen und dann meine Selbstbeherrschung aufzuweichen, bis die Dämonen in mir wieder die Oberhand gewinnen. Keine Ahnung, was es war, aber die Wirkung ist vorbei.

Ich bin von einer Sekunde auf die andere stocknüchtern.

Ich sehe ein junges, nacktes Mädchen, das Todesangst hat, und zwar vor mir. Was haben sie ihr erzählt? Warum hat sie mich ausgerechnet hierhergebracht? Wer hat das geplant und wer profitiert davon? Ich drehe mich um, und mir ist schlagartig klar, dass wir nicht mehr allein hier draußen sind.

Ich schließe die Augen, geblendet von einem Blitz. Und noch einem, und noch einem.

Ich stehe wieder auf dem Baumstamm. Ich sehe die Blitze im Maisfeld.

Ich bin nicht mehr auf dem Baumstamm, sondern im Maisfeld. Ich arbeite mich durch die harten Pflanzen, so leise, wie ich kann, geleitet von dem Stöhnen des Mannes und dem Jammern des Kindes. Ich bin dort. Ich sehe – Tick, wie er einen Jungen missbraucht, im Stehen, mitten im Maisfeld. Ich sehe den weißen Po des Jungen und Ticks verzücktes Gesicht, die geschlossenen Augen. Neben ihm liegt eine Kamera. Ich erschauere vor Ekel und – ja – auch Mitleid. Mit dem Jungen, mit Tick, mit mir. Was ist das für ein infamer Gott, der das zulässt?

Ich ziehe mich vorsichtig zurück. Ich plane meine nächsten Schritte. Rastegar anrufen. Ich ziehe mein Handy aus der Tasche.

Und dann der Schlag auf den Kopf. Schwärze. Und dann das Zeug, das sie mir verabreicht haben, damit ich nicht wieder auf die Beine komme.

»Hilfe!«, schreit Juli mit überschnappender Stimme. »Helft mir, BITTE!!!!«

Juli, der Lockvogel. Warum hat sie mitgemacht?

Ich laufe auf den Blitz zu und werfe mich blind auf einen Mann, der eine Kamera in der Hand hält. Ich stürze gemeinsam mit ihm zu Boden.

Beweismaterial. Darum geht es. Und sie werden nicht den Fehler machen, mich leben und vor Gericht aussagen zu lassen. Das wäre viel zu riskant, ich habe schließlich alles gesehen.

Sie suchten einen Sündenbock, und sie haben ihn gefunden. Ich bin perfekt geeignet. *Lukas Salfeld hat sich unter falschem Namen in Thalgau eingeschlichen. Nur dem Mut eines Kollegen ist es zu verdanken …*

Ich schlage dem Mann die Kamera aus der Hand. Ich sehe sein Gesicht. »Tick«, sage ich. Im nächsten Moment spüre ich einen scharfen Schmerz in der Seite. Ein Messer in meinem Fleisch. Ist das nicht ironisch? Ich würde laut auflachen, wenn ich könnte. Stattdessen höre ich mein eigenes Stöhnen.

Ich liege auf dem Rücken. Tick kniet über mir und hebt die Hand mit dem Messer. Ich wehre mich nicht länger.

Ich. Werde. Sterben.

Ein Geräusch. Ein Krachen wie brechendes Holz. Ein Stöhnen, aber diesmal nicht von mir. Tick ist verschwunden.

»Steh auf«, sagt eine Stimme in mein Ohr. »Scheiße, Lukas, du musst aufstehen.«

»Ich kann nicht«, flüstere ich.

»Stell dich nicht so an.«

»Ich bin …«

»Du musst. Du musst aufstehen. Jetzt reiß dich endlich zusammen, Vater.«

»Leander«, flüstere ich und versuche, die Augen zu öffnen. Es wäre wunderbar, ihn noch einmal zu sehen, bevor ich sterbe.

»Steh endlich auf!« Er zerrt an mir herum, seine Kraft ist erstaunlich.

»Ich tue, was du willst, aber lass mich liegen.«

»Ich brauche dich! STEH AUF!«

»Was machst du denn da?«, fragt Leo.

»Ich zieh mich an, siehst du doch. Ich muss noch mal weg.«

»Es ist halb zwölf, Sina.«

»Salfeld hat angerufen.«

»Was?«

»Die Nummer ist unterdrückt, ich kann ihn nicht zurückrufen. Ich muss ihn suchen.«

»Wo denn? Wo willst du anfangen?«

»Die Eiche«, sagt Sina, während sie eilig ihre Jeans hochzieht. »Die Eiche oder das Maisfeld.«

»Was?«

»Es dauert zu lange, bis ich dir das erklärt habe.« Das T-Shirt. Die Turnschuhe.

»Bis du was erklärt hast?«

»Ich weiß jetzt, welche Eiche der Junge im Auto gemeint hat. Sie steht auf der Lichtung, wo wir Sophie gefunden haben.«

Tasche, Telefon, Autoschlüssel.

»Welche Eiche wer meint?«

»Der Junge.«

»Welcher Junge?«

»Vielleicht ist das eine Spur. Auch zu Salfeld. Willst du mitkommen? Dann erzähle ich dir alles unterwegs.«

»Alles, Sina?«

»Ja, sicher.«

»Ich will nicht länger mit Halbwahrheiten abgespeist werden.«

»Alles. Das verspreche ich dir.«

6

Ein Hubschrauber lärmt über der Szenerie, sein Scheinwerfer tastet unruhig die Bäume ab, dann die Wiesen, die Felder und die Landstraßen um den Wald herum, dann kommen sie wieder zurück. Auf der Suche nach Lukas Larache, von dem Juli Kayser behauptet, dass er versucht hat, sie mit einem Messer zu verletzen.

Es gibt kaum einen Zweifel mehr: Diesmal ist es wahr. Zu allem Überfluss hat einer der Polizisten mitten auf der Lichtung ein blutiges Taschenmesser entdeckt.

Das Tier in ihm ist wieder aufgewacht. Und Sina ist schuld. Niemals hätte sie ihn auf diese Schule schicken dürfen. Niemals hätte sie ...

Aber darüber kann sie später noch lange genug nachdenken. Dann, wenn man sie suspendiert hat. Dann, wenn Leo sie verlassen hat, weil man mit einer wie ihr nicht zusammenleben kann. Sie ist besessen. Von der totalen Gerechtigkeit. Die totale Gerechtigkeit, hat ihr Leo auf der Fahrt hierher gesagt, gibt es nicht. Alles, was total ist, kann nicht sein. Und darf auch nicht sein.

Aber man muss es doch versuchen, Leo!

Nein, Sina. Nicht um jeden Preis. Manchmal ist es besser, die Dinge ruhen zu lassen.

Du meinst, wie in diesem Fall.

Ich weiß es nicht. Wir werden sehen.

Sie wendet sich dem Mädchen zu, Salfelds mutmaßlichem Opfer. Das Mädchen ist nicht schwer verletzt, nur ein Kratzer in der Armbeuge, aber sie steht sichtbar unter Schock.

Sina hat ihr beim Anziehen geholfen und bleibt neben ihr sitzen, bis die Sanitäter kommen.

»Wo ist Ihre Unterwäsche?«

»Keine Ahnung. Er hat sie mir runtergerissen, das Schwein. Vielleicht hat er sie mitgenommen.« Das Mädchen erschauert, duckt sich wie ein verängstigtes Tier

»Verstehe. Kann ich Ihnen noch ein paar Fragen stellen?«

»Wer sind Sie noch mal? Ich hab Ihren Namen vergessen, tut mir leid. Ich bin total wirr.«

»Das macht nichts. Kriminalhauptkommissarin Sina Rastegar. Wie geht es Ihnen jetzt?«

»Ich weiß nicht. Schlecht. Mir ist kalt und mir ist schlecht. Dieses Schwein wollte mich umbringen. Oder sonst irgendwas Perverses. Keine Ahnung.«

»Das muss sehr schlimm für Sie sein. Ihr Name ist Juli Kayser?«

»Ja. Fuck. Ich könnte kotzen.«

»Ich lasse Sie gleich in Ruhe. Nur noch eine Frage: Wie kommt es, dass Sie beide hier waren?«

»Wieso? Was meinen Sie denn damit?«

»Sie sind mitten im Wald, mitten in der Nacht, zusammen mit dem Hausmeister Ihrer Schule, der dreimal so alt ist wie Sie und von dem uns die Schule erzählt hat, dass er längst gekündigt hat. Das müssen Sie mir erklären.«

»Lassen Sie mich in Ruhe. Ich bin müde.« Das Mädchen fängt an zu weinen. »Ich bin müde und ich will nach Hause!«

»Wollen Sie Ihre Eltern anrufen?«

»Mama ist heute mit einer Freundin in der Oper. Jetzt ist sie bestimmt noch was trinken.«

»Wo wohnen Ihre Eltern?«

»In Leyden.« Juli weint jetzt richtig laut, sie schwitzt und ist sehr blass, und Sina beginnt sich Sorgen zu machen.

»Wollen Sie sie anrufen? Jetzt gleich?«

»Ja, bitte. Bitte!«

»Haben Sie Ihr Telefon dabei?«

»Ich hab's verloren. Irgendwo hier. Kann ich erst mal Ihres benutzen?«

»Ja, sicher.«

Juli nimmt Sina das Telefon aus der Hand, ohne sich zu bedanken, und geht ein paar Meter weiter weg. Sina hört verheulte Wortfetzen und wartet geduldig. Sie sieht zu Florian und Gronberg, die sich um Tick kümmern, der verletzt auf dem Waldboden liegt.

Wie schwer, das lässt sich noch nicht sagen. Zumindest scheint er bei Bewusstsein zu sein.

Ein Hubschrauber senkt sich auf die Lichtung herab wie ein riesiges, beleuchtetes Insekt und landet schließlich mit ohrenbetäubendem Lärm. Die Rotorblätter verursachen stürmische Böen, das Kleid des Mädchens wird hochgeweht, und man sieht jetzt, dass sie keine Unterwäsche trägt. Sina geht zu ihr hin, um sie darauf aufmerksam zu machen, und tritt dabei auf etwas. Sie bückt sich: ein verdrecktes Smartphone, wahrscheinlich das von Juli.

Sina wirft einen Blick auf Juli, die nicht in ihre Richtung schaut, dann steckt sie das Handy ein.

Vier Sanitäter springen aus dem Hubschrauber, jeder trägt ein Köfferchen bei sich. »Hier«, ruft Sina und winkt. Die Rotoren drehen sich weiter in unverminderter Lautstärke, man hört sein eigenes Wort nicht, aber da Sina im Scheinwerferlicht des Hubschraubers steht, sehen sie die Sanitäter und kommen im Laufschritt auf sie zu.

Zwei schickt sie weiter zu Gronberg, Florian und Tick, die beiden anderen, ein Mann und eine Frau, bleiben bei ihr.

»Können Sie sich um das Mädchen kümmern?«, fragt Sina die Frau. Auf ihrem Namensschild steht Dr. Michaela Weißgerber. Dr. Weißgerber nickt und geht zu Juli, legt ihr den Arm um die Schulter und bringt sie zu Sina zurück. »Warten

Sie einen Moment hier, meine Kollegen holen nur noch die Trage«, sagt sie zu ihr.

»Muss ich dann in dieses ... Ding da?«, fragt Juli mit panisch aufgerissenen Augen.

»Den Heli? Ja«, ruft die Ärztin in den Lärm hinein. »Der Flug dauert nur zehn Minuten«, fügt sie tröstend hinzu. »Mach dir keine Sorgen. Alles ist gut. Wir passen auf dich auf.«

»Ist sie vernehmungsfähig?«, fragt Sina. »Wir brauchen ihre Aussage unbedingt.«

»Wir müssen sie erst mal untersuchen. In jedem Fall steht sie unter Schock. Kommen Sie nachher in die Klinik, dann sehen wir weiter.«

»Ich schicke Polizeischutz. Die Beamten melden sich bei Ihnen. Juli darf keine Sekunde allein gelassen werden. Kann ich mich darauf verlassen?«

»Sicher. Aber warum kommen Sie nicht einfach mit? Ich meine, jetzt gleich?«

Sina überlegt. Dann nickt sie der Ärztin zu und geht zu Gronberg und Florian und Leo. Sie stehen bei den beiden anderen Sanitätern und sehen zu, wie Tick auf die Trage geschnallt wird. Er ist sehr bleich, und seine Augen sind geschlossen. Der Kopf ist dick mit Gaze verbunden.

»Wie geht es ihm?«, fragt Sina.

»Er hat einen Schlag auf den Kopf bekommen, wir wissen noch nicht genau, ob es ein Schädel-Hirn-Trauma ist. Möglicherweise hat er innere Blutungen. Sollte das der Fall sein, wird es kritisch.«

»Wird er durchkommen?«

»Im Moment ist er bei Bewusstsein, das ist ein gutes Zeichen. Aber jetzt müssen wir sofort los.«

»Ich fliege mit in die Klinik«, sagt Sina zu Gronberg und Leo. »Kannst du die Aktion hier leiten?«

»Ja«, sagt Gronberg nur. Er sieht alt und müde aus, der

Lärm und all das Chaos um sie herum machen ihm sichtlich zu schaffen, aber er ist ein guter Polizist. Er hat Erfahrung, man kann ihm vertrauen. Und bisher hat er noch immer im richtigen Moment aufgehört, ein Quertreiber zu sein.

»Danke«, sagt Sina und legt ihm kurz die Hand auf die Schulter. Sie spürt ihr Handy an ihrer linken Hüfte vibrieren und wendet sich ab. Es ist Leo. Er telefoniert mit ihr, obwohl er nur ein paar Meter von ihr entfernt steht. Er sagt mitten in den Hubschrauberlärm, dass er stolz auf sie ist.

»Du spinnst«, sagt Sina, aber sie lächelt dabei.

»Kommst du klar?«, fragt Leo.

»Ja.« Ihre Stimme klingt atemlos.

»Ich liebe dich«, sagt er und klingt dabei fast ein bisschen erstaunt.

»Das hast du noch nie gesagt.« Wieder das Lächeln.

»Irgendwann ist immer das erste Mal.«

»Okay.« Das klingt skeptisch.

»Wir reden später«, sagt er. »Pass auf die Medien auf.«

»Mach ich.«

»Bis dann.«

Eine halbe Stunde später schaltet Leo den Fernseher ein und zappt sich durch die Programme. Noch weiß anscheinend niemand von dem Vorfall. Aber es wird nicht mehr lange dauern. Dann wird Lukas Larache erneut gesucht werden. Und diesmal mit einem aktuellen Foto, das es ihm nicht mehr so leicht machen wird, sich als jemand anders auszugeben.

Ich liege auf dem Rücksitz eines SUVs. Leander steuert den Wagen, wir fahren seit geraumer Zeit auf einer Autobahn. Es ist immer noch dunkel, mittlerweile vielleicht vier Uhr morgens. Ich kann den Tacho nicht sehen, aber ich schätze, dass wir mit mindestens 200 Stundenkilometer unterwegs sind. Ich spüre das Vibrieren des Motors. Manchmal schlafe ich kurz ein, aber der Schmerz weckt mich wieder auf. Manchmal dreht sich Leander um und sieht nach mir. Sein Gesicht ist besorgt.

Mein Sohn ist ein kaltblütiger Killer, aber er macht sich Sorgen um seinen Vater, der ebenfalls ein kaltblütiger Killer ist. Das ist so absurd, dass ich in einem fort lachen würde, wenn ich nicht wüsste, dass mir die Erschütterung meines Gelächters wahrscheinlich den Rest geben würde.

Leander hat mich mindestens einen halben Kilometer durch den Wald getragen, bis wir auf dem Parkplatz ankamen. Neben dem Auto hat er mich nach allen Regeln der Kunst verbunden. Der Schnitt ist tief, es fließt viel Blut. Wenn ich Glück habe, ist meine rechte Niere nicht durchbohrt. Wenn ich Pech habe, bin ich gerade dabei, innerlich zu verbluten.

Ich will nicht ins Krankenhaus. Auf keinen Fall.

Natürlich nicht. Entweder du schaffst es so, oder das war's.

So kenne ich Leander Kern, Marions und meinen Sohn. Marion ließ ihn auf Druck ihres Vaters zur Adoption freigeben. Wir beide waren zu diesem Zeitpunkt vorübergehend getrennt, und so erfuhr ich erst von seiner Existenz, als es zu spät war. Und Marions Depression so massiv, dass sie nicht mehr leben wollte.

Und dann ließ mein Vater seine Beziehungen spielen, und der kleine Leander, alias René, kam zu seinen Großeltern, meinen Eltern, während ich weggesperrt war.

Natürlich ahnte ich davon überhaupt nichts. Erst letzten Winter habe ich die Wahrheit erfahren. Dass sich die Blutlinie von meinem Vater auf mich und von mir auf meinen Sohn fortgesetzt hatte.

»Hast du Kinder?«, frage ich, flüsternd, denn auch das Sprechen tut entsetzlich weh. Leander schaut auf die Straße, ohne zu reagieren. Vielleicht hat er mich nicht gehört. Aber dann, fast eine knappe Minute später, antwortet er doch.

»Wäre das nicht sehr komisch?« Er lacht.

»Komisch?« Ich huste und schmecke Blut auf der Zunge.

»Sprich jetzt nicht«, sagt Leander. »Wir sind gleich da.«

»Wo?«

»Bei einem Mann, der mir einen Gefallen schuldet. Er weiß es nur noch nicht.«

»Leander ...«

»Ich mag es, wenn du mich Leander nennst. Aber jetzt sei still. Sieh es einfach so: Du bist mein Gefangener. Du trägst keine Verantwortung. Für nichts.«

»Warum bist du hergekommen?«

»Um Tante Grete in die ewigen Jagdgründe zu befördern. Unter anderem.«

»Was? Sie ist ...«

»Mausetot. Du siehst, es ist eine Menge passiert, während sie dich auf der Krankenstation ruhiggestellt haben. Wirklich ein Höllenloch, diese Schule. Aber jetzt halt um Gottes willen deinen Mund, sonst überlebst du die Nacht nicht.«

Schwarz, dann grau, dann hell. Dann wieder schwarz. Ich träume und fantasiere. Ich sehe Juli und Marion, die sich küssen und herzen wie Schwestern. Ich sehe meinen Vater und meine Mutter, starr und steif wie auf gestellten Fotos. Ich frage laut, wer ich bin und sein werde. Du bist Marion, antwortet mir jemand. Du bist Marion, und du musst sterben. Sina Rastegar sagt das, ihr schwarzes Haar verwandelt sich in Schlangen.

Ich wache auf, und die Schmerzen überwältigen mich wie eine schwarze, stinkende Welle. Ich schlafe wieder ein und wünsche mir den Tod. Ich rase durch die Zeiten, dann schwebe ich zwischen zwei Leben. Ich weiß plötzlich mit unwirklicher Klarheit, dass es jetzt darauf ankommt, wann immer jetzt ist. Diese Minuten oder Sekunden entscheiden, ob meine Festplatte unwiderruflich gelöscht wird.

Ich warte.
Und warte.
Auf den Richterspruch.
Tot oder …

7

… lebendig.

Als ich das nächste Mal aufwache, ist es so hell, dass ich minutenlang immer wieder die Augen zumachen muss. Schließlich zwinge ich mich dazu, sie offen zu lassen. Ich liege auf einem schmalen Bett in einem Zimmer mit bodentiefer Fensterfront, die direkt in einen verwilderten Garten führt. Der Himmel ist bedeckt, aber das Grün der Pflanzen scheint aus sich selbst heraus zu leuchten. Ich sehe zwei riesige, weiß blühende Oleander in dunklen Pflanzenkübeln. Dahinter befindet sich eine Wiese mit mehreren Obstbäumen.

Es ist wunderschön. Märchenhaft.

Ich richte mich langsam und vorsichtig auf. Schon wieder bin ich Patient, allmählich müsste ich mich an diesen Zustand gewöhnt haben. Erstaunlicherweise geht es mir nicht schlecht. Ich habe leichte Schmerzen in der Nierengegend und stehe vermutlich unter Schmerzmitteln, aber ich fühle mich einigermaßen klar. Mir ist nicht übel und nicht schwindelig. Ich betaste die Stelle, in die Tick das Messer gestoßen hat. Ein großes, aber nicht besonders dickes Pflaster klebt darauf. Es fühlt sich zumindest von außen trocken an.

Ein paar Minuten genieße ich den Zustand, nichts zu wollen und nirgendwohin gehen zu können. Dann erinnere ich mich langsam wieder an alles. Und während ich mich erinnere, kommt Leander herein.

Es ist ein Schock, ihn zu sehen. Zum ersten Mal von Angesicht zu Angesicht, ohne Drogen, ohne Täuschungen, im klaren Bewusstsein, dass er es ist. Mein verhasster, geliebter Sohn. Einer der meistgesuchten Verbrecher des Landes. Wie oft ich mir die Interpol-Webseite angeschaut habe, kann ich nicht zählen. *Torture and Homicide* steht unter dem Foto, dem er heute nicht einmal entfernt ähnlich sieht.

Ich möchte mich abwenden, aber ich weiß, dass ich mich ihm und allem, was damit zusammenhängt, irgendwann stellen muss. Warum nicht jetzt damit anfangen.

Leander setzt sich auf den Rand des Bettes und sieht mich ohne jede Spur von Verlegenheit an. Ich erkenne ihn und auch wieder nicht. Ich suche Marions zarte Züge, aber er hat gar nichts von ihr. Er sieht auch mir nicht sonderlich ähnlich; er ist ein eher dunkler Typ, gut aussehend, attraktiv, und doch hat er kein Gesicht, das man sich automatisch merkt.

Bis auf seinen Blick. Gelassen, unergründlich, völlig frei von Emotionen.

»Wie geht's, *Papa*?« Er grinst und zeigt dabei strahlend weiße Zähne. Ein bisschen zu strahlend, um natürlich zu sein. Er ist eitel, so viel ist immerhin klar.

»Nenn mich nicht so«, sage ich, und das meine ich ernst.

Sein Grinsen wird noch breiter. »Alter, ich hab dir das Leben gerettet. Ein wenig Dankbarkeit wäre angebracht.«

Ich bin überrascht über die Kraft meines Zorns, der mich wie aus dem Hinterhalt überfällt. »Du? Hast mich gerettet? Du hast verdammt noch mal alles zerstört, was ich mir die letzten zwei Jahrzehnte aufgebaut hatte. Du bist schuld daran, dass ich keine Familie mehr habe und mich meine Töchter den Rest ihres Lebens hassen werden. Erzähl mir nichts von Dankbarkeit. Du bist Abschaum.«

Der Pfahl in meinem Fleisch. Alles, was ich an mir selbst nicht ausstehen kann, sehe ich nun vor mir wie in einem Zerrspiegel.

»Ich hasse dich«, füge ich hinzu, um wirklich keinen Zweifel an meinen Gefühlen zu lassen.

Leander wirkt nicht beeindruckt. Immerhin wechselt er das Thema und erkundigt sich nach meinem Befinden. Seine Stimme klingt ironisch, trotzdem höre ich eine gewisse Besorgnis heraus.

»Besser«, sage ich etwas freundlicher (es ist wahr, er hat mir das Leben gerettet. Warum auch immer). »Wo sind wir?«, frage ich dann. Ich will nicht weiter über uns reden.

Leander macht eine wegwerfende Geste. »Das muss dich nicht interessieren. Ein Freund. Er hat dich wieder zusammengeflickt.«

»Seit wann sind wir hier?«

»Anderthalb Tage. Du hast dich schnell erholt. Die Wunde war zum Glück nicht sehr tief. Knapp vorbei an der Niere.«

»Ich würde mich gern bei deinem Freund bedanken.«

Leander steht auf und schlendert mit den Händen in den Taschen seiner sandfarbenen Hosen zur Fensterfront. Seine Bewegungen sind geschmeidig und ruhig. Er sagt mit dem Rücken zu mir: »Ich glaube nicht, dass mein Freund Wert darauf legt, deine Bekanntschaft zu machen. Am liebsten wäre es ihm wahrscheinlich, wenn wir so schnell wie möglich verschwinden würden.«

»Oh. Klar. Du verschwindest. Ich gehe zur Polizei.«

»Das hatte ich befürchtet.« Leanders Stimme klingt sanft. Ich überlege, wo wir uns befinden könnten, versuche mich zu erinnern, in welche Richtung Leander gefahren ist, aber es war Nacht, ich war die meiste Zeit nur halb bei Bewusstsein – ich habe nicht die geringste Ahnung.

»Was meinst du damit?«, frage ich. »Willst du mich hier festhalten? Dafür müsstest du mich töten.«

»Immer mit der Ruhe«, sagt Leander in den Garten hinaus.

Ich setze mich auf den Bettrand. Ich könnte aufstehen, ich fühle mich stark genug dafür. Davonzulaufen wäre in meinem Zustand trotzdem keine besonders gute Idee.

»Würdest du mich töten?«, frage ich Leanders Rücken. Es interessiert mich wirklich. Tatsache ist, dass ich Leander nicht töten könnte. Zumindest glaube ich nicht, dass ich es könnte. Aber ich bin mir nicht sicher.

Leander antwortet nicht. Langsam stehe ich auf, bewege mich vorsichtig, Schritt für Schritt, auf ihn zu. Ich trage graue Jogginghosen und ein graues T-Shirt, wie mir jetzt erst auffällt. Beides ist mir etwas zu weit. Ich mache also im Vergleich zu Leander in seinen perfekt sitzenden Hosen und dem engen blauen Poloshirt keine besonders gute Figur. Leander dreht sich nach mir um, immer noch die Hände in den Hosentaschen. Schließlich stehen wir nebeneinander und schauen in die friedliche Natur. Ich stelle fest, dass wir fast gleich groß sind. Obwohl ich Abstand halte, spüre ich seine Kraft, seine Energie, seine Aura der Gewalt.

»Warum hast du Margarete Johansson umgebracht?«, frage ich.

Er wendet sich mir zu. In diesem Moment klart es auf, die schräg einfallende Nachmittagssonne scheint ihm direkt ins Gesicht. Er kneift die Augen zusammen, die jetzt ganz hell wirken und so durchsichtig, als könnte ich ihm in die Seele blicken. Oder in eine unendliche Leere. Was in seinem Fall vermutlich das Gleiche wäre.

»Du kanntest sie doch überhaupt nicht«, sage ich. »Warum hast du es getan? Nur damit alle glauben, ich war es? Nur um mein Leben endgültig zu zerstören? Warum? Ich versteh's nicht.«

»Woher weißt du, dass ich sie nicht kannte?«

Ich sehe ihn ungläubig an.

»Alles«, sagt Leander lächelnd, »begann mit Margarete Johansson.«

Und dann erzählt er mir die ganze Geschichte.

»Du siehst gut aus«, sagt Katja. »Telegen«, fügt sie hinzu und nimmt einen Schluck Wein.

Es ist fast Mitternacht, Tag zwei nachdem klar war, dass Salfeld verschwunden war. Katja hat Sina und Leo eingeladen und noch ein sehr spätes Abendessen gekocht. Eine Lammschulter in Rotwein-Jus, die auf der Zunge zerging. Nachdem Sina auf ihre vier oder fünf SMS nicht reagiert hat, hat Katja Leo überredet, Sina zu überreden.

Sina wollte Katja nicht sehen. Sie ist sich über ihre Gefühle nicht im Klaren. Hätte sie Katja nicht kennengelernt, hätte sich Frank Leyerseder nie an sie gewandt, und das wäre ...

Besser gewesen?

Sie weiß es nicht, noch nicht. Im Moment hat es den Anschein, das muss sie zugeben. Andererseits wäre Margarete Johansson so oder so ermordet worden. Insofern ... Sina nimmt ihrerseits einen Schluck Wein. Katja hat es bis zu dem Zeitpunkt, als sie alle vor dem Fernseher saßen, auf dem ihr Mann Peter die Pressekonferenz vom Vormittag aufgezeichnet hatte – also immerhin gut anderthalb Stunden – fertiggebracht, kein Wort über beide Fälle zu verlieren. Munteres Geplauder über die extreme Hitze. Urlaubspläne für die Sommerferien. Eine neue Boutique, die sie in der Stadt entdeckt hat und in die Sina unbedingt mal mitkommen muss. Aber kein Wort über den Mord an Margarete Johansson, kein Wort über den Thalgau-Skandal (so nennen ihn die Medien: den Thalgau-Skandal). Kein Wort über Salfeld, der auf der Flucht ist. Letzteres ist allerdings nicht weiter erstaunlich, denn Salfelds Name konnte bislang aus der Öffentlichkeit herausgehalten werden. Sowohl der Polizeichef als auch der Staatsanwalt haben nach langen Unterredungen beschlossen, »die ersten Ermittlungsergebnisse abzuwarten, bevor wir ihn zur Fahndung ausschreiben«. Übersetzt heißt das: Es wäre einfach zu peinlich, ein zweites Mal Salfeld zur Zielscheibe zu machen, nur um dann eventuell feststellen zu müssen, dass er schon wieder unschuldig ist.

Wenn er es doch war, springen Sie über die Klinge, Rastegar, das ist Ihnen klar?

Sie meinen, ich wäre dann das Bauernopfer?

Blödsinn. Es war Ihre Aufgabe, Salfeld zu überwachen. Wozu die Wanzen, wozu die regelmäßigen Besuche, wozu der Therapeut, wenn er dann doch munter weitermordet?

Ich hatte damals um eine 24-Stunden-Überwachung ersucht, erinnern Sie sich? Wenigstens die ersten sechs Monate. Der Staatsanwalt hat das nicht genehmigt, aus Budgetgründen. Abgesehen davon hat Salfeld sich vorher nichts zuschulden kommen lassen. Seine Strafe hat er vor drei Jahrzehnten abgesessen, und zwar bist auf den letzten Tag. Wir hatten nichts gegen ihn in der Hand. Er war ein freier Mann, auch in juristischer Hinsicht. Er hat mit uns kooperiert, obwohl er das nicht musste. Streng genommen hätten wir nicht einmal ohne sein Wissen die Wanzen in seinem Haus installieren dürfen. Er könnte uns deswegen verklagen.

Wie kommt es, dass Sie nichts von diesem verdammten Hausmeisterjob gewusst haben?

Weil, verdammt noch mal, keine 24-Stunden-Überwachung genehmigt wurde.

Sina lehnt sich zurück in die weiche Couch und sieht dem Staatsanwalt beim Reden zu. Er ist alles andere als telegen, stellt sie fest. Seine Haut wirkt fleckig und sein Tonfall unangenehm geziert.

»Wir stehen noch ganz am Anfang der Ermittlungen. Bitte haben Sie Verständnis, dass wir zum gegenwärtigen Zeitpunkt …«

Sina gähnt. Dafür, dass ihre Karriere auf dem Spiel steht, ist sie erstaunlich entspannt. Es gibt zu ihrem Glück ein Telefonat mit einem Polizisten der Thalgauer Dienststelle. Jensen hatte ihn alarmiert, bevor er niedergeschlagen wurde. Dieser

Polizist behauptet nun – bislang unwidersprochen –, dass er sofort das Nötige veranlasst hat. Sina hat diese Behauptung unterstützt, obwohl sie nicht wahr ist. Die offizielle Version lautet nun, dass der Polizist sie angerufen hat und sie alles weitere in die Wege leitete. Nur Leo und der Polizist wissen, dass es anders war. Der Polizist hat ein Interesse daran, dass niemand davon erfährt, dass er sich, statt Verstärkung anzufordern, gemütlich selber auf den Weg gemacht hat, und erst dann am Tatort ankam, als alles längst vorbei war.

Eine Hand wäscht die andere.

»Wir halten Sie auf dem Laufenden«, sagt der Staatsanwalt aus dem Fernseher.

Eine alte Frau, erstochen in ihrer Wohnung, ein schwer verletzter Lehrer auf dem Gelände eines Internats, wo sich vor kurzem ein junges Mädchen erhängt hatte. Mehr haben sie nicht rausgelassen. Von Juli Kayser vorerst kein Wort. Die Pressekonferenz fand ausschließlich wegen des zeitlichen Zusammentreffens dieser drei, für sich genommen nicht allzu spektakulären Ereignisse statt. Weil die Journalisten anfingen, zu viele Fragen zu stellen.

»Danke für Ihre Geduld.«

Schnitt zu weiteren Nachrichten des Tages.

Katja wirkt enttäuscht. Sie nimmt die Fernbedienung und schaltet den Apparat ab.

»Ich weiß natürlich, ihr dürft nichts sagen …«

»Stimmt«, sagt Leo.

»Kein Wort?« Sie schmollt, wirft aber dann Sina einen Blick zu, der sie alarmiert. »Wollen wir morgen zusammen Mittag essen?«

»Das wird nicht gehen«, sagt Sina. Wie viel weiß sie? Was hat ihr Frank erzählt? Sie hatten absolutes Stillschweigen auch gegenüber Katja vereinbart. Hat er sich daran gehalten?

»Komm schon. Nur eine Stunde. Was essen musst du sowieso.«

Leo sagt: »Warum denn nicht? Die eine Stunde ist doch kein Drama.«

»Klar«, sagt Sina. »Wenn ich dir kurzfristig absagen kann, falls sich was Neues ergibt?«

»Wenn das nicht schon die verklausulierte Absage ist?«

»Sei nicht so misstrauisch.«

Katja lächelt. »Touché.« Leo schaut verständnislos, aber keiner erklärt ihm irgendwas. Peter ist in seiner Couchecke eingeschlafen.

Sina steht auf, dehnt sich, gähnt. Es ist mittlerweile nach halb eins. Am liebsten würde sie sich die nächsten 24 Stunden auf diese Couch kuscheln, zugedeckt von Katja, gefüttert von Katja, umsorgt von Katja, als wäre sie ihr drittes Kind.

Was ist denn das für eine Idee?

Ihr fallen fast im Stehen die Augen zu.

Zwei Minuten später sitzen sie auf ihren Fahrrädern. Sie haben es nicht weit bis nach Hause, und die warme Nachtluft, die um Hals und Schultern fächelt, tut gut. Zu Hause fallen sie ins Bett wie tot.

8

Um sechs klingelt Leos uralter Wecker, den beide überhören, um Viertel nach sechs das Telefon, das direkt neben Sinas Ohr liegt.

»Verdammt«, murmelt sie.

»Wer ist da?«, seufzt sie in den Hörer.

Eine junge Männerstimme. »Ich bin's.«

»Ich?«

»Berger. Sie haben uns das Handy gebracht. Das mit der SMS.«

»Ah ja. Ja, Entschuldigung.« Sie setzt sich auf. Auch Leo ist jetzt wach. Es geht um Juli Kaysers Smartphone. Sina hatte darauf eine SMS entdeckt. Beziehungsweise einen Teil einer SMS, die Juli noch nicht geöffnet hatte, sonst wäre sie auf dem Display gar nicht sichtbar gewesen. *Du schaffst das. Und alles wird sein wie …* An dieser Stelle brach die SMS ab, und da Sina den PIN-Code des Handys nicht hatte, konnte sie den Rest nicht lesen. Berger ist einer der Techniker, den sie für solche Fälle einsetzen.

»Haben Sie noch gepennt?«, erkundigt sich Berger. Sina erinnert sich: Er ist immer ziemlich unverblümt.

»Mann, Berger«, sagt sie und gähnt. Alle nennen ihn nur Berger, als ob er keinen Vornamen hätte – er hat natürlich einen, aber Sina hat ihn vergessen, so wie wahrscheinlich der Rest der Dienststelle. »Es ist Viertel nach sechs.«

»Ja und?«

»Nichts und. Viertel nach sechs ist früh. Was ist mit dem Handy? Konntet ihr was finden?«

Leo wälzt sich neben ihr aus dem Bett. Sie lehnt sich zu ihm herüber und streicht ihm sanft über den Rücken.

»Ja«, hört sie. »Also ja, ich bin reingekommen, aber die SMS ist ziemlich kurz.«

»Wie heißt sie vollständig?«

Berger liest sie ihr vor: *Du schaffst das. Und alles wird sein wie früher.*

»Hat sie ihm geantwortet?«

»Wem?«

»Dem Absender, Berger.«

»Natürlich nicht. Sie hatte die SMS doch noch gar nicht aufgemacht.«

»Stimmt.« Sina steht auf, mit dem Telefon am Ohr, und schlappt in die dämmerige Küche. Dort steht Leo und macht Kaffee.

»Gibt es einen Thread?«

»Nicht bei dieser Nummer. Auch sonst ist da nichts Interessantes, soweit ich das beurteilen kann. WhatsApp mit ihren Freundinnen, Freunden ... Mir scheint, sie war ziemlich beliebt. Schau's dir am besten selber an.«

»Wer hat die SMS abgeschickt?«

»Die Nummer ist unterdrückt. Wir haben rausgefunden, dass sie von einem Prepaidhandy stammt. Der Anschluss ist tot. Wir haben aber mittlerweile alle Handyverbindungen der Gegend gecheckt. Diese SMS wurde in Thalgau abgeschickt, das ist schon mal sicher.«

»Verstehe.«

»Kommt mir komisch vor.«

»Vielleicht. Ich bin in einer Stunde oder so bei dir.« Sina nimmt den Kaffee, den ihr Leo gemacht hat, und lächelt ihn an. Leo trägt Boxershorts und ein verknittertes T-Shirt und sieht verschlafen aus, wahrscheinlich genauso verschlafen wie sie. »Bis gleich«, sagt sie in den Hörer und legt auf.

Was macht Juli Kayser nachts im Wald und warum trifft

sie dort Salfeld, der angeblich gekündigt hat? Was hat der Lehrer Christian »Tick« Jensen zur selben Zeit dort gemacht? Noch liegt Juli Kayser mit einem Schock im Krankenhaus. Da ihr nichts weiter passiert ist, müsste sie spätestens heute vernehmungsfähig sein. Tick Jensen war gestern Nacht noch ohne Bewusstsein. Die Ärzte sind sich nicht sicher, ob er es schafft. Er hat eine schwere Kopfwunde und Hirnblutungen aufgrund des Schädel-Hirn-Traumas, das seine Verletzung verursacht hat. Er ist auf keinen Fall vernehmungsfähig, und selbst wenn er es irgendwann sein sollte, wäre es möglich, dass er als Zeuge ausfiele.

Retrograde Amnesie, nennen es die Ärzte. Es bedeutet, dass sich viele Patienten nach schweren Unfällen an den Hergang nicht mehr erinnern können und auch nicht an die oft entscheidenden Minuten davor. Damit wäre Jensen als Zeuge nicht besonders hilfreich. Leo hat ihn im Krankenhaus untersucht, soweit das in Jensens Zustand möglich war, und kam zum Ergebnis, dass die Verletzung durch einen heftigen Schlag auf den Oberkopf verursacht wurde, nicht etwa durch einen Sturz oder einen herabhängenden Ast. Die Spurensicherung hat zur Sicherheit das gesamte Areal im Umkreis von hundert Metern auf Blutspuren untersucht und bestätigt diesen Befund. Blut gab es ausschließlich dort, wo Jensen lag, nämlich auf dem weichem Waldboden unter seinem Kopf. Keine herausstehende Wurzel, kein scharfer Stein im Umfeld von drei Metern: Jensen ist eindeutig aufgrund eines Schlags gestürzt, genauso wie es Juli Kayser noch in der Nacht berichtet hat.

Eines Schlags, der laut Juli von Salberg beziehungsweise Larache ausgeführt wurde. Mit einem dicken Ast.

Weil Jensen sie vor Larache retten wollte.

Den dicken Ast haben sie allerdings nicht gefunden und auch kein anderes Werkzeug, das als Waffe in Betracht kommen würde.

Eine Stunde später betrachtet Sina Julis geknacktes Handy in Bergers Büro. Aus der SMS lässt sich tatsächlich nichts entnehmen. Die anderen Kurznachrichten, vor allem WhatsApp, bringen sie ebenfalls nicht weiter. Bemüht ironische Liebeserklärungen von Jungs, auf die Juli cool reagierte, jede Menge Kürzel à la »luv u 4 ever«, pubertär codierte Chats mit ihren Freundinnen, in denen es, wenn Sina die lässig hingeworfenen Nachrichten richtig entschlüsselt, um blöde Hausaufgaben, blöde Lehrer, heimlich rauchen, nachts aussteigen, blau sein, high sein geht.

»Kamera und Instagram?«, fragt sie Berger.

»Mach's auf. Selfies ohne Ende. Allein oder mit Leuten ihres Alters.«

»Ganz normal, was?«

»Klar. Mädchen halt. Hübsch, oder?« Das klingt, als wäre Hübschsein eine Art Delikt.

»Ja«, sagt sie in neutralem Tonfall.

»Sie fotografiert gern«, fährt Berger fort. »Sie hat auch sämtliche Bildbearbeitungs-Apps geladen.« Sina öffnet ihren Instagram-Account. Lachende junge Leute, mithilfe von Foto-Apps romantisierte Naturaufnahmen. Reichlich Herzchen von Followern.

Cool, geil, krass, superschön, du bist eine Künstlerin.

»Mails?«, fragt Sina.

»Kaum. Eigentlich nur von ihren Eltern. Uninteressant, wenn du mich fragst. Manchmal antwortet sie, manchmal nicht.«

Sina öffnet den Account und liest die letzte Mail. Sie ist vier Tage alt.

Mein lieber Schatz,
wir hören so wenig von dir! Wie geht's dir? Kommst du gut voran? Bitte melde dich doch mal. Sollen wir dich nächstes Wochenende besuchen?

Alles Liebe,
deine Mamita

Sie klickt den Gesendet-Ordner an.

Hi Mamita,
alles gut hier! Noten okay. Bitte ruft nicht dauernd an, ich kann meistens sowieso nicht rangehen. Schule oder Theatergruppe oder Sport, hier ist immer irgendwas. Die mögen es übrigens auch nicht, wenn man dauernd besucht wird.
Lieber Gruß, auch an Pap.
Kuss, Juli

Geschrieben vor drei Wochen. Die jüngste Mail ihrer Mutter hat sie nicht beantwortet.

»Was machen wir jetzt damit?«, fragt Berger, der Sina beobachtet.

»Mit dem Handy? Es ist ein Beweisstück und kommt in die Asservatenkammer.«

»Weiß die Betreffende das?«

»Das wird sie gleich erfahren, wir vernehmen sie heute noch.«

Die Zeugenaussage Mergentheimers hat Gronberg gestern in Mergentheimers Büro aufgenommen. Vor der Konferenz liest Sina das Protokoll.

Herr Larache ist als Aushilfe für unseren erkrankten Hausmeister Frank Leyerseder eingesprungen. Er hat ordentliche Arbeit geleistet. Zu sensiblen Gebäudeteilen hatte er keinen Zutritt und meines Wissens auch nie darum gebeten.

Wie hat sich Larache ausgewiesen?

Mit einem Personalausweis. Mehr haben wir nicht verlangt. Es ging doch nur um ein paar Wochen!

Haben Sie die Stelle ausgeschrieben?

Dafür war doch überhaupt keine Zeit. Leyerseder hat ihn uns empfohlen – zuverlässig, guter Handwerker zufällig gerade ohne Job … Wir haben dann gleich zugegriffen. Sie müssen das verstehen, eine Schule ohne Hausmeister funktioniert einfach nicht.

Konnte er Zeugnisse vorweisen? Irgendwelche Belege, dass er schon woanders als Hausmeister gearbeitet hat?

Er wollte sie nachreichen.

Und hat er das getan?

Herrgott, Sie müssen das verstehen.

Was verstehen?

Frau Menzel, unsere Sekretärin, hat versäumt nachzufragen. Das ist unverzeihlich, das weiß ich, aber es ging nur um ein paar Wochen, und wir waren in einer Zwangslage.

Also, Sie haben keine Zeugnisse.

Finden Sie mal jemanden für ein paar Wochen – von jetzt auf gleich!

Keine Belege für ähnliche Tätigkeiten?

Was ist mit diesem Larache?

Ich schätze mal, das ist ein Nein. Ist Ihnen nie etwas an ihm aufgefallen?

Sie kennen ihn, oder? Wer ist das?

Gab es Auffälligkeiten irgendwelcher Art?

Welcher Art?

Das frage ich Sie.

Sie meinen, ob er früher schon irgendwelchen Mädchen nachgestiegen ist und sie bedroht hat? Nein! Er war höflich und hat seinen Job ordentlich erledigt. Er war hilfsbereit, intelligent und schnell. Es ist entsetzlich. Wenn Herr Jensen nicht so schnell reagiert hätte … Wie geht es ihm?

Wie es ihm aktuell geht, weiß ich nicht. Er liegt im Krankenhaus.

Ich wollte ihn besuchen, und da stand einer Ihrer Beamten und hat mich behandelt wie einen Schwerverbrecher.

Das tut mir leid, aber Christian Jensen ist im Moment nicht zu sprechen. Auch für uns nicht. Als wichtigen Zeugen müssen wir ihn schützen. Wir können deshalb im Moment nur enge Angehörige in sein Zimmer lassen.

Wir sind seine Angehörigen, verstehen Sie das nicht?

Herr Jensen ist alleinstehend?

Seine Eltern sind gestorben, Geschwister hat er keine. Er hat niemanden außer uns.

Gibt es Exfreundinnen? Exfrauen?

Bestimmt. Aber ich kenne sie nicht. Wir achten sehr auf die Privatsphäre unserer Lehrer. Niemand wird ausgefragt. Wer erzählen will, tut das freiwillig.

Jensen aber nicht?

Nein. Er war – ist – sehr verschwiegen. Wir haben das alle immer akzeptiert. Aber vielleicht gibt es Kollegen, die mehr wissen. Wann kann ich zu ihm?

Wie gesagt, er ist ein wichtiger Zeuge. Sie können ihn besuchen, nachdem wir mit ihm gesprochen haben.

Mir tut das alles so entsetzlich leid. Christian ist ein Held. Wir können ihm gar nicht genug danken. Der Gedanke, dass er wegen seines Muts vielleicht sterben muss …

Wir melden uns, sobald Sie ihn sehen können. Ich möchte Sie übrigens bitten, Stillschweigen zu bewahren. Keine Interviews. Alles, was jetzt an die Öffentlichkeit gerät, könnte unsere Ermittlungen behindern. Ist das klar?

Wer ist Lukas Larache?

Das werden wir herausfinden. Noch mal: keine Interviews. Halten Sie sich fern von Journalisten. Haben wir uns verstanden?

Wieso sollte ich ein Interesse daran haben, mit der Presse zu reden? Das würde den Ruf unserer Schule endgültig ruinieren.

Ich laufe. Ich befinde mich irgendwo auf dem Land, offenbar weitab vom Schuss. Hier ist absolut nichts, außer jede Menge Natur. Zu dem Haus führt nur ein unbeleuchteter Schotterweg. Ich versuche, ihm zu folgen, in der Hoffnung, irgendwann auf eine Straße zu stoßen. Ich habe keine Ahnung, wo ich bin, ich weiß nicht einmal, wie spät es ist. Und es ist Nacht, wieder einmal Nacht, langsam beginne ich sie zu hassen, diese ewige Nacht. Der Mond scheint diesmal nicht, Sterne sind auch keine zu sehen, offenbar ist es bewölkt.

Meine Augen gewöhnen sich langsam, ganz langsam an die Dunkelheit. Ich bleibe immer wieder stehen und lausche in das Dunkel, aber bisher kann ich keine Verfolger ausmachen. Lässt mich Leander gehen? Oder will er mich aus dem Hinterhalt erledigen? Ich stolpere und fluche leise. Jetzt schmerzt mein rechter Knöchel beim Auftreten. Humpelnd bewege ich mich weiter, den Blick starr auf den Weg gerichtet. Die Luft fühlt sich staubtrocken an. Warm und stickig.

Um mich herum, das glaube ich schemenhaft erkennen zu können, ist es relativ flach. Vielleicht Felder und Wiesen. Nirgendwo etwas Beleuchtetes, kein Haus, keine Laterne. Ich trage immer noch die zu weite Jogginghose und das schlabbrige T-Shirt. Ich habe nichts bei mir, kein Geld, kein Telefon, keinen Ausweis. Wenn ich jetzt auf Menschen treffen würde, würden sie wahrscheinlich eher die Polizei rufen, als mich in ihr Haus zu lassen.

Was mir eigentlich recht sein könnte, denn ich fühle mich unschuldig. Ich habe nichts getan. Fast nichts getan. Das, was geschah, geschah unter Drogeneinfluss. Ich bin gerade noch rechtzeitig aus meinem Wahn aufgewacht. Aber wie soll ich das beweisen? Für einen Drogentest dürfte es ein bisschen spät sein. Wer würde mir also glauben?

Möglicherweise nicht einmal Rastegar.

Aber im Moment geht es um konkretere Probleme. Ich darf mich erstens nicht erwischen lassen. Ich muss zweitens ein Telefon finden. Ich muss drittens Rastegar erreichen, deren Nummer ich nicht auswendig weiß, und ihr viertens berichten, was wirklich im Wald bei Thalgau passiert ist. Ich muss ihr fünftens klarmachen, dass nicht ich Margarete Johansson umgebracht habe, sondern mein Sohn, der mit Sicherheit keine einzige verwertbare Spur hinterlassen hat.

Ich bleibe stehen, ratlos und verzweifelt.

Ich fühle mich manchmal etwas allein.

Das hat er gesagt.

Ich fände es schön, einen Gefährten zu haben.

Dieser Satz hat mich endgültig alarmiert. Ich weiß jetzt, was Leander will. Mich. Er stellt sich vor, mit seinem Vater gemeinsam mordend durch die Welt zu ziehen. Irgendwo auf der Welt junge Mädchen aufzugabeln und sie nach allen Regeln der Kunst zu töten. Gemeinsam, weil zu zweit doch vieles mehr Spaß macht. Diese Idee, wenn man sie wirklich ernst nimmt, ist so monströs und grauenhaft, so lächerlich und verrückt, dass mir nichts anderes übrig bleibt, als die Flucht zumindest zu versuchen.

Er ist noch kränker als ich.

Wenn das überhaupt möglich ist.

Ich horche. Schritte auf Kies. Etwas – jemand – kommt näher. Ich beginne zu laufen, zu rennen. Mitten in die Dunkelheit hinein. Es ist meine letzte Chance. Wenn ich sterbe, wird die Wahrheit nie ans Licht kommen. Aber lieber sterbe ich, als mich noch einmal der Gnade Leanders auszuliefern, dessen Gegenwart ich nicht eine Sekunde länger ertragen kann.

»Frank? Wo bist du?«

»Auf dem Flughafen in Nizza. Die Maschine konnte gestern nicht starten, wir wurden in Hotels untergebracht. Eine beschissene Absteige, sage ich dir. Das gibt eine fette Klage.«

»Und jetzt? Wo bist du jetzt?«

»Ich sitze in der Maschine. Ich muss Schluss machen, die Stewardess kommt. Ich melde mich, wenn wir gelandet sind. Falls wir landen. Das Wetter ist furchtbar. Bis nachher.«

»Frank? Frank? Verdammt!«

»Ich muss jetzt aufhören, Sina, ehrlich!«

»Nur eine Frage. Ganz kurz. Kannst du irgendwas zu Juli Kayser sagen?«

»Juli Lolita Kayser? Haha. Unser Sorgenkind. Hat sie wieder was angestellt?«

9

Juli liegt auf der Couch im Wohnzimmer und betrachtet ihre Mamita, wie sie einen Strauß weißer und pinkfarbener Rosen mit ein paar langen Gräsern so kunstvoll arrangiert, als stünde hoher Besuch bevor. Mamita liebt es, ihr Heim zu dekorieren. Sie lässt sich von hochpreisigen Wohnzeitschriften inspirieren und hält sich selbst für eine begabte Innenarchitektin, weil ihre Freundinnen das behaupten, was die nur tun, weil sie wissen, dass Mamita das gern hört. Das vermutet Juli, weil sie manchmal auch sagen, dass Mamita aussieht wie Julis Schwester, und dass das eine krasse Lüge ist, sieht jeder, der Augen im Kopf hat.

Jedenfalls mussten sie auf dem Nachhauseweg vom Krankenhaus unbedingt an einem Blumenladen halten.

Macht es dir was aus, Schatz, wenn ich für eine Minute reinhüpfe? Du kannst auch im Auto bleiben. Oder hast du es sehr eilig?

Ist schon gut. Ich warte hier.

Weg war Mamita, natürlich nicht für eine, sondernd für mindestens zwanzig Minuten, während Juli durch die sanft getönten Scheiben auf die sonnige Straße starrte und an nichts dachte, weil es nichts zu denken gab, und nicht einmal auf ihrem Handy herumspielen konnte, weil es weg ist.

Weg bedeutet natürlich: Die Polizei hat es jetzt. Sie muss es in den letzten Minuten im Wald verloren haben. Und die haben es natürlich gefunden. Was eigentlich gut ist, denn sie werden darauf nichts entdecken. Es war ja auch nichts.

Juli weiß: Wenn etwas los ist, ist es am besten, auch vor

sich selbst so zu tun, als sei nichts. Dann wirkt man am überzeugendsten.

»Die Polizei wird in einer halben Stunde da sein«, sagt Mamita, ohne sie anzusehen. Sie legt stattdessen den Kopf schief, so übertrieben wie in einem schlechten Film, und begutachtet ihr Werk, die Rosen zusammen mit den zipfelig hervorstehenden Gräsern in einer zylindrisch geformten blauen Glasvase. Es sieht gut aus. Mamita sieht auch gut aus, sie hat abgenommen, ihre glatten Haare sind frisch blondiert und glänzen im einfallenden Sonnenlicht. Wenn man sie von weitem betrachtet, könnte sie tatsächlich jünger sein als 44.

Aber nur dann.

»Die Polizei?«, fragt Juli und versucht, das Herzklopfen und das Würgegefühl im Hals zu ignorieren.

»Das weißt du doch«, sagt Mamita und klingt dabei ein bisschen ungeduldig, als hätten sie das schon zigmal besprochen. »Die *müssen* mit dir reden.«

»Ja.«

»Und du hast ja nichts zu verbergen.«

»Nein.«

»Das ist gut.«

Mamita dreht sich so plötzlich um, als hätte sie dazu regelrecht Schwung holen müssen, und Juli sieht einen Moment lang, dass ihr eine Frage auf der Zunge brennt. Dann wird alles wieder überdeckt vom sonnigen Mamita-Lächeln.

»Wie wär's, wenn du dir was anderes anziehst, meine Süße?«

Juli sieht an sich herunter. Ihre Mutter hat ihr frische Sachen ins Krankenhaus mitgebracht, eine Jeans und eine blaue Bluse. Warum soll sie sich denn wieder umziehen? Dann begreift sie, dass Mamita sie jetzt gerade nicht hier haben will. Und das ist ein vertrautes Gefühl: zu stören. Mamita liebt sie, aber sie wäre lieber ohne sie. Auch ohne

Pap. Selbst ihre Freundinnen strengen sie an, auch wenn sie das nie, nie zugeben würde. Am glücklichsten ist Mamita allein mit ihren Blumen und Möbeln und Dekoartikeln.

»Ich zieh mich um«, sagt Juli und geht nach oben in ihr Zimmer.

Die Polizei kommt genau 32 Minuten später. Durch ihr Zimmerfenster sieht Juli einen grauen Opel Astra heranfahren und weiß sofort, dass sie das sein müssen. Ein Opel Astra fällt auf in dieser Gegend voller Porsche Cayennes und Mercedes GLEs. Und tatsächlich parkt der Opel neben Mamitas Z4 in der Einfahrt, wo er voll deplatziert aussieht. Ein Mann und eine Frau steigen aus. Juli erkennt die Frau, sie war diejenige, die sie noch in der Nacht befragt hat.

Sie hört das Klingeln und wie ihre Mutter die Tür aufmacht und ein paar Worte redet. Sie gibt sich einen Ruck und läuft nach unten. Sie trägt jetzt ein weißes Sommerkleid mit weitem Rock, in dem sie blass und ein bisschen krank aussieht, und das ist auch richtig so, die sollen ruhig merken, dass es ihr schlecht geht, nach allem, was passiert ist. Nach allem, was dieser Aushilfshausmeister mit ihr getan hätte, wenn Tick sie nicht gerettet hätte.

Tick, der Held. Was hätte sie ohne ihn getan?

Und genau das erzählt sie der Kommissarin, deren Namen sie schon wieder vergessen hat, und ihrem Kollegen, von dem sie sich nur den Vornamen gemerkt hat, vielleicht weil er nicht viel älter ist als sie.

Florian. Er sieht gut aus. Während der Vernehmung schaut sie vor allem ihn an, und sie merkt, wie er anspringt, ihr alles glauben will, was sie erzählt.

Die Kommissarin ist schwieriger zu knacken. Sie stellt unangenehme Fragen und dreht und wendet Julis Antworten hin und her, klopft sie auf Widersprüchlichkeiten ab, aber es hilft ihr nichts. Juli ist bestens vorbereitet und pariert sämtliche Angriffe auf ihre Glaubwürdigkeit, indem sie einfach immer wieder dasselbe erzählt.

Wie sie im Wald spazieren ging. Wie sie auf der Lichtung plötzlich dem Hausmeister begegnete. Wie sie ihn erst gar nicht erkannte und Angst bekam. Wie er sich ihr vorstellte, und sie sich dann erst erinnerte. Er habe zu dem Zeitpunkt gar nicht mehr in Thalgau gearbeitet? Entschuldigung, aber woher hätte sie das denn wissen sollen? Er war *Hausmeister.*

»Was meinen Sie damit?«

»Dass ich nichts mit ihm zu tun hatte.«

»Sie haben nie mit ihm gesprochen?«

»Nein. Ich wusste bloß, dass er die Aushilfe für Frank war.« Sie hasst diese Frau mit dem stechenden Blick.

»Frank?«

»Leyerseder. Unser echter Hausmeister.«

»Mit dem haben Sie aber gesprochen. Zumindest können Sie sich an seinen Namen erinnern.«

Vorsicht, schwieriges Gelände. »Ab und zu. Einmal hatten wir einen Rohrbruch im Bad. Da ist er gekommen.«

»Und da haben Sie ihn gleich geduzt.«

»Alle haben Frank geduzt. Er wollte das so.«

Aber um Frank geht es doch überhaupt nicht, sie darf sich nicht verunsichern lassen. Die Geschichte, um die es geht, ist in ihrem Kopf, sie hat sie x-mal rekapituliert, sie wird keine Fehler machen.

»Zurück zu Larache«, sagt der junge Kollege. Er hat wirklich schöne blaue Augen mit langen Wimpern. Ihm erzählt sie, wie Larache plötzlich, mitten in ihrer kurzen Unterhaltung, so tat, als habe er einen Schwächeanfall. Wie er auf den Boden sank und sie flehentlich bat, Hilfe zu holen, da er einen Herzfehler habe (»Toller Trick«, kommentiert sie bitter und genießt das Mitleid in Florians Augen). Wie sie hilfsbereit ihr Handy aus der Tasche zog, sich kurz von ihm abwandte, merkte, dass sie kein Netz hatte, für einen Moment abgelenkt war – und er sich dann von hinten an sie heranschlich, ihr plötzlich das Messer an die Kehle hielt, sie *zwang*, ihre Unterwäsche auszuziehen. Sie *zwang*, sich hinzulegen. Ihr drohte, sie sofort zu töten, falls sie ihm nicht zu Willen sein sollte.

»Und dann kam Tick. Er war so cool. Er hat sich auf ihn gestürzt. Und dann war da der Ast. Das Schwein hat sich den Ast gegriffen und zugeschlagen. Und jetzt muss Tick vielleicht sterben. Wegen mir.«

Sie weint. Eine perfekte Performance, später wird sie stolz auf sich sein, aber im Moment ist sie tatsächlich total drin in dem Gefühl, dass Tick sie gerettet hat und dafür vielleicht mit dem Leben bezahlen muss.

»Wo war der Ast? Wir haben ihn nirgendwo gefunden.«

»Keine Ahnung. Irgendwo – hinter ihm? Ich weiß nicht. Fuck!«

»Sind Sie sicher, dass es ein Ast war?«

»Ja! Was denn sonst?«

»Ein unglaublicher Zufall«, resümiert die Kommissarin mit unbewegtem Gesicht.

»Was?« Julis Augen schwimmen, Florian reicht ihr ein Tempo, sie flüstert ein heiseres *Dankeschön*.

»Dass Sie drei sich an dieser Stelle getroffen haben. Vom Internat aus ist das eine knappe halbe Stunde Fußweg.«

Juli schnäuzt sich und sagt dann mit belegter Stimme: »Entschuldigung, aber ich bin echt froh über diesen Zufall. Verstehen Sie das?«

Und das war's dann. Mehr bekommen sie aus ihr nicht heraus. Von ihr aus kann sie gern die Geschichte noch mal und noch mal erzählen. Sie wird immer bei dieser Version bleiben, weil sie sie in einem Teil ihres Gehirns – dem Teil, der jetzt zählt – als wahr abgespeichert hat. Aber das muss sie gar nicht. Ein paar Minuten später ziehen die beiden ab.

Seltsamerweise kann Juli trotzdem nicht aufhören zu weinen. Es ist, als habe sich ein Wasserhahn geöffnet, aus dem es fließt und fließt und fließt.

Und dann, kaum eine Stunde später, kommen sie zurück.

Juli hört das Klingeln, und sie weiß, dass sie es sind. Sie hört auf zu weinen. Sie geht ins Bad und spült sich die Augen mit kaltem Wasser aus und läuft dann barfuß hinunter ins Wohnzimmer, wo ihre Mamita mit der Kommissarin sitzt und ein Gesicht macht, dem man die Besorgnis auf keinen Fall ansehen soll.

»Was ist denn noch?«, fragt Juli und lehnt sich gegen den Türrahmen. Sie schaut auf ihre hellrot lackierten Fußnägel. Sie sehen perfekt aus, frisch manikürt. Das beruhigt Juli irgendwie. Es ist außerdem so: Die Kommissarin kann nichts wissen. Niemand hat geredet, ganz sicher nicht. Alles, was sie möglicherweise in der Hand hat, sind irgendwelche Vermutungen.

»Ich habe noch eine letzte Frage«, sagt die Kommissarin. Ihre Stimme klingt freundlich und gelassen.

»Ich hab auch noch eine«, sagt Juli. Sie verschränkt die Arme. »Haben Sie mein Handy gefunden?«

»Ja. Leider können wir es Ihnen zum jetzigen Zeitpunkt noch nicht geben, es ist ein Beweisstück. Wir müssen es auf Fingerabdrücke und DNA untersuchen.«

»Okay. Wann?«

»Wir geben Ihnen Bescheid. Jetzt zu meiner Frage. Ich würde gern wissen, ob Sie mit Janina Matthias befreundet sind.«

Juli will antworten, ruhig und nett, obwohl ihr die Frage einen winzigen Schock versetzt, wie ein kleiner Stromschlag, der ihr Herz hüpfen lässt. Leider macht ihre Mamita alles kaputt, indem sie aufspringt und mit nervös überschnappender Stimme ruft: »Was hat das mit diesem Fall zu tun?«

Die Kommissarin bleibt sitzen und sagt nur: »Vielleicht

gar nichts, vielleicht alles. Wir müssen sämtlichen Spuren nachgehen. Das verstehen Sie sicher.«

»Nein«, sagt Juli.

»Nein?«

»Wir sind in derselben Klasse, sonst nichts.«

»Und früher?«

»Ich möchte, dass Sie jetzt gehen«, sagt Mamita, schnell und mit einer Festigkeit, die Juli ihr nicht zugetraut hätte. »Kommen Sie wieder, wenn Sie ein Durchsuchungsdingsda bei sich haben oder irgendwas anderes Offizielles. Ohne unseren Anwalt wird Juli gar nichts mehr sagen.«

Die Kommissarin steht auf, mit aufreizender Langsamkeit, wie eine Katze, die sich dehnt. »Dann würde ich sagen, wir sehen uns morgen auf der Dienststelle. Die Adresse steht auf dieser Visitenkarte. Um halb elf. Und bringen Sie Ihren Anwalt mit, wenn Sie glauben, dass das notwendig ist.«

Der Anwalt kommt noch am selben Abend, zusammen mit Pap. Er setzt sich mit ihr in Paps Büro, und sie erzählt ihm dieselbe Geschichte wie der Kommissarin. Weil die Geschichte wahr ist. Sie lässt ein paar Fakten aus, aber das macht sie nicht weniger wahr.

Lukas Larache wollte sie vergewaltigen. Und umbringen wollte er sie auch. Sie hat es in seinem Blick gesehen. Als wäre er schon tot und wollte sie mitnehmen in sein Totenreich. Tick hat sie gerettet vor diesem Zombie. Das ist wahr, und alles andere ist uninteressant.

Während ich renne und renne, dabei Leanders Atem in meinem Nacken spüre und mich wundere, dass er mich nicht längst niedergeschlagen hat, schließe ich mit allem ab, was war. Obwohl ich immer noch lebe, weiß ich, dass diese Nacht meine letzte sein wird, und ich sage mir, im Rhythmus meiner stolpernden Schritte, meines keuchenden Atems, dass es in

Ordnung ist, demnächst zu sterben. Aber ich will vorher reinen Tisch gemacht haben, nicht nur vor mir, auch vor Rastegar. Sie soll wissen, was wirklich passiert ist, und ohne meine Hilfe wird sie es nicht herausfinden. Ich muss entkommen, ein letztes Mal.

»Bleib stehen«, ruft Leander hinter mir. Seine Stimme klingt frisch und munter, der Strahl seiner starken Taschenlampe wirft meinen schwankenden, ins Riesenhafte verzerrten Schatten auf den holprigen Waldweg.

»Lass mich in Ruhe.« Ich biege plötzlich, einer Eingebung folgend, rechts ab, mitten ins Gestrüpp, Zweige peitschen mir ins Gesicht, und ich stolpere, rutsche eine betonharte Fläche herab und falle ... falle ... in eiskaltes ... Wasser.

Wasser?!

Es ist ein Fluss, es muss ein Fluss sein, er ist tief, reißend und voller Strudel. Keuchend komme ich an die schwarze Oberfläche, dann zieht mich die Strömung wieder nach unten. Ein Kanal mit befestigter Böschung.

Das ist mein letzter Gedanke, bevor mich etwas trifft, vielleicht ein ins Wasser hängender Ast, vielleicht eine Kugel.

So oder so, ich segle ins Nirwana.

Mein allerletzter Gedanke: Tut mir leid, Rastegar, jetzt sind Sie auf sich allein gestellt.

»Ich muss dringend mit Ihrer Tochter sprechen.«

»Sind Sie verrückt, Rastegar? Es ist zehn Uhr!«

»Ist Janina bei Ihnen?«

»Das geht Sie nichts an. Gar nichts!«

»Bitte. Es ist wirklich wichtig.«

»Ich lege jetzt auf. Wir sehen uns morgen.«

»Bitte.«

»Rastegar ...«

»Ich muss unbedingt mit ihr sprechen. Jetzt sofort.«

».... Sie sind der schlimmste Quälgeist, der mir je untergekommen ist.«

»Ich mache nur meinen Job.«

»Zehn Minuten. Nicht länger.«

»Einverstanden.«

»Wo sind Sie jetzt?«

»Ich kann in zwei Minuten da sein.«

»Das heißt ...«

»Oder sogar in einer Minute.«

»Kann es sein ...«

»Ehrlich gesagt, ich stehe vor Ihrem Haus.«

»Ich sollte Sie suspendieren. Das sollte ich wirklich.«

10

Janina und Juli. Beste Freundinnen laut Frank Leyerseder. Kamen zur selben Zeit nach Thalgau. Durften aber nicht auf ein gemeinsames Zimmer. Wurden laut Frank Leyerseder sogar nach Häusern getrennt: Janina ins Föhrenhaus, Juli in die Meierei unter Verenas Fittiche.

»Ich will nicht mit Ihnen über das reden, was vor Thalgau war«, sagt Sina zu Janina. Janina hat lange blonde Locken und ein kleines Gesicht, an dem alles rund ist. Die Augen, die winzige, knubblige Nase, die üppigen Lippen. Sie trägt Jeans und eine blaue Bluse, die bis zum letzten Knopf geschlossen ist. Ein strenger Look, der ihre Formen nicht verbergen kann: Auch ihre Figur hat viele Rundungen. Sie sitzt sehr gerade und wirkt fast schüchtern.

»Mich interessiert nur, was in Thalgau passiert ist.«

Janina zuckt die Achseln und sieht sich nach ihrem Vater, Polizeipräsident Matthias, um. Er steht hinter ihr wie ein Schatten und schweigt.

Wie sie dasitzt, ist es kaum vorstellbar, dass sie sich vor zwei Jahren, gemeinsam mit Juli Kayser, an fremde Männer verkauft hat. Sina hat sich die Akte von der Frankfurter Polizei kommen lassen. Bei den Männern, denen es übrigens egal war, dass sie minderjährig waren, handelte es sich hauptsächlich um reiche Banker, Koksnasen, die umgehend ihre Jobs verloren und nun vorbestraft sind. Nur der Zuhälter, der die beiden Mädchen vermittelte, ist abgetaucht.

»Was war in Thalgau?«, fragt Sina. Das Aufnahmegerät läuft lautlos, Janina starrt es an. Dann kratzt sie sich plötzlich ausgiebig am Hinterkopf, man hört das schabende Geräusch in der Stille. Dann setzt sie sich wieder sehr gerade hin, als wollte sie diese seltsam ordinär wirkende Geste vergessen lassen.

»Du musst nichts sagen, wenn du nicht willst«, sagt ihr Vater hinter ihr. »Das ist kein Verhör. Das ist nur ...«

»Ich weiß«, sagt Janina. Ihre Hände liegen verschränkt im Schoß, und Sina sieht, dass die Nägel abgekaut sind.

»Es geht nicht um dich«, sagt Sina. Instinktiv hat sie das Mädchen geduzt, aber es kommt ihr richtig vor.

»Ich glaube, dass Juli Probleme hat«, sagt Sina. »Richtig große Probleme. Ich glaube, du würdest ihr helfen, wenn du jetzt darüber redest.«

»Warum?«

»Warum ihr das helfen würde?«

»Sie behaupten das einfach so. Aber wer beweist mir, dass das stimmt?«

»Dann stimmt es also, dass sie in Schwierigkeiten ist?«

Janina schweigt wieder.

»Juli hat mir erzählt, dass ihr gar nicht mehr befreundet seid. ›Wir gehen nur in eine Klasse, sonst nichts.‹ Das hat sie gesagt.«

»Ja, und?« Das klingt gleichgültig, und doch ist da plötzlich etwas in Janinas Gesicht, eine Anspannung, eine Irritation, eine Kränkung.

»Stimmt das?«, fragt Sina. »Seid ihr keine Freundinnen mehr? Denn wenn das so ist«, fährt sie fort, denn sie weiß jetzt, sie *spürt*, dass sie auf dem richtigen Weg ist, »wenn das wirklich so ist, dann kannst du ihr tatsächlich nicht helfen. Dann vertun wir beide hier unsere Zeit.«

»Ich ...«

»Dann lass ich dich jetzt allein, Janina. Du bist bestimmt müde nach allem, was gewesen ist. Bist du krankgeschrieben?«

Janina dreht sich wieder um, diesmal hilfesuchend. Ihr Vater räuspert sich, typisch für ihn, wenn er nicht mehr weiterweiß.

»Sie ist doch krankgeschrieben?«, fragt Sina Matthias ganz direkt.

»Ja«, sagt Matthias, aber nicht mehr. Er ist viel zu sehr Profi, um diese Entscheidung zu verteidigen oder auch nur zu erklären. Erklärungen in Vernehmungen wirken unbeholfen. Je weniger Worte man macht, desto geringer ist die Gefahr, sich in Widersprüche zu verheddern und dann all die Dinge doch zu erzählen, die man eigentlich für sich behalten wollte.

»Das verstehe ich«, sagt Sina. »In Thalgau ist jetzt alles in Aufruhr, dem möchte man sein Kind nicht aussetzen, stimmt's? Juli ist ja auch zu Hause.« Sie sieht jetzt wieder Janina an, bemerkt einen ganz feinen Schweißfilm auf ihrer gebräunten Haut.

»Okay«, sagt Janina, mit einem kleinen Fragezeichen.

»Sie war bis heute früh im Krankenhaus. Ich glaube, es geht ihr immer noch nicht richtig gut. Aber das muss dich nicht kümmern.« Sina nimmt ihre Handtasche von der Stuhllehne, stoppt das Aufnahmegerät, steckt es in die Tasche.

»Wieso?«, fragt Janina leise.

»Wieso es ihr nicht gut geht? Ich weiß nicht. Etwas stimmt nicht mit ihr. Das ist jedenfalls mein Eindruck. Wie siehst du das?«

Sina bleibt sitzen, die Tasche auf dem Schoß, und sieht Janina einfach nur an, manchmal reicht das ja, manchmal braucht es nicht mehr.

»Bitte«, sagt sie. »Bitte rede mit mir. Juli zuliebe. Sie kann das nicht alleine tragen. Sie braucht deine Hilfe.«

Sie hört Matthias im Hintergrund seufzen, wendet aber ihren Blick nicht von Janina. Sie und Juli passen gut zusammen, Sina kann sich die beiden vorstellen. Beim Shoppen, beim Lernen, beim Kiffen, beim Kichern, bei ihrem Abenteuer vor zwei Jahren, das noch viel tragischer hätte enden können, wenn sie nicht erwischt worden wären.

»Ich weiß, dass du besser in Thalgau zurechtkommst als Juli«, sagt Sina. »Und ich kann mir vorstellen, dass du deswegen ein schlechtes Gewissen hast. Aber das musst du nicht. Juli hatte die gleichen Chancen wie du, es ist ihre Sache, was sie daraus macht und was nicht. Nur jetzt braucht sie deine Hilfe ganz dringend, auch wenn sie vielleicht glaubt, dass das nicht so ist.«

Eine lange Sekunde passiert nichts. Dann fängt Janina an zu weinen. Ein kindliches, hohes Schluchzen, sehr laut und verzweifelt. Matthias könnte Sina jetzt hinauswerfen, die Vernehmung vertagen, aber er tut es nicht. Er legt die Hand auf den Nacken seiner Tochter, streichelt sie, wartet.

Nach ein paar Minuten ebbt das Schluchzen ab.

»Okay«, sagt Janina, diesmal ohne Fragezeichen. Sie schnieft und wischt sich die Nase an ihrem Blusenärmel ab.

»Okay was?«

»Juli ist schlecht in der Schule. Sie wird wahrscheinlich sitzenbleiben. Sie ist durch das letzte Drogenscreening gefallen. Und das vorletzte.«

»Und das heißt?«

»Man fliegt von der Schule beim zweiten positiven Test.«

»Aber sie ist nicht geflogen.«

»Sie hat gesagt, dass sie noch eine letzte Chance kriegt.«

»Eine Chance? Heißt das, sie sollte dafür etwas tun?«

»Sie hat gesagt, dass sie jetzt diesen Hausmeister besuchen muss.«

»Besuchen? Wo besuchen? Was hat sie damit gemeint?«

»Keine Ahnung. Sie wollte nicht mehr sagen.«

»Hast du denn nicht gefragt?«

»Doch. Aber sie hat … Sie hat geweint und gesagt, dass sie es mir vielleicht später mal erzählt, wenn sie darüber lachen kann. Sie hat gesagt: Mergentheimer hat mich an den Eiern.«

»Hat sie erklärt, wie sie das meint?«

»Scheiße, was gibt's denn da zu erklären? Er hat sie erpresst, das hat sie gemeint!«

Eine Pause entsteht, in der sich Matthias ausgiebig räuspert. Nachdem er damit fertig ist, sagt Sina zu ihm, dass sie einen neuen Durchsuchungsbeschluss für die gesamte Schule braucht. Und genug Leute. »Ich fände es gut, wenn Sie das noch heute Abend beim Staatsanwalt in die Wege leiten könnten, damit wir morgen früh gegen sechs Uhr loslegen können. Wir haben wahnsinnig viel Zeit verloren.«

»In Ordnung«, sagt Matthias. Seine Stimme klingt matt.

»Wir können die Schule nicht mehr länger raushalten.«

»Nein.«

»Kann ich gehen?«, fragt Janina.

»Ja«, sagt Matthias, und Sina nickt.

Nachdem sie den Raum verlassen hat, steht Sina auf und nimmt ihre Handtasche. »Wir brauchen Janinas Aussage wahrscheinlich nicht«, sagt sie.

Matthias reagiert nicht.

Sina geht zur Tür, dann dreht sie sich mit der Hand auf der Klinke noch einmal um. »Sie haben eine gute Tochter. Sie müssen sich keine Sorgen machen.« Sie weiß nicht genau, warum sie das gesagt hat und ob sie damit vielleicht zu weit gegangen ist – zu persönlich geworden ist –, aber dann sieht sie ein winziges Lächeln in den Augen von Matthias.

»Bis morgen, Rastegar«, sagt er und schaut weg.

»Ich glaube, dass Salfeld wieder einmal unschuldig ist«, sagt Sina.

»Wir reden morgen darüber, in Ordnung?«

»Natürlich.«

»Woher wussten Sie das von meiner Tochter? Diese ganzen Informationen ... woher haben Sie die?«

»Ist das nicht vollkommen egal? Wichtig ist doch nur, dass es vorbei ist.«

»Was meinen Sie denn damit?«

»Janina hat es geschafft. Sie braucht Thalgau nicht mehr. Sie wird es überall schaffen. Sie ist über den Berg.«

»Würden Sie jetzt bitte endlich die Tür hinter sich zumachen? Ich glaube, Sie finden alleine raus.«

»Alles klar. Gute Nacht.«

Um halb sieben Uhr morgens haben sich alle Schüler und alle Lehrer auf dem Platz vor dem Haupthaus versammelt, während die Polizei sämtliche Zimmer durchsucht. Mergentheimer hat getobt und Sina mit seinen Kontakten zur »höchsten Ebene« gedroht. Sina hielt ihm den vom Staatsanwalt unterzeichneten Durchsuchungsbeschluss unter die Nase und erkundigte sich dann, ob es noch höhere Ebenen gäbe. Sie fühle sich jedenfalls ihren Vorgesetzten gegenüber weisungsgebunden. Daraufhin schwieg Mergentheimer und ließ sie in Ruhe.

Zurzeit sind mehrere Beamte in seinem Büro.

Sina sieht sich auf dem Gelände um. Die Sonne geht zwischen milchigen Wolken auf, die Luft ist feucht, weil es nachts geregnet hat. Die Schüler stehen in Grüppchen zusammen, die meisten tragen Leggings und Kapuzenpullis, in denen sie ihre Gesichter verstecken. Sie reden wenig. Bisher hat sie niemand angesprochen, obwohl sie doch alle kennen. Es ist, als wäre sie gar nicht da. Oder zu unwichtig, um sich mit ihr abzugeben.

Unwillkürlich sucht Sina nach dem Jungen, der sie in jener schicksalhaften Nacht dazu gebracht hat, weiter zu ermitteln. Sie würde ihm gern danken. Und natürlich würde sie ihn gern fragen, ob er mehr weiß, als er gesagt hat.

Es gibt zu viele Jungs, die an ihn erinnern. Es war dunkel, sie konnte sein Gesicht nicht sehen, sie hat nur eine Stimme, es ist zwecklos. Sie setzt sich auf das Mäuerchen, das den Platz vor dem Haupthaus einrahmt. Die Lehrer und Schüler scheinen von ihr abzurücken, wie von einer Bedrohung.

Thalgau ist ein System, hat Leyerseder gesagt. *Ein System entsteht, wenn Menschen über längere Zeit zusammenleben. Menschen schaffen das System, aber irgendwann übernimmt das System die Macht, und die Menschen ordnen sich ihm unter. Sie merken nicht mehr, dass das System ihre Gedanken und Gefühle lenkt.*

Sie ist eine Bedrohung des Systems. Man muss sich von ihr fernhalten. Sina steht auf und schlendert zum Glockenturm. Die Tür ist abgesperrt. Sina ruft einen Beamten, der gerade auf dem Weg zum Waldhaus ist, und bittet ihn darum, im Sekretariat den Schlüssel zu besorgen. Fünf Minuten später taucht der Beamte im Schlepptau der Sekretärin auf, einer kleinen, dicklichen Person.

»Menzel«, sagt die Sekretärin und streckt Sina steif die Hand entgegen, als hätten sie sich nicht schon vor drei Wochen kennengelernt.

»Hallo, Frau Menzel«, sagt Sina. »Es tut mir sehr leid, dass wir Sie überfallen, aber es gibt einfach noch zu viele Unklarheiten. Und Sie wollen doch auch, dass kein Schatten auf der Schule zurückbleibt, nicht wahr?«

Frau Menzel antwortet nicht. Sie zieht einen Schlüsselbund aus ihrer Beuteltasche und sieht Sina an, wie man jemanden ansieht, den man auf den Tod nicht ausstehen kann, während sie den richtigen Schlüssel blind ertastet. Was keine Kunst ist, denn er ist groß und schwer. Frau Menzel bückt sich stöhnend, steckt ihn ins Schlüsselloch und dreht ihn zweimal um. Die mit Messingbeschlägen verzierte Holztür öffnet sich knarzend, ein kalter Hauch weht ihnen entgegen. »Hier war ewig niemand mehr drin«, sagt Frau Menzel und richtet sich auf. »Brauchen Sie eine Führung?«, fragt sie.

»Nein, danke«, sagt Sina.

»Was soll das eigentlich?«, fragt Frau Menzel.

»Wir müssen allen Hinweisen nachgehen.« Sina sieht ins Innere des Turms, das geräumiger ist, als sie vermutet hätte.

Es gibt einen rechteckigen Vorraum von mindestens 20 Quadratmetern, an dessen Ende sich das mit Holz verschalte Treppenhaus anschließt.

»Soll ich mitkommen?«, fragt der Beamte.

»Nein. Ich ruf Sie später.« Der Beamte tippt an seine Mütze und geht. Frau Menzel bleibt stehen. »Was denn für Hinweise?«, fragt sie.

»Sobald wir mehr wissen, bekommen Sie Bescheid. Würden Sie mir den Schlüssel bitte aushändigen? Also alle Schlüssel für diesen Turm.«

»Das muss doch nicht sein. Ich kann ja mitkommen.«

»Nein«, sagt Sina. Sie streckt die Hand aus und wartet, und Frau Menzel pult schließlich seufzend und stöhnend einen weiteren Schlüssel vom Bund.

»Wofür ist der?«

»Auf Stufe 83, rechts. Damals war das ein Raum für den Küster. Das war ja früher einmal eine Kirche. Da war aber schon seit Jahren niemand mehr drin. Das Schloss ist bestimmt verrostet.«

»Danke.«

»Ich könnte …«

»Nein danke. Ich bringe Ihnen beide Schlüssel gleich zurück.«

Es ist kalt. Ein bisschen feucht. Die nackte Glühbirne an der Decke ist höchstens 40 Watt stark, deshalb holt Sina ihre kleine Maglite aus der Tasche und schaltet sie ein, tastet sich am scharfen weißen Strahl entlang bis zum Treppenhaus. Der Boden ist aus grauem Stein, der im Licht der Taschenlampe schimmert wie poliert. Die Wände und die Decken sind ebenfalls aus Stein. Große, grobe, graue Steine mit dunklerem Mörtel dazwischen. Ein Bauwerk für die Ewigkeit. Sie versucht, sich zu erinnern, aus welchem Jahrhundert der Glockenturm stammt, aber es fällt ihr nicht mehr ein.

Die Wendeltreppe ist aus Holz und knarzt bei jedem Schritt. Die Luft wirkt plötzlich trockener und stickiger. Hier gibt es offenbar kein Licht, oder der Schalter funktioniert nicht. Sina zählt die Stufen, hört sich selbst beim Atmen zu.

Enge. Das Gefühl, durchzudrehen, wenn man nicht sofort Tageslicht sieht.

Stufe 83. Ein schmales Plateau. Rechts davon eine dunkle Holztür, auf der mit verwischter Kreide die Nummer 83 steht. Sina steckt den Schlüssel ins Schloss, den ihr Frau Menzel gegeben hat. Sie erwartet, dass sie Kraft aufwenden muss, aber es geht ganz leicht. *Da war schon seit Jahren niemand mehr drin …* Unmöglich, der Schlüssel dreht sich so mühelos, als wäre das Schloss frisch geölt.

Atmen.

Sie steht mitten in einer vollkommen lichtlosen Schwärze. Sie ertastet einen Drehschalter neben der Tür und dreht ihn, bis er einschnappt, aber es bleibt genauso dunkel wie vorher. Der Strahl ihrer Taschenlampe tastet sich durch den Raum. In einer Ecke steht eine alte Couch. Sina geht darauf zu, legt ihre Hand auf die Sitzfläche. Es ist eine Ausziehcouch aus abgeschabtem, muffig riechendem Cord. Geruch. Und noch ein anderer, ganz feiner, aber unverkennbarer Duft liegt in der Luft. Reinigungsmittel. So riecht kein Raum, der jahrelang nicht mehr betreten wurde.

Sina sucht nach ihrem Handy und ruft Gronberg an, der aus der Dienststelle alles koordiniert. »Ich brauche Leute von der Spurensicherung«, sagt sie. »Die sollen alles mitbringen. Den großen Koffer, du weißt schon.«

»Und wohin bitte?«

»In den Glockenturm. Stufe 83. In das Zimmer rechts davon.«

Sina leuchtet noch einmal durch den Raum und verlässt ihn anschließend. Auf Zehenspitzen, damit sie keine weiteren Spuren vernichtet.

11

Juli hat die Nacht über nicht geschlafen. Gar nicht, keine Sekunde lang. Sie hat sich stattdessen in den Garten geschlichen und dort gegen fünf Uhr morgens einen Joint geraucht. Das war keine gute Idee. Es war auch keine gute Idee, morgens nur zwei Tassen Kaffee zu trinken und nichts zu frühstücken. Sie ist blass und zittrig, als sie schließlich zu dritt vor dem Schreibtisch der Kommissarin sitzen. Mamita, Papas Anwalt Dr. Brenner und sie. In Absprache mit Dr. Brenner will sie nichts mehr sagen.

Aber dann erzählt ihr die Kommissarin, dass sie bei Janina war. Und dass Janina gepetzt hat.

Ich muss diesen Hausmeister besuchen. Mergentheimer hat mich bei den Eiern.

»Was hast du damit gemeint?«, fragt die Kommissarin.

»Meine Mandantin möchte sich nicht mehr äußern. Sie hat bereits alles zu Protokoll gegeben, was es zum Sachverhalt zu sagen gibt.«

Aber die Kommissarin sieht nicht Dr. Brenner, sondern Juli an, mit ihren dunklen Augen hinter den kräftig getuschten Wimpern, und schon wieder ist es so, als wäre Juli nackt. »Mergentheimer hat dich erpresst, richtig?«

»Nein«, sagt Juli, aber sie hört selber, wie schwach das klingt.

»Du warst kurz davor rauszufliegen, weil du beim Drogenscreening zum zweiten Mal positiv getestet wurdest. Und dann hast du ihm einen Gefallen getan.«

Vielleicht hätte Juli diesen Schlag noch ausgehalten. Aber

dann registriert sie den Blick von Mamita, der sich in ihre rechte Seite brennt. Die Enttäuschung, den Kummer darüber, dass sie schon wieder versagt hat.

»Meine Mandantin«, beginnt Dr. Brenner und bricht ab, als Juli die Hand auf seinen Anzugärmel legt. Sie fühlt das teure, seidig glatte Material, und einen Moment lang ist sie wieder in Frankfurt, mit einem der Männer, die ihr die tollsten Geschenke machten und so cool, intelligent, witzig und jugendlich wirkten und dann doch nie sie meinten.

Deren ganzes Gerede immer nur auf eins zusteuerte.

Sie nackt zu sehen.

Ohnmächtig.

Klein.

»Ja«, sagt sie.

»Ja, was?«, fragt die Kommissarin.

»Ich halte das für keine gute Idee«, sagt Dr. Brenner.

»Ist schon gut«, sagt Juli.

Die Kommissarin beugt sich vor und schiebt das Aufnahmegerät in ihre Richtung, so als wollte sie ihr zeigen, dass diese Entscheidung Konsequenzen haben würde. Aber das weiß sie auch so, und es ist in Ordnung.

»Lukas lag auf der Krankenstation«, sagt Juli.

»Lukas?«

»Der ... Hausmeister.«

»Das heißt, er hatte gar nicht gekündigt?«

»Ich wusste da noch nicht, dass er angeblich gekündigt hat.«

»Also war er auf der Krankenstation. Warum?«

»Er hatte sich ... irgendwie verletzt. Keine Ahnung. Erst hieß es bloß, er hätte einen Unfall gehabt und es müsste ihn mal einer besuchen. Die haben so getan ...«

»Die?«

»Mergentheimer und die Schwarz. Verena Schwarz, unsere Kunstlehrerin und meine Hausmutter.«

»Was genau wollten sie von dir?«

»Ich sollte Lukas auf der Krankenstation besuchen. Nett zu ihm sein. Weil er sich so schlecht fühlt und niemanden hat. Hab ich gemacht. Und dann sollte ich aber am nächsten Tag wieder hin und am übernächsten auch, und dann haben sie gesagt, ich soll ... Es ginge um eine größere Sache, und ich soll ...«

Juli weint. Es geht ganz leicht. Es ist sogar angenehm. Es ist, als würde sie auf diese Weise alles los. Alles fließt aus ihr raus, und dann ist es weg. Sie muss einfach nur weitermachen damit, und niemand wird sie mit Vorwürfen behelligen.

Die Stimme der Kommissarin dringt durch den Tränenvorhang, freundlich, aber hartnäckig. »Du solltest nett zu ihm sein – ein bisschen mehr als nett?«

Und nun kommen die Worte so einfach wie die Tränen. Fließen aus ihr heraus. »Sie haben gesagt, sie hätten einen schlimmen Verdacht gegen ihn. Dass er vielleicht etwas mit dem Tod von Sophie zu tun hätte. Dass sie aber nicht genug in der Hand hätten, um ihn der Polizei zu melden. Dass jetzt alles von mir abhängen würde. Dass ich eine Heldin werden würde ...«

»Falls er versuchen sollte, dich zu vergewaltigen?«

»Ja.« Es ist eine Erleichterung.

»Du warst ihr Lockvogel. Ihr Köder.«

»Ja.«

»Wie war er zu dir?«

»Nett. Er war ... nett. Aber irgendwie auch seltsam. Immer so müde und manchmal auch richtig wirr. Manchmal hat er Sachen zweimal gesagt, oder er hat Dinge vergessen, die ich ihm erzählt hatte. Es war so ...«

»Als hätte man ihn unter Drogen gesetzt?«

»So ähnlich.«

»Hast du ihn in dieser Nacht animiert, spazieren zu gehen?«

»Ja.« Die Tränen fließen langsamer und versiegen schließlich komplett. Sie ist jetzt ganz klar. Innerlich sauber.

»Auf Anweisung von Mergentheimer und Schwarz?«

»Ja. Sie hatten das alles ... Es war alles genau geplant.«

»Was genau ist dann passiert?«

Juli schildert also die andere Wahrheit. Die zum Beispiel darin besteht, dass sie absichtlich keine Unterwäsche getragen hat. Dass ihr Lukas Larache leicht den Arm geritzt hat, aber sofort damit aufhörte, als sie anfing zu schreien. Dass sie wusste, dass ihr nichts passieren konnte, weil ihr jemand folgen würde. Jemand, der sie retten würde.

»Ein abgekartetes Spiel«, resümiert die Kommissarin, und es klingt nachdenklich, aber auch ein bisschen respektvoll.

»Woher wussten die das?«, fragt Juli schließlich. »Dass er mitspielen würde? Woher wussten die das?«

Die Kommissarin lächelt versonnen.

»Keine Ahnung«, sagt sie. »Aber du bist ein attraktives Mädchen. Sie haben es einfach drauf ankommen lassen. Und offenbar hat es funktioniert. Jedenfalls bis zu einem gewissen Grad.«

Um halb eins sitzt Sina mit Katja beim Mittagessen, im selben Lokal, in dem sie sich das erste Mal getroffen haben. Auch heute ist es heiß. Die Sonne brennt unbarmherzig auf die Stadt, die Luft ist staubig. Und trotzdem ist heute etwas anders. Denn Sina fühlt sich nicht schwach, sondern voller rastloser Energie.

»Du bist nervös«, stellt Katja fest.

Wenn die Spurensicherung nichts findet, dann wird das Bild nicht vollständig.

»Ich *bin* nervös«, sagt Sina. Sie schaut auf ihr stummes Handy mit dem schwarzen Display.

»Hat das mit eurem Fall zu tun?«

»Ja. Weil sich demnächst was entscheidet. Beziehungsweise alles. Oder fast alles.« Es bleibt der Mord an Margarete Johansson. Auch hier gibt es neue Erkenntnisse, aber keine, die Salfeld entlasten.

»Du kannst nicht darüber sprechen«, sagt Katja. Die Sonne wirft Lichtinseln auf Katjas Locken, die sie rot aufleuchten lassen. Sie sieht schön aus in ihrem beigefarbenen Kleid mit dem tiefen Ausschnitt.

»Nein, kann ich nicht. Noch nicht. Aber ich muss dich was fragen.«

Katja hört auf zu kauen und legt die Gabel neben ihren Teller.

»Hast du mit Frank geredet, Katja? Also – in letzter Zeit.«

»Nein!« Katjas Antwort kam blitzschnell. Sie klingt gekränkt. Dann grinst sie plötzlich und sagt: »Natürlich hab ich's versucht.«

Sina grinst zurück. »Und?«

»Er ist völlig abgetaucht. Ich habe immer nur seine Mailbox erreicht, und er hat nie zurückgerufen. Das war mit dir so abgesprochen, richtig?«

»Ja. Und das muss auch so bleiben. Ihr könnt über alles sprechen, aber nicht darüber. Nie. Kann ich mich darauf verlassen?«

»Ja«, sagt Katja. »Ich schwöre es.«

»Ich meine das ernst.«

»Ich auch.«

Sinas Handy läutet, und auf dem Display leuchtet Gronbergs Name auf.

Sie nimmt das Handy und meldet sich so ruhig, wie sie nur kann.

Gronberg verschwendet keine Zeit mit einer Begrüßung. Er sagt: »Damals bei dem Selbstmord von dem Jungen.«

»Ja?«

»Da waren die Kollegen ja nur im oberen Teil. Dort, wo

die Glocke hängt. Und wo sich das Fenster befindet, von dem aus sich der Junge heruntergestürzt hat.«

»Genau.«

»Aber sie waren nicht in diesem Raum darunter, neben Stufe 83.«

»Nein?«

»Nein, Sina. Warum auch? Es ging ja nur darum, festzustellen, dass der Selbstmord wirklich einer war. Der untere Raum war also völlig uninteressant, der hat ja kein Fenster, von dort aus konnte der Junge nicht gesprungen sein. Jedenfalls ist dieser Raum vor kurzem komplett gereinigt worden. Absolut gründlich. Selbst die Wände wurden abgeschrubbt. Diese dicke Sekretärin …«

»Frau Menzel.«

»… die ist aus allen Wolken gefallen. Die wusste davon überhaupt nichts. Die dachte, dass da seit Jahren niemand mehr drin gewesen ist. Sie hatte ja auch den einzigen Schlüssel zu dem Raum.«

»Ich verstehe.«

»Und wer würde sich freiwillig in so ein finsteres Verlies begeben? Um Sex zu haben? Das macht kein Schüler. Die haben doch heutzutage ganz andere Möglichkeiten, sich zu treffen.«

»Sex zu haben? Was meinst du damit?«

»Sie haben Spermaspuren gefunden. Und Blut. Auf dem Sofa. Und Wachsspuren vor dem Sofa. Wahrscheinlich hat da jemand Kerzen aufgestellt. Derjenige, der diese ganze Bude gereinigt hat, war dann doch nicht gründlich genug.«

Sina spürt, wie sich etwas in ihr löst. Sie vergisst Katja, die ganzen Leute um sie herum und steht auf. Läuft mit dem Handy aus dem Lokal, auf den belebten Münsterplatz, sucht sich eine ruhige Ecke. Sie hört Katja rufen, aber von sehr weit weg, als wäre sie mindestens hundert Meter entfernt. Sie winkt ihr zu, macht entschuldigende Gesten. Sie hat nicht mal ihr Essen bezahlt.

»Wo bist du jetzt?«, quäkt es aus dem Hörer.

»Ich bin gleich da«, sagt Sina. Sie schwingt sich auf ihr Rad. Keucht ein bisschen.

»Wir brauchen DNA-Proben von allen Schülern und Lehrern«, sagt Gronberg. Er klingt genauso aufgeregt wie sie, und das gefällt ihr. Das Mürrische ist weg, das Mir-ist-alles-egal-Getue der letzten Monate. Er ist wieder mit Leidenschaft dabei.

»Warte noch damit, das würde jetzt zu viel Staub aufwirbeln«, sagt sie. »Ich möchte, dass wir zuerst eine DNA-Probe von Christian Jensen nehmen.«

»Dem Lehrer im Krankenhaus?«

»Ja.«

»Du verdächtigst ihn?«

»Es ist eine Idee.«

»Er ist bewusstlos und kann nicht zustimmen. Es besteht kein dringender Tatverdacht. Wir könnten rechtliche Schwierigkeiten bekommen.«

»Ich veranlasse das inoffiziell. Ich will das abkürzen. Vielleicht ist die Idee falsch, dann gehen wir anschließend den offiziellen Weg.« Christian Jensen lebt seit Jahren allein. Für einen attraktiven Mann wie ihn ist das ungewöhnlich. Und sie erinnert sich an das Foto, das der Junge auf ihrem Beifahrersitz liegen gelassen hat.

Einiges scheint plötzlich zusammenzupassen.

»In Ordnung«, sagt Gronberg, »ich veranlasse das.«

»Und noch was. Ich fahre jetzt zu Jensens Wohnung in Thalgau. Komm da bitte auch hin.«

»Das kannst du dir sparen. Die Wohnung wurde als eine der letzten in Thalgau durchsucht. Keine verdächtigen Fundstücke.«

»Was ist mit Jensens Computer? Haben sie ihn mitgenommen?«

»Warte. Hier steht nichts von einem Computer.«

»Keinen Computer? Nicht mal ein Notebook?«
»Offenbar nicht.«
»Tablet?«
»Nein.«
»Völlig ausgeschlossen. Ein Mann wie Jensen besitzt einen Computer.«
»Okay.«
»Verstehst du? Wenn der Computer fehlt …«
»Ich bin kein Idiot, Sina. Wir treffen uns dort.«

Das Rauschen des Wassers wiegt mich in den Schlaf und weckt mich wieder auf, ein mir endlos erscheinender Rhythmus. Ich schließe die Augen in dem Bewusstsein, dass Leander neben mir liegt, ich mache sie auf und weiß auf einmal, dass er tot ist. Wir haben im Wasser gekämpft, bis der Fluss uns wieder ausspuckte. Eine plötzliche Untiefe, ein Stein, der Leander vermutlich am Hinterkopf traf, und dann strandeten wir auf einer winzigen Insel voller runder, sehr heller Steine.

Ich werde auch sterben, so viel ist sicher. Ich bin zu schwach, um ans Ufer zu schwimmen, und hier ist kein Mensch, der mir helfen könnte. Nur Wasser und grünes Pflanzenwerk, das bis in den Fluss reicht.

Ich döse wieder ein. Die Sonne scheint auf mein Gesicht, brennt auf der Haut. Ich schwitze.

Rastegar. Jemand flüstert ihren Namen im Traum, und ich schrecke hoch, in Schweiß gebadet.

Rastegar.

Sie muss die Wahrheit erfahren.

Sonst war alles umsonst. Mein verpfuschtes Leben, Leanders Tod. Alles, alles.

Ich richte mich auf. Die Sonne hat meine zerrissenen Sachen getrocknet. Meine Wunde schmerzt. Ich will nicht wissen, ob sie eitert oder blutet, erst muss ich meine Mission erfüllen. Ich krieche ins eisige Wasser, ohne nachzudenken, ohne einen letzten Blick auf Leander. Ich kann das jetzt nicht, ich kann ihn jetzt nicht ansehen: das kalkweiße Gesicht und den blutverschmierten Hinterkopf.

Zu viel. Zu mächtig.

Aber dann drehe ich mich doch um, während mich der Fluss wegtreibt.

Das Inselchen mit den leuchtend weißen Steinen ist leer.

Er ist weg.

Der Fluss beschreibt einen engen Bogen, und auf diese Weise werde ich zum Ufer getrieben, ohne mich besonders anstrengen zu müssen. Ich bekomme einen herabhängenden Ast zu fassen und hieve mich hoch. Ich spüre Halt unter den Füßen und krieche schließlich die Böschung hoch, nass, verdreckt, geschunden, aber lebendig.

Sina und Gronberg finden nach zwei Stunden in Jensens Bettrahmen insgesamt 38 Schwarz-Weiß-Fotos. Jensen hat dort, vermutlich mithilfe einer Stichsäge und einer Bohrmaschine, einen Hohlraum erstellt, den er von unten mit einem passgenauen Holzstück verschloss – so passgenau, dass man ihn nur mit einem Messer öffnen kann. Winzige Kratzer beweisen das.

Die Fotos sind in Plastik laminiert – für häufigen Gebrauch, denkt Sina schaudernd – und zeigen nackte Jungen in eindeutig sexuellen Posen. Sie schätzt ihr Alter auf 12, 13 Jahre.

»Verdammt«, sagt Sina.

»Ja«, sagt Gronberg. Er wirft die Fotos aufs Bett, wo sie sich auffächern zu einer Collage aus Beinen, Armen, Geschlechtsorganen, erschrockenen und angeekelten Gesichtern.

»Auf dem Computer ist wahrscheinlich noch viel mehr Material«, sagt Sina.

Gronberg sagt: »Wer hat den Computer verschwinden lassen? Er selber?«

»Jensen liegt im Koma. Das kann er nicht selber gemacht haben. Er muss einen Komplizen haben.«

»Wahrscheinlich ist diese ganze Schule sein Komplize«, sagt Gronberg mit angewiderter Miene.

»Fangen wir mit dem Rektor an. Alles läuft bei ihm zusammen.«

»Sollen wir ihn vorladen?«

»Noch nicht«, sagt Sina. »Wenn er so ist, wie ich ihn einschätze, ist er ein ziemlich raffinierter Lügner. Ich will erst etwas über ihn in der Hand haben. Setz Florian auf ihn an. Ich will wissen, wo Mergentheimer herkommt, ob es polizeiliche Einträge über ihn gibt, ob er verheiratet war, ob er Kinder hat, seit wann er in Thalgau ist. Also im Prinzip alles, was wir herausfinden können, ohne direkt mit ihm zu sprechen. Florian soll dafür sämtliche Unterlagen der Schule durchgehen. Das alles passiert immer noch im Rahmen des Durchsuchungsbeschlusses, wir müssen also kein großes Aufhebens darum machen. Kannst du das veranlassen?«

»Und du?«

»Ich fahre zu den Eltern von Sophie Obernitz. Ich denke, heute Abend bin ich zurück. Du hältst mich auf dem Laufenden. Und ich dich.«

»In Ordnung.«

Sophie Obernitz' Eltern leben in einem alten Haus, dessen Garten so verwildert ist, dass er fast verwunschen wirkt. Saskia Obernitz öffnet Sina die Tür. Sie hat seit ihrem letzten Gespräch abgenommen, und ihr Gesicht wirkt müde und verzweifelt.

»Ich bin froh, dass Sie da sind«, sagt sie.

»Es tut mir leid, dass ich Sie noch mal belästigen muss«, sagt Sina.

»Bitte kommen Sie herein. Natalie ist auch schon da.«

»Natalie?«

»Meine Tochter Natalie, Sophies ältere Schwester. Sie hat Ihnen etwas zu sagen.«

12

Abends beruft Sina eine Konferenz für sieben Uhr morgens ein. Nachdem sie mit Florian und anderen Mitgliedern der Sonderkommission Johansson gesprochen hat, veranlasst sie, dass auch sämtliche Teilnehmer der Sonderkommission anwesend sind.

Am nächsten Morgen drängen sich also 27 Menschen im Konferenzraum.

Sina stellt sich nach vorne. Schaut auf die vielen Männer und die wenigen Frauen, die vor ihr sitzen. Leo sitzt in der ersten Reihe, er sieht sie ermutigend an. Neben ihm Florian, der einen großartigen Job gemacht hat, und dann Gronberg, der um Jahre verjüngt wirkt.

»Ich weiß«, beginnt Sina, »dass mich in Leyden nicht besonders viele Leute mögen.« Sie holt tief Luft, es ist nicht gerade normal, eine Fallbesprechung so anfangen zu lassen.

»Um nicht zu sagen, nicht ausstehen können.« Sie lächelt. Jetzt kommen ein paar verstohlene Lacher aus dem Publikum.

»Leyden ist meine Heimatstadt. Ich würde nirgendwo anders leben wollen. Es gibt keine schönere Stadt. Aber hier ist auch einiges passiert, das nicht so schön war. Und wir sind jetzt dabei, das aufzuarbeiten. Und je mehr wir bohren, desto mehr entdecken wir. Aber vielleicht hat das auch einen heilsamen Effekt.«

»Rastegar?« Das ist ihr Chef in der zweiten Reihe, direkt hinter Leo. Sie sieht ihn an.

»Ja?«

»Wie wär's, wenn Sie einfach zur Sache kommen?«

Es gibt ein paar mehr Lacher.

»Ich glaube, das gehört zur Sache«, sagt Sina, und die Lacher verstummen. Schließlich ist es so still, als wäre sie ganz allein, und trotzdem ist etwas da. Eine sirrende Spannung, als stünde der Raum unter Strom.

»Fangen wir mit Lukas Salfeld an«, sagt Sina. Jemand hustet, jemand verschiebt seinen Stuhl, jemand räuspert sich.

»Salfeld«, fährt Sina fort, »heißt jetzt mit Billigung der Behörden Lukas Larache. Larache stand unter Beobachtung, allerdings gab es kein Budget für eine 24-Stunden-Überwachung. So konnte es passieren, dass sich Larache unter diesem Namen einen Job im Landschulheim Thalgau gesucht hat. Den Grund kennen wir nicht, denn Larache ist zurzeit unauffindbar. Sicher ist nur: Er hat den Hausmeister Frank Leyerseder vertreten, der wegen Krankheit für ein paar Wochen ausgefallen ist. Frank Leyerseder war während der Vorfälle der letzten Wochen in Südfrankreich, wo er seine kranke Mutter pflegen musste. Er hat aber aus Pflichtbewusstsein zwischendurch mehrmals im Internat angerufen. Sein letzter Anruf erfolgte vor sieben Tagen. Frau Menzel erklärte ihm, dass Larache fristlos gekündigt habe und die Schule seinen aktuellen Aufenthaltsort nicht kenne. Das wiederum bestätigte mir der Rektor der Schule, Anton Mergentheimer, in seiner ersten Zeugenvernehmung. Dabei handelt es sich, wie wir heute wissen, um eine Falschaussage. In Wirklichkeit befand sich Larache zu dem genannten Zeitpunkt auf der internatseigenen Krankenstation. Mergentheimer hat gestanden, dass Larache den Missbrauch eines Schülers durch den Lehrer Christian Jensen beobachtet hat. Verena Schwarz schlug ihn mit einem Ast bewusstlos und alarmierte anschließend Mergentheimer. Beide transportierten den Bewusstlosen mithilfe der diensthabenden Krankenschwester auf die Krankenstation. Die Krankenschwester rasierte Larache in Anwesenheit Mergentheimers und Schwarz', um seine Wunden besser versorgen zu können. Ben, machst du kurz weiter?«

Gronberg steht auf und stellt sich neben sie. »Ich habe Verena Schwarz vernommen, sie ist ebenfalls geständig. Nach der Rasur kam Verena Schwarz Lukas Laraches Gesicht bekannt vor. Sie googelte den Namen Lukas Salfeld noch auf der Krankenstation. Es ist zwar nur ein relativ unscharfes Foto von ihm im Umlauf, aber die Ähnlichkeit ist sichtbar, wenn man einen entsprechenden Verdacht hat. Nun überprüften Mergentheimer und Schwarz die Angaben Laraches, die er bei seiner Einstellung gemacht hatte, und stellten durch entsprechende Recherchen schon am nächsten Tag fest, dass wesentliche Punkte nicht korrekt waren. Larache konnte also nicht Larache sein – und passte es nicht sehr gut ins Bild, dass sich jemand mit Salfelds Vorgeschichte in einem Internat einschlich, wo es junge Mädchen zuhauf gab?

So oder so: Nachdem der mutmaßliche Salfeld den Missbrauch durch Christian Jensen beobachtet hatte, konnte man ihn nicht einfach wieder laufen lassen oder ihn gar der Polizei ausliefern. Der Ruf der Schule stand auf dem Spiel; Jensen war schon viel zu lange im Internat als Lehrer tätig, als dass man von einem Einzelfall hätte ausgehen können. Mergentheimer und Schwarz wussten: Sobald dieser Fall an die Öffentlichkeit kommen würde, würden sich wahrscheinlich nicht nur andere missbrauchte Schüler melden, es würde erneut um die beiden Selbstmorde herum ermittelt werden, das wiederum würde einen Rattenschwanz an Konsequenzen nach sich ziehen und in der Folge voraussichtlich das Ende der Schule bedeuten. »Also«, fuhr Sina fort, »musste der Mann, den sie als Salfeld erkannt hatten, auf irgendeine Weise unschädlich gemacht werden. Sie entwickelten einen raffinierten Plan, bei dem sie sich nicht selbst die Finger schmutzig machen mussten. Sie mussten nur eine attraktive

Schülerin finden, deren Aufenthalt im Internat aufgrund eigenen Fehlverhaltens gefährdet war, und sie als Köder einsetzen, um die Dämonen, die Salfeld jahrzehntelang in Schach halten konnte, wieder freizulassen. Anfangs schien alles zu funktionieren, weil Salfeld gezielt unter Drogen gesetzt wurde. Als zusätzliche Maßnahme wurde sein Handy derart manipuliert, dass er niemanden mehr anrufen konnte.«

»Wie haben sie das gemacht?«, fragt jemand aus dem Publikum.

»Genial einfach«, sagt Sina. »Sie entfernten seine SIM-Karte, ersetzten sie durch die eines Prepaidhandys und verkürzten zusätzlich alle von Salfeld gespeicherten Rufnummern um die letzte Zahl. Bei seinem veralteten Handymodell führte das dazu, dass bei jedem getätigten Anruf das Besetztzeichen ertönte. Gleichzeitig war seine eigene Rufnummer auf diese Weise nicht mehr existent. Damit schlugen sie mehrere Fliegen mit einer Klappe. Salfeld war ihr Gefangener, aber er ahnte nichts davon, also bestand auch keine echte Fluchtgefahr. Sie schafften es, ihn in dem Glauben zu lassen, dass er jederzeit jemanden über seinen Aufenthaltsort informieren konnte. Was in Wirklichkeit nie der Fall war. Natürlich konnten sie das nicht ewig durchziehen. Drogen hin oder her, irgendwann würde Salfeld misstrauisch werden.«

»Es kam also«, übernahm jetzt Gronberg das Wort, »zu der verhängnisvollen Nacht, in der Salfeld von dieser Schülerin, deren Namen wir aus naheliegenden Gründen schützen wollen, in den Wald gelockt wurde. Christian Jensens Aufgabe sollte darin bestehen, Salfeld in flagranti zu fotografieren und anschließend zu töten. Wer diesen Mordauftrag erteilt hat, wissen wir noch nicht mit letzter Sicherheit. Verena Schwarz behauptet, es wäre Mergentheimer gewesen, Mergentheimer bestreitet das. Da besteht noch Ermittlungsbedarf. Sicher ist: Salfeld musste endgültig zum Schweigen gebracht werden. Jensen wäre ein Held und hätte anschließend – das war der Deal – die Schule in aller Stille verlassen und sich nie mehr bei einer Institution beworben, in der Jungs unter sechzehn Jahren unterrichtet werden. Doch es lief alles anders als geplant. Salfeld gelang die Flucht, Christian Jensen wurde schwer verletzt. Wir vermuten, dass Laraches Sohn dahintersteckt. Und jetzt bist du dran, Florian.«

Florians Kopf ist hochrot und seine Hände zittern, als er aufsteht und sich neben sie stellt. Aber seine Stimme ist fest und klar. »Ganz offensichtlich gibt es einen Zusammenhang zwischen den Vorfällen in Thalgau und dem Mord an Margarete Johansson. Da wir mittlerweile sicher wissen, dass sich Salfeld zum Zeitpunkt der Tat auf der Krankenstation Thalgaus befand, kommt er als Täter nicht mehr infrage. Inzwischen haben sich aber neue Spuren aufgetan. Ich – äh – fasse sie jetzt mal zusammen. Die wichtigste Erkenntnis zuerst: Margarete Johansson war von 1992 bis 1996 Rektorin von Thalgau. Im selben Zeitraum besuchte Lukas Salfelds Sohn René R. Kalden das Internat. Leander Kern.«

Erst nach einiger Zeit merke ich, dass ich schluchze. Der Mann, der keine Gefühle hat: Er stellt nun fest, dass Weinen anstrengend ist. Es verursacht Krämpfe bis tief in Zwerchfell und Magen und raubt zusätzlich den Rest dringend benötigter Atemkapazität. Ich kann trotzdem nicht damit aufhören. Ein Automatismus, eine physische Stressreaktion auf die extremen Schmerzen, die nicht mehr lokalisierbar sind, weil sie sich überall befinden. Von den Haarspitzen bis zu den Zehen bin ich eine Hochempfindlichkeitszone, jeder einzelne Schritt wird zur raffinierten Folter eines Körpers, der mir die Endlichkeit vor Augen führt.

Dieser Wald ist mein Grab, ich will es nur noch nicht wahrhaben.

Aber wäre das so schlimm? Die demoralisierende Kraft der

Qual, denke ich, während ich weiterstolpere in dem Wissen, dass Ausruhen den Tod bedeuten würde. Wenn ich mich hinlege, stehe ich nicht mehr auf, so viel ist sicher. In Bewegung bleiben ist die einzige Option.

Warum will ich nicht sterben?

Rastegar. Ich liebe sie, denke ich in meinem kranken Hirn. Sie ist die Schwester, die ich nie hatte, die Mutter, nach der ich mich sehnte, die Freundin, der ich alles sagen kann. Meine Retterin. Die Tränen laufen mir die Wangen entlang, ich spüre, wie sich mein Gesicht verzerrt, und verachte mich für den jämmerlichen Anblick, den ich zweifellos biete. Meine Würde. Sie war mir immer so wichtig und entpuppt sich jetzt als Chimäre.

Es wird ein wenig heller hinter den mit allem möglichen Zeug bewachsenen Stämmen.

Und noch ein wenig heller.

Ich bleibe kurz stehen, keuchend und laut heulend wie ein Kind. Das Schrecklichste wäre jetzt enttäuschte Hoffnung. Ich schwanke, kurz davor, umzufallen. T-Shirt und Jogginghose hängen in nassen Fetzen an mir herunter.

Ich stolpere weiter, auf die Helligkeit zu. Und wirklich, das Wunder ist geschehen. Die Bäume lichten sich. Eine Wiese. Es riecht nach Erde. Ich sehe mich um und erkenne hinter den Tränenschlieren etwas, das aussieht wie ein Haus. Ich laufe darauf zu. Erst, als ich direkt davor stehe, erkenne ich es wieder. Es ist das Haus, aus dem ich geflohen bin.

Es gibt nur noch den Wald, das Haus, Leander und mich. Der Rest der Welt ist für mich nicht mehr zugänglich. Ich gebe auf und drücke auf die Klingel neben der Haustür aus gebürsteter Bronze. Ein melodisches Geräusch ertönt, das sich bis in die entferntesten Ecken auszubreiten scheint, die Wände als Resonanzkörper nützend.

Ich schwanke. Das Geräusch verklingt in einem feinen, hohen Ton und nichts passiert. Ich gehe einen Schritt zurück.

Die Tür kommt mir entgegen. Ich glaube an eine Sinnestäuschung, aber es ist real. Die Tür steht einen Spalt offen, ich muss nur hineingehen.

Ich stehe in der dämmerigen Diele. Allein. Kein Geräusch, außer meinem eigenen Atem.

Ich bin in einem Bad, das mit Fliesen aus Granit verkleidet ist. Alles ist schwarz, selbst die Badewanne. Aus einem Schlitz hoch über meinem Kopf direkt unter der Decke kommt blasses Sonnenlicht herein. Ich dusche mir Dreck und Blut mithilfe eines wohlriechenden Duschgels ab. Im Badezimmerschrank finde ich Verbandsmaterial, Desinfektionsmittel und Pflaster. Ich behandele damit meine Wunde über der Niere. Sie ist rot und geschwollen und schmerzt höllisch. Vielleicht habe ich eine Blutvergiftung. Ich denke nicht weiter darüber nach. Das Schluchzen hat aufgehört, dafür bin ich bleischwer vor Erschöpfung. Ich finde eine Schachtel Ibuprofen und schlucke drei Tabletten und schließlich noch eine vierte. Ich finde ein Breitbandantibiotikum und schlucke auch davon zwei Tabletten.

Ich liege in einem frisch bezogenen Bett, dessen Bezug trotzdem leicht staubig riecht, als wäre hier ewig niemand mehr gewesen. Ich schlafe wie tot. Ich wache auf, es ist dämmerig. Morgens oder abends? Keine Ahnung. Ich horche auf menschliche Geräusche, ein Husten, ein Lachen, das Klappern von Geschirr, Schritte.

Nichts.

Ich bin immer noch allein.

»Ein Zigarettenstummel«, sagt Leo, der nun neben Gronberg, Sina und Julian steht. Leo weist mit dem Laserpointer auf das vom Beamer an die Leinwand geworfene Foto. Es zeigt einen Zigarettenstummel auf Asphalt. »Die Spurensicherung hat ihn dankenswerterweise mitgenommen. Es war nicht der einzige, neben Margarete Johanssons Wohnhaus befindet sich eine Pilskneipe. Die Leute gehen zum Rauchen nach draußen. Also, wir haben alle sechzehn Stummel auf Speichelspuren, sprich DNA untersucht. Und bei einem wurden wir fündig. Sie matcht mit der DNA von Leander Kern. Lukas' Salfelds Sohn.«

»Natürlich«, sagt Sina, »ist das kein Beweis. Aber als Indiz stark genug, um ihn erneut zur Fahndung auszuschreiben. Was geschehen ist. Auch Interpol wurde benachrichtigt.«

»Wer zum Teufel war diese Margarete Johansson?«, fragt Matthias.

Sina sagt: »Richtig, dazu kommen wir jetzt.«

Ich hinke barfuß durch das leere Haus. Es ist spärlich möbliert, wie ein Domizil, das selten genutzt wird. Im Schrank »meines« Schlafzimmers habe ich Unterhosen, T-Shirts, Poloshirts in unterschiedlichen Farben, mehrere identisch geschnittene Khakihosen, Jeans und vier Anzüge gefunden. Alles scheint fast neu zu sein. Ich ziehe eine der Unterhosen, eine Khakihose und ein schwarzes Poloshirt an. Dazu blaue Slippers. Die Sachen sind mir etwas zu weit und die Schuhe etwas zu groß, aber das ist jetzt wirklich mein geringstes Problem. Im Spiegel des schwarzen Badezimmers sieht mich ein grauhaariger, hohlwangiger, hohläugiger Mann mit Kratzwunden im Gesicht und einem Fünftagebart an. Ich erkenne ihn kaum.

Ich begebe mich auf die Suche nach einem Telefon. Eine Viertelstunde später erkenne ich, dass es in diesem Haus keinen Festnetzapparat gibt, nicht einmal eine dafür vorgesehene Buxe. Es gibt kein TV-Gerät, kein Radio, keinen Computer und auch keine Anschlüsse dafür. Es gibt nichts, was den Bewohner mit der Außenwelt verbindet. Dafür finde ich aber ein Zimmer, in dem ein riesiger Flachbildschirm an der

Wand angebracht ist. An der gegenüberliegenden Wand steht ein schwarzes Sofa aus mattem Leder, und auf dem Polster liegt eine Playstation.

Wer hat dieses Haus gebaut und wofür?

»Wir erinnern uns«, sagt Sina, »dass Margarete Johansson eine hohe Summe auf ihrem Konto hatte, deren Ursprung unbekannt ist. Da die entsprechende Kontobewegung mehr als drei Jahrzehnte her ist und die Banken solche Unterlagen nicht länger als 30 Jahre aufheben, können wir nicht mehr rekonstruieren, woher das Geld kommt. Wir vermuten aber aufgrund mehrerer Indizien, dass es aus Argentinien stammt. Es ist möglich, dass Margarete Johansson im Dienst der argentinischen Junta stand. Entsprechende Anfragen an die dortigen Behörden laufen, bis jetzt allerdings ohne Erfolg. Was wir sicher wissen, ist, dass sie von diesem Geld eine Zeitlang gelebt hat. Seit Anfang der Neunzigerjahre hat sie dieses relativ stattliche Vermögen aber nicht mehr angerührt. Wir mussten also davon ausgehen, dass sie eine neue Geldquelle aufgetan hat. Florian?«

»Wir haben sämtliche deutschen Banken angefragt. Es hat ein paar Tage gedauert, weil im fraglichen Institut eine Grippewelle kursierte. Aber gestern Abend kam der Bescheid. Es handelt sich um eine kleine Frankfurter Privatbank. Margarete Johansson bezog laut deren Kontoauszügen von 1992 bis 1999 ein monatliches Gehalt als Rektorin in Thalgau. Zur selben Zeit war René R. Kalden, alias Leander Kern, dort Schüler. Wir wissen nicht, wie Johansson an diese Position gekommen ist. Wir können nach all den Jahren nicht mehr rekonstruieren, ob sie überhaupt ein Lehramtsstudium absolviert hat. Wie wissen auch nicht, in welchem Verhältnis sie zu ihrem damaligen Schüler René Kalden stand. Im Moment können wir nur Vermutungen anstellen. Die Vermutung liegt nahe, dass Margarete Johansson keine besonders beliebte Rektorin war. Insofern könnte es sich um einen Racheakt handeln. Aber all das müssen wir noch herausfinden.«

»Wir stehen also in gewisser Weise noch am Anfang«, sagt Sina. »Aber ich denke, wir sind einen Schritt weitergekommen. Jetzt zu Christian Jensen. Wir haben genug in der Hand, um ihn wegen Missbrauchs von Schutzbefohlenen anklagen zu können. Entsprechende Beweisfotos, die er in seiner Wohnung versteckt hat, liegen uns vor. Ich war außerdem gestern bei den Eltern von Sophie Obernitz, die sich vor anderthalb Wochen das Leben genommen hat.« Sina stockt, sie denkt an das schöne Haus der Obernitzens, die zugezogenen Vorhänge, um das Tageslicht auszusperren, als hätte die Familie kein Recht mehr auf Sonne, nachdem sie Sophies Selbstmord nicht verhindert hat.

»Sophie«, sagt Sina, »hat sich vor einigen Monaten ihrer Schwester Natalie anvertraut und ihr anschließend das Versprechen abgenommen, niemandem etwas weiterzusagen. Das hat Natalie ihrer Mutter vor ein paar Tagen gebeichtet. Sophie hat laut Natalie von ihrer Hausmutter einen der Schlüssel zum Glockenturm entwendet, und sie hat sich dort ein paar Mal aufgehalten. Meistens nach dem Abendessen.«

»Warum hat sie das getan?«, fragt Leo.

Sina antwortet: »Sie hatte damals keine Freunde in Thalgau und hat sich, wenn ich das richtig verstanden habe, im Glockenturm mehr oder weniger versteckt. Einfach, damit keiner merkt, dass sie abends nie etwas vorhatte. Dass sie einsam war. Unter Jugendlichen ist das eine Todsünde.«

»Einsam zu sein?« Diese Frage kommt von Matthias. Sie klingt nachdenklich.

»Ja«, sagt Sina und denkt, dass das vielleicht niemand begreifen kann, der nicht selbst einmal einsam war.

»Ich verstehe«, sagt Matthias. »Bitte fahren Sie fort.«

»An einem dieser Abende, es war ein Abend im Februar, ist

Sophie im Glockenturm eingenickt. Sie wachte auf, weil sie Stimmen hörte. Sie befand sich direkt neben dem Glockengehäuse und merkte nun, dass es plötzlich bitterkalt geworden war. Es war schon sehr spät, weit nach zehn Uhr. Sie hörte, dass sich in der Etage darunter etwas tat – jemand schloss eine Tür auf, es gab Schritte. Jemand redete unentwegt. Es war ein Mann, aber sie erkannte seine Stimme nicht. Und dann gab es Stöhnen und Schreie. Sophie bekam furchtbare Angst. Sie fror entsetzlich, traute sich aber trotzdem nicht nach unten, weil sie wusste, dass die Holztreppe uralt war und bei jedem Schritt laut knarzte. Sie kauerte also neben der Glocke und hoffte, dass das, was immer da passierte, bald vorbei sein würde. Es gab dann einen lautstarken Streit. Sophie konnte nicht verstehen, worum es ging, und sie wollte es vielleicht auch gar nicht. Einer der beiden Personen stampfte nach unten, die andere kam nach oben. Es war ein Junge aus der siebten Klasse, Sophie hat ihn erkannt. Er konnte sie nicht sehen, weil sie sich hinter einem losen Brett versteckt hat. Es vergingen ein paar Minuten, während der Junge einfach nur so dastand. Ganz steif. Dann ging er zum Fenster und öffnete es. Und sprang hinaus.«

»Sie hat diesen Vorfall nur ihrer Schwester erzählt?« Das ist wieder Matthias.

»Ja. Wir müssen das noch verifizieren, aber sehr wahrscheinlich war das der erste Selbstmord in Thalgau. Wenn man den versuchten Selbstmord, den es Monate vorher gegeben hat, nicht mitzählt. Ich habe Professor Sendermann angerufen …«

»Den Polizeipsychologen?«

»Genau. Er hat mir gesagt, dass es Schocksituationen gibt, die bei dafür anfälligen Menschen ein Trauma auslösen können, das sie aus der Bahn wirft. In der Familie Obernitz gibt es eine nähere Verwandte, die unter Schizophrenie leidet. Bei Sophie könnte dieses Erlebnis einen Schub ausgelöst haben.

Sendermann sagt, sie befand sich in einem aus ihrer Sicht unlösbaren Konflikt. Sie war überzeugt davon, dass es keinen Sinn hatte, ihre Beobachtungen zu melden, schon weil dieser Selbstmord derart geschickt vertuscht wurde, dass der Rest der Schule davon so gut wie nichts mitbekommen hat. Deshalb hat sie sich ausschließlich ihrer Schwester anvertraut. Und nachdem der Vorfall tatsächlich ohne alle Konsequenzen geblieben ist, hat Sophie möglicherweise irgendwann angenommen, dass sie sich das Ganze nur eingebildet hat. Als sie zufällig auch noch Zeugin des zweiten Selbstmords wurde, hat das ihre psychologischen Probleme verschlimmert.«

Einen Moment lang herrscht Stille in dem Raum. Sina sieht Leo an. Leo steht auf. Er sagt: »Wir haben das Ergebnis der DNA-Analyse von den Spermaspuren auf dem Sofa im Glockenturm. Es handelt sich mit 98,8-prozentiger Wahrscheinlichkeit um das Sperma von Christian Jensen, Lehrer in Thalgau.«

Ich betrete ein anderes Zimmer. Darin steht ein Jugendstil-Schreibtisch aus dunklem, fast schwarzem Holz. Ich trete näher, vorsichtig. Die sanft schimmernde Schreibtischplatte ist, wie ich es erwartet habe, mit perlmuttfarbenen Intarsien in Form von geschwungenen Linien verziert, die aussehen wie das kunstvolle Rankenwerk einer Fantasiepflanze. Als Kind bin ich mit den Fingern die Linien entlanggefahren.

Ich tue es wieder und spüre die Ranken als winzige Vertiefung in der Politur.

Ich bin wieder zehn oder elf Jahre alt, das Fenster ist gekippt, ein lauer Wind weht herein, erfasst mich wie eine zärtliche Berührung. Mein Vater ist nicht zu Hause, und eigentlich darf ich sein Arbeitszimmer nicht betreten. In der Regel ist es sowieso abgeschlossen. Aber heute hat er es wohl vergessen. Ich schließe die Augen und rieche sein Aroma aus Leder und kaltem Zigarrenrauch.

Ich erinnere mich: Ich war glücklich in diesem Zimmer. Nach einigen Minuten verließ ich es auf Zehenspitzen und zog die Tür vorsichtig hinter mir zu.

Aber jetzt bleibe ich stehen. Öffne eine der beiden Schubladen unter der Schreibtischplatte, dann die zweite. Die erste ist leer, in der zweiten liegt ein dickes Bündel mit 50-Euro-Scheinen und daneben ein mit dunkelblauer Tinte beschriebener Brief, offen, wie eine Aufforderung. Ein Brief, der gefunden werden will.

Ich lese die Anrede.

Hi Lukas.

Ich drehe den Brief um, er ist mit Leander unterschreiben. Ich sehe zum ersten Mal die Handschrift meines Sohnes. Sie ist kühn, leicht lesbar, vollkommen gleichmäßig.

Fühl dich wie zu Hause. Denn das bist du. Spürst du es schon? Ich habe uns ein Heim geschaffen. Das wäre eigentlich dein Job gewesen. Aber gut, du warst ja verhindert.

Das sind die ersten Sätze.

Ich setze mich auf den Schreibtischstuhl und lese weiter.

Epilog

Liebe Sina Rastegar,
ich mag es, Ihren Namen zu schreiben. Ich liebe Sie. Natürlich nicht auf die übliche Weise, keine Sorge. Es geht viel tiefer. Es ist eine Verwandtschaft im seelischen Sinn, basierend auf der Tatsache, dass Sie mich besser als jeder andere Mensch kennen und sich trotzdem mit mir abgegeben haben. Darüber hinaus erkenne ich Ihre Einsamkeit, wie Sie die meine. Lassen Sie mich also Ihr Bruder im Geiste sein, schon aus Dankbarkeit für Ihr Vertrauen. Wir sind beide schwerverletzte Geschöpfe, die trotzdem nicht den Kopf eingezogen, sondern sich dem Kampf gestellt haben. Vielleicht sehen Sie diese Verbindung nicht, aber ich spüre sie immer stärker.

Das Krankenhaus ist ein Altbau aus den Dreißigerjahren des letzten Jahrhunderts. Von außen wirkt er elegant. Innen herrscht die übliche Tristesse aus labyrinthischen Gängen, Neonbeleuchtung und dem Geruch nach übermäßig eingesetzten Desinfektionsmitteln, die längst an Wirksamkeit eingebüßt haben. Die Wände waren einmal gelb, vermutlich um der Trostlosigkeit einen sonnigen Anstrich zu verleihen. Mittlerweile sind sie ockerfarben und an einigen Stellen bräunlich.

Christian Jensen wurde aus der Intensivstation entlassen und liegt jetzt auf der Normalstation. Vor seinem Zimmer sitzen zwei Polizisten. Er ist noch schwach, aber ansprechbar und außer Lebensgefahr. Sein Allgemeinzustand ist den Umständen entsprechend gut, die Ärzte erwarten seine völlige Genesung.

Es ist Sinas zweiter Besuch. Der erste verlief ohne Ergebnis, weil Jensen sich nicht zur Sache äußerte. Und auch sonst nicht. Er sprach einfach kein Wort mit ihr. Später heuerte er vom Krankenbett aus einen Anwalt an, der bei der heutigen Vernehmung dabei sein wird.

Dort, wo ich bin, liebe Sina Rastegar, werden Sie mich nicht orten können. Ich besitze weder ein Telefon noch einen Computer noch einen Fernseher. Ich bin zu hundert Prozent offline. Ich habe eine Zeitreise in die analoge Vergangenheit unternommen. Deshalb ist dieser Brief mit der Hand geschrieben, ich hoffe, Sie können ihn entziffern.
Wie auch immer, ich entnehme der örtlichen Zeitung (ja, eine echte Zeitung auf knittrigem, dünnem Papier, das abfärbt, wenn die Hände verschwitzt sind!), dass Sie das Komplott dieses Sündenpfuhls namens Thalgau, das übrigens auf die unangenehmste Weise mit den Abgründen Leydens korreliert, zumindest ansatzweise durchschaut haben. Ich habe einen sehr bescheidenen Beitrag dazu geleistet, aber die Hauptarbeit haben Sie erledigt, wie immer. Vielleicht werden Sie mir eines Tages berichten können, wie Sie die Puzzleteile zusammengetragen haben. Bis dahin verneige ich mich vor Ihrem Scharfsinn.

Sina begrüßt die Polizisten und fragt sie nach Vorkommnissen.

»Nix«, sagt der eine und zückt seinen Block. »Aber der Anwalt ist drin.«

»Seit wann?«

»Halbe Stunde ungefähr. Er heißt Kant.«

»Kant?«

»Dr. Kant. Vorname Anton.« Der Polizist liest von seinem Block ab. »Die Kanzlei heißt Kant, Bentheim & Seitz. Wir haben das kontrolliert.«

»Danke«, sagt Sina. »Eure Ablösung ist schon unterwegs. Falls wir uns nicht mehr sehen, schönen Feierabend.«

»Danke gleichfalls«, sagt der Polizist.

Sina klopft und wartet.

Von innen hört sie ein leises Herein. Sie öffnet die Tür. Jensen liegt alleine in einem Eckzimmer im sechsten Stock mit zwei großen Fenstern, die man nur kippen kann. Bei schönem Wetter sieht man hier einen spektakulären Sonnenuntergang, aber heute ist es bedeckt.

Der Anwalt sitzt neben Jensens Bett. Er trägt schmal geschnittene anthrazitfarbene Anzughosen und ein weißes, am Hals geöffnetes Hemd. Der dazugehörige Blazer hängt schlapp über seiner Stuhllehne. Kant sieht aus wie Mitte dreißig, seine Augen sind sehr blau mit langen, schwarzen Wimpern, die wie gefärbt aussehen. Auf seinem Schoß liegt ein iPad. Er legt es auf die Bettdecke, als er aufsteht und ihr die Hand gibt.

»Kant. Schön, Sie kennenzulernen.«

Leider werden wir uns in nächster Zeit nicht wiedersehen. Das ist eine notwendige Maßnahme, denn sonst könnte ich Ihnen die volle Wahrheit nicht mitteilen, und das möchte ich unbedingt. Es gibt nämlich noch ein paar Informationen, die Sie nicht haben, und die ich in einer Vernehmung von Angesicht zu Angesicht nicht preisgeben würde. Seien Sie mir nicht böse, wenn ich sie noch etwas herauszögere. Es macht mir Freude, Ihnen zu schreiben. Ich habe so lange keine längeren Texte mehr mit der Hand verfasst, aber wie Sie sehen, wird meine Schrift von Wort zu Wort flüssiger. Ich hoffe, Sie überspringen die Zeilen nicht. (Wie ich Sie kenne, tun Sie gerade genau das. Lassen Sie es! Schenken Sie mir nur diese paar Minuten Aufmerksamkeit.)

Ich sitze an einem Tisch unter einem Pflaumenbaum, dessen Früchte noch ganz klein, hart und grün sind. Um mich herum ist alles grün in den unterschiedlichsten Schattierungen, nur

das Gras hat durch die lange Trockenheit gelitten und weist einen unschönen Gelbstich auf. Es gibt einen Rasensprenger, den ich jeden Abend betätige. Ansonsten ist es absolut still in diesem abgelegenen Weiler. Hier hat Leander uns eine Heimat geschaffen, von der ich nichts ahnte. Ich habe kein Auto, aber immerhin ein Fahrrad, mit dem ich zwei- bis dreimal wöchentlich eine halbe Stunde bis zum nächsten Supermarkt fahre, um mich dort mit dem Lebensnotwendigen einzudecken.
Mich. Und meinen Enkel. Es sind ja Ferien.

»Hallo Herr Kant«, sagt Sina. Sie wendet sich Jensen zu, der aufrecht im Bett sitzt und sie mit hasserfüllten Blicken bedenkt.

»Herr Jensen?«

Jensen schließt die Augen und dreht den bandagierten Kopf zum Fenster. Trotz des trüben Wetters ist es gleißend hell, das harte Tageslicht fällt auf sein blasses, durch die Medikamente leicht aufgeschwemmtes Gesicht.

»Mein Mandant möchte sich zur Sache nicht äußern«, sagt Kant.

»Heißt das, dass er die Aussage verweigert?«

»Ja, laut Paragraph 163 a.«

»Sie sind informiert, was ihm zur Last gelegt wird?«

»Ich beantrage Akteneinsicht«, sagt Kant.

»Kein Problem. Zusammengefasst geht es um sexuellen Missbrauch von Kindern unter 14 Jahren in mindestens neunzehn Fällen. Entsprechende Fotos haben wir in der Wohnung Ihres Mandanten gefunden.«

»So.«

»Dazu kommt ein Tötungsdelikt. Wenn Ihr Mandant kooperiert …«

»Ein Tötungsdelikt?« Zum ersten Mal wirkt Kant verwirrt.

»Das ist richtig«, sagt Sina. »Es gibt einen Zeugen, der

gesehen hat, wie Ihr Mandant im Thalgauer Wald die Schülerin Sophie Obernitz dazu veranlasst hat, auf einen Schemel zu steigen und sich eine Schlinge um den Hals zu legen. Anschließend hat er dem Schemel einen Stoß versetzt und Sophie an den Beinen festgehalten, so dass sie sich nicht mehr befreien konnte. Diese Aussage reicht für eine Anklage wegen Totschlags in besonders schwerem Fall. Abgesehen davon haben wir Sophies Handy im Garten Ihres Mandanten gefunden. Er hatte es zerstört und vergraben, aber wir konnten einige Informationen auf der Simcard wiederherstellen und so feststellen, dass es ihres war.«

»Wer ist der Zeuge?«

»Einer der Jungen, die Ihr Mandant an besagtem Abend in der Nähe des Tatorts missbraucht hat. Er ist bereit, vor Gericht auszusagen.«

»Ich werde mich mit meinem Mandanten beraten.«

»Ein Geständnis kann sich strafmildernd auswirken.«

»Wir beraten uns.«

»Ich warte auf Ihren Bescheid. Hier ist meine Nummer. Ihr Mandant bleibt in Untersuchungshaft. Sobald es sein Zustand erlaubt, wird er in die Justizvollzugsklinik verlegt.«

»Dafür haben Sie einen richterlichen Beschluss?«

»Natürlich. Es besteht Fluchtgefahr. Außerdem gibt es Menschen, die Angst vor Ihrem Mandanten haben. Wir kennen vermutlich noch längst nicht alle seine Opfer.«

Was ich Ihnen nun schreibe, sollten Sie nicht falsch verstehen. Es ging nicht darum, Sie zu manipulieren. Aber wo Sie nun schon einmal da waren (gemeint ist Thalgau, aber das haben Sie sicher verstanden), sollten Sie auf die richtige Spur gebracht werden. Diese Aufgabe hat mein Enkel übernommen. Natürlich ahnte ich das zu diesem Zeitpunkt nicht (glauben Sie mir das bitte, ich habe keinen Grund, Sie anzulügen).

Dass Sie im Internat zu ermitteln versuchten, war ein glücklicher Zufall, der Schlimmeres verhinderte. Warum, erfahren Sie gleich. Vorab noch dies: Mein geliebter missratener Sohn war zu diesem Zeitpunkt bereits in Leyden und beschattete Margarete Johansson mit dem Ziel, sie zu töten. Wie Sie offenbar herausgefunden haben, war Johansson in den Neunzigerjahren Rektorin in Thalgau. Wenn Sie weiter ermitteln – und das können Sie, schließlich haben Sie Jensen in Gewahrsam, und er hat Margarete Johansson noch mindestens ein Jahr lang im Amt erlebt –, werden Sie feststellen, dass sie unter den Schülern berüchtigt war für ihre sadistischen Erziehungsmethoden. Was noch dahintersteckte? Ich gebe zu: Ich weiß es nicht. Noch nicht. Aber ich werde es herausfinden. Das wird meine nächste Mission sein. Und vielleicht helfen Sie mir ja dabei.

Aber nicht jetzt sofort. Jetzt lassen wir einander erst einmal in Ruhe.

Sina fährt nach Hause. Sie muss heute pünktlich sein, Leo kocht und Katja und Peter sind eingeladen. Es gibt Coq au Vin. Sie hat sich noch nie mit den Feinheiten französischer Küche befasst. Sie ist ohnehin keine große Esserin. Üppige Mahlzeiten zu verzehren und dabei auch noch Konversation zu machen, strengt sie zusätzlich an. Aber Leo hat ihr zu verstehen gegeben, dass solche Verpflichtungen zwingend zu einer Beziehung gehören, jedenfalls einer Beziehung, wie Leo sie sich vorstellt. Außerdem wird Sina Katja wiedersehen und sich dafür entschuldigen können, dass sie sie im Lokal einfach hat sitzen lassen.

Und das ist wichtig.

Sina fährt ein paar Mal um den Block, bis sie eine winzige Parklücke findet, und ihren ganzen Ehrgeiz darin setzt, das Auto perfekt einzuparken.

Nach dem geglückten Manöver bleibt sie noch ein paar Sekunden lang im Auto sitzen, ganz allein mit sich, Löcher durch die Windschutzscheibe starrend.

Leander war ein schwieriger, renitenter Junge und wurde mehr als einmal Margarete Johanssons Opfer. Damals konnte er sich noch nicht wehren. Seine Großeltern waren keine Hilfe. Wenn ich seine knappen Berichte korrekt interpretiere, haben sie ihn nach allen Regeln der Kunst abgeschoben, sobald sie feststellten, dass er seinem Vater mehr als nur ein bisschen ähnlich war. Sie wollten nicht wissen, wie es ihm ging. Sie wollten ihn genauso loswerden wie mich.

Aber nun zurück in die Gegenwart. Leanders Sohn – ich nenne ihn der Einfachheit halber Tim – befand sich seit Beginn des Schuljahres im Internat. »Tim« ist das Resultat einer Affäre meines Sohnes. Die junge Mutter lebt seit mehreren Jahren wieder in Osteuropa und hat dadurch von dem grausamen Treiben Leanders nichts mitbekommen. Insofern konnte Leander seinen Sohn finanziell unterstützen und ihn sogar, während die halbe Welt hinter ihm her war, besuchen.

Tim liebt seinen Vater. Er weiß nicht, was er getan hat, nur dass er von der Polizei gesucht wird. Natürlich kennt er auch nicht Leanders richtigen Namen. Die Tim-Version lautet, dass sein Vater sich aufgrund von Steuerschulden ins Ausland absetzen musste, und deshalb immer nur sporadisch in seinem Leben auftauchen kann. Die Ferien verbringt er teilweise hier, in dieser wunderbaren, gottverlassenen Einsamkeit, teilweise bei seiner Mutter. Jetzt ist er gerade hier. In ein paar Minuten werden wir durch den Wald zum Fluss laufen und dort schwimmen und vielleicht ein bisschen angeln. Es gibt hier keine anderen Spielkameraden für ihn, aber in seiner anderen Heimat hat er viele Freunde, also ist es schon in Ordnung, dass er ein bisschen Zeit mit seinem Großvater verbringt.

Vielleicht ahnen Sie schon, worauf ich hinauswill. Tim ist der Junge, der Sie dazu veranlasst hat, weiter zu ermitteln. Das war einerseits gut. Denn sonst wäre Jensen schon ein paar Wochen früher einen sehr grausamen Tod gestorben. Andererseits wäre Sophie vielleicht noch am Leben. Jedenfalls hatte Lean-

der bereits alles vorbereitet. Tim gehörte zu diesem Plan, er war Leanders Augen und Ohren in Thalgau. Tim ist ein toller Junge. Ein fantastischer Beobachter und ein guter Schauspieler, der sich in den richtigen Momenten unsichtbar machen kann. Am Ende der Sommerferien wird er zurückkehren nach Thalgau. Sie könnten ihn ausfindig machen, wenn Sie das wollten. Aber warum sollten Sie das tun? Ich weiß auch, dass Sie ihn nie benutzen würden, um an seinen Vater heranzukommen.
Nein, das würden Sie nicht tun, ich kenne Sie. Sie sind selbst versehrt, Sie wissen doch, was Sie damit in ihm anrichten würden. Möchten Sie diejenige sein, die Tim erklärt, was sein Vater wirklich ist? Und sein Großvater? Und sein Urgroßvater? Leander würden Sie auf diese Weise sowieso nicht habhaft werden. Er ist zu schnell, zu gerissen und zu skrupellos für einen schwerfälligen Polizeiapparat. Und daran können nicht einmal Sie etwas ändern. Das System ist immer stärker als der Einzelne.
Sie würden Tims Leben vernichten, ohne Leander zu finden. Ich resümiere: Es lohnt sich einfach nicht, dieses Risiko einzugehen.
Aber ich, ich muss Tim im Auge behalten. Das ist meine zweite Mission. Er darf nicht enden wie sein Vater und sein Großvater. Noch ist er jung und formbar, und genetische Vorgaben bestimmen nur zur Hälfte einen Charakter: An diese Erkenntnis klammere ich mich. Es geht darum, dass Tim glücklich bleibt, und dafür werde ich alles tun. Glückliche Kinder sind weniger anfällig. So lange das gewährleistet ist, bin ich zuversichtlich. Gestern habe ich ihn dabei beobachtet, wie er mit einer Pinzette einer Spinne alle Beine ausriss, eins nach dem anderen. Ganz langsam und sorgfältig. Er betrachtete anschließend jedes Bein durch eine Lupe und wirkte dabei versunken wie ein Forscher über seinen Petrischalen.
Es ist normal, für sein Alter ist das normal.

Oder?

Ich habe Angst um ihn. Auch das sollen nur Sie wissen: Zum ersten Mal habe ich Angst um einen Menschen. Wenn das Liebe ist, kann sie mir gestohlen bleiben. Aber ich fürchte, aus der Nummer kommt man nicht so einfach wieder heraus. Liebe ist wie ein Krake. Wen ihre Tentakel im Griff haben, der ist verloren.

Sina öffnet die Autotür. Es hat angefangen zu nieseln, der Himmel ist dunkel wie vor einem Gewitter, aber die Luft ist warm. Sina geht langsam die Straße hinunter zu ihrer und Leos Wohnung. Leo hat ihr gestern Nacht gesagt, dass er gerne ein Kind hätte. Mit ihr. Und Sina, die noch nie zuvor an so eine Möglichkeit gedacht hat, hat zumindest nicht gleich Nein gesagt. Das hat sie sich bei Leo angewöhnt. Nicht gleich Nein zu sagen, stattdessen abzuwarten, ob bestimmte Ideen in ihr Wurzeln schlagen. Denn nur weil sie es sich bisher nicht vorstellen konnte, heißt das nicht unbedingt, dass es nicht möglich ist.

»Sina!«

Eine helle Frauenstimme. Sina holt ihren Schlüssel aus der Tasche und hebt langsam den Blick. Im dritten Stock steht Katja am Fenster ihrer Wohnung und schaut zu ihr herunter.

»Na, endlich.«

»Wieso?«

»Der Vogel ist fertig. Auf den Punkt gegart. Der Tisch ist gedeckt. Wäre übrigens deine Aufgabe gewesen. Komm endlich hoch. Peter hat Champagner mitgebracht, und bevor du nicht da bist, macht er ihn nicht auf.«

Kommen wir, liebe Sina Rastegar, zu meiner dritten Mission, die Leyden betrifft, diese schönste und schrecklichste Stadt der Welt. Besser gesagt: Kommen wir noch nicht gleich dazu. Davon werde ich Ihnen erst berichten, wenn wir uns wieder sprechen. Das kann morgen oder in drei Jahren sein. Das hängt von ein paar Dingen ab, deren Dauer ich jetzt noch nicht absehen kann. Aber Sie werden von mir hören. Das verspreche ich.

»Ich liebe dich«, flüstert Sina in Leos Ohr, als sie endlich in der Wohnung angekommen ist. Sie schmiegt sich von hinten an seinen Körper, während er vor dem Herd steht und letzte Hand an das köstliche Essen legt. Es duftet nach Geflügel, Knoblauch und schwerem Wein. Sina weiß, dass sie Leo mag und dass sie ihn will – mehr als jeden anderen Mann. Sie weiß, dass es gerade ganz schrecklich wäre, auf ihn verzichten zu müssen. Vielleicht ist das Liebe. Wenn ja, fühlt es sich gut an.

Der Liedtext auf Seite 142 wurde dem Album ›Der Leanderkern‹ der Gruppe »Endraum« entnommen (Weißer Herbst Produktion, 2001).
Leider konnten die Rechteinhaber des hier aufgeführten Textes nicht ausfindig gemacht werden. Berechtigte Ansprüche werden selbstverständlich abgegolten.

Das Zitat auf S. 164 stammt aus: Johann Wolfgang von Goethe, Faust. Eine Tragödie. Deutscher Taschenbuch Verlag, München, 1997, S. 43.